W0412663

À PROPOS DE L'AUTRICE

Abby Green a passé son adolescence à lire des romances. Elle a ensuite travaillé de longues années dans le milieu du cinéma et de la télévision, en tant qu'assistante réalisatrice. Un jour, alors qu'elle attendait devant la caravane d'un acteur sous la pluie, elle a décidé de prendre un nouveau chemin. Elle a donc envoyé un essai de roman à Harlequin : une autrice était née ! Aujourd'hui, depuis l'Irlande où elle habite, Abby continue d'enchanter ses lectrices...

Une nuit à Kildare House

*

Liaison à Saint-Pétersbourg

*

Les amants de l'oasis

Collection : SAGAS

Titre original :
THE MAID'S BEST KEPT SECRET

Ce roman a déjà été publié en 2021

© 2020, Abby Green.
© 2021, 2025, HarperCollins France pour la traduction française.

Ce livre est publié avec l'autorisation de HARLEQUIN BOOKS S.A.

Tous droits réservés, y compris le droit de reproduction de tout ou partie de l'ouvrage, sous quelque forme que ce soit.
Toute représentation ou reproduction, par quelque procédé que ce soit, constituerait une contrefaçon sanctionnée par les articles 425 et suivants du Code pénal.

Sans limiter les droits exclusifs de l'auteur et de l'éditeur, toute utilisation non autorisée de cette publication pour former des technologies génératives d'intelligence artificielle (IA) est expressément interdite. HarperCollins exerce également ses droits en vertu de l'article 4(3) de la directive 2019/790 sur le Marché unique numérique et choisit de ne pas appliquer à cette publication l'exception relative à l'exploration de textes et de données.

Si vous achetez ce livre privé de tout ou partie de sa couverture, nous vous signalons qu'il est en vente irrégulière. Il est considéré comme « invendu » et l'éditeur comme l'auteur n'ont reçu aucun paiement pour ce livre « détérioré ».

Cette œuvre est une œuvre de fiction. Les noms propres, les personnages, les lieux, les intrigues sont soit le fruit de l'imagination de l'auteur, soit utilisés dans le cadre d'une œuvre de fiction. Toute ressemblance avec des personnes réelles, vivantes ou décédées, des entreprises, des événements ou des lieux serait une pure coïncidence.

HARPERCOLLINS FRANCE
83-85, boulevard Vincent-Auriol, 75646 PARIS CEDEX 13
Service Clients — https://www.harlequin.fr/contenu/contactez-nous
ISBN 978-2-2805-2286-1 — ISSN 2426-993X

Édité par HarperCollins France.
Composition et mise en pages Nord Compo.
Imprimé en août 2025 par ScandBook UAB en Lituanie
en utilisant 100% d'électricité renouvelable.
Dépôt légal : septembre 2025.

FSC
www.fsc.org
MIXTE
Papier | Pour une gestion forestière responsable
FSC® C021394

Pour limiter l'empreinte environnementale de ses livres, HarperCollins France s'engage à n'utiliser que du papier fabriqué à partir de bois provenant de forêts gérées durablement et de manière responsable.

ABBY GREEN

Une nuit à Kildare House

INTÉGRALE
LA DYNASTIE MARCHETTI

Traduction française de
LOUISE LAMBERSON

SAGAS

HARLEQUIN

1

Maggie rinça sa tasse dans l'évier et la posa dans l'égouttoir, puis elle vérifia que tout était en ordre dans la vaste cuisine immaculée située à l'entresol de la magnifique demeure ancienne.

À l'arrière de la maison s'étendaient des jardins superbement entretenus et comprenant un potager enclos. Il y avait même un petit lac et une forêt. Ainsi que des écuries, vides. Le propriétaire – un richissime homme d'affaires - avait acheté la propriété sur un coup de tête, sans même l'avoir visitée, à un moment où il envisageait d'investir dans les chevaux de course.

Mais il n'avait jamais acheté un seul cheval ni mis les pieds à Kildare House. Aussi la maison restait-elle inoccupée alors qu'il l'avait fait aménager et décorer par un architecte d'intérieur réputé. Quant à la gouvernante, elle avait été embauchée par l'un de ses assistants, à distance.

Ladite gouvernante était la mère de Maggie, et, lorsqu'elle était tombée malade et avait craint de perdre son emploi, Maggie avait quitté son poste de cuisinière dans un restaurant dublinois pour venir l'aider et s'occuper d'elle. À vrai dire, renoncer à son job n'avait pas vraiment représenté un sacrifice, car le chef avait une fâcheuse tendance à harceler le personnel féminin.

Peu après son arrivée à Kildare House, Edith, sa mère, était décédée soudainement. Quand Maggie en avait informé le propriétaire, par l'intermédiaire d'un assistant, celui-ci lui avait demandé si elle pouvait assurer l'intérim en attendant qu'ils aient embauché une autre gouvernante.

Encore sous le choc de cette disparition, elle avait accepté sans réfléchir, soulagée de pouvoir rester en retrait avant de retourner affronter le monde extérieur.

Trois mois s'étaient écoulés depuis, dans une sorte de brouillard douloureux. Maggie commençait tout juste à émerger du chagrin qui l'avait terrassée à la mort de sa mère. Elle avait vécu dans une espèce de cocon mais, à présent, elle ressentait le besoin d'agir. Bien qu'inhabitée, la vaste demeure devait demeurer impeccable et toujours prête à accueillir son propriétaire. Sait-on jamais ? Il pourrait décider de venir y faire un saut. Sur un nouveau coup de tête.

Maggie pinça les lèvres. Cet homme ne lui inspirait que du mépris, à tel point qu'elle ne s'était même pas donné la peine de faire des recherches à son sujet sur Internet. Pour acheter une propriété pareille sans même l'avoir visitée, et ensuite ne jamais y mettre les pieds, il fallait faire partie de ces « individus riches et puissants qui avaient de l'argent à ne plus savoir qu'en faire ».

C'étaient les propres paroles de sa mère. Et celle-ci s'y connaissait en matière d'hommes riches et puissants, pour la bonne raison que le père de Maggie en était un. Magnat de l'immobilier écossais, il avait eu une liaison avec Edith et, quand elle lui avait annoncé qu'elle était enceinte, il n'avait rien voulu savoir, craignant plus que tout qu'elle et sa fille illégitime puissent revendiquer une part de son immense fortune.

Il ne lui avait apporté aucun soutien, se bornant à exercer sur elle menaces et intimidations. Trop blessée, dans sa fierté et dans son cœur, pour réclamer son aide matérielle, la mère de Maggie avait quitté l'Écosse pour l'Irlande, où elle avait travaillé comme gouvernante dans diverses propriétés, sans parvenir à se fixer dans aucune d'elles.

Aussi Maggie avait-elle eu l'occasion de côtoyer plusieurs spécimens d'hommes riches. Elle soupira. Vu qu'elle était payée généreusement par l'un d'entre eux pour s'occuper d'une maison vide, elle n'allait tout de même pas se plaindre...

À cet instant, un bruit résonna au rez-de-chaussée. Des coups martelés à la porte d'entrée. C'était si étrange d'entendre cela dans la grande maison silencieuse...

Se précipitant vers l'escalier, Maggie déboucha dans le hall au moment où le heurtoir retombait de nouveau sur le battant. Elle alluma l'éclairage extérieur, ouvrit... et crut que son cœur s'arrêtait de battre.

La silhouette d'un homme de haute stature, appuyé au chambranle et la main levée pour saisir le heurtoir, se découpait sur le ciel mauve.

Le souffle coupé, Maggie contempla l'inconnu. Vêtu d'un smoking noir à la coupe classique, il dégageait une sensualité et une virilité inouïes. Fascinée, elle contempla les épais cheveux noirs bouclés, le visage aux traits nobles et bien dessinés, les pommettes sculptées... Il avait des yeux sombres, mais ni bruns ni noirs. Mordorés. La peau mate. Une barbe de deux jours. Une impression de puissance racée émanait de lui.

Tous ces détails la frappèrent aussitôt – une réaction purement instinctive provoquée par la proximité de ce superbe spécimen de mâle.

Son nœud papillon défait pendait d'un côté, et le premier bouton de sa chemise était déboutonné. Lentement, le regard de l'inconnu quitta le visage de Maggie, descendit sur son corps, puis remonta. Appréciateur. Et arrogant.

Elle se souvint soudain qu'elle portait un short et un T-shirt sans manches, et avait les cheveux rassemblés sur le dessus de la tête en un chignon lâche. Sa tenue habituelle quand elle faisait le ménage.

— Je suis bien à Kildare House ? demanda l'apparition, d'une belle voix grave colorée d'un léger accent étranger.

— Oui.

Il se redressa. On aurait pu penser qu'il avait bu, mais son regard direct et perspicace démentait toute ébriété. Il trahissait en revanche un ennui profond.

Quand il se détourna soudain, Maggie s'aperçut qu'un taxi était garé au pied des marches et que le moteur tournait.

L'inconnu s'adressa au chauffeur qui attendait à côté du véhicule.

— C'est bien ici. Merci.

Suffoquée, Maggie vit le chauffeur acquiescer d'un geste de la main, remonter en voiture et s'éloigner rapidement.

— Excusez-moi, dit-elle en agrippant la poignée de la porte, mais qui êtes-vous ?

Il se retourna vers elle.

— Je suis le propriétaire de cette maison. Nikos Marchetti. Par conséquent, c'est plutôt à moi de vous poser la question : qui êtes-*vous* ? Car j'ai vu une photo de la gouvernante et ce n'était assurément pas vous.

Nikos Marchetti ! Le propriétaire qu'elle avait imaginé comme un homme d'âge mûr, bedonnant… Or celui qui se tenait face à elle ressemblait davantage à un guerrier spartiate déguisé en homme du monde.

Il laissa de nouveau son regard descendre sur le buste de Maggie avec la même insolence, un comportement qui l'aurait offusquée s'il n'avait produit un tout autre effet sur son corps.

Refoulant les sensations malvenues qui la parcouraient, elle se redressa du haut de son mètre soixante-dix-sept et croisa les bras.

— Je suis Maggie, la fille d'Edith Taggart. Elle est décédée il y a trois mois, et l'un de vos assistants m'a demandé si je pouvais rester jusqu'à ce qu'une autre gouvernante soit embauchée. Ce que vous ignoriez, manifestement.

Il la dévisagea, impassible.

— Le personnel a pour consigne de ne pas me déranger, sauf en cas d'urgence. De toute évidence, ils ont jugé que vous pouviez faire l'affaire. Je suis néanmoins désolé pour votre mère. Je peux peut-être entrer chez moi, maintenant ?

Choquée par la décontraction de Nikos Marchetti et le ton détaché avec lequel il avait dit qu'il était « désolé », alors que, pour elle, la mort de sa mère constituait l'un des événements les plus douloureux, les plus éprouvants de sa vie, elle répliqua sèchement :

— Et comment puis-je savoir que vous êtes bien Nikos Marchetti ? Je ne vous connais pas. Vous pourriez être n'importe qui, après tout !

Nikos dévisagea la femme qui soutenait hardiment son regard et ressentit un léger choc. Il était… surpris. Agréablement surpris. Et ce sentiment s'accompagnait d'une sensation plus grisante de… désir. Le désir instantané le plus intense qu'il eût jamais éprouvé jusque-là.

Il sortait d'une soirée ultra-mondaine organisée au château de Dublin – à une heure de route de Kildare House –, où il avait côtoyé des femmes superbes et sophistiquées parmi les plus belles du monde. Mais aucune d'entre elles ne lui avait tourné la tête comme cette… fougueuse sylphide.

Bien qu'elle fût trop grande pour être une sylphide. Elle était svelte mais robuste. Souple. Aux seins pleins moulés par le T-shirt, aux hanches généreuses et aux jambes interminables. Elle ressemblait à une reine viking, toute en harmonieuses courbes féminines dont la simple proximité avait pour effet d'enflammer l'esprit de Nikos.

Le charme et la beauté de la reine viking ne s'arrêtaient pas là. Sa chevelure épaisse, d'un magnifique auburn aux reflets dorés, était rassemblée en une sorte de chignon sur le dessus de la tête, dégageant le visage ravissant – hautes pommettes, teint de porcelaine, mâchoire volontaire, nez droit. Et, surtout, d'immenses yeux bleus et une grande bouche aux lèvres pulpeuses, mais pour le moment pincées. Les bras croisés, elle lui bloquait le passage, l'empêchant d'entrer chez lui.

— C'est la première fois que vous venez ici, n'est-ce pas ?

— J'ignorais que je devais vous rendre compte de mes déplacements, répliqua-t-il en haussant un sourcil. Mais, oui, c'est la première fois.

— Et pourquoi vous décider maintenant ? Ce soir ? Personne ne m'a prévenue de votre arrivée.

— Étant donné que cette propriété m'appartient, et qu'elle devrait être prête à m'accueillir à tout moment, je n'ai pas vu la nécessité de prévenir ou d'informer quiconque.

— Il est tard… J'aurais pu être au lit.

Aussitôt, Nikos fut assailli par une vision de Maggie Taggart étendue sur un lit, nue, les cheveux épars autour de son visage, abandonnée, offerte… La vivacité de la réaction de sa libido le stupéfia. D'habitude, il la contrôlait mieux.

— Vous êtes sérieuse ? riposta-t-il, agacé. Vous comptez vraiment m'empêcher d'entrer ?

— Tant que vous ne m'aurez pas montré une pièce d'identité, oui. Si vous êtes bien Nikos Marchetti, vous devriez apprécier que je ne laisse pas entrer n'importe qui chez vous, il me semble ?

Il retint un juron. Tout le monde ne lui obéissait-il pas au doigt et à l'œil ? Elle avait néanmoins raison sur ce point. En outre, le fait de ne pas avoir été reconnu représentait pour lui une nouveauté qui accroissait encore le désir qui le taraudait. Il était plutôt habitué à rencontrer des gens intéressés par son statut d'héritier d'une fortune colossale. Nikos repoussa ces pensées qui le ramenaient à l'ennui et à l'impression de claustrophobie qui l'avaient poussé à fuir les mondanités et à venir se réfugier à Kildare House, alors qu'il avait presque oublié qu'il possédait une propriété en Irlande.

— Puisque vous m'y obligez…, murmura-t-il en enfonçant la main dans la poche intérieure de sa veste.

Il sortit son passeport et le tendit à la reine viking.

— Quel âge avez-vous ? ne put-il s'empêcher de demander.

— C'est un passeport grec, répliqua-t-elle en levant les yeux. Je croyais que vous étiez italien.

— Je suis les deux. Cela vous suffit, comme explication ? Je peux entrer dans *ma* maison, maintenant ?

Pourquoi se montrait-elle aussi désagréable avec le propriétaire ? Parce c'était bien lui. Nikos Marchetti.

Maggie s'efforça de rassembler les informations données par sa mère. Il était l'héritier d'une immense fortune. Le Marchetti Group, l'une des holdings de produits de luxe les plus puissantes du monde, gérait également un vaste patrimoine immobilier : hôtels, clubs, des quartiers entiers de certaines grandes villes, dont New York.

— Je vous en prie, monsieur Marchetti, dit-elle en s'effaçant pour le laisser entrer. Je suis ravie de vous accueillir à Kildare House.

Elle l'entendit pousser un juron étouffé tandis qu'il s'avançait rapidement dans le hall et posait un petit sac de voyage en cuir sur la première chaise venue. À la lumière, Nikos Marchetti paraissait encore plus athlétique, plus imposant et plus attirant. Après avoir regardé autour de lui, il se dirigea vers l'un des grands salons dont la double porte était ouverte.

Lentement, Maggie referma la porte d'entrée puis le rejoignit. Il avait ôté sa veste qu'il avait posée négligemment sur le dos d'un fauteuil, et, debout devant le bar, il débouchait une bouteille de whisky.

— Voulez-vous que je vous fasse visiter la maison ? demanda-t-elle de son ton le plus professionnel.

En réalité, elle se sentait tout sauf professionnelle. Étrangement, cet homme la faisait frémir au plus intime de son être.

— Je vous suis, répondit-il en se retournant.

Il se dirigea vers elle en buvant une gorgée de whisky, puis continua d'avancer, le verre à la main. Une aura de danger émanait de lui, il avait quelque chose d'un prédateur dans son allure, sa démarche.

Maggie tenta de dissimuler son trouble et lui montra les pièces ouvrant sur le hall circulaire, des salons et salles de réceptions plus ou moins formels, ainsi que la vaste salle à manger destinée aux grandes occasions. À l'arrière, donnant sur les jardins, un bureau avait été aménagé, luxueusement équipé d'ordinateurs dernier cri n'ayant jamais été utilisés.

À côté se trouvait la pièce préférée de Maggie, un salon plus intime équipé d'un écran géant et offrant une bibliothèque bien fournie dont les nombreux volumes avaient sans doute été choisis uniquement pour impressionner les éventuels visiteurs. Les œuvres complètes de Shakespeare, Dickens...

— Continuons la visite, dit Nikos Marchetti en s'arrêtant à côté d'elle.

Sans le regarder, elle retraversa le hall et descendit à la cuisine, à laquelle il jeta à peine un coup d'œil. En revanche, il parut plus intéressé par la salle de musculation et la piscine situées au même niveau. Il y avait également une salle de massage, une autre destinée aux soins du corps et du visage, un sauna et un hammam.

Quand ils furent remontés au rez-de-chaussée, Nikos Marchetti tourna la tête vers Maggie et vida son verre d'un trait. Avec son nœud papillon pendant d'un côté, sa chemise déboutonnée à l'encolure et son verre à la main, il confirmait tous ses jugements sur les hommes riches et puissants.

Rêvait-elle, ou un vif éclat avait-il traversé brièvement les fascinants yeux mordorés ?

À sa grande honte, Maggie sentit une douce chaleur se répandre dans tout son corps et se détourna vivement pour dissimuler son visage. Sur un teint clair comme le sien, la moindre émotion se trahissait par une rougeur embarrassante.

— Les chambres sont au premier étage, dit-elle en s'avançant vers l'escalier, sans vérifier si Nikos Marchetti la suivait.

Mais il était bien là, derrière elle. Maggie sentait sa proximité. Comme si, dès l'instant où elle avait posé les yeux sur lui, sa sensibilité s'était aiguisée.

Nikos avait du mal à se concentrer sur la maison alors qu'il était confronté à la vision tentatrice d'un adorable postérieur et d'une troublante ondulation de hanches. Sans parler des longues jambes nues.

Qu'est-ce qu'il lui prenait, bon sang ? Il était plus sophistiqué que cela, d'ordinaire. Il contrôlait mieux sa libido. Mais bon, il ne s'était pas attendu à ce qu'une femme ravissante lui ouvre la porte de sa maison perdue au fin fond de la campagne irlandaise.

Ravissante et quelque peu guindée... Le dos et les épaules raides, elle s'avança dans le couloir et ouvrit successivement les portes.

— Ce sont toutes des chambres d'amis. La vôtre est au fond du couloir, ici.

Quand elle ouvrit une porte et recula d'un pas, Nikos remarqua qu'elle portait des tongs. Et qu'elle avait de jolis pieds, aux ongles peints d'un beau rose corail.

Il serra les mâchoires et entra dans la chambre, humant de nouveau au passage le parfum poudré et sensuel.

Quant au luxe qui l'entourait, aux larges fenêtres donnant sur les jardins et le parc, il y prêta à peine attention. En fait, il connaissait déjà la pièce pour avoir vu les photos envoyées par l'architecte d'intérieur une fois les aménagements et la décoration terminés.

C'était la première maison qu'il s'était achetée, ses autres propriétés étant des appartements situés dans les hôtels de luxe appartenant à Marchetti Group. Maintenant qu'il se trouvait sur place, Nikos commençait à percevoir les motivations qui l'avaient poussé à acquérir cette demeure. Il avait agi d'instinct, après avoir vu une simple photo. Il avait obéi à une sorte d'impulsion... viscérale.

Sentant le regard de la reine viking posé sur lui, il se retourna et la regarda. Elle avait de nouveau croisé les bras, la posture soulignant la rondeur de ses seins épanouis sous le fin T-shirt.

Il n'aimait pas se sentir exposé. Encore moins analyser ses motivations. Mieux valait se concentrer sur Maggie Taggart.

— Pourquoi cette tenue ? On dirait que vous participez à un barbecue.

— Si j'avais été informée de votre venue, répondit-elle en rougissant, je serais plus présentable. Mais, comme je ne suis pas censée travailler à cette heure-ci, je ne vois pas pourquoi je devrais justifier ma tenue. J'ai pris la liberté de travailler à des horaires qui me conviennent, sans que cela nuise à l'entretien de la maison. Je travaille sept jours sur sept et je veille à ce qu'elle soit prête à vous accueillir à tout instant.

Un sentiment incongru de culpabilité traversa Nikos.

— Elle est parfaitement entretenue, en effet, acquiesça-t-il. Écoutez, que diriez-vous de recommencer depuis le début ?

Quand il s'avança vers la jeune femme, il remarqua le pouls qui battait à la base de son cou. Maggie Taggart paraissait soudain vulnérable. Et moins guindée.

— Permettez-moi de me présenter, reprit-il en lui tendant la main. Je suis Nikos Marchetti, le propriétaire de Kildare House. Désolé de ne pas vous avoir prévenue de mon arrivée et merci d'avoir aussi bien entretenu la maison !

Après l'avoir dévisagé un instant d'un air méfiant, elle finit par glisser la main dans la sienne. La sensation des doigts fins, de la paume douce, faillit avoir raison de son contrôle. Dominant le désir qui pulsait en lui, Nikos resserra la main autour de celle de la reine viking.

Qu'avait-il dit ? Maggie avait du mal à respirer, l'esprit confus. Elle n'était consciente que de la grande main enserrant la sienne, qui lui parut minuscule. Nikos Marchetti la dominait, lui donnant pour la première fois de sa vie l'impression d'être… délicate.

Même perchée sur des hauts talons, elle lui serait à peine arrivée au menton. Et ce constat la déboussolait. Il était rare qu'elle ait à lever les yeux pour regarder un homme. Non qu'elle en ait eu souvent l'occasion. Déménageant sans cesse avec sa mère, Maggie n'avait jamais pu nouer d'amitiés solides, et toute ébauche de rendez-vous amoureux avait tourné court parce qu'immanquablement les hommes qui l'intéressaient ne supportaient pas de mesurer quelques centimètres de moins qu'elle.

À cet obstacle s'ajoutait sa méfiance générale envers la gent masculine, inculquée par sa mère. Aussi Maggie n'avait-elle jamais eu de relation intime avec quiconque.

Mais là, maintenant... la situation avait quelque chose de terriblement troublant.

— Avez-vous dîné ? demanda-t-elle en dégageant sa main. Il reste du ragoût de poulet, c'est un plat typiquement irlandais. Si vous en voulez, je peux vous le réchauffer.

Elle se serait giflée. Elle disait cela pour meubler, comme chaque fois qu'elle se sentait nerveuse. D'instinct, Maggie recula de quelques pas pour mettre de la distance entre eux. S'éloigner de cet homme qui inspirait toutes sortes de pensées... dérangeantes.

Nikos Marchetti était son employeur.

— Pourquoi pas ? dit-il avec un imperceptible haussement d'épaules. Je vais prendre une douche et me changer, et je redescends.

— En cas de besoin, vous avez une garde-robe complète à votre disposition dans le dressing de votre chambre.

Sur ces paroles, elle tourna les talons et longea rapidement le couloir en se maudissant. Il était magnifique, certes, et follement sexy, mais il devait produire le même effet sur toutes les femmes qu'il rencontrait. Et ses propres réactions démontraient qu'elle-même n'était pas insensible à son charme sensuel et viril, voilà tout.

Au moment où elle traversait le hall, Maggie aperçut le petit sac de voyage en cuir noir de créateur. Le monter dans sa chambre faisait probablement partie de ses attributions.

Une fois arrivée devant la porte entrebâillée, elle s'arrêta et hésita un instant. N'entendant aucun bruit à l'intérieur, elle frappa et attendit, le cœur battant à tout rompre.

Pas de réponse. Doucement, Maggie poussa la porte et vit que celle de la salle de bains était à demi ouverte. Il était déjà sous la douche.

S'avançant sans faire de bruit, elle posa le sac au pied du lit, puis, juste avant de faire demi-tour, elle tourna les yeux vers la porte de la salle de bains et vit une silhouette sombre derrière la paroi de verre. L'eau avait cessé de couler. Pétrifiée, Maggie vit le corps de Nikos Marchetti se profiler avec davantage de netteté, avant d'émerger de la cabine.

Une sorte de vrombissement résonna dans sa tête. Il était nu et... beau à couper le souffle. Elle promena son regard sur la toison brune qui couvrait en partie le torse musclé, descendait sur le ventre, puis là où... Médusée, Maggie le contempla.

Au même instant, il s'immobilisa.

Levant les yeux, elle croisa le regard mordoré, tandis que, pas troublé le moins du monde, Nikos Marchetti s'emparait d'une serviette blanche et en ceignait ses hanches étroites. Sans prononcer un mot.

Une sorte de déclic se produisit alors en Maggie.

— Excusez-moi, je..., balbutia-t-elle. Je pensais que... vous pourriez avoir besoin... de votre sac...

Incapable de soutenir plus longtemps le regard pénétrant, elle se détourna et sortit précipitamment de la chambre, le visage et le corps en feu.

Nikos termina le verre de vin blanc qui avait accompagné un ragoût de poulet très savoureux. À vrai dire, il ne s'était pas rendu compte qu'il mourait de faim jusqu'à ce que Maggie place devant lui, sur la table ovale de la salle à manger – la plus petite et la plus charmante pièce de la maison –, une assiette d'où montait un fumet délicieux.

Décidément, il allait de surprise en surprise... D'abord la découverte d'une gouvernante beaucoup plus jeune qu'il ne s'y attendait. Belle, de surcroît, et d'une sensualité qui remuait quelque chose en lui, au plus profond de son être, alors que la plupart des femmes ne l'atteignaient jamais que superficiellement. Il aimait cela. La superficialité lui convenait très bien. Après avoir compris très tôt que ses besoins affectifs ne seraient jamais satisfaits, Nikos ne recherchait ni la durabilité ni la profondeur dans ses relations intimes. Il préférait les plaisirs éphémères, se concentrant plutôt sur ses affaires et sur son rôle dans l'entreprise familiale.

Maggie réapparut sur le seuil de la salle à manger. Il la revit au moment où, sortant de la douche, il l'avait surprise en train de le dévorer littéralement des yeux, comme si c'était la première fois qu'elle voyait un homme nu. Pétrifiée au milieu de la chambre, l'air subjugué, presque incrédule, elle fixait la partie la plus intime de son anatomie que même l'eau froide n'avait pas réussi à calmer.

Dieu merci, elle s'était ressaisie et avait quitté rapidement la pièce parce que, sinon, elle aurait vraiment vu l'effet qu'elle produisait sur lui. De son côté, il avait dû s'infliger une nouvelle douche froide, en refusant de céder au besoin d'assouvir lui-même le désir qui le lancinait. Il n'était pas esclave de sa libido, bon sang ! Même si elle était soumise à rude épreuve.

La reine viking portait maintenant un chemisier blanc et un pantalon noir, des mocassins, noirs eux aussi. Et ses cheveux épais étaient noués en un chignon sage sur la nuque.

Évitant de croiser son regard, elle s'approcha de la table et prit l'assiette vide.

— C'était très bon, dit Nikos, sincère. Excellent, même. Vous l'avez préparé vous-même, si j'ai bien compris ?

Maggie se força à regarder Nikos Marchetti.

— Je travaillais comme cuisinière dans un restaurant, répliqua-t-elle à la hâte. C'est ce que je voudrais faire… Devenir chef.

— Pourquoi êtes-vous partie ? demanda-t-il en fronçant les sourcils.

Mon Dieu, il la dévisageait comme s'il lisait en elle… et devinait le trouble qu'elle s'efforçait de dominer, sans grand succès, hélas.

— À cause de la maladie de ma mère. Et aussi parce que le chef avait les mains trop baladeuses à mon goût.

— Vous voulez dire qu'il vous touchait ? s'exclama Nikos Marchetti, l'air scandalisé.

— Pas seulement moi, expliqua Maggie, surprise par sa réaction, mais presque toutes les femmes qui s'approchaient de lui. Alors, quand ma mère est tombée malade, je n'ai pas eu de mal à prendre ma décision. Elle a cru pouvoir s'en sortir avec mon aide mais, malheureusement, son état de santé s'est vite dégradé...

Nikos Marchetti se leva et lui ôta l'assiette des mains, puis tira une chaise pour elle.

— Asseyez-vous.

Après avoir hésité un instant, elle obéit.

— Je suis désolé d'avoir débarqué à l'improviste, reprit-il en se rasseyant en face d'elle. J'aurais dû demander qu'on vous appelle pour vous prévenir de ma venue. Et je suis navré pour votre mère. Sincèrement. Vous étiez proches, j'ai l'impression.

Maggie le regarda. Peut-être que, en se répétant qu'il était son employeur, elle parviendrait à ignorer les multiples signaux qui semblaient circuler entre eux. Les sensations qu'il faisait naître en elle. Surtout quand il la contemplait ainsi...

— Oui, nous étions très proches. Elle m'a élevée seule.

— Votre père n'était pas présent ?

— Non, répondit Maggie en secouant la tête.

Voulant à tout prix changer de sujet, elle enchaîna :

— Et vous ? Vous avez encore votre mère ?

Le visage de Nikos Marchetti se ferma.

— Non. Elle est morte depuis longtemps. Je ne garde aucun souvenir d'elle.

Il mentait, devina Maggie. Au moins en partie.

— Je suis désolée. Perdre un parent est douloureux, à tout âge.

Tendant la main, elle reprit l'assiette et se leva.

— Si vous voulez aller vous installer dans le petit salon, je vous apporterai du café . Ou du thé ?

Durant quelques instants, il la regarda, mais sans la voir. Ou comme s'il avait oublié sa présence. L'image qu'il présentait au monde, celle d'un homme riche et insouciant, était fabriquée de toutes pièces, comprit Maggie en se détournant. Sous la surface, Nikos Marchetti cachait des émotions beaucoup plus intenses. Et, sous ses dehors décontractés, il demeurait sur ses gardes.

— Je prendrai un whisky. Mais à une condition.

À mi-chemin vers la porte, elle se retourna. Il s'était levé et la contemplait avec sa nonchalance habituelle.

— Laquelle ? demanda Maggie, le cœur battant la chamade.

— Vous prenez un verre avec moi. C'est le moins que je puisse faire pour me faire pardonner d'être arrivé à l'improviste.

Elle resserra les doigts autour de l'assiette en retenant son souffle. La perspective de partager un moment plus intime avec lui, après l'avoir vu complètement nu...

— Je vous remercie, mais ce n'est vraiment pas nécessaire.

— S'il vous plaît. Cela faisait une éternité que je n'avais pas passé de moments aussi agréables. Alors, vous voulez bien accepter ? Juste pour me faire plaisir ?

2

Nikos se rendit au salon en se demandant si Maggie allait accepter son invitation à boire un verre avec lui.

D'ordinaire, il n'avait pas à lutter beaucoup pour obtenir ce qu'il désirait, qu'il s'agisse de femmes ou de transactions d'affaires. Mais, depuis quelque temps, il éprouvait un sentiment d'ennui de plus en plus pesant.

S'avançant vers la porte-fenêtre, il l'ouvrit et sentit l'air tiède lui caresser la peau. Dehors, rien ne bougeait. Quand s'était-il trouvé dans un endroit aussi paisible pour la dernière fois ? À sa grande surprise, Nikos s'aperçut que ce calme lui faisait du bien. Que l'effervescence à laquelle il était accoutumé ne lui manquait pas le moins du monde. Au contraire, la sérénité ambiante l'apaisait.

Personne ne savait qu'il se trouvait là. Il avait acheté cette propriété entre autres pour son isolement. Mais pourquoi avait-il décidé spontanément de l'acquérir dès qu'il avait vu les photos ? Nikos l'ignorait et ne voulait pas y songer pour l'instant. Encore moins analyser cette sensation étrange de se sentir chez lui à Kildare House, alors qu'il ne s'était jamais senti chez lui nulle part.

Il se dirigea vers la bibliothèque et regarda les livres alignés sur les rayonnages. Il en reconnut un. C'était l'un des livres préférés de son enfance, et, dès qu'il l'ouvrit, il fut ramené à l'époque où il se réfugiait dans la lecture pour s'échapper.

Entendant un bruit de pas, il se retourna et vit Maggie

entrer avec un plateau sur lequel étaient posés deux verres et une bouteille de whisky. Un frisson le traversa, mais la soirée lui avait déjà offert tant de surprises qu'il s'en étonna à peine.

Elle s'arrêta en voyant le livre qu'il tenait à la main.

— Excusez-moi, dit-elle avec embarras. Je me suis permis de glisser quelques-uns de mes livres parmi ceux de la bibliothèque. J'espère que cela ne vous dérange pas...

— Pas du tout, répliqua-t-il en remettant l'ouvrage à sa place.

Sans dire un mot, elle déposa le plateau sur la table, versa du whisky dans les deux verres, puis lui en tendit un et prit l'autre.

— À votre santé ! dit Nikos en levant son verre.

Les joues roses, elle se rapprocha pour entrechoquer rapidement leurs deux verres.

— À votre santé !

Elle porta le verre à ses lèvres, en but une petite gorgée et fit la grimace.

— Vous n'avez pas l'habitude de boire du whisky ?

— Non, répondit-elle en secouant la tête. Mais j'ai toujours eu envie d'y goûter.

— Ah, c'est pour cela que vous avez accepté de boire un verre avec moi, alors ? À titre d'expérience ?

— En quelque sorte, dit Maggie, faussement désinvolte.

Pourvu qu'il ne se rende pas compte qu'en réalité elle n'était pas très à l'aise !

Elle se risqua à le regarder du coin de l'œil. Il avait les yeux rivés sur elle. Embarrassée, elle se concentra de nouveau sur son verre, non sans avoir eu le temps de repérer une lueur gentiment moqueuse pétiller dans les yeux de Nikos Marchetti. Comme s'il savait ce qu'elle ressentait

— Comment vos livres ont-ils survécu aussi longtemps ? demanda-t-il d'un ton neutre.

— Je... Nous avons beaucoup bougé, ma mère et moi, quand j'étais enfant. Mes livres me permettaient de m'évader d'un monde qui changeait tout le temps. Ils représentaient pour moi une sorte de repère. Je les garde précieusement, presque par... superstition. C'est ridicule...

— Absolument pas. Je vous comprends.

— Vous me comprenez ? fit Maggie, suffoquée.

— J'avais les mêmes, répliqua-t-il avec une petite grimace comique. Mais je ne les ai plus depuis longtemps et je ne lis plus beaucoup. Par manque de temps.

— Je ne vous aurais pas imaginé en rat de bibliothèque, de toute façon, repartit-elle spontanément.

Il la regarda en haussant un sourcil moqueur.

— Tous les riches play-boys ne sont pas des illettrés, vous savez.

Cette fois, Maggie ne put s'empêcher de sourire. Il avait ouvert la porte-fenêtre, et un calme profond montait des jardins. Mais, en dépit de la paix qui régnait alentour, elle sentait un courant électrique couler dans ses veines. Un flot de sensations dangereuses, et terriblement excitantes.

— Vous ne vous ennuyez pas, ici ? demanda Nikos. C'est un peu bizarre de voir une jolie femme comme vous travailler dans un lieu aussi isolé.

Son cœur fit un petit bond dans sa poitrine. Jolie ? Elle ? Maggie redescendit brutalement sur terre. Il devait dire cela à toutes les femmes.

— Depuis la mort de ma mère, je suis contente d'être au calme pour faire mon deuil. De toute façon, je ne suis pas vraiment du genre à aller en boîte tous les soirs.

Alors que, lui, il devait fréquenter toutes sortes de clubs huppés, en compagnie de femmes superbes.

— Pourquoi avez-vous acheté cette maison ? demanda-t-elle à brûle-pourpoint.

— Je dois avoir une raison ?

— Non... Pas du tout... Je voulais simplement dire que ce n'est pas un endroit pour un homme comme...

Elle s'interrompit en rosissant.

— Cela représente un investissement. Je pensais acheter des chevaux de course plus tard, aussi avais-je besoin d'une propriété comprenant des écuries.

Sans savoir pourquoi, Maggie n'y crut qu'à moitié.

— Qu'est-ce qui vous a poussé à venir ici ce soir ?

— On ne vous a jamais dit que vous posiez beaucoup de questions ?

— Si, ma mère..., avoua-t-elle, les joues en feu. Tout le temps. Elle me disait que je lui cassais les oreilles avec mes questions.

Une fois de plus, Nikos fut surpris par la franchise de Maggie et par le fait qu'elle ne semblait pas avoir peur de lui. C'était rafraîchissant. Et excitant.

En vérité, il était venu là pour échapper à un soudain sentiment de claustrophobie. Au départ, il avait voulu rentrer à Londres, mais il n'y avait pas de vol avant le lendemain matin, et soudain il s'était souvenu de Kildare House. Où il n'avait jamais mis les pieds. Alors il avait décidé d'y aller. Tout simplement.

Lorsque la reine viking avait ouvert la porte, il avait subi une sorte d'électrochoc. De désir pur.

Comme si elle avait perçu le tour que prenaient ses pensées, Maggie vida son verre et le reposa sur le plateau.

— Merci encore, dit-elle en fixant la table. À quelle heure souhaitez-vous prendre le petit déjeuner ?

Quand elle le regarda, Nikos fut ébloui par ses grands yeux bleus tirant sur le turquoise. Une adorable roseur colorait ses hautes pommettes. Son pouls battait frénétiquement à la base de son cou gracieux. Ses seins ronds soulevaient son chemisier blanc à chaque respiration.

L'alchimie entre eux était si intense qu'il en sentait presque le goût sur ses lèvres. Elle le désirait autant qu'il la désirait. Et il s'y connaissait en matière de femmes et de désir.

— Je me fiche complètement du petit déjeuner. Vous allez nier longtemps que vous ressentez la même chose que moi ?

Le cœur de Maggie manqua un battement. Elle avait peut-être mal entendu.

— Excusez-moi, vous pouvez répéter ?

Il sourit, d'un lent sourire dévastateur. Une chaleur traîtresse se répandit en elle, lui monta aux joues.

— Vous avez très bien entendu, Maggie.

Son prénom sur ces lèvres sensuelles… La voix de baryton passa sur sa peau, douce comme de la soie.

— Je ne comprends pas de quoi vous parlez, répliqua-t-elle, au comble du malaise. Si vous voulez bien m'excuser, je vais aller me coucher.

Le cœur battant à tout rompre, le corps en feu, elle se détourna pour se diriger vers la porte. Aucun homme ne lui ayant jamais fait un tel effet, elle ne savait comment gérer cette situation impossible. Il fallait adopter une attitude blasée, décontractée. Sinon, Nikos Marchetti ne ferait qu'une bouchée d'elle, Maggie n'en doutait pas un instant.

— Vous n'êtes pas curieuse ?

La voix grave et soyeuse coula en elle, chaude, douce…

— Savez-vous à quel point il est rare de ressentir une telle alchimie ? poursuivit Nikos.

Non. Parce qu'elle n'avait jamais rencontré un homme comme lui et que ce qu'il appelait de l'alchimie la terrifiait et l'excitait à la fois. Elle était vierge et, face à lui, elle avait l'impression de perdre pied.

Maggie se retourna avec réticence.

— Je suis certaine que, à cette soirée mondaine, il y avait une foule de femmes prêtes à explorer cette alchimie avec vous.

— Peut-être, mais aucune d'entre elles ne m'attirait, répliqua-t-il. En revanche, je vous ai désirée au premier regard. Cela ne m'était pas arrivé depuis très longtemps.

Un frisson brûlant la parcourut.

Ce n'étaient que des paroles. Il jouait avec elle. Aux yeux de Nikos Marchetti, elle représentait une nouveauté. Une fantaisie qu'il voulait s'offrir en passant.

Furieuse de ne pas maîtriser ses propres réactions, Maggie redressa le menton.

— Vous dites cela parce que vous êtes blasé. Cela n'a rien à voir avec moi.

— Vous avez raison, reconnut-il avec un petit sourire en coin. Je suis blasé, c'est vrai. Et cynique.

Déstabilisée par sa franchise, elle le dévisagea en silence. Il secoua la tête.

— Cela faisait un bout de temps que l'on ne m'avait pas surpris. Mais vous y avez réussi, Maggie. Et vous m'avez rappelé de surcroît que tout le monde n'était pas comme moi.

Quand il posa son verre et s'avança, elle le regarda se rapprocher en retenant son souffle, pétrifiée.

— Je n'irai pas par quatre chemins, dit-il en s'arrêtant à quelques pas d'elle. Je vous désire comme je n'ai désiré aucune femme depuis une éternité. Vous m'intriguez. Vous m'excitez. Mais je suis bien conscient que la situation n'est pas idéale. Alors quoi qu'il arrive, et si vous êtes d'accord, ce qui se passera entre nous n'aura rien à voir avec notre rapport d'employeur/employée. Il s'agira de désir mutuel, entre deux adultes consentants. À vous de décider. Je prends le premier avion pour Londres demain matin. Je ne sais pas quand je reviendrai.

Jamais Maggie n'avait rencontré quelqu'un d'aussi direct. Nikos Marchetti la laissait décider. Mais comment savoir ce qu'elle devait faire ? Son cœur lui martelait les côtes, si fort qu'elle avait l'impression que les battements saccadés résonnaient dans toute la pièce.

— Je ne pense pas que ce soit une bonne idée...

Il se rapprocha d'un pas. Il était si proche qu'elle voyait des pépites dorées et vertes scintiller dans ses yeux sombres. Des effluves épicés lui caressaient les narines...

— Vous avez sans doute raison. En temps normal, je n'envisagerais jamais de mêler affaires et plaisir. Mais cette soirée est particulière et je suis prêt à prendre le risque. Si vous l'êtes aussi.

Maggie déglutit avec peine.

— Non, je ne crois pas être prête.

Il la dévisagea un long moment en silence.

— Comme vous voudrez. Bonne nuit, Maggie.

Sans attendre sa réaction, il quitta la pièce tandis qu'elle se retournait pour le regarder s'en aller d'une démarche souple et virile à la fois.

Une fois qu'il eut disparu, elle laissa échapper un soupir tremblant, puis leva la main et s'effleura les lèvres, s'attendant presque à les trouver gonflées, comme s'il l'avait embrassée.

Elle aurait aimé qu'il le fasse, s'avoua Maggie en poussant un gémissement étouffé. Jamais elle n'aurait imaginé vivre un tel scénario, même dans ses rêves les plus fous. Elle vivait dans un endroit isolé, coupée du monde, et pourtant, l'un des hommes les plus sexy, les plus séduisants de la planète venait de dire qu'il la désirait.

Non seulement il l'avait dit, mais c'était la réalité. Il la désirait. Maggie n'avait jamais éprouvé ce genre d'attirance, persuadée que cela n'existait que dans les romans à l'eau de rose que lisait sa mère. Elle-même se targuait d'être plus réaliste. Il reconnaissait qu'il était cynique, mais elle l'était aussi, à sa manière.

Un nouveau frisson la traversa, mais pas de désir, cette fois. C'était plutôt un pressentiment. Une alarme. Elle n'avait jamais eu l'intention de rester indéfiniment à Kildare House, mais trois mois avaient passé sans qu'elle ne s'en rende compte. Si elle n'y prenait garde, elle finirait comme la Miss Havisham des *Grandes Espérances* de Dickens. À la différence près qu'elle ne se lamenterait pas sur la perte d'un amour perdu, puisqu'elle n'aurait jamais vécu de relation amoureuse. Ne serait-ce que le temps d'une nuit.

Nikos Marchetti lui proposait de partager un moment avec lui, d'explorer ensemble l'alchimie qui frémissait entre eux.

Sans doute avait-il l'habitude de vivre de telles expériences. Il ne s'embarrassait pas de préambules et séduisait les femmes qui lui plaisaient. Il n'avait pas besoin de leur faire la cour, car elles étaient toutes prêtes à lui tomber dans les bras. Mais qu'y avait-il de mal à satisfaire ses désirs ? Il ne jouait pas la comédie de l'amoureux transi. Il était franc, comme il venait de le lui montrer.

Après avoir fermé la porte-fenêtre, Maggie prit le plateau, la bouteille de whisky et les verres vides, puis descendit les déposer à la cuisine. Le silence régnait dans la maison. Elle aurait presque pu croire qu'elle avait rêvé tout ce qui s'était passé depuis les coups impérieux frappés à la porte.

Sauf que les changements phénoménaux survenus dans son corps prouvaient qu'elle n'avait pas rêvé. Nikos Marchetti ne l'avait même pas touchée, mais elle sentait une force nouvelle éclore en elle. Elle se sentait vivante. Un courant délicieux courait sur sa peau. Son cœur battait à tout rompre.

Maggie repoussa les folles images qui naissaient dans son esprit. Elle s'était promis de ne pas suivre le même chemin que sa mère. Edith s'était laissé éblouir par un homme riche et puissant qui s'était vite lassé d'elle et l'avait rejetée sans scrupule. Maggie s'était juré de ne jamais se laisser traiter de manière aussi abjecte. Si elle devait vivre un jour une relation amoureuse, son partenaire serait son égal. Il partagerait ses valeurs, aspirerait à une vie simple et saine. Il assumerait ses responsabilités, ses actes.

Et si elle avait des enfants, elle souhaitait qu'ils grandissent dans un foyer stable et s'y sentent en sécurité. Qu'ils n'aient jamais à se demander ce qu'ils avaient bien pu faire pour susciter la haine et le rejet de leur père.

Ils grandiraient avec leurs deux parents et ne déménageraient pas sans cesse. Ils pourraient nouer des amitiés durables.

Alors, comment envisager d'accepter la proposition scandaleuse de Nikos Marchetti ? Il était l'opposé de ce qu'elle désirait. Maggie n'avait rien à faire avec un homme riche et arrogant qui achetait des maisons immenses sur un coup de tête et n'y mettait jamais les pieds.

Un sentiment d'impuissance la gagna. Une foule d'idées lui passaient par la tête et se bousculaient, affreusement contradictoires.

Il ne lui avait pas parlé de relation à long terme.

Alors, serait-ce vraiment mal de s'offrir un peu de bon temps, de ne penser qu'à elle et à elle toute seule ? À elle qui ne s'était jamais permis le moindre écart ? N'avait jamais cédé à aucun désir égoïste ?

Nikos Marchetti ne faisait que passer à Kildare House. Il partirait dès le lendemain matin et ne reviendrait sans doute pas avant des lustres. S'il revenait un jour...

Une myriade de sensations délicieuses se déploya dans tout son corps, si intenses que Maggie posa la main sur son ventre pour les calmer.

Elle repensa à l'instant où elle l'avait vu sortir de la douche, superbe, viril...

Pouvait-elle vraiment accepter sa proposition ?

En proie à une fébrilité insensée, Maggie appuya sur les différents interrupteurs, plongeant la vaste cuisine dans la pénombre, puis remonta au rez-de-chaussée où elle se dirigea vers l'escalier principal.

Sa chambre était située à l'écart des autres, à l'extrémité d'un petit corridor dérobé. Une fois sur le palier, elle hésita. Elle pouvait rejoindre sa chambre, fermer la porte et, le lendemain matin, Nikos Marchetti serait parti avant même qu'elle soit réveillée. La tentation serait passée. L'occasion aussi. Jamais plus leurs univers ne se rencontreraient. Ils évoluaient dans des sphères diamétralement opposées. S'il revenait un jour à Kildare House, Maggie aurait quitté la propriété depuis longtemps.

Et elle serait toujours vierge.

Cette éventualité lui parut insupportable et, soudain, elle sentit une audace inconnue s'emparer d'elle. Nikos Marchetti lui proposait de vivre une expérience inédite, osée. Il lui offrait sa force, sa vitalité. Après avoir assisté au déclin de sa mère, Maggie avait désespérément besoin de cette force.

Sans plus réfléchir, elle tourna les talons et emprunta le couloir conduisant à la chambre de Nikos Marchetti. Elle s'arrêta devant la porte, en proie à un léger vertige.

Allait-elle vraiment franchir le pas ?

Maggie leva la main et s'aperçut que ses doigts tremblaient. Elle laissa retomber son bras. Elle ne pouvait pas le faire. Le cœur lui martelant les côtes, elle se détourna… et resta clouée sur place.

Nikos Marchetti la regardait, immobile au milieu du couloir. Nu jusqu'à la ceinture, en pantalon de jogging à taille basse, une serviette posée sur les épaules. Il avait les cheveux humides. La peau luisante.

Il revenait de la salle de musculation, réalisa Maggie.

Ce fut le dernier éclair de lucidité qui lui traversa l'esprit. Comme il se rapprochait d'elle, elle huma les effluves épicés de son parfum…

— Maggie ?

Émergeant de sa torpeur, elle détacha son regard des impressionnants pectoraux.

— Oui ?

— Vous n'êtes pas venue vérifier que j'avais tout ce qu'il me fallait, je présume ?

Il était encore temps de s'en aller. De le contourner et de rejoindre sa propre chambre.

Maggie secoua lentement la tête.

— Vous savez ce que vous faites ?

Non. Mais peu importait.

— Je… Je crois, murmura-t-elle.

Il se rapprocha encore, les yeux étincelant de reflets dorés.

— Il faut que vous soyez certaine de le vouloir, Maggie.

Le désir l'embrasa tout entière, impossible à endiguer.

— J'en suis certaine.

Un frisson exquis la parcourut quand elle balbutia :

— Nikos…

Aussitôt, il referma les mains autour de son visage et pencha la tête vers elle, les yeux dans les siens.

— Quand nous franchirons le seuil de cette chambre, nous serons des égaux, Maggie. Tu ne feras que ce que tu voudras bien faire. Et tu le feras parce que tu le désires. Parce que nous le désirons tous les deux.

— Je sais ce que je fais, dit-elle d'une voix rauque en soutenant son regard. Et je le désire.

Sans dire un mot, il lui prit la main, ouvrit la porte et l'entraîna à l'intérieur de la chambre qui baignait dans une douce lumière tamisée. Dehors, le ciel mauve avait pris une teinte violette ; en été, l'obscurité totale ne durait que quelques heures.

Nikos lui lâcha la main et se tourna vers elle.

— Je devrais prendre une douche.

— Non, ce n'est pas la peine, murmura Maggie.

Elle adorait son odeur virile et musquée.

Les yeux étincelants, il la laissa tomber la serviette qui lui entourait les épaules dans le fauteuil.

— Viens.

Le cœur battant la chamade, elle s'avança d'un pas.

— Défais ton chignon.

Maggie obéit docilement et libéra ses cheveux qui tombèrent sur ses épaules en boucles indisciplinées.

Levant la main, Nikos saisit une longue mèche et l'enroula autour de ses doigts, attirant ainsi Maggie vers lui.

— Tu as des cheveux magnifiques...

Ses jambes se mirent à trembler si fort qu'elle craignit de s'effondrer. Il laissa descendre la main qui la tenait toujours par les cheveux et lui caressa le cou du bout du pouce, à l'endroit où son pouls battait comme un fou.

— Touche-moi, dit-il en lui soulevant le menton.

Maggie posa les mains sur le torse musclé, sentit la toison sous ses paumes, la chaleur de la peau. Lorsque les muscles se contractèrent sous ses doigts, elle eut soudain l'impression de manquer d'oxygène, en dépit de la brise légère qui entrait par la fenêtre ouverte.

Lentement, Nikos pencha la tête en même temps qu'il refermait sa main libre sur son bras. Il s'immobilisa, Maggie sentit la caresse de son souffle chaud sur ses lèvres. Elle reconnut le parfum du whisky...

Tout parut s'arrêter tandis qu'elle attendait que sa belle

bouche sensuelle effleure la sienne. Après cela, plus rien ne serait comme avant, pressentit-elle tout à coup.

Mais rien ne l'avait préparée aux sensations qui ruisselèrent en elle dès que la bouche de Nikos prit possession de la sienne. Avec un art inouï, il lui caressa les lèvres du bout de la langue pour les ouvrir, avant d'explorer sa bouche avec une ardeur qui la fit chavirer.

Plus il approfondissait le baiser et plus elle avait faim de lui. Comme si, durant des années, elle avait été privée d'une nourriture essentielle.

Nikos avait l'impression de perdre pied, de sombrer dans la chaleur du désir qui les consumait tous deux. La bouche de Maggie avait un goût... divin. Hésitante et douce d'abord, elle s'était enhardie, embrasant ses sens comme jamais aucune autre femme ne l'avait fait avant elle.

Souple et chaud, son corps aux courbes délicieuses tremblait contre le sien. La sensation de ses seins moelleux pressés contre son torse l'enivrait. Il brûlait de les dénuder, de les caresser, avec ses mains, ses lèvres...

Presque maladroitement, Nikos déboutonna son chemisier, puis rouvrit les yeux. Ceux de Maggie restèrent clos, ses longs cils foncés posés sur ses joues.

Elle souleva les paupières et entrouvrit ses lèvres framboise...

Le désir lui martelait la poitrine, lui pulsait aux tempes. Baissant les yeux, il cessa de respirer en voyant ses seins haut perchés prisonniers de la dentelle ivoire. Sa taille de guêpe. Cette femme possédait une sensualité, un pouvoir de séduction dont elle ne semblait pas consciente.

Une adorable roseur envahit ses pommettes, faisant ressortir son teint de porcelaine. Doucement, il lui souleva le menton.

— Tu es divine.

Ses joues s'empourprèrent.

— Je ne porte rien de... spécial.

Nikos eut du mal à ne pas lui arracher le reste de ses

vêtements, avant de s'enfouir en elle et d'assouvir son désir sans plus attendre.

— Tu es la femme la plus sexy que j'aie jamais vue.

Elle le regarda en plissant le front, l'air sérieux.

— Tu n'es pas obligé de me dire ce genre de chose.

— Je ne me sens pas obligé de le dire...

Ses maîtresses habituelles étaient si sûres d'elles que tout compliment était superflu. Avec Maggie, il disait ce qu'il pensait.

Elle paraissait si timide...

Un doute le traversa, qu'il repoussa aussitôt. De nos jours, et à son âge, aucune femme ne pouvait être innocente à ce point. Celle-ci était un peu sauvage et ignorait tout de la sophistication, c'est tout. Son innocence n'était qu'apparente.

Maggie regarda celui qui allait devenir son premier amant. L'espace d'une seconde, elle se demanda s'il soupçonnait qu'elle n'avait aucune expérience en matière de sexe.

Si elle voulait lui dire qu'elle était vierge, c'était le moment où jamais.

Mais elle savait ce qui s'ensuivrait. Il la dévisagerait avec stupéfaction, puis avec mépris, et il la rejetterait. Et, cela, elle ne le supporterait pas.

Avec un peu de chance, il ne s'apercevrait de rien.

— Je veux aller jusqu'au bout, Nikos. Avec toi...

Le regard mordoré s'assombrit. Nikos repoussa son chemisier sur ses épaules, le fit glisser sur ses bras avant de le laisser choir sur le tapis. Maggie se débarrassa de ses chaussures sans se donner la peine de les délacer, déboutonna son pantalon et le fit descendre sur ses jambes, puis le repoussa du bout du pied.

Lentement, Nikos promena le regard sur son corps presque nu. À en juger par l'éclat de ses yeux, ce qu'il voyait lui plaisait. De son côté, Maggie était impatiente de sentir sur sa peau les grandes mains chaudes. La bouche ferme, la langue experte...

Le désir qui la dévorait était si intense, si puissant, qu'elle serra les poings pour tenter de le contenir.

En quelques gestes rapides, Nikos acheva de se déshabiller et fut bientôt entièrement nu devant elle.

Elle baissa les yeux en retenant son souffle.

— Caresse-moi, Maggie.

Le caresser...

Eh bien, quoi ? Elle n'allait tout de même pas renoncer maintenant ?

Doucement, Maggie tendit la main et effleura la superbe érection. Une plainte rauque accueillit son geste. Tout reste de timidité s'envola d'un coup. Lorsqu'elle referma les doigts autour du membre chaud et ferme, Nikos lui prit le poignet.

— Nous ne sommes pas tout à fait à égalité..., dit-il d'une voix rauque.

Maggie leva les yeux vers lui. Il posa les mains sur ses épaules et la fit pivoter, puis dégrafa son soutien-gorge qui tomba à son tour sur le tapis. Sa culotte le rejoignit l'instant d'après.

Respirer devenait difficile. Elle fut prise d'un vertige. Personne ne l'avait jamais vue ainsi, entièrement nue. Même pas sa mère.

— Retourne-toi, Maggie.

Lentement, elle s'exécuta, les yeux baissés. Nikos murmura quelque chose en grec avant de refermer sa main sur un sein. Du bout du pouce, il en caressa l'aréole qui durcit aussitôt.

Le plaisir qui se répandait en elle était d'une intensité presque insoutenable. Des sensations fabuleuses se déployaient dans les moindres cellules de son corps.

Maggie leva les yeux. Nikos avait les paupières mi-closes, les traits tendus. Presque comme s'il souffrait.

Quand il écarta la main de son sein, elle retint la protestation qui lui montait aux lèvres. Nikos la souleva dans ses bras et l'allongea sur le lit immense, puis s'étendit à côté d'elle et reprit sa bouche. Tout en l'embrassant avec passion, il entreprit d'explorer son corps... Sa bouche gourmande descendit sur son menton, son cou, sa gorge, puis se referma sur un mamelon sensible avant de l'aspirer goulûment, Maggie creusa les reins d'instinct en laissant échapper un halètement. Quittant son sein, Nikos se concentra sur l'autre tandis qu'elle enfouissait les doigts dans ses cheveux épais. Il semblait prendre un plaisir extrême à lécher la pointe gorgée de plaisir, à la titiller, la cajoler des lèvres, de la langue. Il lui caressait les seins avec un savoir-faire redoutable, la faisant gémir.

Lorsqu'il descendit plus bas, elle se mit à haleter sans retenue. Jamais elle ne s'était sentie aussi exposée, à la merci de quelqu'un. Pourtant, elle ne ressentait aucune gêne. Seulement de l'émerveillement.

Nikos leva les yeux vers elle et la regarda, ses pupilles étincelant d'un éclat farouche. Puis il pencha la tête et l'embrassa… là, à l'endroit le plus intime de son corps.

Cette fois, elle s'agrippa aux draps. Son amant faisait preuve d'un talent, d'un raffinement exquis. Le plaisir devint bientôt si intense qu'elle voulut resserrer les cuisses, mais il l'en empêcha et lui posa la main sur le ventre, comme pour la rassurer, l'apaiser. En même temps qu'il continuait à la fouiller avec sa langue.

Des sensations inconnues se mirent à tournoyer en elle et, soudain, Maggie se sentit soulevée à des hauteurs insoupçonnées, avant d'être emportée par une vague immense qui la fit basculer dans l'extase.

Elle vit Nikos se redresser au-dessus d'elle et mettre un préservatif, ce qui décupla son désir.

Instinctivement, elle se cambrait pour l'accueillir. Il la regarda à nouveau, glissa un bras sous son dos et lui souleva les hanches en même temps qu'il la pénétrait d'un vigoureux coup de reins.

Maggie laissa échapper un petit cri et resserra les bras autour du torse musclé en essayant de s'habituer à la présence du membre puissant en elle.

Quant à Nikos, il s'était immobilisé et la dévisageait en étrécissant les yeux, l'air choqué.

— Maggie… Tu es… ?

— Ne t'arrête pas…, murmura-t-elle à la hâte en refermant les jambes autour des hanches étroites.

Elle ne voulait pas qu'il la repousse, ni qu'il exprime sa pensée à voix haute. La petite douleur disparaissait, le membre viril pulsait en elle. Lorsque Nikos se remit à bouger, Maggie retint un cri de soulagement. Et quand il instaura un enivrant va-et-vient, elle s'accorda spontanément à son rythme. Leurs corps ondulaient ensemble, au diapason.

Petit à petit, son merveilleux amant accéléra la cadence, s'enfonçant plus profondément à chaque nouveau coup de reins. Elle s'accrocha à ses solides épaules tandis que la marée l'emportait de nouveau, de plus en plus haut, dans un tourbillon de volupté. Son corps s'arc-bouta, puis tout explosa en elle, dans un kaléidoscope de couleurs et de sensations fulgurantes.

Nikos sentit les spasmes agiter tout son corps tandis qu'il connaissait la jouissance la plus extraordinaire, la plus fabuleuse de toute sa vie.

De son côté, Maggie fut emportée par un orgasme d'une telle intensité qu'elle ne se rendit même pas compte qu'il l'avait suivie dans l'extase.

Durant quelques instants, il resta immobile, ébranlé par les sensations inconnues qui continuaient de frémir en lui. Mais cela n'effaçait en rien la réalité qui s'était imposée à lui avant que le désir n'oblitère toute lucidité, toute prudence.

Il était son premier amant.

3

Maggie resta étendue sur le lit, inerte. Ce qu'elle venait de vivre dépassait de loin tout ce qu'elle avait pu imaginer. Jamais elle n'aurait soupçonné qu'une telle volupté, une telle jouissance fût possible.

Entendant la porte de la salle de bains se rouvrir, elle remonta le drap sur son corps nu. Nikos apparut, une serviette nouée autour des hanches. Il était si beau, si viril, que le regarder lui faisait presque mal.

Et cet homme superbe l'avait désirée...

— Pourquoi ne m'as-tu pas dit que tu étais vierge ?

Il s'en était rendu compte. Évidemment.

Maggie sentit son cœur sombrer dans sa poitrine. Elle regarda son merveilleux amant en silence, encore trop bouleversée par ce qui venait de se passer. Tout s'était enchaîné si vite... Il y avait un tel écart entre le moment où le propriétaire de Kildare House – et son employeur - avait débarqué sans s'être annoncé et l'étreinte passionnée qu'ils venaient de vivre...

Elle s'était complètement abandonnée dans les bras d'un homme qu'elle venait à peine de rencontrer ! Il n'avait même pas eu à la toucher pour la séduire. À présent, elle avait honte de son propre comportement.

D'autant que Nikos n'avait plus rien d'un séducteur et la dévisageait désormais d'un air franchement glacial. Réprobateur.

Un frisson la parcourut tout entière.

— Je...

— Oui ? dit-il avec impatience.

La proximité du corps musclé et viril la troublait malgré elle. La vue de la belle peau mate qu'elle avait caressée, embrassée...

— Tu veux bien te rhabiller, s'il te plaît ? demanda-t-elle.

Pour toute réponse, il poussa une exclamation agacée dans une langue particulièrement sonore et incompréhensible. Mais il alla néanmoins ramasser son pantalon et le renfila d'un geste rapide, avant de revenir vers le lit.

— Alors ?

Impossible de se dérober, maintenant.

— Je...

Le voyant froncer les sourcils d'un air courroucé, Maggie enchaîna à la hâte :

— Je ne voulais pas que tu t'arrêtes.

— Ce n'est pas une réponse, bon sang ! Tu aurais dû me le dire ! Je croyais que tu avais de l'expérience. Initier une innocente aux plaisirs du sexe, ce n'est vraiment pas mon genre !

Vu ce qu'ils venaient de vivre, elle ne partageait pas du tout son avis. D'autre part, offrir sa virginité à un autre que Nikos lui paraissait inconcevable.

Cependant, il était l'opposé de ce qu'elle recherchait chez un homme. Elle s'était raconté des histoires pour justifier son abandon insensé. Cet homme appartenait à la même espèce que son père, mais cela ne l'avait pas empêchée de se jeter littéralement dans ses bras.

— Tu peux me passer un peignoir, s'il te plaît ? demanda-t-elle, le plus posément possible.

Nikos la regarda un long moment, partagé entre colère et désir. La magnifique chevelure auréolait son visage aux traits bien dessinés. Ses lèvres pulpeuses étaient gonflées. Ses yeux avaient pris une nuance turquoise et paraissaient encore plus grands, et il y voyait le reflet du conflit dont lui-même était la proie. Mais il y décelait autre chose. Un trouble profond, mêlé d'incrédulité.

À vrai dire, Nikos n'arrivait pas non plus à comprendre ce qui venait de se passer. Cela faisait si longtemps qu'il n'avait pas connu un tel érotisme. Peut-être était-ce même la première fois qu'il vivait une expérience aussi intense.

Il se passa la main dans les cheveux en laissant échapper un soupir irrité, alla chercher un peignoir dans la salle de bains et le lui tendit.

Nikos aperçut un sein épanoui et cela suffit à raviver le désir qui rugit en lui. Agacé, il retint un juron tandis que Maggie serrait la ceinture du peignoir et se levait. Ses jambes tremblaient légèrement, remarqua-t-il. Les siennes ne valaient pas beaucoup mieux.

— Comment peut-on être encore vierge à votre âge ?

Elle haussa imperceptiblement les épaules.

— Je n'avais jamais rencontré quelqu'un qui m'ait donné envie de...

Les joues en feu, elle s'interrompit et se mordit la lèvre. Ce qui n'aida pas Nikos à se calmer. Au contraire.

— ... de coucher avec lui ? acheva-t-il à sa place.

— Oui, dit-elle en le regardant.

À présent, il y avait une lueur de défi dans ses yeux bleus. De fierté, qui eut pour résultat d'embraser sa libido.

— C'était une erreur, poursuivit-elle.

Le rejet qu'il éprouva en entendant ces paroles le surprit par son intensité.

— Il est un peu tard pour les regrets, ma belle, répliqua-t-il en secouant la tête. Nous savions tous les deux ce que nous faisions...

Elle était vierge avant de se donner à lui, se rappela Nikos. Par conséquent, elle ne pouvait pas savoir vraiment ce qu'elle faisait.

La colère chassa aussitôt cette pensée.

— Tu aurais dû me dire que tu étais vierge, répéta-t-il.

— Oui, c'est vrai. Si je te l'avais dit, nous aurions peut-être repris nos esprits.

Comment lui-même aurait-il réagi ? Aurait-il eu la force de renoncer au désir qui le consumait ?

— Tu le penses vraiment ? demanda-t-il.

— Je m'en veux d'avoir couché avec un homme comme toi.

Cette fois, l'orgueil de Nikos en prit un coup. Aucune femme n'avait jamais émis de regrets après s'être donnée à lui. Il était plutôt habitué aux compliments...

— Un homme comme moi ? répéta-t-il en croisant les bras. Développe, s'il te plaît.

Elle aurait mieux fait de se taire...

— Un homme riche et privilégié. Qui croit que tout lui est dû. Et permis.

Maggie se savait partiellement injuste. Après s'être fait sa propre opinion et avoir tiré des leçons de l'expérience de sa mère, elle s'était crue immunisée contre les hommes comme Nikos Marchetti. Des individus cyniques. Rusés. Mais elle était tombée dans le panneau. Comme tant d'autres.

— Être riche et privilégié n'est pas toujours aussi génial qu'on le prétend, répliqua lentement Nikos. Tu n'as jamais lu les romans ou vu les films qui racontent l'histoire de pauvres gosses riches ?

Il y avait une pointe d'ironie dans sa voix grave, mais aussi une solennité qui mit Maggie mal à l'aise.

— Tu as raison, reconnut-elle. Je suis injuste. Mais tu... tu es arrivé sans prévenir, dans une maison que tu avais achetée sans même l'avoir visitée...

— Ce qui ne te regarde absolument pas.

En effet. Elle serra les lèvres, craignant un nouveau faux pas.

— La vérité, commença-t-il en se rapprochant d'elle, c'est que, même si tu m'avais dit que tu étais vierge, je ne sais pas si j'aurais pu résister à la tentation. Dois-je comprendre que tu es plus forte ? Que, si tu avais eu un moment de répit et le temps de réfléchir, tu aurais changé d'avis ?

Envoûtée, Maggie contempla les yeux mordorés. Qui

espérait-elle tromper ? Elle avait eu la possibilité de réfléchir et avait *choisi* de se donner à lui.

Mais elle se sentait incapable de l'avouer à voix haute, aussi se contenta-t-elle de secouer la tête.

— Aucun de nous deux n'était préparé à une telle attirance, Maggie. Ce qui s'est passé était réciproque, et je n'en regrette pas un seul instant. Les regrets, c'est pour les perdants. Assume tes désirs, Maggie. On ne peut pas revenir en arrière, seulement avancer.

— Avancer...

Il hocha la tête, tendit les bras et l'attira contre lui sans qu'elle tente de lui résister.

— Je propose d'explorer le désir que nous ressentons l'un pour l'autre. À moins que, de ton côté, tu souhaites en rester là ?

Une délicieuse chaleur se répandit entre ses cuisses, lui faisant oublier tous ses doutes, toutes ses réticences.

Voulait-elle en rester là ?

— Non...

Nikos posa les mains sur la ceinture du peignoir et la dénoua, tout en regardant Maggie. Comme pour s'assurer qu'elle était bien consentante.

Elle l'était, à cent pour cent. Elle voulait vivre ces instants à fond. Peu importait qu'il s'agisse d'une aventure sans lendemain.

Quand il écarta les pans du peignoir et contempla son corps nu, Maggie fit descendre la fermeture Éclair du pantalon noir.

Nus tous les deux, ils se dévisagèrent en silence, jusqu'à ce que Nikos la pousse doucement vers le lit. Leurs corps se mêlèrent aussitôt, impatients de se retrouver.

Il glissa la main dans ses cheveux et lui renversa la tête en arrière.

— Ne te complique pas la vie, Maggie, dit-il avec un sourire follement sexy. Je suis irrésistible...

Peut-être aurait-elle dû s'indigner d'une telle arrogance et le lui manifester, mais sa bouche gourmande prenait déjà possession de la sienne et sa main se refermait sur son sein, annihilant toute protestation.

Lorsque, quelques heures plus tard, l'aube commença à poindre, Maggie baignait dans une douce torpeur. La tête appuyée sur la poitrine de Nikos, elle se sentait comblée et épuisée. Le cœur de son amant battait sous sa joue, à un rythme régulier.

À quoi pensait-il ? ne put-elle s'empêcher de se demander. Que ferait-il quand il s'en irait ? À quoi ressemblait sa vie ?

— Ça va ? demanda-t-il tout à coup.

Maggie tressaillit et se traita d'idiote. Puis elle se redressa légèrement et hocha la tête, mais Nikos la regarda en plissant le front.

— Il faut que tu saches qu'il n'y aura pas d'après, Maggie.

Avait-il vraiment le don de lire dans ses pensées ? s'interrogea-t-elle, suffoquée.

— Les relations à long terme, ce n'est pas mon truc, poursuivit-il. Je n'ai pas l'intention de me caser, ni de fonder une famille. Les histoires d'amour ne m'intéressent pas. Cela n'existe pas. Pas pour moi, en tout cas.

Ses paroles lui firent l'effet d'une douche froide. Elle voulait lui demander pourquoi, mais comprit d'instinct que c'était une mauvaise idée. En fait, Nikos lui disait ce qu'elle avait besoin d'entendre : il n'était pas son type d'homme. Elle n'avait rien à faire avec lui.

Pourtant, elle avait été irrésistiblement attirée par sa beauté, son charisme. Alors qu'elle s'était juré de ne jamais frayer avec ce genre d'individu.

Cela signifiait-il qu'elle était comme sa mère ?

— Ne t'inquiète pas, dit Maggie, le plus légèrement possible. Je ne me fais aucune illusion. De toute façon, je ne me vois vraiment pas m'engager dans une liaison à long terme avec un homme comme toi.

Nikos sentit une petite flèche lui transpercer la poitrine. Il n'était tout de même pas blessé ?

— Ah bon ? dit-il d'un ton détaché.

— Absolument !

— Je vois..., murmura-t-il en la renversant sur le dos. Et je peux savoir quel type d'homme serait susceptible de te convenir à long terme ?

Il pressa son érection contre l'orée de son sexe offert.

— Je ne sais pas..., répondit-elle dans un souffle. Un homme doux. Respectueux. Attentionné. Digne de confiance.

— Le prince barbant, quoi...

Soulevant une cuisse fuselée, il serra Maggie contre lui en s'efforçant de refréner l'ardeur de sa libido.

— Récapitulons, poursuivit-il, la voix rauque. Plus tard, tu t'offriras le partenaire le plus rasoir que tu voudras, mais dans l'immédiat...

Sur ces paroles, il la pénétra d'un coup de reins puissant tandis qu'elle soulevait les hanches pour mieux l'accueillir en elle.

Cette femme était dangereuse, songea fugacement Nikos. Avec elle, il s'égarait hors de sa zone de confort habituelle. Mais toute pensée cohérente s'envola bientôt, au fur et à mesure qu'il accélérait le rythme et que la jouissance les emportait à nouveau tous les deux à l'unisson.

Lorsque Maggie se réveilla, le soleil inondait la pièce.

Désorientée, elle regarda autour d'elle, et tout lui revint d'un coup. Elle se trouvait dans la chambre du maître des lieux. Dans son lit. Elle avait couché avec Nikos Marchetti, son employeur.

Le silence régnait alentour. Dans toute la maison.

S'appuyant sur un coude, elle ressentit des sensations étranges, proches des courbatures, à des endroits qui, d'habitude, étaient complètement insensibles. Puis elle aperçut le peignoir étalé sur le pied du lit, le prit et l'enfila. Les vêtements de Nikos avaient disparu.

La salle de bains était vide.

Quittant la chambre, elle s'avança dans le couloir et descendit à la cuisine, elle aussi déserte. Comme le bureau et le salon.

Il était parti.

Au moment où elle traversait le grand hall, Maggie aperçut une enveloppe couleur ivoire appuyée contre la statuette en ébène qui trônait sur un guéridon.

Son prénom était inscrit dessus, à l'encre noire et en grands caractères racés.

Elle l'ouvrit, les mains tremblantes.

Merci pour cette nuit délicieuse.

Excuse-moi encore de ne pas avoir prévenu de mon arrivée. Cela n'arrivera plus.

Souviens-toi – pas de regrets.

En cas de besoin, adresse-toi à mes assistants.

Nikos.

Un froid glacial l'envahit.

Adresse-toi à mes assistants. Il aurait pu au moins lui laisser un numéro de portable !

Mais à quoi s'était-elle attendue ? Il avait été très clair, non ? Et elle avait accepté ses conditions.

Maggie remit la carte dans l'enveloppe. Oui, elle les avait acceptées en toute connaissance de cause. Alors elle n'aurait pas dû éprouver cette... déchirure.

Elle savait à quoi s'attendre, ne serait-ce qu'à cause de ce qu'elle avait vécu, de son histoire. Elle avait appris à être prudente. Mais Nikos avait balayé toutes ses idées préconçues.

Sans réfléchir, elle se dirigea vers le bureau, alluma l'ordinateur et entra le nom de Nikos dans un moteur de recherche. Toutes sortes d'informations surgirent aussitôt. Transactions brillamment réussies, acquisition récente d'un nouveau casino à Monte-Carlo... Allusions à sa réputation de play-boy...

Mais ce qui retint surtout l'attention de Maggie, c'étaient les photos où l'on voyait Nikos en compagnie de femmes éblouissantes.

La nausée lui monta aux lèvres à la pensée de la facilité avec laquelle il l'avait séduite.

L'avait-elle attiré parce qu'elle n'était pas sophistiquée, comme ses habituelles conquêtes ?

Peu importait. Elle n'aurait dû éprouver aucune souffrance en voyant ces photos. D'autre part, le style de vie de la jet-set ne l'impressionnait pas, ni ne la tentait. Par conséquent, elle aurait dû se sentir plus légère et heureuse de s'être débarrassée de sa virginité avec un don Juan tel que lui !

Le hic, c'était que Maggie avait l'horrible pressentiment qu'après lui aucun autre homme ne serait jamais à la hauteur.

Les paroles de Nikos résonnèrent dans son esprit.

« Les relations à long terme, ce n'est pas mon truc. Les histoires d'amour ne m'intéressent pas. Cela n'existe pas. Pas pour moi, en tout cas. »

4

Un an plus tard

La voiture roulait sur les petites routes de campagne bordées de hêtres dont les branches se détachaient sur le ciel mauve. L'odeur des champs imprégnait l'atmosphère.

Comme la première fois.

Sauf que Maggie n'était plus là.

Un frisson traversa Nikos. Elle avait donné sa démission deux semaines après la nuit qu'ils avaient passée ensemble.

En dépit de ses efforts pour l'oublier, il restait hanté par les souvenirs des instants partagés avec elle. Ils demeuraient même si vivaces, si évocateurs, qu'ils l'empêchaient de s'intéresser à une autre femme. Alors qu'avant Maggie aucune de ses maîtresses n'avait laissé la moindre trace dans sa mémoire. Ce constat avait tellement surpris et irrité Nikos qu'il avait même cherché à savoir ce qu'elle était devenue.

Sans résultat. Elle avait disparu sans laisser de coordonnées à ses assistants.

Cela ne lui était jamais arrivé. Il n'était pas arrogant au point de se croire inoubliable, mais sa fortune et sa réputation faisaient de lui une cible de choix, et ses conquêtes cherchaient plutôt à rester en contact avec lui...

Maggie était différente de toutes les autres. À tout point de vue. Vierge. L'esprit vif. Hardie. Passionnée. Incroyablement réactive...

Installé à l'arrière du véhicule, Nikos laissa échapper un juron.

— C'est encore loin ? demanda-t-il d'un ton brusque au chauffeur.

Leurs yeux se croisèrent dans le rétroviseur.

— Nous sommes presque arrivés, monsieur Marchetti.

Se rendant compte qu'il tambourinait sur sa cuisse, il se força à se détendre. Il détestait cette habitude et n'y cédait que lorsqu'il était seul, de crainte que l'on puisse interpréter ce tic nerveux comme une faiblesse.

Il était revenu dans la région uniquement parce qu'il avait accepté l'invitation d'un ami qui organisait une fête dans sa propriété située non loin de Kildare House. C'était d'ailleurs ce même ami qui l'avait encouragé à l'acheter et lui avait conseillé d'investir dans les chevaux de course. Conseil qu'il n'avait jamais suivi.

Lorsque la voiture franchit enfin les hautes grilles en fer forgé, Nikos se promit de mettre cette propriété en vente dès son retour à Paris. C'était ridicule de la garder. Il aurait dû s'en débarrasser depuis longtemps.

Le chauffeur s'arrêta au pied des marches conduisant à la porte principale. Nikos descendit aussitôt du véhicule et sortit lui-même son sac de voyage du coffre.

Il souleva le heurtoir et le laissa retomber en retenant son souffle...

La porte s'ouvrit. La déception qu'il ne put refouler exacerba son impression d'avoir les nerfs à vif. La personne qui lui faisait face n'aurait pu être plus différente de Maggie Taggart. Pour commencer, il n'avait plus une gouvernante mais un major-dome. Âgé d'une cinquantaine d'années.

— Bienvenue, monsieur Marchetti. Je suis ravi de vous accueillir à Kildare House.

Quelle différence avec l'accueil reçu l'an passé, quand il avait dû prouver son identité...

— Merci, monsieur... Wilson, c'est bien cela ?

— Tout à fait. Laissez-moi vous débarrasser, dit le majordome en baissant les yeux sur le sac de voyage. Je vous ai préparé du café et une collation, dans le salon. Je vous y...

— Je connais le chemin, l'interrompit Nikos en traversant le hall à grands pas.

Il entra dans le salon et se dirigea droit vers les rayonnages de livres. Ceux de Maggie avaient disparu. Un tressaillement lui parcourut la nuque. Avait-il tout rêvé ? L'avait-il rêvée, elle ? Sa mémoire lui jouait-elle des tours ?

— Désirez-vous autre chose, monsieur ?

— Préparez mon smoking pour ce soir, s'il vous plaît, répondit-il en se retournant. Et prévenez mon chauffeur que nous partirons dans une heure.

— Très bien, monsieur.

Le café l'attendait sur le plateau posé sur la table, mais Nikos avait besoin de quelque chose de plus fort pour l'aider à éliminer les souvenirs qui continuaient de l'assaillir. Il lui fallait en outre une femme capable de chasser définitivement Maggie de ses pensées, et de son corps. Ce soir, chez les Barbier, il s'en trouverait bien une capable de réveiller sa libido...

Un sourire aimable aux lèvres, Maggie passait parmi les nombreux invités avec son plateau d'amuse-gueules qu'elle avait contribué, en grande partie, à préparer.

L'atmosphère festive avait quelque chose de magique. Les Barbier avaient organisé une garden-party de fin d'été pour fêter les récents succès remportés par leur étalon, la fierté de leur écurie de course. Éclairé par des centaines de bougies et de guirlandes électriques courant d'arbre en arbre, le jardin fourmillait d'hommes en smoking et de femmes en robe de soirée qui chatoyaient sous la canopée lumineuse.

Maggie aperçut les hôtes de loin, Luc Barbier et sa femme Nessa, qui, jusqu'à la naissance de ses enfants, avait été jockey et avait remporté plusieurs courses prestigieuses.

Son cœur se serra d'émotion. Ils avaient été si bons pour elle, lui proposant un emploi, et ensuite, lorsqu'elle...

Ses pensées volèrent en éclats lorsqu'elle aperçut une haute silhouette sombre qui descendait les quelques marches avant d'être accueillie par Luc et Nessa. Le nouvel arrivant était presque aussi grand que Luc.

Non, ce ne pouvait pas être lui.

Elle s'arrêta si brusquement qu'un autre serveur se heurta à elle.

— Fais attention, Maggie !

Elle bredouilla des excuses en regardant un couple choisir des canapés sur son plateau. Non, c'était impossible. Elle avait dû être victime d'une hallucination. Elle ferma les yeux, les rouvrit. Il était toujours là et riait, la tête rejetée en arrière, en réaction à ce que venait de dire Luc.

Les femmes tournèrent la tête dans leur direction sans dissimuler leur convoitise. Pas étonnant. Grands tous les deux et dotés d'un charisme viril et ténébreux, ils étaient de loin les hommes les plus séduisants de l'assemblée. Mais Maggie n'avait d'yeux que pour l'un des deux...

Des souvenirs torrides se mirent à défiler dans son esprit.

— Maggie ? Tu vas bien ? Laisse-moi faire, tu as les mains qui tremblent.

Le cœur battant à tout rompre, Maggie détourna les yeux de Nikos qui s'était éloigné de Luc et se trouvait maintenant à quelques pas. Elle ne s'était même pas rendu compte que Nessa s'était arrêtée devant elle et posait son plateau sur la table la plus proche.

— Tu es livide, Maggie. Tu te sens bien ?

Elle voulut lui répondre, mais aucun son ne franchit ses lèvres. Le choc était trop énorme, trop violent...

— Maggie ? insista Nessa en plissant le front. Que se passe-t-il ?

— Je... Il faut que je retourne à la cuisine. Je dois...

Elle disait n'importe quoi, et Nessa devait bien s'en rendre compte.

Avant qu'elle ait pu atteindre les marches, une voix douloureusement familière s'exclama, incrédule :

— Maggie ?

La peur se déploya dans son ventre, mêlée de colère. Faisant volte-face, Maggie se retrouva nez à nez avec l'homme qu'elle s'était efforcée en vain d'oublier.

— Monsieur Marchetti, quelle surprise ! dit-elle au prix d'un immense effort.

— Qu'est-ce que tu fais ici ? répliqua-t-il, manifestement aussi choqué qu'elle-même.

— Je travaille ici.

— Vous vous connaissez ? intervint Nessa, l'air intrigué. Tu n'avais pas dit qu'il n'était jamais venu à Kildare House ?

Maggie tressaillit. Elle n'avait pas expressément dit cela mais elle s'était abstenue de faire allusion à la visite de Nikos, un an plus tôt.

— Je suis passé brièvement là-bas l'an dernier, dit-il.

— Et tu ne nous avais même pas prévenus ? s'exclama Nessa en haussant les sourcils.

Pressée de s'éclipser, Maggie recula d'un pas.

— Si vous voulez bien m'excuser...

Sans attendre leur réaction, elle se détourna et partit presque en courant vers la maison. Mais, au moment où elle se rapprochait de la porte de service, une main saisit la sienne, ferme et chaude.

— Hé, attends une seconde...

Maggie s'immobilisa, le cœur battant la chamade. Puis elle dégagea sa main et leva les yeux vers Nikos. Il était encore plus imposant que dans son souvenir et la dominait de toute sa hauteur.

— Je n'arrive pas à le croire, dit-il en secouant la tête.

— C'est bien réel, pourtant, répliqua-t-elle en redressant le menton. Vous vouliez quelque chose, monsieur Marchetti ?

De l'électricité crépitait entre eux. L'air paraissait plus dense, plus épais.

— Monsieur Marchetti ? répéta-t-il avec une petite moue moqueuse. Après ce que nous...

— Écoute, l'interrompit Maggie à la hâte. Je travaille. Alors il faut absolument que je retourne à la...

— Ils n'ont pas besoin de toi, tu le sais très bien, coupa Nikos, la voix dure. Réponds-moi, Maggie : pourquoi as-tu donné ta démission, l'an dernier ? À cause de ce qui s'était passé entre nous ?

Elle déglutit. Après avoir erré dans la maison comme une âme en peine pendant deux semaines, elle s'était enfin décidée à regarder la réalité en face. Nikos Marchetti n'avait que faire d'elle. Pour lui, ce qu'ils avaient partagé n'avait été qu'une passade.

Soudain, Maggie l'avait imaginé revenant un beau jour à Kildare House, accompagné d'une femme. Elle s'était alors sentie presque mal et avait compris qu'elle ne pourrait pas le supporter. Elle avait donné sa démission le jour même.

— Je n'ai jamais eu l'intention de rester là-bas. J'avais seulement pris la relève après la mort de ma mère. J'avais plus d'ambition que cela.

Un éclat doré traversa les yeux de Nikos.

— Ah... Parce que te faire embaucher dans la propriété voisine et servir des petits fours chez les Barbier, c'est plus gratifiant ?

Maggie sentit la colère fuser en elle et s'en réjouit. C'était mieux que ce désir absurde de se jeter dans les bras de Nikos et de lui offrir ses lèvres !

— Je ne fais pas que servir des petits fours. Je les confectionne aussi.

Nikos se rapprocha d'un pas. Elle s'interdit de reculer.

— Tu aurais très bien pu rester à Kildare House. Personne ne t'en aurait chassée.

— Je n'avais jamais envisagé d'y rester, répéta-t-elle.

— En fait, c'est peut-être mieux que tu sois partie, répliqua-t-il en inclinant légèrement la tête.

Ses idées s'embrouillèrent. Maggie retint son souffle, fascinée malgré elle par la belle bouche sensuelle.

— Pourquoi ?

— Maintenant que je ne suis plus ton employeur, il n'y a plus de problème.

Elle se força à détacher les yeux de la bouche tentatrice.

— Pourquoi y aurait-il un problème ?

— Parce que, quand nous...

Nikos était si proche qu'elle voyait les pépites scintiller dans ses yeux. Il avait les cheveux un peu plus courts que l'an passé. Maggie résista au désir de lever la main pour caresser sa barbe de deux jours, retrouver la sensation légèrement rugueuse...

Il leva le bras et attrapa une mèche échappée de son chignon.

— Je n'arrive pas à croire que tu sois là, en face de moi, dit-il. Tu m'empêches de vivre depuis un an, Maggie.

— Pardon ? fit-elle, stupéfaite.

Il la prit par les bras et l'attira à lui.

— Tu m'obsèdes, tu me hantes, mentalement et physiquement. Tant que je ne t'aurai pas possédée encore une fois, je ne pourrai pas me débarrasser de toi.

— Me... posséder ? balbutia Maggie.

C'était trop incroyable. Trop absurde.

— Je n'avais jamais désiré une femme avec autant de force, dit-il en secouant la tête. Tu es la seule. Et mon désir n'a pas diminué d'un iota. Nous n'en avons pas terminé l'un avec l'autre, Maggie...

Elle le dévisagea en silence, trop choquée pour pouvoir prononcer un mot. Cet homme l'avait quittée un an plus tôt alors qu'elle dormait dans son lit, lui laissant en tout et pour tout un mot succinct dans lequel il lui enjoignait de ne pas avoir de regrets et lui disait de prendre contact avec ses assistants en cas de besoin.

Les émotions se bousculaient en elle. Principalement de l'indignation. Mais les effluves épicés l'enveloppaient, ravivant des souvenirs brûlants.

Le visage de Nikos se rapprocha du sien. Sa bouche couvrit la sienne.

Lui aussi l'avait hantée…

Une divine chaleur se répandit dans ses veines, et elle répondit à son baiser tandis que le plaisir l'inondait tout entière.

Elle s'agrippa à la veste de Nikos pour l'attirer vers elle, ou peut-être plutôt pour ne pas perdre l'équilibre. Elle voulait que ce baiser ne s'arrête jamais. Le désir la consumait, presque insoutenable.

Quand il bascula légèrement les hanches en avant, elle sentit la force de son érection, et une chaleur intense envahit son ventre.

Comment avait-elle pu se passer de cela ? De lui ?

Comment avait-elle pu supporter son absence ?

La main qui lui caressait la hanche remonta sur sa taille, se referma sur son sein, en titilla la pointe à travers l'étoffe. Maggie gémit contre les lèvres de Nikos. Sa chair le réclamait, encore plus sensible maintenant qu'elle…

Elle écarta brusquement le visage du sien, la réalité du présent anéantissant d'un coup les leurres du passé.

— Qu'est-ce que tu fais ? demanda-t-elle, la voix rauque.

— Tu veux dire : qu'est-ce que *nous* faisons ?

La lueur de triomphe mâle étincelant dans les yeux de Nikos la révolta. Elle se dégagea de son étreinte.

— Je n'en reviens pas ! Tu croyais vraiment reprendre là où nous en étions restés il y a un an ? Tu fais une fixation sur le personnel ?

— Tais-toi ! ordonna-t-il sèchement.

Le cœur de Maggie battait à un rythme fou.

— Je dois y aller, dit-elle en se détournant. Je n'ai pas de temps à perdre avec un play-boy qui…

— Tu veux bien cesser de…

— Maggie, tu es là ! Je t'ai cherchée partout !

Pétrifiée, elle regarda Sara s'avancer vers elle avec Daniel qui s'agitait dans ses bras.

Tout le reste disparut. Maggie s'avança, prit l'enfant et le serra contre elle.

— Il va bien ?

— Mais oui. Je crois qu'il a faim, c'est tout.

Elle sourit à la jeune femme originaire de Merkazad, la contrée du Moyen-Orient où vivait la famille de Nessa.

— Merci, Sara. Je vais m'occuper de lui. Tu veux bien aller dire à Nessa de ne plus compter sur moi ce soir, s'il te plaît ?

— Bien sûr. Pas de problème.

Apercevant soudain Nikos, Sara le regarda en écarquillant les yeux, évidemment, puis partit à la recherche de Nessa.

Lorsque Maggie se retourna vers lui, il contempla le bébé d'un air stupéfait et... horrifié. Il avait le nœud papillon de travers, les cheveux ébouriffés. Était-elle responsable de ce désordre ?

Quelle pauvre idiote ! Au lieu de lui dire ses quatre vérités, elle s'était jetée à son cou.

Soulevant son fils, Maggie l'appuya contre son épaule et lui tapota le dos.

— Je dois y aller, répéta-t-elle en se détournant. Il a faim.

— Tu peux attendre un instant, s'il te plaît ?

Nikos la devança et se retourna, lui bloquant le passage.

— Bon sang, Maggie ! Qui est cet enfant ?

— C'est mon fils. Daniel.

Il secoua la tête, l'air scandalisé.

— Si je comprends bien, il y a un homme dans ta vie ? Qui est-ce ?

Ça alors ! Il prétendait ne pas avoir été au courant de sa grossesse ! C'était un comble !

— Et alors ? Ne me dis pas que, de ton côté, tu t'es privé de coucher avec une ribambelle de femmes durant un an ? Et puis je n'ai pas de temps à perdre en bavardages stupides, alors laisse-moi passer, s'il te plaît.

Nikos s'écarta machinalement. Maggie passa à côté de lui, son bébé dans les bras. Il la suivit sans réfléchir, encore sous le choc.

Elle avait un enfant ! D'un autre homme. Avec qui elle avait couché aussitôt après lui. Forcément. Le calcul était vite fait… Ils avaient passé une nuit ensemble un an plus tôt, une grossesse durait neuf mois, en principe, et le bébé avait quelques mois à peine.

Une douleur sourde lui étreignait la poitrine, lui obscurcissait l'esprit. En plus, elle l'accusait d'avoir fait des conquêtes ! Si seulement cela avait été le cas !

Le bébé le regardait placidement par-dessus l'épaule de sa mère tandis qu'elle traversait l'immense cuisine puis montait quelques marches conduisant à la maison proprement dite.

Nikos lui emboîta le pas comme un automate, sans se préoccuper du personnel qui les regardait passer. Les sons lui parvenaient assourdis, déformés.

Soudain Maggie s'arrêta et se retourna vers lui.

— Pourquoi me suis-tu ?

Cette fois, il l'entendit distinctement et perçut la panique dans sa voix. Tout se figea en lui tandis qu'il regardait la tête du bébé qu'il voyait maintenant de dos. Il avait les cheveux châtains. Sa propre mère était blonde mais, son père étant brun, c'étaient ses gènes italiens qui l'avaient emporté. Bébé, Nikos avait déjà les cheveux foncés, à en juger par les rares photos prises de lui enfant.

Il regarda le visage de Maggie. Elle était blême. Un soupçon lui traversa l'esprit.

— Qui est le père, Maggie ?

— Je ne veux pas parler de cela ici.

Elle gravit à la hâte les marches conduisant au premier étage et entra dans une pièce. Nikos s'arrêta sur le seuil d'une vaste chambre. Un berceau était installé dans un coin.

Maggie se tourna vers lui, les yeux écarquillés. Elle ressemblait à une biche aux abois.

— Maggie, qui est le père ?

— Tu sais très bien que c'est toi, alors pourquoi me poses-tu la question comme si tu l'ignorais ?

Les mots demeurèrent en suspens. Il les avait entendus, mais pas vraiment assimilés.

— Je sais que c'est moi ? fit Nikos en fronçant les sourcils. Qu'est-ce que tu racontes ?

Le bébé raidit son petit dos et poussa un cri plaintif.

— Il a faim. C'est l'heure de sa tétée. Tu veux bien attendre dans le couloir ?

Comme il ne bougeait pas, elle ajouta :

— S'il te plaît ?

Plongé dans une sorte de stupeur, il la regarda s'avancer vers lui et recula. Elle lui referma la porte au nez.

Immobile dans le couloir, il l'entendit parler d'une voix douce et rassurante, l'imagina dénudant son sein... Le sein épanoui qu'il avait caressé quelques instants plus tôt.

Nikos s'éloigna de quelques pas, hébété. Puis il marcha jusqu'à l'extrémité du couloir, revint en sens inverse, un mot tournant en boucle dans son esprit : « père ».

Son rapport à la paternité était à la fois complexe et troublé. Son propre géniteur avait été quantité de choses, mais le mot « père » ne correspondait à aucune de ses qualités ou de ses défauts. Nikos ne savait même pas ce que c'était que d'avoir un père.

La révélation de Maggie - et ce qu'elle impliquait - lui apparut soudain dans toute sa clarté.

À supposer qu'elle n'ait pas menti.

Il revint se poster devant la porte fermée, entendit de nouveau la voix douce et apaisante parler à ce bébé qui était peut-être son fils...

Et qu'avait-elle dit, déjà ? Qu'il savait que c'était lui le père ? Qu'est-ce que c'était que cette histoire ?

Nikos tourna les yeux vers l'escalier et entendit des rires, des bruits de verres montant du rez-de-chaussée, sur fond de musique de jazz. La bande-son de la majeure partie de sa vie, en quelque sorte. Curieusement, il ne ressentait aucun besoin d'y retourner. Il désirait rester avec Maggie et l'interroger sur ce qu'elle avait voulu dire tout à l'heure.

Les minutes passèrent, il fit les cent pas dans le couloir. Combien de temps durait une tétée ?

Quand il sentit qu'il était sur le point d'exploser, Nikos revint en sens inverse et leva la main pour frapper à la porte, lorsque celle-ci s'ouvrit sur Maggie, le visage affreusement pâle. Sans le bébé. Regardant par-dessus son épaule, Nikos l'aperçut, couché dans son berceau. L'éclairage était tamisé.

— Entre, dit-elle en s'effaçant pour le laisser passer.

Si seulement elle avait pu se dominer, être plus calme... Mais, après le choc causé par l'apparition de Nikos, il y avait eu ce baiser, puis l'arrivée de Sara. Il avait vu Daniel...

La mine sombre, Nikos s'avança dans la chambre, et Maggie lui fit signe de la suivre vers la porte conduisant à son petit salon. Quand il l'y eut rejointe, elle ferma la porte et le regarda arpenter la pièce comme un fauve en cage.

— Tu as pris tes livres avec toi, dit-il en s'arrêtant devant la bibliothèque.

Elle tressaillit, se rappelant le moment où ils avaient évoqué leurs lectures d'enfance.

— Oui. Ils m'accompagnent partout.

— Tu es partie de Kildare House parce que tu étais enceinte ? demanda-t-il en faisant volte-face.

Maggie secoua la tête.

— Je te l'ai dit : je n'ai jamais eu l'intention de rester là-bas.

Il la dévisagea un instant en silence.

— Comment as-tu atterri ici, alors ?

— J'avais rencontré Nessa Barbier auparavant, par hasard. Quand elle a appris que je partais de Kildare House, elle m'a proposé du travail pour me dépanner, en attendant que je trouve autre chose. Et, peu de temps après mon arrivée ici, j'ai... je me suis aperçue que j'étais enceinte. Elle a insisté pour que je reste. Ils ont une crèche sur place, pour les enfants du personnel, et Nessa a elle-même deux enfants. J'ai travaillé en cuisine comme assistante du chef et je ne me suis arrêtée que quelques semaines avant l'accouchement. À ce moment-là, elle m'a proposé de travailler à temps partiel après la naissance du bébé. Il y a toujours quelqu'un qui peut s'occuper de lui lorsque je suis occupée. Comme ce soir...

Nessa et son mari avaient été incroyables. Ils lui avaient apporté leur soutien inconditionnel dès l'instant où elle avait découvert qu'elle était enceinte. Alors que le père n'avait jamais cherché à la contacter, même après qu'elle...

— Tu dis que cet enfant est de moi ?

— Il s'appelle Daniel et, oui, il est de toi.

Comment pouvait-il croire qu'elle aurait pu se précipiter dans les bras d'un autre homme juste après ce qu'ils avaient partagé ?

— Je n'ai jamais envisagé d'avoir des enfants, dit Nikos.

— Eh bien, tu en as un, maintenant.

— Si tu es si certaine que c'est mon fils, pourquoi ne pas me l'avoir dit dès que tu as su que tu étais enceinte ?

L'affront toucha Maggie en plein cœur. Elle avait hésité longuement à le mettre au courant, surtout au vu de ce que sa propre mère avait vécu. Mais elle avait fini par penser qu'elle n'avait pas le droit de ne pas le dire à Nikos, même si elle ignorait comment il réagirait.

— Je suis allée au siège de Marchetti Group. J'avais même vérifié que tu étais bien à Londres.

— Je ne t'ai pas vue, répliqua-t-il en fronçant les sourcils.

— Non, en effet.

L'humiliation et l'amertume qu'elle avait ressenties ce jour-là la submergèrent de nouveau.

— Parce que je ne suis pas allée plus loin que le bureau de ta secrétaire.

— Quand était-ce ?

— En février. J'étais enceinte de six mois.

Nikos la regarda, l'air concentré.

— Tu te souviens du nom de la secrétaire ?

— Chantelle.

Jamais Maggie n'oublierait le sourire hypocrite de la jeune femme, son ton condescendant.

« Oh non ! s'était-elle exclamée en fixant ostensiblement le ventre de Maggie. M. Marchetti est bien trop occupé pour vous recevoir aujourd'hui, mais je peux lui transmettre un message, si vous voulez. »

— Elle m'a dit que tu étais trop occupé pour me recevoir alors je t'ai écrit un mot. Elle m'a assuré qu'elle te le remettrait sans faute.

— Elle n'en a rien fait.

— Pourtant, je t'ai vu avec elle, insista Maggie en plissant le front. J'ai attendu un moment dehors, devant vos bureaux, dans l'espoir de te voir sortir...

Elle s'interrompit, se souvenant de ce qu'elle avait ressenti en voyant apparaître Nikos en compagnie de la superbe blonde élancée, mince, élégante. Ils s'étaient engouffrés à l'arrière d'une voiture luxueuse qui avait démarré aussitôt avant de se fondre dans la circulation.

— Je n'ai jamais vu ce mot, affirma Nikos en secouant la tête. Elle ne me l'a pas transmis.

— Mais..., commença Maggie, désarçonnée.

Nikos se remit à faire les cent pas. Puis il s'arrêta et se passa nerveusement la main dans les cheveux.

— Je l'ai congédiée en février, sans doute peu après ta venue.

— Pourquoi ?

— Comportement inapproprié. Elle m'envoyait des sextos. Je ne suis pas surpris, en fait. Elle a dû soupçonner que nous avions eu une liaison et t'a écartée pour avoir le champ libre.

— Si on peut appeler une aventure d'une nuit une liaison, murmura Maggie.

Nikos ne l'entendit pas, ou bien il choisit d'ignorer sa remarque.

— Que m'écrivais-tu, dans ce mot ?

— Que j'étais enceinte de toi et que je souhaitais te parler.

Il la regarda un instant en silence.

— J'avais utilisé un préservatif. Chaque fois.

— Je sais, acquiesça Maggie en rougissant. Il y a sans doute eu un problème.

Un enfant… Ils avaient conçu un enfant ! Les répercussions de cette nouvelle étaient telles que, l'espace d'un instant, Nikos sentit la tête lui tourner.

— Tu aurais pu réessayer de me joindre… après la naissance du bébé.

— J'avoue que, depuis que Daniel est là, je suis un peu submergée…

Des ombres mauves soulignaient ses yeux. Et elle avait minci, tout en conservant ses courbes affolantes. En fait, elle était encore plus belle. Plus sensuelle.

Cependant, Nikos ne voulait pas être attiré par Maggie. Il ne voulait pas d'enfant. Ni maintenant ni jamais.

— Je n'ai pas réessayé parce que je croyais que mon message t'était parvenu et que tu ne voulais plus entendre parler de moi. Mais je ne regrette pas ce qui s'est passé. Je n'ai jamais regretté d'avoir Daniel, pas une seule seconde. Même si je savais que, de ton côté, tu ne désirais pas avoir d'enfant.

Un frisson désagréable le traversa. Comme s'il ne supportait pas d'entendre Maggie exprimer tout haut ce qu'il pensait tout bas.

— Je dois d'abord m'assurer qu'il est bien mon fils, ensuite je prendrai les décisions appropriées, déclara-t-il avec froideur.

Elle le dévisagea, l'air terrifié, confirmant ainsi ce qu'il subodorait. Mais il tenait néanmoins à s'assurer que cet enfant était bien le sien.

— Nous procéderons à un test ADN le plut tôt possible, dit-il d'un ton neutre. Je te ferai signe.

Sur ses mots, il tourna les talons et s'en alla, en veillant malgré lui à ne pas faire de bruit pour ne pas réveiller le bébé.

5

Maggie laissa échapper un soupir tremblant. Nikos était-il allé rejoindre les invités ? Sans doute. Cependant, quand il avait arpenté la chambre quelques instants plus tôt, il était sous le choc. Cela n'avait rien d'étonnant.

Il n'avait pas dit un mot concernant ses responsabilités paternelles, mais elle n'était pas surprise. Il s'était montré franc et brutal, répétant qu'il n'avait jamais voulu avoir d'enfant.

Ce qui chagrinait Maggie, c'était que Daniel connaisse le même sort qu'elle et grandisse sans père.

Le fait que Nikos n'ait jamais eu son message avait diminué la colère qui l'avait aidée à tenir ces derniers mois. À présent, elle n'éprouvait plus que de la déception – un sentiment aussi dangereux que malvenu.

Dès qu'il aurait la confirmation que Daniel était son fils, il repartirait à sa vie et à ses affaires sans plus se soucier d'eux. Et elle se dirait que c'était mieux ainsi, soulagée qu'il soit maintenant au courant.

Elle saurait se débrouiller. Ayant grandi elle-même sans père, elle ne serait pas prise au dépourvu. En revanche, si Nikos avait souhaité s'impliquer dans la vie de son fils, elle aurait été incapable de gérer la situation. Elle venait d'en avoir la preuve. Il suffisait qu'il s'approche d'elle pour que son cerveau cesse de fonctionner. Par conséquent, mieux valait que leurs chemins se séparent à nouveau.

De retour à Kildare House, Nikos prit la bouteille de whisky et un verre avant de s'installer sur le canapé du salon.

Vingt-quatre heures plus tôt, il vivait dans une bienheureuse ignorance. Jamais il n'aurait imaginé que la femme qui hantait ses rêves depuis un an était devenue mère. La mère de son enfant.

C'était si étrange de penser qu'il avait transmis les gènes de son père italien à ce bébé. Lui-même n'avait hérité que d'une chose de sa mère : ses yeux.

Domenico Marchetti, aussi sombre physiquement que moralement, avait dépouillé sa femme pour assouvir ses ambitions. Quand elle avait compris que le beau Domenico, aussi charmeur qu'impitoyable, l'avait épousée dans le seul but de mettre la main sur son héritage, elle s'était donné la mort. À l'époque, Nikos avait deux ans et, depuis ce jour, il ne comptait plus que sur lui-même.

C'était en partie à cause de son passé qu'il s'était juré de ne pas avoir d'enfant. Parce qu'il refusait catégoriquement de tenir le sort d'un petit être innocent entre ses mains.

Cependant, Nikos sentait une étrange résistance se développer en lui à la pensée que Daniel puisse ne pas être son fils. Il ne s'était pourtant jamais imaginé dans le rôle du père. Des trois demi-frères Marchetti, il était le moins susceptible de s'installer et de fonder une famille. Or, à en croire Maggie, il se retrouvait bel et bien en passe de devoir contempler l'avenir sous un jour complètement nouveau.

Si elle disait la vérité. Nikos avait trop d'expérience pour faire confiance à une femme avec laquelle il avait passé une seule nuit.

Avait-il été manipulé par une créature avide résolue à assurer son avenir ?

Il sortit son portable de sa poche et passa un coup de fil.

Quelques minutes plus tard, un bip retentit, annonçant l'arrivée d'un message. Il cliqua sur le lien envoyé par le chef de sa sécurité et découvrit des images de vidéosurveillance qui montraient Maggie, prises début février. On la voyait entrer dans l'immeuble abritant le siège de Marchetti Group, en jean et manteau, son ventre de femme enceinte bien visible, ses cheveux bouclant sur ses épaules.

Ainsi, elle n'avait pas menti en affirmant qu'elle était allée le voir. Un regret l'assaillit, celui de n'avoir pas vu son corps changer au fur et à mesure qu'avançait sa grossesse. Expérience que, pourtant, il n'aurait jamais imaginé vivre.

Nikos posa son téléphone sur la table basse et se versa un deuxième whisky. Mais, cette fois, l'alcool lui laissa un goût amer dans la bouche. Boire la bouteille entière ne l'aiderait pas à affronter ce qui l'attendait, pressentit-il en portant de nouveau son verre à ses lèvres.

Son fils serait donc un Marchetti, avec tout ce que cela impliquait. Et, même si la perspective d'avoir un enfant ne l'enchantait pas, loin de là, même s'il n'avait jamais envisagé d'avoir une descendance, Nikos était sûr d'une chose : son enfant ne subirait jamais ce que lui-même avait enduré. Il ne serait jamais abandonné. Ni ne vivrait avec l'impression constante d'être maintenu à l'écart de sa famille.

Lui et ses demi-frères avaient toujours été séparés. Sharif avait principalement grandi dans le pays de sa mère, mais en tant qu'aîné il avait été formé dès son plus jeune âge par leur père dans le but de prendre la relève. Le benjamin, Maks, avait été élevé à Rome par sa mère russe et avait une sœur. Nikos l'avait toujours envié d'avoir grandi dans le berceau de leurs ancêtres paternels.

La petite sœur de Maks n'était pas la fille de leur père, cela avait été prouvé. Mais peu importait, de toute façon – Nikos n'avait jamais eu l'occasion de la rencontrer…

Et puis, à quoi bon penser à ses frères et à celle qui n'était même pas sa sœur ? Si Daniel était bien son fils, il pourrait à son tour, et le moment venu, prétendre à l'héritage des Marchetti.

Pour la première fois de sa vie, Nikos eut le sentiment d'avoir un destin et d'appartenir à une famille.

Le jour suivant, Maggie se rendit à Kildare House où elle avait rendez-vous avec Nikos et le médecin local.

Quand elle vit la belle demeure apparaître à l'extrémité de l'allée, son cœur se serra. Elle avait toujours aimé cette maison, dès la première fois qu'elle y était venue. Elle s'y était sentie chez elle, même après la mort de sa mère.

Jusqu'à l'arrivée impromptue du ténébreux propriétaire des lieux. À partir de là, sa vie avait complètement basculé.

Elle tressaillit au souvenir des instants fabuleux partagés avec Nikos, avant de se ressaisir aussitôt. Elle était là pour le test ADN, point final, se répéta-t-elle en se garant.

Elle coupa le moteur, descendit de voiture, ouvrit la portière arrière et souleva le siège dans lequel somnolait Daniel. Quand elle gravit les marches, la porte s'ouvrit sur un homme souriant d'une cinquantaine d'années, élégamment vêtu d'un pantalon noir et d'une chemise blanche.

— Bonjour - mademoiselle Taggart, n'est-ce pas ? Ravi de faire votre connaissance, je suis Andrew Wilson, le nouveau majordome. Et ce petit bonhomme doit être Daniel ?

Sa gentillesse et sa bonne humeur étaient contagieuses, songea Maggie en voyant son fils sourire au majordome.

Au même instant, Nikos apparut derrière M. Wilson.

— Vous voudrez bien nous servir du thé et du café dans le salon, s'il vous plaît ? demanda-t-il au majordome qui acquiesça gracieusement.

Nikos s'avança vers elle.

— Laisse, je vais le porter.

Elle eut envie de refuser mais se ravisa. Lorsqu'elle lui tendit le siège, Maggie remarqua que Nikos s'abstenait de regarder Daniel de trop près. La mine sombre, il rentra dans la maison et traversa le hall en direction du salon.

— Où veux-tu que je l'installe ? Le médecin devrait arriver d'une minute à l'autre.

Il suffisait de regarder Daniel pour savoir qu'il était son fils, mais il lui fallait des preuves, bien sûr…

Le rejoignant, elle lui prit le siège des mains et le posa sur la table afin de pouvoir garder un œil sur Daniel. Puis elle regarda autour d'elle et fut assaillie par un flot de souvenirs si vivaces que les larmes lui montèrent aux yeux.

— Et ensuite ? demanda-t-elle.

— Nous attendrons les résultats. Une fois que nous les aurons, et s'il est bien de moi, nous discuterons des mesures à prendre.

— Daniel est ton fils.

— Je ne peux pas te croire sur parole. Les enjeux sont trop importants.

Comment avait-elle pu succomber au charme d'un homme pareil ! D'un type arrogant qui n'avait pas confiance en elle et exigeait un test ADN alors que la vérité crevait les yeux !

— C'est réciproque, répliqua-t-elle sèchement. Je n'ai pas confiance en toi non plus.

— Tu m'as pourtant fait suffisamment confiance pour me donner ton innocence, dit-il d'une voix onctueuse.

— J'ai cédé à un moment d'égarement, c'est la seule explication, riposta Maggie, les joues en feu.

— Il s'agissait d'alchimie, d'attirance réciproque. Ne me dis pas que tu attends toujours le prince barbant ?

À son grand soulagement, M. Wilson réapparut et fit entrer le médecin.

Après les salutations d'usage, Maggie souleva Daniel de son siège en évitant de regarder Nikos.

Ensuite, les prélèvements furent effectués en un clin d'œil, puis le médecin se leva, referma sa sacoche et annonça que les résultats seraient prêts dans quarante-huit heures.

— Je vous appelle, ajouta-t-il en les regardant tour à tour.

Nikos le raccompagna jusqu'à la porte tandis que Maggie caressait machinalement le dos de Daniel. Tout allait changer, pressentit-elle avec un drôle de frisson.

Entendant Nikos revenir, elle se tourna vers lui et remarqua que, cette fois, il regardait Daniel.

Découvrir qu'il avait un fils devait le bouleverser lui aussi, réalisa-t-elle soudain.

— Je suis désolée que tu l'aies appris de cette façon, dit-elle spontanément. Mais j'ai vraiment essayé de te le dire.

— Je sais.

— Comment cela, tu sais ?

— J'ai demandé à mes agents de sécurité de vérifier les caméras de surveillance et l'un d'eux est allé interroger Chantelle. Elle a confirmé ta venue.

Nikos secoua la tête.

— Elle a fait beaucoup de dégâts.

— C'est comme ça, nous n'y pouvons rien, répliqua Maggie avec un petit haussement d'épaules. Tu sais, maintenant. Du moins, tu sauras bientôt.

Il jeta un coup d'œil à sa montre.

— Je dois aller à Londres. Je reviendrai une fois que j'aurai eu la confirmation qu'il est bien mon fils.

S'il avait eu la preuve que Daniel n'était pas de lui, elle ne l'aurait sans doute jamais plus revu, songea-t-elle avec un pincement au cœur. La passion qui les avait consumés était bel et bien éteinte. Mais Daniel *était* le fils de Nikos, aussi le reverrait-elle forcément, contrainte d'assumer les conséquences de ses actes.

Nikos l'accompagna jusqu'à sa voiture et, l'observant du coin de l'œil, elle vit qu'il regardait à nouveau Daniel à travers la vitre.

Puis il recula d'un pas et tourna les yeux vers elle.

— S'il est de moi, je l'accepterai comme mon fils et, je te préviens, tout changera ! Radicalement.

Sur ces paroles, il se détourna, prêt à regagner la maison.

— Qu'est-ce que cela veut dire, exactement ? demanda Maggie.

Il revint vers elle et s'arrêta, les mains posées sur les hanches.

— Ce que j'ai dit : si Daniel est mon fils, tu peux être certaine que je ne fuirai pas mes responsabilités.

Trois jours plus tard, Maggie pénétra dans le luxueux hôtel situé en plein cœur de Dublin. L'établissement, l'un des plus anciens de la ville, donnait sur St. Stephen's Green, le célèbre parc public, et exsudait une élégance et une sophistication intemporelles.

Une voiture avec chauffeur était venue la prendre chez elle, envoyée par Nikos mais, poussée par un sentiment rebelle, Maggie avait délibérément choisi une tenue décontractée. À présent, elle avait l'impression d'être une ado récalcitrante. Si on la fichait dehors avant même qu'elle ait atteint la réception, elle n'aurait qu'à s'en prendre à elle-même...

En fait personne ne l'arrêta, mais un employé stylé en costume noir et chemise blanche s'avança vers elle.

— Mademoiselle Taggart ?

Comment savait-il à qui il avait affaire ?

Maggie hocha la tête.

— Si vous voulez bien me suivre, dit-il en souriant. Je vais vous conduire chez M. Marchetti.

Chez M. Marchetti. Nikos avait une suite permanente ici, se souvint-elle en suivant l'homme qui entrait dans un ascenseur ancien. La cabine en bois massif à portes vitrées s'éleva bientôt en silence, étage après étage.

Qu'allait-il se passer, maintenant ? se demanda Maggie avec appréhension. Qu'allait lui annoncer Nikos ?

Son accompagnateur s'avança bientôt devant elle dans un couloir au sol recouvert d'un épais tapis bordeaux et s'arrêta devant la dernière porte, tout au fond.

Il toqua discrètement, et la porte s'ouvrit presque aussitôt.

Nikos apparut, l'air grave, les manches de chemise roulées sur les avant-bras, les cheveux en désordre.

— Bonjour, Maggie.

— Bonjour, Nikos.

Une tension palpable imprégnait l'atmosphère, redoublant son appréhension. L'employé de l'hôtel s'éclaircit la gorge.

— Voulez-vous que je vous fasse apporter des rafraîchissements, monsieur Marchetti ?

— Du thé et du café, cela suffira, répondit Nikos sans détacher son regard de celui de Maggie.

— Merci, dit-elle en se tournant vers l'homme.

Dès qu'il fut parti, Nikos s'effaça pour la laisser entrer. Elle passa devant lui en s'efforçant de ne pas respirer les effluves épicés, mais ils lui parvinrent néanmoins, ravivant de dangereux souvenirs.

Elle se dirigea vers la large fenêtre donnant sur le parc et aperçut au passage une chambre, un lit aux draps froissés...

— Où est Daniel ?

Daniel. Maggie tressaillit. Il savait, à présent.

— Sara, la nounou des Barbier, s'occupe de lui.

— Assieds-toi, je t'en prie, dit-il en désignant un canapé.

Bien campé sur ses jambes, il était l'incarnation même de la beauté virile. À mille lieues du play-boy moqueur au charme raffiné qui avait chamboulé son existence en l'espace d'une seule nuit.

— Non, merci. Je préfère rester debout.

— Quand m'aurais-tu annoncé que j'avais un fils ? demanda-t-il en croisant les bras. Aurais-tu attendu qu'il marche et qu'il parle ?

Évidemment... Maintenant qu'il était certain d'être le père de Daniel, il lui en voulait. Et sa réaction la déroutait.

— Je ne sais pas, répondit Maggie avec franchise. Je croyais que tu étais au courant et que cela ne t'intéressait pas. J'aurais sans doute essayé de reprendre contact avec toi plus tard, quand Daniel aurait été un peu plus grand.

Il se mit à arpenter le salon immense, vibrant d'énergie. Puis il s'arrêta et la regarda.

— Je sais que ce n'est pas entièrement ta faute, et j'avoue que la piètre opinion que tu as de moi... a quelque chose de rafraîchissant, vu que je suis d'ordinaire l'objet de flatteries intéressées. Mais je n'arrive pas à admettre que, si je n'avais pas répondu à l'invitation des Barbier, j'aurais pu manquer... une année entière de la vie de mon fils ? Deux ? Trois ? En plus d'avoir été privé de sa naissance et de ses premiers mois.

— Tu étais parti en me laissant seulement quelques mots, sans me donner de numéro personnel, riposta Maggie avec colère. Tu n'aurais pas pu être plus clair ! Tu m'avais bien fait comprendre que tu n'avais aucune envie de me revoir ! Et maintenant, tu voudrais me faire croire que tu aurais aimé être au courant de la naissance d'un bébé que tu as d'abord refusé de reconnaître comme le tien ? Ne fais pas semblant de t'intéresser à lui maintenant, ce n'est vraiment pas la peine. Je sais comment ça se passe. Mon père...

— Ton père ? l'interrompit-il brutalement. Qu'est-ce qu'il a à voir avec notre situation ?

— Mon père était riche. Très riche. Il a entretenu une liaison avec ma mère et, quand elle lui a annoncé qu'elle était enceinte, il n'a rien voulu savoir. Il l'a menacée, chassée. Il n'avait pas le moindre désir d'être père - encore moins de partager sa fortune !

— Où est le rapport avec moi ? répliqua Nikos avec hauteur. Hormis le fait que je suis moi aussi très riche ?

— Tu m'as dit que les relations suivies ne t'intéressaient pas, ni la famille.

— C'était avant que j'aie un fils.

Un frisson la traversa.

— Pourquoi ne voulais-tu pas t'engager ni avoir d'enfant ? À cause de ce que tu as vécu avec ta mère ?

Un chaos épouvantable régnait dans l'esprit de Nikos. Une foule d'émotions contradictoires se bousculaient en lui. Sans parler du désir qui l'empêchait de se concentrer, de réfléchir. Dans ce jean usé aux genoux et ce banal débardeur en coton, avec ses sandales plates en cuir naturel, son chignon flou et ses mèches rebelles, Maggie ressemblait à une hippie.

Ce qui ne l'empêchait pas de la trouver encore plus sexy, plus attirante. Le simple fait de la regarder l'embrasait littéralement. Il ne désirait qu'une chose : la soulever dans ses bras et l'emporter dans la chambre...

— Je n'avais jamais envisagé d'avoir d'enfants parce que je ne voulais pas qu'ils vivent ce que j'ai vécu.

— Qu'as-tu vécu ?

En d'autres circonstances, Nikos n'aurait jamais permis à quiconque de l'interroger ainsi. Mais la situation était différente. Maggie devait savoir dans quoi elle s'engageait.

— Ma mère s'est donné la mort alors que j'avais deux ans. Mon père l'avait épousée uniquement pour son héritage et, elle, elle croyait qu'il l'aimait. Peu après le drame, il s'est remarié et, sa nouvelle femme n'ayant pas envie de s'encombrer du fils de la défunte épouse, je suis allé vivre chez mes grands-parents, en Grèce. Ils ne m'ont jamais pardonné les « fautes » de ma mère qui s'était enfuie avec son amant italien et lui avait donné toute sa fortune. Plus tard, mon père m'a envoyé en pension, en Angleterre. J'ai été manipulé comme un pion, moi, le pauvre gamin riche qui se rebellait pour attirer l'attention de son père. Sans jamais y parvenir.

Maggie le regardait avec une émotion sincère qui le dérangea.

— Je suis désolée que tu aies dû vivre ça.

— Ne sois pas désolée. Il m'a rendu service. J'ai appris très tôt à ne compter que sur moi-même.

Quand il vit des larmes briller dans les yeux bleus, Nikos réagit d'instinct. Il ne voulait pas de cela.

— Arrête, Maggie. Ne me regarde pas de cette façon.

— De quelle façon ? demanda Maggie.

Ce qu'il venait de lui dire l'avait profondément ébranlée. Elle aussi avait appris, à un très jeune âge, à ne faire confiance à personne excepté sa mère. Parce qu'elle aussi avait été rejetée par son père, avant même sa naissance.

— Je ne suis pas quelqu'un de gentil, Maggie. Je ne veux pas de ta compassion. Je n'en ai pas besoin. Tu sais ce que je ressens, là, maintenant ? Du désir. Je te désire comme un fou.

Elle le dévisagea en silence, le cœur battant la chamade.

— Même maintenant, avec le bébé… ?

— Je te désire depuis un an. Toi et toi seule.

Une chaleur délicieuse se répandit en elle, la faisant fondre.

— Tu ne penses pas ce que tu dis.

— Pourquoi mentirais-je ? rétorqua-t-il, plus impérieux que jamais.

Quand il s'avança vers elle, elle se sentit faiblir.

Levant la main, Nikos la lui posa sur la joue et lui caressa les lèvres du bout du pouce. Des étincelles coururent sur sa peau. Il était si proche que leurs corps se touchaient presque. Tous ses sens palpitaient, réclamaient.

— Je veux savoir si tu me désires autant que je te désire, Maggie.

Comment aurait-elle pu le nier ? Elle se consumait pour lui. Elle pensait qu'à cela : au désir qui la dévorait.

— Oui, je te désire, chuchota-t-elle.

Le regard rivé au sien, Nikos lui enlaça la taille et l'attira contre lui. Leurs corps s'épousaient parfaitement. Comme un an plus tôt.

Lorsque sa bouche ferme effleura la sienne, Maggie répondit à son baiser comme si elle attendait cet instant depuis toujours. Leurs langues se mêlaient, se repoussaient pour mieux se retrouver. La chaleur de Nikos l'entourait, se répandait en elle…

Comment avait-elle pu vivre sans ces délices ? Sans lui ?

Il s'écarta et recula d'un pas tandis qu'elle le regardait, le souffle court. Les yeux de Nikos étincelaient, ses hautes pommettes avaient foncé. Quand il tendit les bras et fit glisser les fines bretelles sur ses épaules, puis sur ses bras, Maggie n'eut pas le temps de penser que son soutien-gorge d'allaitement était tout sauf sexy. Nikos le dégrafa sur le devant et referma les mains sur ses seins.

— J'en ai tellement rêvé, Maggie… J'ai tellement rêvé… de toi.

Elle aussi, elle avait rêvé de lui, de ce corps sublime. Elle brûlait de le voir, de sentir sa peau chaude contre la sienne.

Le cœur battant à un rythme fou, les doigts tremblant

d'impatience, Maggie déboutonna la chemise blanche. Elle éprouvait la même hardiesse qu'un an plus tôt, la même avidité.

Mais une année avait passé depuis. À présent, il y avait Daniel.

Brusquement, elle remonta son débardeur sur sa poitrine.

— Nous ne devrions pas...

— Nous ne pouvons pas résister, Maggie. C'est plus fort que nous, répliqua Nikos, le regard incandescent.

Sa chemise ouverte dévoilait des pectoraux parfaits. Maggie dut faire un effort surhumain pour ne pas y poser les mains et savourer la merveilleuse chaleur virile.

— La dernière fois que nous avons cédé au désir, je me suis retrouvée enceinte.

Lorsqu'elle recula, Nikos s'interdit de l'enlacer à nouveau pour l'attirer contre lui. Le désir l'aveuglait, obscurcissant ses pensées. Que lui faisait-elle, bon sang ? Il s'efforça de reprendre le contrôle de lui-même, mais comment y parvenir alors que les seins épanouis de Maggie s'offraient à sa vue ? Et qu'elle le regardait comme ça, les joues roses, le souffle court ?

— Tu as raison, ce n'est ni le moment ni l'endroit, dit-il d'une voix dure.

En réalité, il s'en voulait, mais il se détourna et reboutonna sa chemise. Un tel abandon ne lui ressemblait pas. Il gardait le contrôle de lui-même en toutes circonstances. Et il ne couchait jamais avec ses employés. Pourtant non seulement il avait couché avec la gouvernante de Kildare House, mais il lui avait fait un enfant !

Nikos se retourna vers Maggie, qui s'était rajustée elle aussi, et dut résister au désir qui flambait de nouveau en lui.

— Je ne sais pas ce qu'il m'a pris. Je voulais juste te parler.

Les joues en feu, elle murmura :

— D'accord.

Un tumulte d'émotions se lisait dans les grands yeux aux reflets turquoise. Or il ne voulait pas d'émotion. Seulement de la passion. Ça, il savait gérer.

Maggie continua de le regarder en silence, l'air maintenant accusateur.

— Ce qui vient de se passer était réciproque, Maggie.

Le fait de savoir que Nikos la désirait encore avait anéanti toutes les défenses de Maggie. Un barrage s'était rompu en elle, la passion avait pris possession de tout son corps, tel un courant indomptable.

Cependant elle n'était pas venue là pour coucher avec lui.

— Il faut que nous parlions de la suite.

— En effet, acquiesça-t-il en croisant les bras. Maintenant que je sais que Daniel est mon fils, nous allons pouvoir avancer.

— Avancer ? À quoi fais-tu allusion, exactement ?

Les pépites dorées luisaient dans les yeux sombres de Nikos.

— Au mariage. Nous allons devoir nous marier, Maggie.

6

Maggie le regarda, interloquée. Elle avait dû mal comprendre.

— Qu'est-ce que tu as dit ?

— Que nous allions nous marier, répondit-il tranquillement.

Ses jambes se mirent à trembler.

— C'est la chose la plus ridicule que j'aie jamais entendue. Nous nous connaissons à peine !

— Cela ne nous a pas empêchés de faire un enfant ensemble. Ce qui me paraît amplement suffisant pour envisager le mariage.

Le tremblement se propagea dans tout son corps.

— Tu veux vraiment te marier ? Malgré ce que tu m'as raconté sur tes parents et sur ton enfance ?

Après un long silence, Nikos répondit, crispé :

— C'est à cause de ce qui m'est arrivé que je suis résolu à être là pour mon fils. Mon père nous a abandonnés, ma mère et moi, et je n'infligerai pas cela à mon enfant.

Maggie le dévisagea, paniquée. En fait, elle ne savait pas ce qui était le pire : un père absent ou un père désireux d'assumer ses responsabilités uniquement par sens du devoir.

— Mais pourquoi en passer par le mariage ? Nous pourrions essayer de trouver une sorte… d'arrangement ?

— Il ne s'agit pas seulement de nous.

— De quoi parles-tu ? demanda Maggie en plissant le front.

— Il y a le Marchetti Group à prendre en compte. Un certain nombre d'années se sont écoulées depuis la mort de mon père, mais on continue d'observer ses fils pour voir comment ils se débrouillent en trio. Nous sommes tous les trois célibataires, ce qui nous rend moins fiables aux yeux de nos actionnaires conservateurs. Ils deviennent de plus en plus nerveux au fur et à mesure que les années passent. La stabilité de la holding et son image sont primordiales.

Il s'interrompit et la regarda droit dans les yeux.

— Lorsque les médias découvriront ton existence et celle de Daniel, ils s'en donneront à cœur joie, tu peux me croire. J'en connais beaucoup qui ne seront pas surpris d'apprendre que j'ai un enfant, mais la nouvelle ne fera que renforcer la nervosité des actionnaires.

Cela ne surprendrait pas bon nombre de gens à cause de sa réputation de don Juan invétéré, bien sûr...

— Si je comprends bien, tu veux que nous nous mariions uniquement pour consolider l'image de ton entreprise ?

— Pas uniquement. Mais en grande partie, oui.

La panique envahit de nouveau Maggie. Il paraissait si déterminé qu'elle en avait la chair de poule.

— Mais je ne sais presque rien de toi... Tu as deux frères, mais es-tu proche d'eux ?

Le beau visage viril se ferma.

— J'ai deux *demi*-frères, l'un plus âgé, l'autre plus jeune. Nous avons tous des mères différentes. Et, non, nous ne sommes pas particulièrement proches. En revanche, nous sommes tous dévoués au Marchetti Group.

Ah... Leur fraternité se réduisait à des relations d'affaires, en quelque sorte.

— Je comprends tes motivations, dit-elle, le plus posément possible. Mais tu es bien placé pour savoir qu'un mariage raté peut entraîner des conséquences effroyables. Nous ne nous aimons pas.

— Qui parle d'amour ? Si quelque chose peut déstabiliser un mariage, c'est bien l'amour. Il faut être naïf pour croire à ce genre d'illusion !

— Il n'y a rien de naïf à croire à l'amour, riposta Maggie en redressant le menton. Et ce n'est certainement pas une illusion. J'aimais ma mère et elle m'aimait. Elle a tout fait pour me protéger et, lorsqu'elle est morte, j'ai été anéantie. Quant à Daniel… Je n'ai pas de mots pour décrire ce que j'ai ressenti dès sa venue au monde. Je ferais n'importe quoi pour lui.

Nikos entendait les mots qu'elle prononçait, mais c'était comme si elle s'exprimait dans une langue inconnue. Il ignorait totalement de quoi elle parlait.

À la mort de ses grands-parents, il n'avait rien ressenti. Aucune émotion. Ils ne lui avaient jamais manifesté la moindre bienveillance, voyant en lui la preuve de la trahison de leur fille. Ils avaient laissé Domenico l'emmener, à douze ans, visiblement ravis d'être débarrassés de lui.

Il ne fallait pas être psychologue pour comprendre que sa rébellion venait du désir de tester les limites, de voir jusqu'où il pouvait aller avant d'être exclu de la famille. Et que sa révolte était également liée au désir de capter enfin l'intérêt de son père. Ainsi que celle de ses demi-frères, reconnut Nikos en son for intérieur.

Mais ce n'était pas le moment de se livrer à ce genre de réflexions. Surtout sous le regard perspicace de Maggie.

— Tu ferais n'importe quoi pour notre fils, dis-tu ? De mon côté, je peux vous offrir la stabilité et la sécurité. Le luxe et le confort. Des garanties que l'amour ne pourra jamais te donner.

Quand elle se mordilla la lèvre, Nikos sentit sa virilité réagir avec une telle ardeur qu'il dut faire un effort terrible pour ne pas prendre Maggie dans ses bras et assouvir enfin le désir qui le ravageait.

— Nous possédons des atouts bien plus puissants et concrets que l'amour pour réussir un mariage, poursuivit-il. Le désir. Et un enfant.

— Peut-être, mais le désir ne durera pas toujours… Et ensuite, qu'arrivera-t-il ?

Pourquoi une telle résistance ? D'habitude, on adhérait sans réticence à ses propositions, et sans poser de questions !

— Il faut que je réfléchisse, ajouta Maggie.

— Tu as eu un an pour y réfléchir, rétorqua-t-il sèchement.

De son côté, il aurait pu essayer de la retrouver...

Refoulant le sentiment de culpabilité qui s'insinuait en lui, il poursuivit, plus conciliant :

— Je crois que nous avons mieux à offrir à Daniel que ce que nous avons vécu l'un et l'autre. Il le mérite.

— Tu l'as à peine regardé.

Sa poitrine se serra tandis qu'il revoyait en pensée le petit garçon minuscule aux cheveux pareils aux siens.

— Je n'ai aucune expérience avec les bébés. Il me faudra du temps pour m'adapter à... ma nouvelle vie.

Elle baissa les yeux en rosissant, puis redressa la tête.

— Si j'acceptais de t'épouser, comment vivrions-nous, exactement ?

— À mon avis, cinq ans suffiront à donner une impression durable de stabilité et à établir une base solide pour notre fils. Ensuite, nous prendrons les dispositions qui nous conviendront à tous les deux, notamment pour la garde de Daniel.

Cinq ans...

— Et où vivrions-nous ? Je ne sais même pas si tu as une résidence principale.

— Je vis principalement à Paris, mais je possède des appartements à New York, Londres et Athènes.

Maggie fut prise d'une excitation insensée. Elle se rappela la sensation de la bouche ferme sur la sienne. Il n'avait désiré aucune femme après elle... Pouvait-elle vraiment le croire ?

— J'aimerais avoir un peu de temps pour y réfléchir.

À en juger par la lueur irritée qui couvait dans son regard, il n'avait pas l'habitude qu'on lui résiste...

— Très bien, acquiesça-t-il néanmoins. Mais les journalistes viendront vitre fourrer leur nez dans nos affaires et comprendront aussitôt ce qui se passe. Alors j'aimerais que toi et Daniel partiez avec moi à Paris demain après-midi.

— Demain ? Daniel n'a même pas de passeport ! protesta Maggie, suffoquée.

— Je m'occuperai de toutes les formalités, répliqua Nikos, péremptoire. Nous voyagerons dans un jet privé, cela facilitera les choses. Tout va vite, dans mon univers. Plus tôt nous contrôlerons la situation, mieux cela vaudra.

Tout allait *trop* vite, même, songea-t-elle, sous le choc.

— Je dois rentrer m'occuper de Daniel. Et j'ai besoin de temps pour réfléchir à tout ceci...

À son grand soulagement, Nikos s'avança vers la porte, l'ouvrit et se retourna vers elle.

— D'accord. Tu sais ce qui est le mieux pour notre fils.

En effet. Mais elle ne se faisait pas confiance concernant Nikos. Or, si elle acceptait de l'épouser, ils vivraient dans une proximité quasi constante. Et, comme elle venait encore de le vérifier, elle perdait la tête dès qu'il s'approchait d'elle...

En fin de compte, Maggie comprit rapidement qu'elle n'avait pas vraiment le choix. Peu importaient ses propres réactions, ses peurs, ses doutes. Une seule chose comptait : Daniel. Si elle acceptait la proposition de Nikos, leur fils grandirait dans un foyer stable durant ses premières années. Avec ses deux parents.

Avait-elle le droit de le priver de cela ?

Tard la veille au soir, elle avait appelé Nikos pour lui annoncer qu'elle acceptait de l'épouser.

Il y avait eu un court silence, puis il avait répliqué de sa belle voix grave qu'elle avait pris la bonne décision.

Son chauffeur était venu les chercher tôt ce matin, elle et Daniel, avec leurs maigres bagages.

Il avait été étonnamment facile de quitter la vie qu'elle s'était construite chez les Barbier. Ils n'avaient fait aucune difficulté, posé aucune question, se contentant de lui souhaiter bonne chance. Mais Maggie n'avait pu s'empêcher de songer à sa mère, incapable de rester longtemps chez le même employeur et déménageant sans cesse.

Comme Edith, elle avait succombé au charme d'un homme riche et puissant.

— Tu es bien installée ?

Elle tressaillit et détourna la tête du hublot par lequel elle regardait Dublin rétrécir à vue d'œil au fur et à mesure que le jet prenait de l'altitude et s'éloignait dans les airs.

La réalité de la nouvelle vie qui l'attendait l'avait frappée de plein fouet dès qu'elle avait aperçu le somptueux appareil trônant sur la piste, le logo du Marchetti Group ressortant sur le fuselage noir. Ensuite, elle avait découvert l'intérieur luxueux, les sièges en cuir gris perle, tandis qu'un steward et une hôtesse souriants s'empressaient autour d'elle et de Daniel.

Maggie souleva sa tasse de thé d'une main légèrement tremblante.

— À quoi penses-tu ? Je n'arrive pas à te deviner et cela me rend nerveux.

— Parce que tu devines les pensées de tout le monde, d'habitude ?

— Je suis un excellent joueur de poker, répliqua-t-il avec un petit sourire en coin qui la fit frémir dans les endroits les plus secrets de son corps.

— Je songeais à Daniel, répliqua-t-elle. Au fait qu'il n'aurait peut-être pas envie d'hériter d'une fortune colossale.

La question l'avait en effet traversée. Et inquiétée. Son fils était si petit, si vulnérable, qu'elle avait du mal à l'imaginer héritant de milliards et des responsabilités qui allaient avec.

— Tu voudrais le priver de son héritage ?

— Bien sûr que non. Je voulais simplement dire que, pour ma part, je me moque qu'il soit riche ou pas. La seule chose qui m'importe, c'est qu'il soit heureux et en bonne santé.

— Très noble, comme point de vue, riposta Nikos avec un soupçon de condescendance. Mais pas très réaliste. Pense aux opportunités que je peux lui offrir.

Certes, mais un enfant avait avant tout besoin d'amour. Or Nikos méprisait ce sentiment et ne parlait que de confort matériel.

— Si tu n'envisages pas d'être un père pour Daniel, le mariage ne m'intéresse pas, déclara Maggie. L'argent ne le protégera pas de ton indifférence. Ni le luxe et le confort, d'ailleurs.

Il baissa rapidement les yeux sur Daniel, endormi dans les bras de Maggie. Une expression indéchiffrable passa sur ses traits, avant de disparaître aussitôt. Avait-elle été trop franche ? Trop brutale ? Nikos Marchetti était-il fait d'un bois plus tendre qu'il ne le paraissait ?

Impossible... Et puis, son cynisme lui servait d'armure.

Nikos détestait cette impression que Maggie lisait en lui. Surtout maintenant, alors qu'il se demandait lui-même s'il serait capable d'être le père qu'il n'avait jamais eu. Mais cela n'ébranlait en rien sa décision. L'idée de ne pas faire partie de la vie de Daniel lui était insupportable.

— Jusqu'à il y a quelques jours, j'ignorais que j'avais un fils, dit-il lentement. Alors tu peux comprendre que je sois un peu déboussolé par la situation et que j'aie besoin de temps pour essayer de construire une relation avec lui, non ?

— Je le comprends tout à fait, acquiesça-t-elle en rosissant.

Le signal lumineux s'éteignant, elle détacha sa ceinture de sécurité puis celle entourant le bébé et se leva.

— Je vais l'allaiter et le changer, dit-elle sans le regarder.

Puis elle s'éloigna dans l'allée, Daniel en sécurité dans le creux de son bras, tandis que Nikos la suivait du regard. Si on lui avait dit un mois plus tôt qu'il se retrouverait dans ce jet avec sa future femme et son fils, après avoir passé une seule nuit avec elle, il ne l'aurait jamais cru.

Mais leur nuit n'avait ressemblé à aucune autre. Faire l'amour avec Maggie avait été une expérience unique. Jamais il n'avait ressenti une telle communion des sens. Cette femme n'avait rien de commun avec celles qu'il fréquentait d'habitude. Elle s'était installée en lui, dans son corps et dans son esprit. Depuis leur nuit magique, le désir qu'il éprouvait pour elle n'avait pas faibli.

Il ne désirait qu'elle. Et elle était la mère de son enfant.

Quant à l'avenir, Nikos ne s'en inquiétait pas vraiment. Il avait appris très tôt à ne pas attendre qu'on l'accepte ni qu'on souhaite sa présence. Mais il savait que la réticence de Maggie s'émousserait vite lorsqu'elle verrait la vie qu'il pouvait leur offrir, à elle et à son fils.

— Quand tu as parlé de ton appartement, je n'ai pas pensé qu'il s'agissait en réalité d'une suite d'hôtel.

Maggie se tenait au milieu de la terrasse qui coiffait le sommet d'un immeuble de style baroque et offrait une vue imprenable sur la tour Eiffel. Elle n'était venue qu'une fois à Paris, à l'occasion d'un voyage scolaire, et n'arrivait pas à croire qu'elle se trouvait vraiment là, dans un somptueux palace de la capitale française.

« Beaucoup de Parisiens s'en vont au mois d'août », avait dit Nikos tandis qu'ils traversaient la ville.

Désignant les trottoirs noirs de monde, il avait ajouté avec dédain : « Tous ces gens sont des touristes. »

Elle l'écoutait à peine, fascinée par l'élégance et le raffinement des hauts immeubles qui bordaient l'avenue.

Revenant au présent, Maggie regarda Nikos s'avancer vers elle.

— Tous mes appartements se trouvent dans des hôtels du Marchetti Group. C'est plus commode.

Elle le dévisagea avec surprise.

— Cet hôtel vous appartient ?

Pour toute réponse, il hocha la tête.

Évidemment. Elle aurait dû s'en douter. À leur arrivée, le directeur en personne les avait accueillis, avec une déférence presque obséquieuse.

— Kildare House est la seule maison que tu possèdes, alors ? demanda-t-elle tout à coup.

— Oui, acquiesça-t-il d'un ton détaché. Comme je te l'ai dit, je l'ai achetée à un moment où je pensais investir dans les chevaux de course.

Inutile d'insister. Visiblement, sa question le dérangeait.

— Viens, reprit Nikos en reculant d'un pas. Je vais te faire visiter les lieux.

Elle le suivit tandis qu'il la faisait entrer dans la cuisine immaculée équipée de la domotique la plus sophistiquée.

— Tu ne dois pas beaucoup utiliser cet espace, j'imagine ?

— Non. Je n'ai pas honte d'avouer que, contrairement à toi, je sais à peine cuire un œuf. Mais j'ai Mathilde.

— Mathilde ?

— Ma gouvernante française. Elle s'occupe de plusieurs appartements et vit dans l'un d'entre eux. Tu feras sa connaissance demain. Mais elle a veillé à ce que nous ne manquions de rien, et nos repas nous attendent dans le réfrigérateur.

Après lui avoir montré la salle vidéo, il s'avança dans un long couloir sur lequel donnaient plusieurs pièces. Son bureau, une salle de musculation avec couloir de nage, et enfin, les chambres.

Il ouvrit une porte et s'effaça pour laisser entrer Maggie.

— Voici votre suite, à toi et Daniel.

À quoi s'était-elle attendue, au juste ? Elle n'en savait trop rien mais se sentit soulagée d'avoir son espace personnel. Une petite chambre destinée à Daniel jouxtait la sienne. Il y avait également une salle de bains et un dressing immense, vide pour l'instant.

— Je n'ai jamais partagé ma chambre avec une femme, dit Nikos, l'épaule appuyée au chambranle. Et j'ai pensé que, même après notre mariage, tu aimerais avoir ton espace à toi.

— En effet, acquiesça Maggie d'un ton neutre. C'est mieux ainsi.

Il se redressa de toute sa hauteur.

— Une fois que tu auras rencontré les stylistes, ils veilleront à ce que ton dressing soit bien fourni.

— J'ai des vêtements, répliqua-t-elle, gênée.

— Je sais, dit-il d'une voix plus douce, mais quand tu seras mon épouse, tu devras... avoir un certain degré de sophistication – et c'est naturellement à moi d'en assumer les frais.

Tu auras besoin entre autres de robes de soirée appropriées à des événements mondains comme celui auquel nous participerons demain soir.

Autrement dit, elle n'était pas à la hauteur de son standing ! Ce qui n'avait rien d'étonnant, au fond. Nikos possédait un tiers de l'une des holdings les plus puissantes du monde. Quant à cette soirée...

— De quel événement mondain parles-tu ?

— D'un gala de charité. Nous en profiterons pour nous montrer publiquement en tant que fiancés.

Un sentiment d'insécurité gagna Maggie.

— J'ai l'impression que je vais détonner dans ton univers...

Il laissa descendre son regard sur son chemisier en coton écossais, son jean délavé, ses vieilles baskets. Elle ne portait aucun maquillage et avait rassemblé ses cheveux en un chignon flou sur la nuque.

— Il suffira de pas grand-chose pour améliorer ton look, dit-il avec un léger sourire. J'ai déjà fait publier un communiqué annonçant nos fiançailles et l'existence de notre fils, alors ce ne sera pas une surprise. Nous avons été repérés par les paparazzis en venant ici, de toute façon. Impossible de leur échapper à Paris.

Maggie eut l'impression que des murs invisibles se refermaient autour d'elle.

— Pourquoi ne m'en as-tu rien dit ?

Il la dévisagea, l'air perplexe.

— Parce que tu prends tes décisions seul, répondit-elle à sa place. Sans tenir compte de l'avis de quiconque. Eh bien, à partir de maintenant, j'aimerais que tu me fasses part de *tout* ce qui pourrait avoir des répercussions sur moi ou sur Daniel avant de l'annoncer au reste du monde.

— Dans ce cas, je devrais probablement t'informer que, grâce à une licence spéciale, j'ai organisé notre mariage pour la semaine prochaine.

Maggie sentit ses jambes faiblir.

— Quand t'en es-tu occupé ?

— Hier, après ton départ, et tout à l'heure, durant le vol.

Ah...

— Maggie ?

— J'ai accepté de t'épouser, je sais. Mais je ne m'attendais pas à ce que tout aille si vite. Pourquoi cette précipitation ?

— Parce que, dans le monde où nous vivons, l'image est primordiale, déclara-t-il d'une voix dure. Et plus vite nous nous afficherons en tant que famille unie, plus vite nous étoufferons rumeurs et spéculations.

— Tu veux dire que l'image est primordiale dans *ton* monde ! rétorqua Maggie.

— Désormais, c'est le tien aussi. Et celui de Daniel.

Elle saisit la balle au bond.

— Parlons de Daniel, justement. Je ne peux pas t'accompagner à ce gala.

— J'ai pris des dispositions pour que des nounous viennent te voir demain matin afin que tu en choisisses une. Tu vas devoir t'habituer à sortir sans lui.

La vitesse à laquelle il transformait sa vie lui donnait le vertige.

— Je le confierai à une nounou à condition d'avoir entièrement confiance en elle.

Il la regarda un instant en fronçant les sourcils.

— Pas de problème, dit-il. Au fait, tu devrais établir une liste de ce dont tu as besoin pour Daniel. Je la transmettrai à l'une de mes assistantes.

— Entendu, répliqua Maggie à la hâte.

En réalité, elle se sentait troublée malgré elle par la proximité de Nikos. Les mains posées sur les hanches, il dégageait une formidable aura de force virile. Il ressemblait à ce qu'il était : un homme d'affaires milliardaire doté des attributs naturels d'un sex-symbol.

La panique l'envahit à la perspective de vivre avec lui, alors qu'il exerçait sur elle un pouvoir de séduction aussi puissant. Réussirait-elle à s'habituer à sa nouvelle vie ? Les changements qui l'attendaient étaient immenses.

— Nous ne sommes pas obligés de rester ici, tu sais ? Je pourrais très bien aller m'installer ailleurs avec Daniel. Nous n'avons pas besoin d'un environnement aussi... grandiose.

Maggie le regardait en silence, attendant sa réponse. Soit elle dissimulait bien son jeu, soit elle était réellement désintéressée – ce que Nikos avait beaucoup de mal à croire.

En revanche, il rejeta d'emblée l'éventualité qu'elle puisse convoiter sa fortune tout en envisageant de vivre loin de lui. Elle le désirait. Il n'avait aucun doute là-dessus. Et elle savait qu'ils étaient forcés de faire front ensemble.

Un souvenir lui revint brusquement. Celui de son père venu le voir chez ses grands-parents alors qu'il avait environ huit ans. Nikos lui avait demandé pourquoi il ne pouvait pas repartir avec lui à Paris, et son père avait répondu : « J'ai une nouvelle famille là-bas. Tu es mieux ici, avec tes grands-parents maternels. Tu ne manques de rien, alors contente-toi de ce que tu as, mon garçon. »

Après son départ, Nikos avait contemplé l'allée déserte durant un long moment, la gorge nouée, la souffrance lui enserrant la poitrine, à se demander ce qu'il avait bien pu faire pour être repoussé ainsi, par tout le monde...

Il se secoua pour refouler ces souvenirs pénibles. Il était devenu expert dans l'art de s'immuniser contre ce genre de réminiscence, les noyant dans le bruit et l'activité.

— Tu as accepté de devenir ma femme, dit-il en croisant les bras. Nous vivrons ensemble, pas séparément.

— Je dis seulement que Daniel et moi n'avons pas besoin d'autant...

— Désolé, Maggie, mais ce n'est pas négociable. Et ne t'inquiète pas, tu t'y habitueras.

Et plus vite qu'elle ne le pensait. C'était dans la nature humaine de se laisser éblouir par le luxe, non ?

Elle entrouvrit les lèvres, sans doute pour protester, lorsqu'un petit cri plaintif lui fit tourner les yeux vers la porte du salon.

Aussitôt, elle se précipita et réapparut un instant plus tard en serrant Daniel contre elle.

— Tu veux le prendre un peu dans tes bras avant sa tétée ?

Nikos la dévisagea, horrifié. Le prendre dans ses bras ? Ce petit être fragile ? Il eut envie de tourner les talons et de fuir, le plus loin possible, tout en sachant qu'il était ridicule. Il s'agissait d'un bébé, pas d'une bombe !

Soudain, il se sentit complètement démuni, lui qui se croyait d'une assurance à toute épreuve. Maggie le regardait avec ses grands yeux bleus.

Non, il ne pouvait pas prendre son fils dans ses bras...

— Comment faut-il...

Elle se rapprocha de lui. Son parfum lui caressa les narines, mais cela ne lui fut d'aucun secours.

— Plie le bras, oui, comme ça... Assure-toi que sa tête est bien soutenue.

Lorsque, doucement, Maggie installa Daniel sur son bras, Nikos leva d'instinct l'autre main et la referma sous les fesses du bébé. La première chose qui le frappa, ce fut le poids de son fils. Il ne s'attendait pas à ce qu'il pèse aussi lourd.

Daniel leva vers lui ses yeux noirs aux longs cils. Avec une candeur totale. Une confiance absolue. Et d'un coup, avant qu'il ne puisse la refouler, Nikos sentit une douleur aiguë lui traverser la poitrine, à côté du cœur. Comme si celui-ci se dilatait, allait se déchirer en deux...

Brusquement, Nikos eut le sentiment d'être insignifiant. Ce bébé était la chose la plus importante du monde. Et il ferait tout pour le protéger. Coûte que coûte.

Au même instant, Daniel remua. Le cœur de Nikos s'arrêta de battre tandis qu'il resserrait doucement son étreinte. Son propre père avait-il vécu un tel moment ? L'avait-il tenu dans ses bras ? Avait-il ressenti les mêmes sensations ? En tout cas, il l'avait abandonné...

Nikos eut alors l'impression que Daniel lisait en lui, au plus profond de son âme, là où il s'était toujours senti si creux. Ses parents l'avaient abandonné parce qu'il n'était pas digne d'être aimé. Comment pourrait-il donner à cet enfant ce que lui-même n'avait jamais possédé ?

La sueur perlant à son front, il tendit Daniel à Maggie qui le prit dans ses bras.

— C'était parfait... Tu es naturellement...

Il l'entendit à peine. Il devait sortir de là. Maintenant.

Quittant la pièce, il alla se réfugier dans la salle de bains et referma la porte derrière lui. Debout devant le lavabo, il dut faire un effort surhumain pour ne pas vomir.

Glacé, il se regarda dans le miroir sans vraiment voir son reflet.

La nausée finit par diminuer, l'étau qui lui enserrait la poitrine se détendit.

Il ne pouvait même pas tenir son propre enfant sans friser la crise de panique ! Alors qu'il n'en avait plus eu depuis le pensionnat.

Au bout de quelques minutes, des coups légers furent frappés à la porte.

— Nikos ? Tu vas bien ?

7

Les mains agrippées au lavabo, Nikos inspira profondément avant d'aller ouvrir.

Il savait de quoi il avait besoin pour effacer cet assaut de vulnérabilité. Seule Maggie pouvait l'y aider, et d'une seule façon.

— Nikos ? demanda-t-elle en plissant le front. Que s'est-il passé ?

— Daniel va bien ?

Elle le dévisagea un instant en silence, l'air inquiet.

— Oui. Il s'est rendormi. Tu ne lui as pas fait de mal, Nikos.

— Il ne s'agit pas de cela, répliqua-t-il en secouant la tête.

— Explique-moi ce qui vient de se passer, Nikos.

Quand elle voulut se rapprocher de lui, il l'arrêta d'un geste de la main.

— Reste où tu es, Maggie.

Un courant brûlant emplissait l'atmosphère. Maggie le sentait. Son corps y réagissait, la poussant à se rapprocher de Nikos en dépit de son avertissement.

Elle aurait dû obéir et s'en aller. Mais l'expression de son visage, son regard, démentaient ses paroles. Il avait besoin d'elle.

Tenir son fils pour la première fois avait dû le bouleverser, comme cela avait été le cas pour elle lorsqu'elle l'avait pris dans ses bras juste après sa naissance.

— Que s'est-il passé ? insista-t-elle doucement.

— Je ne peux pas l'expliquer... Va-t'en, Maggie !

Sa voix dure lui fit l'effet d'une gifle, mais elle répliqua avec calme :

— Pourquoi ?

— Parce que, si tu ne t'en vas pas immédiatement, je vais te prendre dans mes bras.

Son cœur s'arrêta une fraction de seconde, puis se remit à battre à un rythme plus soutenu.

— Et ce serait une mauvaise chose ?

Il serra les mâchoires.

— Oui, parce que je risquerais d'être brutal.

Au lieu de l'effrayer, ses paroles l'excitèrent. Elle fit un pas en avant.

— Maggie...

Cette fois, il y avait de la vulnérabilité dans la voix de Nikos. Et dans son regard.

Lentement, elle leva la main et lui effleura la joue, sentant sa barbe de deux jours lui chatouiller la peau. Il prit sa main et en embrassa la paume, et cela suffit à embraser Maggie tout entière.

Il pencha la tête au moment où elle se haussait sur la pointe des pieds pour lui offrir ses lèvres. Leurs bouches se rencontrèrent tandis qu'elle refermait les bras autour du cou de Nikos et creusait les reins pour mieux sentir sa puissante érection.

Tout en dévorant sa bouche, il la souleva et l'assit sur le comptoir de la salle de bains.

Quand il tira sur son chemisier, Maggie entendit un bouton tomber sur le marbre. Elle s'en fichait éperdument. Elle voulait sentir les mains de Nikos sur sa peau.

Écartant les pans de son chemisier, il dégrafa son soutien-gorge, referma les mains sur ses seins et se pencha à nouveau avant de happer ses mamelons tour à tour. Ils étaient si sensibles... Elle enfouit les doigts dans ses cheveux bouclés et laissa échapper un gémissement.

Sans même s'en apercevoir, Maggie avait déboutonné la

chemise de Nikos. Elle posa les mains sur ses larges épaules, puis, se laissant à moitié glisser du comptoir, elle déboutonna son pantalon et s'occupa de la fermeture Éclair.

— Caresse-moi...

Elle le prit dans sa main et le sentit pulser entre ses doigts. Doucement, elle le caressa, tandis qu'un son rauque franchissait les lèvres de Nikos.

Les mâchoires serrées, il fit descendre le jean de Maggie, puis sa culotte, sur ses jambes, avant de la soulever de nouveau pour la rasseoir sur le plateau de marbre.

Ses mains se posèrent d'elles-mêmes sur le torse musclé, caressèrent la toison brune qui recouvrait les pectoraux parfaits.

Nikos caressa son sexe offert tandis qu'elle haletait, impatiente de l'accueillir. Il l'explora avec deux doigts glissés en elle, mais cela ne lui suffisait pas.

— Nikos, prends-moi...

Retirant sa main, il lui passa le bras autour des hanches et la pénétra d'un puissant coup de reins.

Il était là, enfin, enfoui en elle, comme elle en rêvait depuis un an.

Le plaisir rugit en lui, se répandit dans tous ses sens. Nikos donna un nouveau coup de reins, s'enfonça au plus profond de la merveilleuse chaleur de Maggie.

C'était de ça qu'il avait besoin. Lorsqu'elle se mit à trembler dans ses bras, que le plaisir les submergea tous deux, il donna un ultime coup de reins et céda à la jouissance en même temps que Maggie.

Ce qu'ils partageaient relevait de la perfection, songea-t-il en redescendant sur terre. C'était le plaisir à l'état pur.

Jamais il n'avait vécu cela avec une autre femme. Et il ne le vivrait avec aucune autre, pressentit Nikos avec un sentiment de fatalité sur lequel il refusa de s'appesantir.

Maggie sentit à peine que Nikos se retirait et l'aidait à descendre du comptoir, puis se penchait pour ramasser son jean. Son chemisier était ouvert, son soutien-gorge dégrafé. Elle se sentait comblée, épuisée...

Émergeant de sa délicieuse torpeur, elle réalisa qu'il lui tendait son jean et tressaillit en voyant son expression tendue. Regrettait-il ce qui venait de se passer ?

— Qu'y a-t-il, Nikos ?

— Je n'ai pas utilisé de préservatif.

— Le fait d'allaiter retarde le retour de couches, répliqua Maggie. Alors les risques sont très minces...

— J'ai fait preuve de négligence, l'interrompit-il. La prochaine fois je serai plus vigilant.

Parce qu'il ne voulait pas avoir d'autre enfant. Il n'en avait jamais voulu.

La réalité reprit brutalement ses droits, lui faisant l'effet d'une douche froide.

Maggie se rajusta à la hâte, puis passa devant Nikos en disant qu'elle allait voir Daniel.

Ayant constaté qu'il dormait comme un ange, elle regagna le salon et sortit sur la terrasse. Après ce qui venait de se passer, elle se sentait affreusement vulnérable. Dès que Nikos était concerné, elle perdait la tête. Ils étaient arrivés depuis moins d'une heure, et elle avait déjà succombé au désir.

— Cela n'aurait pas dû...

— Cela n'aurait pas dû arriver, je sais, l'interrompit Maggie en se retournant vers lui.

— Ce n'est pas ce que j'allais dire, répliqua-t-il en s'avançant vers elle, les sourcils froncés. Je voulais te dire que cela n'aurait pas dû se passer de cette façon.

— Pourquoi est-ce arrivé ? riposta Maggie, décidée à en avoir le cœur net. Et que t'est-il arrivé, à toi ? Tout à l'heure, je veux dire.

Il demeura silencieux durant un long moment. Puis il se dirigea vers la baie vitrée qui entourait la terrasse.

— Je n'avais encore jamais tenu un bébé dans mes bras,

commença-t-il, le dos tourné. Un si petit être, sans défense. Mais Daniel est costaud. Je l'ai senti...

Quand il se retourna vers elle, Maggie tressaillit en voyant l'expression torturée de son visage.

— Je n'ai pas été aimé, Maggie. Ni par mes parents ni par mes grands-parents. Si ma mère m'a aimé un tant soit peu, j'étais trop petit pour m'en souvenir.

Il secoua la tête.

— Je ne veux pas que Daniel vive ce que j'ai vécu, mais je sais déjà que ce ne sera pas le cas. Parce qu'il t'a et que tu l'aimes. Quant à moi, je ne peux pas promettre de... de lui donner ce que je n'ai jamais connu.

Maggie digéra ses paroles et s'efforça d'ignorer la souffrance qui lui étreignait le cœur à la pensée de la solitude que Nikos avait dû connaître enfant.

— Et moi, je sais que tu as ressenti quelque chose d'intense quand tu l'as tenu dans tes bras, tout à l'heure. Je l'ai vu.

— J'ai perçu sa vulnérabilité et réalisé que je désirais plus que tout le protéger.

Du désespoir se lisait dans les beaux yeux sombres. Il n'y avait plus aucune trace du play-boy irrésistible rencontré un an plus tôt. Maggie aurait voulu lui dire que désirer protéger son fils était une forme d'amour, mais elle devina qu'il n'était pas prêt à l'entendre. Ni même à le concevoir.

— Très bien, dit-elle au bout de quelques instants.

— Très bien ?

— Cela me suffit.

Cela lui suffisait-il vraiment ?

— Je suis résolu à faire fonctionner notre relation, déclara Nikos. Pour notre fils.

Il était « résolu ». Dans un sens, elle n'avait rien à lui reprocher. Il lui offrait bien davantage que ce que son propre père lui avait jamais offert. Et elle avait vu la profonde émotion qu'il avait éprouvée en tenant Daniel dans ses bras, alors sans doute était-ce une question de temps. Il finirait par s'apercevoir que ce qu'il ressentait pour son fils était bel et bien de l'amour, même s'il se croyait incapable d'aimer.

Quant à elle, elle manquait de distance vis-à-vis de Nikos. Tout avait commencé un an plus tôt, quand elle avait lu le mot qu'il lui avait laissé. La douleur éprouvée alors n'avait jamais disparu, surtout lorsqu'elle avait constaté qu'il ne cherchait pas à la contacter. Ce n'était pas la faute de Nikos, puisque son message ne lui était jamais parvenu. Mais cela ne diminuait en rien la souffrance.

Quoi qu'il en soit, Maggie devait maintenant s'interdire tout sentiment envers lui. Il avait été clair et lui avait répété à plusieurs reprises qu'il n'était pas capable d'y répondre. Sans Daniel, il ne lui aurait jamais proposé de l'épouser. Aussi devrait-elle se contenter de l'espoir qu'il finirait par aimer son fils. Même si ce jour était encore lointain.

— Moi aussi, j'y suis résolue, dit-elle d'un ton neutre.

Mais un goût amer lui resta sur les lèvres.

Le lendemain, en contemplant son reflet dans le miroir, Maggie eut l'impression de se trouver face à une étrangère. Une femme grande et svelte, avec une profusion de boucles auburn domptées et rassemblées en un chignon élégant.

Après les soins prodigués par l'esthéticienne, incluant une séance de manucure, elle avait été confiée à la maquilleuse qui avait su mettre en valeur la pâleur de son teint et ses yeux bleus.

Quant à la robe...

C'était la première fois que Maggie portait une robe longue. Celle qu'elle avait choisie avec l'aide de la styliste était noire, et très décolletée. La styliste n'avait rien voulu entendre, répétant que, lorsqu'on avait la chance d'avoir une belle poitrine, il fallait la montrer...

Le tissu lui moulait la taille, les hanches, avant d'onduler jusqu'à mi-mollets. Et, au moindre pas, la fente audacieuse dévoilait sa jambe gauche.

Maggie perçut tout à coup un mouvement derrière elle et

remarqua la haute silhouette de Nikos qui se découpait sur le seuil de la pièce.

Il portait un smoking noir, comme lorsqu'elle s'était retrouvée face à lui pour la première fois, après lui avoir ouvert la porte de Kildare House. Il était aussi ténébreux, aussi somptueux que ce soir-là.

Lentement, il s'avança dans la pièce tandis qu'elle le regardait se rapprocher en retenant son souffle.

— Je savais déjà que tu étais belle..., dit-il en s'arrêtant à côté d'elle. Mais dans cette robe, tu es... bellissime.

— Tu n'es pas mal non plus, répliqua-t-elle.

— Merci, murmura-t-il avec cet impossible petit sourire en coin.

— Je... ne suis pas habituée à ce genre de réception, tu le sais.

Elle se sentait gauche, empruntée. Pas du tout à la hauteur.

Le sourire de Nikos s'éteignit. Il leva la main et lui effleura la joue.

— Je sais. Mais tout va bien se passer. Je te le promets. Tout le monde sera ébloui par toi.

— Je ne veux éblouir personne.

Personne, sauf lui.

Laissant retomber sa main, il se dirigea vers un guéridon et prit deux écrins qu'il avait dû y poser en entrant.

— Qu'aimerais-tu porter avec cette robe ? demanda-t-il en ouvrant l'un d'eux.

Maggie s'avança vers lui et s'immobilisa, fascinée

Des diamants... Un collier et des boucles d'oreilles assorties. Ainsi qu'un bracelet.

— Je n'ai pas les oreilles percées, dit-elle en levant les yeux vers Nikos.

— Pas de problème. Il reste la parure.

Après avoir sorti le collier de son écrin, il vint se placer derrière Maggie et le posa sur sa gorge, puis régla le fermoir.

Ensuite, il souleva sa main et lui fixa le bracelet autour du poignet. Il était lourd et froid.

— Et si je les perds ?

— Je préférerais que cela n'arrive pas, répliqua-t-il, une lueur malicieuse au fond des yeux.

Se tournant vers le guéridon, il souleva un écrin plus petit.

— Qu'est-ce que c'est ?

— Notre présence à cette soirée ayant principalement pour but de présenter ma fiancée au monde, il te faut une bague.

Elle retint un cri d'admiration. Jusqu'à présent, elle ne s'était jamais intéressée aux bijoux, mais la bague reposant sur le coussinet de satin blanc était une pure merveille : une émeraude carrée flanquée de petits diamants étincelants, le tout monté sur un anneau de platine.

— Elle est magnifique, murmura Maggie

— J'aurais pu te laisser la choisir, mais j'ai pensé que celle-ci serait parfaite.

Nikos la sortit de l'écrin, lui prit la main gauche et lui glissa l'anneau au doigt. La bague lui allait parfaitement.

— Comment as-tu su qu'elle m'irait ?

— J'ai eu de la chance, dit-il en lui lâchant la main.

Un frisson parcourut Maggie. Tout se mettait en place si facilement...

— Prête ? demanda Nikos en reculant d'un pas.

Elle hocha la tête.

— Qu'y a-t-il, Maggie ?

— Daniel... J'espère que tout ira bien.

Ce n'était pas la première fois qu'elle s'éloignait de lui, mais elle ne l'avait jamais laissé aussi longtemps. En outre, il se retrouvait dans un environnement complètement nouveau.

— Tu as confiance en Marianne, non ?

— Oui.

Aucune des nounous reçues en entretien n'avait convenu. Alors qu'elle discutait du problème avec Mathilde, celle-ci avait parlé de sa sœur jumelle, ancienne institutrice et retraitée depuis peu, qui s'ennuyait déjà. Quand elle l'avait rencontrée, Marianne lui avait plu d'emblée. Ainsi qu'à Daniel.

— Nous ne serons absents que quelques heures. Et Mathilde est là aussi. Par conséquent, tu n'as vraiment pas à t'inquiéter !

— Non, tu as raison.

— Alors allons-y. Plus tôt nous partirons, plus tôt nous serons rentrés.

Maggie passa la tête par la porte de la cuisine et vit Marianne qui, Daniel dans les bras, le regardait en faisant toutes sortes de mimiques, tandis que lui gazouillait gaiement en remuant ses petites jambes. Apercevant Maggie, Marianne lui adressa un petit signe de tête, lui signifiant par là qu'elle pouvait partir tranquille. Maggie se força à lui sourire alors qu'en réalité l'idée de s'éloigner aussi longtemps de son fils la mettait au supplice.

Une limousine noire les attendait devant l'hôtel. Il faisait encore chaud, le crépuscule commençait à tomber. Maggie monta à l'arrière du véhicule tandis que Nikos s'installait à côté d'elle. L'intérieur était somptueux, tout en cuir gris ardoise. Lorsque le chauffeur démarra et rejoignit l'avenue, les bruits du dehors furent comme étouffés, si bien que Maggie se sentit peu à peu protégée du monde extérieur, comme enveloppée dans un luxueux cocon.

Au moment où elle allait tourner les yeux vers la vitre, elle remarqua que Nikos tambourinait sur sa cuisse musclée à un rythme saccadé.

Sans réfléchir, elle tendit la main et la posa sur la sienne.

Nikos baissa les yeux.

— Tu n'aimes pas les soirées mondaines ? demanda-t-elle.

Pour la première fois de sa vie, Nikos se rendit compte de sa propre réticence à la perspective d'entrer dans une salle bondée et de devoir... jouer un rôle. Comme il l'avait toujours fait.

Le rôle du petit-fils docile qui espérait se faire aimer de ses grands-parents. Celui de l'ado rebelle désireux de se faire remarquer par son père. Devenu adulte, il s'était employé à charmer, à sourire et à séduire pour passer le temps – et pour entretenir le mythe du play-boy irrésistible –, notamment lors des interminables soirées mondaines auxquelles il était convié.

Au lieu de gratifier Maggie d'une réponse lapidaire, il se surprit à répliquer :

— Me croiras-tu si je te dis que je ne les aime pas vraiment ? Que je ne les ai jamais aimées ?

Elle le regarda un instant en silence.

— Oui, je te crois. Pourquoi y vas-tu, dans ce cas ?

— Parce que c'est ce que l'on attend de moi, répondit-il en haussant les épaules. Cela faisait partie intégrante du monde dans lequel j'ai grandi, et rejoindre l'univers des affaires n'a fait que renforcer cette nécessité.

— Tu voudrais vraiment me faire croire que tu vis comme un supplice toutes ces soirées où tu es photographié en compagnie de femmes somptueuses ?

— Non, ce serait hypocrite de ma part, reconnut-il en lui prenant la main. Mais ces femmes ne sont pour moi que des conquêtes éphémères. Une source de divertissement.

Le visage de Maggie se rembrunit. Mais il fallait qu'elle comprenne que, même s'ils s'apprêtaient à se marier, il n'était pas pour autant prêt à s'engager dans une relation profonde et sérieuse.

Soudain, elle détourna le regard, puis s'exclama avec effroi :

— Oh mon Dieu ! C'est là que nous allons ?

— Oui, acquiesça-t-il en regardant l'entrée brillamment éclairée de l'hôtel cinq étoiles devant laquelle pullulaient les paparazzis.

Maggie se tourna vers lui, le visage blême.

— Je ne me sens pas capable d'affronter tout ça...

Il lui reprit doucement la main et mêla ses doigts aux siens.

— Tu n'as presque rien à faire : tu me tiens la main et tu souris, c'est tout. Nous nous arrêtons pour les laisser prendre quelques photos, tu souris autant que tu peux, et le tour est joué, d'accord ?

Quand elle hocha la tête, l'air terrifié, Nikos fut à nouveau envahi par un sentiment de culpabilité. Il n'avait pas songé à ce que cela représenterait pour Maggie de participer à un tel événement. À présent, il se sentait... protecteur vis-à-vis d'elle, ce qui ne lui ressemblait pas.

— Détends-toi. Tout ira bien, je te le promets.

Maggie tremblait si fort que Nikos lui lâcha la main et lui enlaça la taille tandis qu'elle clignait des yeux, aveuglée par les flashs qui pleuvaient sur eux.

— Nikos ! Nikos !

Il se pencha vers elle et lui murmura à l'oreille :

— Très bien... Maintenant, souris et fais comme si tu posais pour eux tous les jours. Et mets ta bague en évidence.

Docilement, elle bougea légèrement la main de manière que sa bague soit visible et sourit. Les flashs crépitèrent de plus belle, accompagnés d'exclamations et de questions qu'elle ne comprit pas. En fait, elle préférait ne pas les comprendre...

— Ça va ? demanda Nikos en se tournant vers elle.

Maggie hocha la tête, étourdie par le bruit et les flashs. Puis, cramponnée au bras de Nikos, elle s'avança sur le tapis rouge et fut en partie soulagée quand ils se retrouvèrent dans l'immense salle de réception. Des serveurs tout en noir proposaient des flûtes de champagne doré. Nikos en prit une et la lui tendit. Maggie but une gorgée du liquide pétillant en songeant qu'il ne fallait pas qu'elle boive trop. Mais l'alcool lui fit du bien.

Au moment où Nikos se tournait vers elle pour lui dire quelque chose, un homme de haute taille, aussi imposant et ténébreux que lui, les rejoignit. L'inconnu était d'une beauté impressionnante, avec de grands yeux sombres. Il rappela vaguement quelqu'un à Maggie...

Quant à Nikos, il s'était raidi à côté d'elle.

— Maggie, je te présente Sharif. Mon frère aîné.

Elle n'avait pas rêvé. Il lui rappelait bien quelqu'un, et pour cause... À présent, elle voyait nettement la ressemblance entre les deux frères. Même noblesse de traits. Mêmes cheveux épais. Même air arrogant.

— Je suis ravi de faire votre connaissance, Maggie, dit Sharif en lui tendant la main. Et les félicitations sont à l'ordre du jour, si j'ai bien compris ? Non seulement vous allez épouser Nikos, mais grâce à vous j'ai un neveu ?

Maggie serra la main tendue en rosissant.

— Oui, merci. Il s'appelle Daniel. Et il a trois mois.

Lui lâchant la main, Sharif tourna brièvement les yeux vers son frère avant de répliquer :

— Je ferai bientôt sa connaissance, j'espère ? À l'occasion de votre mariage, peut-être ?

— Bien sûr, répondit Maggie. Il sera là.

Sharif enchaîna, à l'adresse de Nikos :

— Tu es toujours d'accord pour la tournée, ou tu veux que j'en parle à Maks ?

— Pas de problème de mon côté. Nous partons en voyage de noces et, ensuite, je retourne à mes activités professionnelles.

Après avoir acquiescé d'un bref hochement de tête, Sharif s'excusa et s'éloigna.

— À quoi faisait-il allusion en parlant de tournée ? Et pourquoi devrions-nous partir en voyage de noces ?

— Parce que notre mariage doit paraître authentique, aussi allons-nous passer quelques jours à Athènes. Quant à la tournée, il s'agit de divers événements organisés par le Marchetti Group à Rome, Madrid, Londres, Cannes et Monte-Carlo – comprenant entre autres le lancement d'un nouveau parfum. Il y aura également divers galas de charité et autres événements du même ordre. Nous préparons la couverture médiatique du treizième anniversaire du groupe qui sera célébré l'an prochain.

— Et tu comptais discuter de ce charmant programme avec moi ? répliqua Maggie en haussant un sourcil. Je sais que notre mariage est principalement une question d'image, mais j'apprécierais que tu me tiennes au courant de ce qui se passe.

— Oui, tu as raison, je suis désolé. Je n'ai pas l'habitude de devoir expliquer mon emploi du temps à quiconque.

Incroyable, ses excuses paraissaient sincères…

— Crois-tu qu'il soit envisageable d'emmener Daniel dans ce périple ? enchaîna-t-il.

— Si nous avons Marianne avec nous, ça devrait aller, répondit-elle, un peu radoucie. Quand il sera plus grand, ça deviendra plus difficile. Il nous faudra une résidence principale.

L'appartement parisien de Nikos ne correspondait pas vraiment à l'idée que Maggie se faisait d'une maison, mais peut-être s'habituerait-elle à cette nouvelle vie, avec le temps.

Dans l'immédiat, elle se trouva entraînée dans une succession de présentations, et s'efforça d'ignorer les regards curieux et les chuchotements qu'elle percevait sur son passage. Au début, elle essaya de se souvenir des noms des invités et des visages, puis renonça. Il y en avait trop...

Au bout de deux heures de bain de foule, Maggie sentit soudain la fatigue et l'inquiétude s'abattre sur elle. Comment allait Daniel ? Avait-elle eu tort de le laisser à Marianne une soirée entière ?

Alors qu'il bavardait avec deux invités, Nikos se tourna tout à coup vers elle, comme s'il avait perçu son désarroi.

— Tu veux rentrer ?

Avait-il remarqué qu'elle se balançait discrètement d'un pied sur l'autre parce qu'elle avait mal aux pieds dans ses escarpins ? Avait-elle trahi l'ennui qu'elle éprouvait depuis deux heures ?

— C'est possible ?

Il hocha la tête et lui attrapa sa main avant de fendre la foule en direction de la sortie.

— Tu t'es très bien débrouillée, dit-il en se frayant un passage parmi les invités.

— Tu trouves ? demanda Maggie, stupidement flattée par le compliment.

— Oui. Et je suis impatient de te féliciter d'une manière plus... personnelle, répliqua-t-il, le regard étincelant.

Quand ils furent installés à l'arrière de la limousine qui les attendait devant l'hôtel, Nikos lui prit la main sans dire un mot et la garda dans la sienne durant tout le trajet.

Elle devait se protéger, se répéta Maggie en s'efforçant de

calmer les battements désordonnés de son cœur. De Nikos et d'elle-même. Sinon, elle irait droit à la catastrophe.

Dès que la voiture s'arrêta devant leur hôtel, il descendit et vint lui ouvrir sa portière.

Dans l'ascenseur qui montait vers le dernier étage, elle regarda résolument devant elle puis, une fois arrivée à l'appartement, elle se dirigea droit vers sa chambre et referma la porte derrière elle. Elle y resta adossée quelques instants, les yeux fermés et le souffle court, puis alla vérifier que Daniel dormait paisiblement dans son berceau.

Si elle ne voulait pas devenir un jouet entre les mains de Nikos, elle allait devoir faire *très* attention, se répéta Maggie quelques instants plus tard, en se dirigeant vers la salle de bains.

8

Le jour du mariage, il faisait une chaleur étouffante à Paris, mais pas dans la limousine climatisée qui conduisait Maggie et Nikos à la mairie. Daniel et Marianne les suivaient dans un autre véhicule.

De toute évidence le romantisme n'était pas au programme, songea Maggie en tournant les yeux vers la vitre. Elle avait l'impression d'aller régler une simple formalité administrative.

— Pourquoi cet air renfrogné ?

Elle regarda Nikos. Depuis la soirée du gala, elle l'avait à peine vu. Il avait travaillé jusque très tard tous les soirs - ce qui, dans un sens, l'avait bien arrangée. D'un autre côté, elle n'avait pu s'empêcher de remarquer son absence et s'en voulait d'être incapable de ne pas penser à lui.

Pourtant, elle ne manquait pas d'occupations de son côté. S'installer avec Daniel. Veiller à ce qu'il y ait tout ce qu'il fallait pour lui. Arranger sa chambre pour qu'il s'y sente bien. Examiner les vêtements que la styliste avait fait ranger dans l'immense dressing. Maggie osait à peine toucher les étoffes douces et luxueuses des robes, tailleurs, chemisiers, pantalons, accessoires...

Elle avait aussi passé du temps à bavarder avec Mathilde et Marianne, qui étaient en passe de devenir ses amies.

Nikos la regardait en silence, attendant une réponse. Elle réussit à lui sourire.

— C'est un peu mieux. Tu n'es pas enchantée d'épouser l'homme de tes rêves ?

— Ah ? fit Maggie en regardant alentour. L'homme de mes rêves est là ? Où ? Je ne le vois pas...

Un petit rire franchit les lèvres de son fiancé.

— Ne me dis pas que tu attends toujours le prince barbant ?

— Il est un peu tard pour les regrets, répliqua-t-elle d'un ton léger. Et puis, quelqu'un m'a dit un jour que les regrets c'était pour les perdants.

— Ce quelqu'un devait être très intelligent !

Elle regretta de l'avoir provoqué. Cet échange lui rappelait le mot bref qu'il lui avait laissé, et le fait qu'ils se mariaient uniquement à cause de Daniel.

La voiture s'arrêta, et Nikos lui prit la main.

— Tu es ravissante, dit-il. Si tu veux mon avis, je n'avais jamais imaginé me retrouver dans cette situation, mais je suis content que ce soit avec toi.

Maggy soutint son regard en silence. Impossible de lui reprocher de la leurrer avec de faux espoirs et de fausses promesses !

Sans dire un mot, elle hocha la tête et attendit que le chauffeur lui ouvre sa portière. Nikos sortit de son côté et vint l'aider à descendre de voiture. Elle portait une veste courte, type boléro, sur une robe à la coupe sobre mais élégante, en soie blanc cassé et s'arrêtant juste au-dessous du genou, et des sandales en satin à bout ouvert et petit talon, à la Audrey Hepburn.

Côté coiffure, Maggie avait les cheveux rassemblés en chignon bouclé sur la nuque et arborait un petit chapeau agrémenté d'une courte voilette lui tombant devant les yeux. Comme bijoux, des boucles d'oreilles toutes simples – des perles de culture montées sur clip – et sa bague de fiançailles.

Voyant Marianne descendre du second véhicule avec Daniel, elle alla les rejoindre. Il était vraiment adorable, dans sa barboteuse du même bleu roi que le costume trois pièces de Nikos...

Elle sourit à Marianne qui lui répondit par un hochement de tête bienveillant, puis revint vers Nikos et prit la main qu'il lui tendait, avant de s'avancer vers l'entrée de la mairie.

Dans la salle ouverte au public, il y avait un certain nombre de personnes, parmi lesquelles elle reconnut Sharif, à côté d'un homme aussi grand que lui, très mince, aux cheveux châtains coupés court, et d'une beauté stupéfiante. Maks, sans doute, accompagné d'une très jeune femme.

Trop nerveuse pour affronter les regards tournés vers elle, Maggie s'efforça de se concentrer sur la cérémonie qui, à la demande de Nikos, se déroulait en anglais, heureusement. Elle avait néanmoins décidé d'apprendre le français. Daniel grandirait partiellement en France et, étant grec et italien par son père, il serait ainsi un vrai petit Européen.

— Vous pouvez embrasser la mariée…

Quoi ? C'est déjà fini ?

Elle se tourna vers Nikos, qui lui souleva le menton et sourit.

— Sans regrets, madame Marchetti.

Sur ces mots, il pencha la tête et l'embrassa. La chaleur se répandit aussitôt en elle, annihilant toutes ses défenses.

Au moment où ils allaient sortir de la mairie quelques minutes plus tard, Nikos resserra les doigts autour des siens.

— Il y aura des photographes. Mais pas autant que l'autre soir.

— Un baiser ! cria l'un d'eux au même instant.

Maggie comprit vite ce que cela voulait dire, car Nikos l'attira aussitôt contre lui et l'embrassa de nouveau tandis que les flashs les mitraillaient.

Quand ils arrivèrent dans l'un des hôtels les plus luxueux du Marchetti Group, elle était en proie à un mélange de nervosité et d'excitation insensées.

— Ainsi, vous êtes Maggie ?

Elle se retourna, un sourire artificiel aux lèvres, et se retrouva face à l'homme qu'elle avait remarqué en arrivant à la mairie, à côté de Sharif.

— Oui, et vous devez être Maks ? acquiesça-t-elle en lui tendant la main.

— Exactement.

Maks ressemblait à ses frères tout en étant très différent

d'eux. Il était plus réservé que Nikos et Sharif. Et il avait de beaux yeux gris au regard intense.

— Je devrais vous souhaiter la bienvenue dans la famille, enchaîna-t-il. Mais, pour cela, il faudrait que nous formions une cellule familiale un peu plus soudée.

Sans lui laisser le temps de réagir, il tourna les yeux sur sa gauche.

— Je vous présente ma petite sœur, Sasha.

Maggie contempla la jeune femme qu'elle avait prise pour sa compagne. Elle était très jolie mais faisait apparemment tout pour dissimuler sa beauté, portant une jupe longue à la coupe quelconque et un chemisier à col Mao.

— Vous vous ressemblez.

— Nous tenons tous les deux de notre mère. Nikos et Sharif ont davantage hérité des gènes des Marchetti. Sasha n'a pas le même père que nous - elle a eu de la chance, de ce côté-là.

— Tu racontes des bêtises à ma femme, Maks ?

La voix de Nikos fit tressaillir Maggie, l'empêchant de s'interroger sur le sens des paroles de son benjamin.

Maks sourit, mais son regard demeura distant.

— Pas du tout. Je lui souhaitais la bienvenue dans l'équipe !

— Désolé, je vais devoir te la prendre, coupa Nikos. Nous partons bientôt en lune de miel.

— Bon voyage, répliqua Maks en inclinant la tête. Et mes meilleurs vœux de bonheur à tous les deux !

Après avoir pris congé, ils sortirent de l'hôtel et s'avancèrent vers la limousine. Marianne était partie plus tôt avec Daniel et devait déjà se trouver à bord du jet privé.

— Maks m'a expliqué, pour Sasha… Je sais qu'elle n'est pas ta sœur.

Il tourna brièvement la tête vers elle.

— Je ne l'ai pas vue grandir, en tout cas. Il y en a au moins une qui a eu de la chance.

— Maks a dit la même chose ou à peu près. Ton père était donc si terrible ?

Un rire bref et dur s'échappa des lèvres de Nikos.

— Oui. La seule chose qu'il nous ait donnée, c'est un héritage que nous devons entretenir et développer.

— C'est dommage que vous ne soyez pas proches les uns des autres. Moi, je n'avais que ma mère et j'ai toujours regretté de ne pas avoir de frères et sœurs. Je n'ai même pas de cousins !

Et elle avait toujours envisagé d'avoir plusieurs enfants. Ce qu'elle se garda bien de dire à voix haute.

Nikos détestait qu'on l'interroge sur sa vie personnelle – en particulier sur ses relations avec ses demi-frères – mais, Maggie étant désormais sa femme, il lui devait quelques explications.

— Notre père a tout fait pour que nous restions éloignés les uns des autres. Sans doute pour nous empêcher de nous unir contre lui. Je crois qu'il craignait que nous soyons plus doués que lui. Tout en désirant que nous lui succédions, il ne nous a pas vraiment laissés prendre les rênes, avant de mourir.

Il se tourna vers elle.

— Qu'as-tu pensé de mes frères ?

— Maks est quelqu'un d'intense. Sharif est impénétrable.

— Et moi ?

— Charmant..., commença Maggie en rosissant. Mais tu caches quelque chose de beaucoup plus profond. Le soir où tu es arrivé à Kildare House, j'ai d'abord cru que tu étais ivre. Pourtant tu ne l'étais pas du tout.

Décidément, elle était très perspicace.

— La seule chose que nous ayons en commun, dit-il pour couper court, c'est que notre père nous a tous laissés tomber.

— C'est triste.

— Tu trouves ? Il vaut peut-être mieux savoir très tôt sur qui on peut compter dans la vie.

Aussi luxueux que celui de Paris, l'hôtel, un majestueux bâtiment de style néoclassique, était situé dans un quartier huppé d'Athènes et l'appartement avec terrasse offrait un panorama grandiose au centre duquel trônaient l'Acropole et le Parthénon.

Peu après son arrivée, Maggie avait confié Daniel à Marianne et, comme Nikos l'emmenait dîner au restaurant, elle était allée se préparer.

Après avoir choisi un pantalon et un haut de soie assorti, elle avait décidé de laisser ses cheveux boucler librement sur ses épaules, ravie de se débarrasser de toutes ces épingles à chignon qui lui faisaient mal au crâne...

Elle avait regagné le salon depuis un moment et contemplait la vue superbe lorsque Nikos vint la rejoindre.

— Excuse-moi, j'ai dû répondre à un appel.

Il avança vers elle en ajustant un bouton de manchette. Il s'était changé lui aussi et portait un costume gris acier dont la coupe faisait ressortir ses larges épaules et ses hanches étroites. Il s'arrêta et laissa lentement descendre son regard sur son buste, son ventre...

— Tu es ravissante.

— Merci, murmura-t-elle en baissant les yeux.

Elle n'était toujours pas habituée aux compliments. Et ne s'y habituerait sans doute jamais.

— Prête ?

— Il y aura des paparazzis ?

— Probablement.

Maggie retint un soupir. Il faudrait bien qu'elle s'y fasse...

— Tu as envie d'aller danser ?

— Danser ? répéta-t-elle en regardant Nikos, assis en face d'elle.

— Oui, danser, dit-il en se penchant légèrement en avant. Dans un club.

Le cœur de Maggie s'emballa. Le restaurant chic tout en verre offrait une vue panoramique sur la ville, et le Parthénon éclairé se détachait sur le ciel violet. La nourriture était exquise. Jamais elle n'avait rien mangé d'aussi délicieux.

Une belle lumière dorée baignait l'espace raffiné. La soirée avait quelque chose de… féerique. Et, maintenant, Nikos lui proposait d'aller danser ?

Tous les regards s'étaient tournés vers eux au moment où ils étaient entrés dans la vaste salle. Troublée, elle avait trébuché sur ses hauts talons mais Nikos lui avait aussitôt posé la main sur les reins pour la stabiliser.

Ce soir, Maggie avait l'impression de succomber une seconde fois à son charme, mais de manière différente.

— Pourquoi veux-tu m'emmener danser ? demanda-t-elle en reposant sa serviette sur la table.

Une lueur indéchiffrable traversa le regard sombre, puis Nikos s'adossa à sa chaise.

— Tu veux que je te réponde franchement ? Pour deux raisons. Primo, parce que j'aimerais danser avec toi, et secundo, pour qu'on nous voie – et que des clichés circulent sur les réseaux sociaux.

Évidemment ! Elle oubliait que tout convergeait vers ce but : être vus. Même le dîner dans ce restaurant.

— D'accord, dit Maggie, faussement désinvolte.

À sa place, toute autre femme aurait accepté sa proposition avec empressement, voire avec enthousiasme, songea Nikos tandis qu'ils quittaient le restaurant.

Mais il avait beau se concentrer, il ne parvenait même plus à se rappeler quel type de femmes il désirait naguère.

Car il n'en désirait plus qu'une seule. Maggie. *Sa* femme.

Une sensation de malaise le gagna, qu'il refoula aussitôt. Quoi que lui inspirât Maggie, c'était une bonne chose de désirer sa femme, non ? Il voulait que leur mariage fonctionne. Il voulait être un bon père pour Daniel.

Quant à envisager quelque chose de plus profond… Il ignorait s'il en était capable.

À l'entrée du club, situé non loin du restaurant, Nikos fut accueilli comme une célébrité. À l'intérieur, Maggie découvrit un espace immense, circulaire, dominé au premier étage par des loges réservées aux VIP. De là-haut, on pouvait regarder les danseurs évoluer sur la piste au rythme d'une musique que Maggie sentait résonner partout en elle.

Nikos se leva de son fauteuil recouvert de velours pourpre et lui tendit la main.

— Viens.

— Là, en bas ? répliqua-t-elle en posant son cocktail sur la table basse. Avec tous ces gens ?

Il hocha la tête en silence, la main toujours tendue vers elle.

Au moment où ils arrivaient sur la piste de danse, la musique changea, prenant une tonalité plus langoureuse. Ce qui ne valait pas mieux, songea Maggie, redoutant plus que tout de se ridiculiser. Mais, lorsque Nikos l'attira contre lui, ses craintes se focalisèrent sur un risque bien différent : celui que son mari se rende compte de l'effet qu'il produisait sur elle.

Les mains posées sur ses hanches, il l'enlaça encore plus étroitement, leurs corps s'épousant à la perfection tandis qu'ils commençaient à onduler.

Sans réfléchir, elle enroula les bras autour du cou de Nikos. La chaleur et le désir pulsaient dans les moindres cellules de son corps. Renversant la tête en arrière, elle le regarda. Dans ses yeux, les pépites dorées étincelaient.

Les autres danseurs n'existaient plus. Elle et lui étaient seuls dans une bulle. Lentement, il pencha la tête, s'arrêta une fraction de seconde, puis referma la bouche sur la sienne.

La musique coulait en Maggie, les mains de Nikos lui caressaient le dos à travers la soie, faisant naître des ondes brûlantes qui couraient sur sa peau.

Brusquement, elle redescendit sur terre, écarta la bouche de la sienne et regarda autour d'elle, le souffle court.

— C'est aussi pour alimenter les réseaux sociaux ?

Il secoua la tête.

— Non. C'est parce que j'ai envie de toi, à en mourir. Viens. Allons-nous-en !

Après être repassés par la loge pour récupérer leurs affaires, ils sortirent rapidement du club.

Une fois de retour à l'appartement, Nikos referma la porte et se retourna vers elle, les yeux brillants.

— J'ai envie de toi, répéta-t-il, la voix rauque.

Le désir submergea Maggie. Elle brûlait de s'y abandonner. De se livrer corps et âme à Nikos. Mais elle devait résister. Elle avait besoin d'espace et de temps pour assimiler les changements qui se succédaient dans sa vie, sinon elle se perdrait complètement.

— Je suis très fatiguée, dit-elle en secouant la tête. Je vais me coucher.

Il se rapprocha, elle respira les effluves épicés.

— C'est notre nuit de noces, Maggie. Et je veux faire l'amour à ma femme. Même si je ne m'attendais pas du tout à me marier – et à désirer mon épouse.

Ces paroles étaient exactement celles qu'elle avait besoin d'entendre. Il ne s'agissait pas d'une vraie nuit de noces. Or Maggie réalisait soudain qu'elle aurait aimé que cela en fût une. Si Nikos la touchait maintenant, il s'en apercevrait.

— La journée a été longue, répliqua-t-elle en reculant d'un pas.

— Ne joue pas à cela avec moi, dit-il, les lèvres pincées.

— Je suis sincère, Nikos. J'ai vraiment besoin de me reposer.

Il leva la main et lui effleura doucement la joue. Maggie sentit son corps réagir aussitôt, avides de caresses.

— Tu es sans doute sincère, mais tu deviendras vite aussi experte dans l'art de mentir que toutes les autres femmes, j'en suis certain.

— Tu n'es jamais fatigué d'être aussi cynique et aussi désabusé ? riposta Maggie en tournant vivement la tête.

Il laissa retomber son bras et éclata d'un rire sombre et désenchanté.

— Ce n'est rien, comparé à ce que j'ai pu être, crois-moi ! Tu m'affectes trop, Maggie. Tu m'embrouilles l'esprit. Tu as fait de moi ton esclave – tu es contente ? Depuis que je t'ai rencontrée, je suis incapable de m'intéresser à une autre femme.

Elle mit un certain temps à enregistrer ce qu'il venait de dire.

— Je te l'ai déjà dit, poursuivit Nikos. Tu m'as obsédé pendant un an. À cause de toi, je n'ai désiré aucune autre femme. Je ne voulais que toi. Mais je ne te forcerai jamais à faire quoi que ce soit contre ton gré, Maggie. Et je le répète : les petits jeux de séduction ne m'intéressent pas.

Contre toute attente, il tourna les talons et s'éloigna. Maggie le regarda s'en aller en s'interdisant de le rappeler et de lui dire qu'elle avait changé d'avis, même si elle brûlait de le faire.

Lorsque, le lendemain matin, elle arriva dans le salon avec Daniel, Nikos était déjà parti. Mais il lui avait laissé un mot et un luxueux Smartphone tout neuf.

Ton nouveau téléphone. Je t'ai envoyé un SMS. N.

Elle souleva l'appareil et lut son message.

Nous sommes invités à une soirée. Il faudrait partir à 18 heures. OK pour toi ?

Il lui demandait son avis, cette fois. Il ne lui donnait pas d'ordre. *C'est déjà ça...*, songea Maggie en répondant brièvement au SMS.

Oui. Pas de problème.

En fait, ils partirent en hélicoptère car la soirée avait lieu sur une petite île pour fêter les quatre-vingts ans d'un vieil ami des grands-parents de Nikos.

Maggie prit beaucoup de plaisir à participer à l'événement qui se déroula en toute simplicité, et sans aucun paparazzi à l'horizon.

Dès leur retour à l'appartement, elle ôta ses hauts talons, puis se tourna vers Nikos. La chemise ouverte, la veste nonchalamment posée sur l'épaule, il dégageait une telle aura de sensualité qu'elle faillit céder au désir qui la consumait.

— J'ai apprécié Alexiou, dit-elle d'un ton dégagé. Il est adorable.

— Lui aussi il t'a appréciée, ce vieux don Juan...

— Il ne s'agissait pas du tout de cela ! protesta Maggie en levant les yeux au ciel. Il t'aime vraiment, tu sais ? Et j'ai bien vu que tu lui étais très attaché.

Le sourire disparut, remplacé par une expression neutre.

— Il a été gentil avec moi.

— C'est davantage que de la gentillesse. Il te considère comme un membre de sa famille.

Brusquement, elle repensa à l'attitude de Nikos durant toute la soirée. Jamais elle ne l'avait vu aussi détendu. Il paraissait chez lui. De toute évidence, il éprouvait un profond attachement pour leur hôte. C'était Alexiou qui avait été son vrai grand-père, réalisa Maggie.

Ce constat lui fit un choc. Chaque fois qu'elle découvrait un nouvel aspect de la personnalité de Nikos, il se révélait plus complexe, et cela renforçait son sentiment de devoir se protéger de lui.

Tout à coup, Maggie se sentit encore plus vulnérable et recula, terrifiée à la pensée qu'il puisse la toucher, ou soupçonne sa vulnérabilité.

— Je vais aller prévenir Marianne que nous sommes rentrés, dit-elle à la hâte.

Quand elle se détourna et s'éloigna dans un bruissement de soie, ses escarpins à la main, Nikos dut faire un effort surhumain pour ne pas la supplier de rester avec lui. « Il te considère comme un membre de sa famille », avait-elle dit à propos d'Alexiou. Foutaises ! Il n'avait pas besoin de famille.

Mais, à présent, il en avait une, qu'il le veuille ou non : Maggie et Daniel.

Pour la première fois de sa vie, il se voyait forcé d'admettre que ses propres besoins ne passaient pas avant ceux d'autrui. Et il devait reconnaître que, même s'il la désirait comme un fou, le regard de Maggie était bien trop perspicace – et dangereux. Elle semblait lire jusque dans son âme. Ainsi avait-elle perçu les émotions qu'il éprouvait toujours lorsqu'il retrouvait son vieil ami.

Alexiou avait toujours été là pour lui. Chaque fois que ses affaires le conduisaient en Angleterre, il venait le voir au pensionnat, alors qu'à l'époque Nikos était un adolescent en colère et renfrogné. Alexiou lui ébouriffait affectueusement les cheveux en disant : « Tu ne peux pas indéfiniment repousser tout le monde, Nikky. Tôt ou tard il faudra que tu te laisses approcher par quelqu'un, sinon tu mourras seul, comme moi. »

Lorsque Alexiou s'en allait, une douleur sourde étreignait le cœur de Nikos. Et il espérait toujours le voir revenir. Même s'il n'avait pu s'empêcher de tout faire pour repousser son seul ami. Mais Alexiou était toujours revenu. Comme il ne s'était jamais marié et n'avait pas eu d'enfant, Nikos savait qu'il le considérait un peu comme son petit-fils.

Il poussa un juron et se dirigea vers sa chambre en se maudissant. Il n'avait vraiment pas besoin d'une séance d'introspection, bon sang ! Ce qu'il lui fallait, c'était une douche froide pour anéantir le désir et les émotions qui lui nouaient le ventre.

9

— Tu es… superbe.

— Merci, murmura Maggie. Toi aussi.

En smoking blanc et nœud papillon noir, Nikos était d'une beauté… scandaleuse.

— Prête à partir ?

Elle hocha la tête et s'avança vers lui. Ce soir-là, elle avait opté pour une robe en velours bleu nuit moulante, à manches longues ajustées, au décolleté sage sur le devant et avec le dos nu. Ce que Nikos n'avait pas encore remarqué. Maggie s'était fait une queue-de-cheval haute, et ses cheveux bouclés lui caressaient la peau au moindre mouvement. Comme bijoux, elle portait des clips d'oreilles en or gris ornés d'un saphir entouré de petits diamants et un bracelet assorti.

Quand elle arriva à la hauteur de Nikos, il s'avança à ses côtés en lui posant la main sur les reins avant de s'arrêter net.

— Bon sang !

— Qu'y a-t-il ?

— Ta robe… Elle est…

— Dos nu ?

Il la regarda, les mâchoires crispées.

— La styliste m'a assuré qu'elle était parfaitement décente.

De plus, Maggie avait vu des photos de Nikos accompagné de femmes en tenues beaucoup plus osées…

— Il n'y a aucun problème. Viens, il est temps de partir.

Devant l'hôtel, la limousine les attendait, et le chauffeur se faufila bientôt dans la circulation dense.

Ils étaient arrivés à Rome tôt le matin et repartiraient le lendemain pour Madrid. L'appartement romain de Nikos était aussi somptueux que les précédents et, cette fois, les baies vitrées offraient des vues spectaculaires sur le Colisée.

Nikos s'était absenté toute la journée car il avait des rendez-vous importants, naturellement. Comment comptait-il instaurer une relation avec son fils s'il ne passait pas un peu de temps avec lui ? s'était demandé Maggie en le regardant s'en aller. Avant de partir, il avait baissé brièvement les yeux sur Daniel qu'elle tenait dans ses bras, avant de les détourner aussitôt. Comme d'habitude.

Cependant, elle ne perdait pas espoir. Même si, depuis la fois où il l'avait pris dans ses bras, Nikos n'avait plus jamais touché son fils.

La limousine se gara devant le majestueux palais de la Renaissance où avait lieu le bal de charité organisé par une association qui œuvrait pour les sans-abri et les déshérités, et dont le Marchetti Group était l'un des principaux donateurs.

Ils traversèrent une cour pavée avant de pénétrer dans une salle immense aux murs recouverts de fresques magnifiques éclairées par des centaines de bougies, dont les flammes se reflétaient dans de hauts miroirs.

— Que c'est beau ! murmura Maggie

— Tu trouves ? répliqua Nikos, l'air blasé.

— Je sais que tu es habitué au luxe, mais ne me dis pas que la beauté de cet endroit te laisse indifférent ?

— La première fois que je suis venu à Rome, commença-t-il d'un ton neutre, j'étais trop concentré sur mon désir de revendiquer mes droits dans l'entreprise et sur celui d'agacer mon père pour faire du tourisme.

— Et après sa mort ?

— J'avais une réputation à entretenir et je travaillais dur.

— Nikos Marchetti ! Je vous cherchais !

— Ravi de vous voir, comte Pizzoli. Je vous présente ma femme, Maggie.

Ensuite, les présentations s'enchaînèrent à un rythme épuisant, laissant peu de répit à Maggie. Au bout de deux heures, elle se sentait si lasse qu'elle n'avait qu'une envie : rentrer à l'hôtel et passer le reste de la soirée avec Marianne et Daniel.

Du coin de l'œil, elle vit Nikos, qui bavardait avec un homme d'affaires partenaire de la holding, s'excuser auprès de celui-ci et se tourner vers elle au moment où elle refusait la coupe de champagne que lui proposait un serveur.

Sans dire un mot, il la regarda dans les yeux, avec une telle intensité que Maggie frémit au plus intime de son corps.

La chaleur familière se déploya en elle, le désir l'incendia tout entière.

Il ne l'aimait pas, il ne l'aimerait peut-être jamais, mais il la désirait.

Et elle le désirait aussi.

Cela pourrait-il suffire ? Elle savait qu'en tentant d'éteindre le feu qui les consumait tous deux elle se livrait à un combat perdu d'avance...

Maggie ferma brièvement les yeux, puis s'avança d'un pas et s'appuya contre lui. Ce fut aussi facile que cela.

— Je craignais d'être attirée par toi à cause de ton charisme et de ton pouvoir, dit-elle en renversant légèrement la tête en arrière. Ma mère répétait que c'était ça qui l'avait éblouie, jusqu'à ce qu'elle comprenne quel homme était vraiment mon père... Mais, après avoir rencontré tous ces gens ce soir, je sais qu'il ne s'agit pas de cela. Ils ont du charisme et du pouvoir, mais ils ne possèdent ni bienveillance ni gentillesse.

— Serais-tu en train de me dire que tu m'apprécies pour *moi-même* ? fit-il avec un petit sourire moqueur.

— Serait-ce si terrible ? riposta Maggie du tac au tac.

— Je t'ai déjà dit que je n'étais pas un type gentil.

Il avait prononcé ces paroles avec légèreté, mais elle le sentit se raidir contre elle.

— Peut-être, mais cela ne change rien à ma façon de te percevoir.

— Ne te leurre pas, Maggie, répliqua-t-il en plissant les yeux. Ne me crois pas différent de tous ces gens. Je suis l'un d'entre eux. Leur univers est le mien. Tu essaies de m'inclure dans ta vision romantique d'un avenir heureux, mais je ne suis pas celui que tu imagines, tu le sais très bien.

— Ne me dis pas ce que je dois penser et ressentir, Nikos, répliqua-t-elle, blessée par son cynisme. Nous devrions peut-être plutôt voir concrètement quel genre d'avenir nous pouvons envisager avant d'y renoncer, tu ne crois pas ?

Maggie se dégagea et voulut s'éloigner, mais il lui saisit le poignet et, l'instant d'après, elle se retrouva de nouveau dans ses bras. Sans lui laisser le temps de protester, il pencha la tête et l'embrassa à pleine bouche.

Au début, elle résista, de toutes ses forces. En vain. Le désir la faisait déjà fondre.

Ils s'écartèrent l'un de l'autre au même instant, le souffle court, le cœur battant la chamade.

— Je te veux, dit Nikos. Maintenant.

— Moi aussi.

Lui prenant la main, il l'entraîna à travers la foule. Tout le monde devait comprendre pourquoi ils partaient, ce qu'ils allaient faire..., songea Maggie, les joues en feu.

Dès qu'ils furent installés à l'arrière de la limousine, Nikos dit quelque chose au chauffeur, appuya sur un bouton, et la cloison de séparation devint aussitôt opaque.

Le véhicule démarra en douceur. Nikos se tourna vers Maggie et la souleva par la taille avant de l'installer sur lui. Leurs bouches se joignirent d'elles-mêmes.

Soudain, Nikos la repoussa, les yeux brillant de reflets mordorés.

— Me croiras-tu si je te dis que je suis plus délicat que cela, d'habitude ?

— Je m'en fiche.

Il la saisit par les hanches et la souleva.

— Remonte ta robe.

Lorsque Maggie sentit la puissante érection contre son sexe, elle poussa un gémissement

— Je veux te voir…, dit-il, la voix rauque.

Saisissant le haut de sa robe, il la fit glisser sur ses épaules, lui dénudant les seins qu'il prit dans ses mains pour en mordiller les pointes l'une après l'autre, faisant fuser le plaisir partout en elle.

Les mains tremblantes, Maggie déboutonna son pantalon, fit descendre la fermeture Éclair. Mais quand elle voulut prendre son pénis, Nikos écarta sa main, repoussa la minuscule culotte de soie et caressa l'endroit où elle palpitait pour lui. Puis, soudain, il dit quelque chose en grec que Maggie comprit d'instinct. Prenant appui sur les solides épaules, elle se laissa couler sur le membre viril jusqu'à ce qu'il soit complètement enfoui en elle.

Faire l'amour là, à l'arrière de la limousine roulant dans les rues de Rome, exacerbait le plaisir qui la submergeait. Il y avait quelque chose de… décadent dans leur étreinte.

Les mains agrippées aux larges épaules de son amant, elle essaya de contrôler ses mouvements, d'instaurer un lent va-et-vient. Nikos la tenait par la taille et la guidait. L'expérience était d'un érotisme torride…

Elle ne tiendrait pas longtemps.

Au même instant, Nikos la prit par les hanches et donna un vigoureux coup de reins. Elle s'envola, encore et encore, tandis que son amant s'abandonnait à son tour à la jouissance et répandait sa semence en elle.

Nikos ne voulait plus jamais bouger.

Qu'est-ce qu'il lui arrivait, bon sang ?

Leurs deux corps étaient encore soudés, son membre enfoui dans la merveilleuse chaleur de Maggie affalée sur lui.

Délicatement, il se retira et tressaillit, envahi par une sensation de froid. Maggie émit un petit gémissement de protestation, mais il s'interdit de la reprendre dans ses bras comme il brûlait de le faire et remonta la robe sur ses épaules.

Elle se rassit sur la banquette et se blottit contre lui comme un chat. Nikos lui passa un bras autour des épaules avant de se rendre compte qu'il ne s'était encore jamais autorisé ce genre de comportement.

Avant.

À présent, Maggie était sa femme, et cela changeait tout. Il n'y avait pas d'autre explication.

Lorsqu'elle se réveilla le lendemain matin, Maggie entendit Daniel gazouiller dans sa chambre, puis la voix enjouée et douce de Marianne qui lui répondait. Elle resta allongée sur le dos un long moment, repensant à la frénésie qui s'était emparée d'eux la veille au soir, à leur folle étreinte, à l'arrière de la limousine… À l'ardeur avec laquelle elle avait chevauché Nikos…

Il avait dû la porter pour aller de la voiture à l'appartement. Elle avait les jambes si faibles qu'elle ne tenait pas debout. Au moment où il l'avait allongée sur son lit, Maggie avait levé les bras pour l'attirer vers elle, quand Daniel avait poussé un petit cri dans la chambre voisine.

C'était Nikos qui l'avait repoussée et s'était redressé en disant qu'elle devrait aller voir son fils, se souvint-elle, les joues en feu.

Quelques heures plus tard, ils partiraient pour Madrid, mais sans Marianne qui devait retourner à Paris à cause d'un petit problème familial. Elle les rejoindrait à Londres, prochaine étape après Madrid.

Dans un sens, Maggie était contente de devoir s'occuper seule de Daniel. Elle ne sortirait pas ce soir avec Nikos – et n'aurait pas à s'efforcer de dissimuler que, chaque fois qu'elle se retrouvait seule avec lui, son désir ne faisait que croître…

Nikos rentra à l'appartement peu après minuit. Maggie lui avait manqué, s'avoua-t-il, irrité de s'être habitué aussi vite à sa présence.

Il desserra son nœud de cravate, déboutonna les premiers boutons de sa chemise et ôta sa veste qu'il laissa tomber dans un fauteuil. Après s'être servi un whisky, il ouvrit la porte-fenêtre de la terrasse et s'immobilisa en entendant un petit cri étouffé. Daniel...

Faisant demi-tour, il posa son verre sur le bar, s'avança dans le couloir et s'arrêta devant la chambre de Maggie en entendant Daniel gazouiller. Sans réfléchir, il ouvrit la porte de la pièce plongée dans la semi-pénombre. Maggie dormait, allongée sur le dos, les cheveux épars autour de son visage.

Nikos se dirigea vers le berceau. Couché sur le dos lui aussi, Daniel avait les yeux grands ouverts et lui tendait les bras.

Délicatement, Nikos lui posa la main sur le ventre et, au même instant, le bébé lui sourit.

Il eut l'impression de tomber dans un précipice, sans rien à quoi se raccrocher. La sensation était exaltante et terrifiante à la fois. Poussé par son instinct, il glissa les mains sous le petit corps chaud de son fils et le souleva, puis l'appuya doucement contre sa poitrine.

Sans faire de bruit, il sortit de la chambre et retourna au salon avant de rester immobile au milieu de la pièce à regarder son fils. Une sorte d'émerveillement le saisit, chassant tout le reste.

Dès que Maggie se réveilla, elle sentit que quelque chose n'allait pas. Quand elle vit que le berceau était vide, elle bondit hors du lit.

Marianne était à Paris et Nikos était sorti.

Où était Daniel ?

Se précipitant hors de la chambre, elle longea rapidement le couloir et s'arrêta net sur le seuil du salon.

Nikos était debout à l'entrée de la terrasse, juste derrière la porte-fenêtre, la tête de Daniel posée dans le creux de son bras.

Fascinée, elle les regarda en retenant son souffle et entendit Nikos parler à son fils d'une voix douce – en grec ? En italien ? Que lui disait-il ? Peu importait. Nikos tenait son fils dans ses bras... Cela seul comptait.

Au bout d'un long moment, elle s'avança vers eux. Sentant sa présence, Nikos se retourna.

— Il était réveillé. Je n'ai pas voulu te déranger...

— Tu as bien fait, répliqua-t-elle en souriant. Merci.

Au son de sa voix, Daniel se mit à pleurer, et Nikos la regarda, l'air confus.

— Qu'est-ce que j'ai fait ?

— Rien, dit Maggie en prenant doucement son fils. Il a faim, c'est tout. C'est pour ça qu'il s'est réveillé. Grâce à toi, j'ai gagné quelques minutes de sommeil.

— Tu as besoin de quelque chose ? demanda Nikos.

— Non, merci. Comment s'est passée ta soirée ?

— Tu m'as manqué.

Le cœur de Maggie fit un petit bond.

— Je suis sûre que ce n'est pas vrai.

Il la dévisagea un instant en silence tandis qu'une lueur indéchiffrable traversait son regard.

Lorsqu'une demi-heure plus tard Maggie recoucha Daniel après l'avoir allaité puis changé, il s'était déjà rendormi.

De son côté, elle était bien réveillée, à présent, et ne pouvait s'empêcher de revoir en pensée Nikos avec son fils dans les bras.

Il devait avoir regagné sa propre chambre, mais elle retourna néanmoins au salon. Il y était encore, étendu sur le canapé, les chaussures posées sur le tapis, un bras remonté au-dessus de la tête.

Dormait-il ?

Maggie traversa la pièce sur la pointe des pieds et ferma la porte-fenêtre. Nikos n'avait pas bougé. Quand elle vit qu'il dormait, elle résista au désir de lui effleurer les lèvres du bout des doigts et recula d'un pas.

Mais, au moment où elle s'apprêtait à s'en aller, il tendit le bras et saisit sa main.

— Où vas-tu ? demanda-t-il d'une voix rauque.

— Je croyais que tu dormais.

Nikos la fit asseoir à côté de lui, puis se redressa en s'appuyant sur un coude. De sa main libre, il déboutonna la chemise de nuit qu'elle venait à peine de refermer.

Le regard rivé au sien, il passa la main sous le coton blanc et la referma sur son sein. Maggie était nue sous sa chemise de nuit, et il s'en aperçut en glissant les mains sur ses cuisses...

Ensuite, tout alla très vite : elle déboutonna fébrilement sa chemise blanche tandis qu'il soulevait les hanches pour se débarrasser de son pantalon. L'instant d'après, il la pénétrait de son membre puissant.

Les mains appuyées sur son torse musclé, elle le chevaucha, un peu hésitante d'abord, puis avec de plus en plus d'audace.

Comme Nikos lui caressait les seins, puis redressait la tête pour en aspirer les pointes entre ses lèvres, elle sentit le plaisir monter en elle, et la chevauchée devint plus sauvage. Elle renversa la tête en arrière, comme pour supplier son amant de la faire jouir.

Quand il referma les mains sur ses hanches et prit le contrôle, accélérant la cadence de l'enivrant va-et-vient, la jouissance déferla en elle, si intense que Maggie s'y abandonna dans un cri.

— Il ne va pas se casser, n'aie pas peur ! s'exclama Maggie en riant. Prends ses jambes dans ta main et soulève-le... Oui, comme ça... Maintenant, assure-toi que sa peau est propre et bien sèche.

La concentration qui se lisait sur les traits de Nikos lui donnait un air franchement comique. Il plaça Daniel sur la couche, la remonta entre ses jambes, puis fixa les attaches de chaque côté du ventre.

— J'ai réussi !

Au bout de dix tentatives.

Et grâce à Daniel qui avait fait preuve d'une patience

exemplaire. Comme s'il comprenait que son père faisait de gros efforts.

— Oui, bravo !

Nikos enfila le babygro et le boutonna, avant de soulever son fils et de l'installer sur son bras en veillant à ce que sa tête soit bien calée dans le creux. Puis il sortit de la chambre.

Lorsqu'elle le suivit quelques instants plus tard, Maggie aperçut Marianne qui, immobile au bout du couloir, la regardait d'un air stupéfait.

Tout juste de retour de Paris, Marianne était surprise, évidemment...

Ils étaient arrivés à Londres le matin même et, à bord du jet, Nikos avait donné le biberon à Daniel. Et lorsque, peu après, le bébé avait vomi sur son épaule, il n'avait fait aucun commentaire, se contentant de changer de chemise.

Ensuite, durant le trajet de l'aéroport à l'hôtel, Maggie l'avait entendu prévenir un assistant qu'il n'assisterait pas au conseil d'administration. Il voulait les accompagner à l'appartement et passer un peu de temps avec son fils, avait-il dit ensuite à Maggie.

Elle sourit à Marianne et rejoignit Nikos au salon.

— Hyde Park est à deux pas, nous pourrions y aller faire un tour et prendre un café là-bas ? proposa-t-il.

Maggie s'efforça de dominer sa joie.

— Bonne idée... Tu as le temps ?

— Bien sûr que j'ai le temps !

Après avoir enfilé une veste l'un et l'autre, ils se dirigèrent vers Hyde Park avec Daniel dans son landau. Il faisait plus frais en ce début d'automne, mais une douce chaleur emplissait le cœur de Maggie.

Après avoir marché un certain temps, ils s'assirent sur un banc pour boire leur café – un décaféiné pour elle.

— Qu'y a-t-il de prévu pour ce soir ?

— L'ouverture d'une boutique de créateur – l'une de nos marques –, sur Bond Street.

Il but une gorgée de son expresso.

— Mais ce sera une soirée assez informelle, ajouta-t-il. Le but est surtout d'accueillir le nouveau directeur artistique.

— Oui, mais s'il s'agit de mode, il faut que je sois à la hauteur, répliqua Maggie, un peu anxieuse. Qu'est-ce que je suis censée porter ?

— Quelque chose de très court avec beaucoup de paillettes..., répondit Nikos avec un petit sourire en coin.

10

En fait de boutique, Maggie avait plutôt l'impression d'être dans une boîte de nuit. On se serait cru dans une sorte de grotte éclairée par des spots colorés.

Grâce à la styliste de la boutique de l'hôtel, elle avait trouvé une tenue correspondant à la description de Nikos : une robe ultra-courte en velours vert pomme constellé de paillettes et des escarpins noirs à talons aiguilles d'une hauteur vertigineuse. Et elle avait laissé ses cheveux boucler librement sur ses épaules, comme le lui avait demandé Nikos.

Quant à lui, il était très sexy, en costume bleu électrique et chemise blanche déboutonnée à l'encolure. Et sans cravate.

Parmi la foule, Maggie reconnut des acteurs et actrices célèbres, des top-modèles, des hommes politiques...

Soudain, elle sentit Nikos se raidir à côté d'elle.

— Maks ! s'exclama-t-elle en souriant à son beau-frère qui venait d'apparaître devant eux.

Il se pencha pour l'embrasser sur la joue.

— Bonsoir, Maggie. Comment allez-vous ? Vous supportez toujours mon frère ?

— Cela ne fait que deux semaines, répliqua-t-elle avec humour.

Maks tourna les yeux vers Nikos.

— Salut, Nikos.

— Salut, Maks.

— On ne t'a pas vu à la réunion du conseil d'administration, ce matin.

— J'étais occupé.

— Heureusement pour toi, les photos te montrant avec ta nouvelle famille semblent relancer le cours de nos actions.

— Les photos ? fit Maggie, confuse.

Maks sortit son Smartphone de sa poche et se rendit sur le site web d'un tabloïd. Suffoquée, elle vit des photos d'elle et Nikos à Hyde Park avec Daniel, prises à peine quelques heures plus tôt, avec pour gros titre :

> *L'ancien play-boy passe l'après-midi au vert. Combien de temps tiendra-t-il dans son nouveau rôle de père et d'époux ?*

La nausée lui monta aux lèvres.

Nikos dit quelque chose à son frère, saisit la main de Maggie et l'entraîna dans la foule. Puis il arrêta un serveur et lui demanda ce qu'elle souhaitait boire.

— De l'eau pétillante, s'il te plaît.

Il lui tendit son verre et prit une coupe de champagne.

— Ça va ?

— Très bien, répondit-elle avec un sourire forcé.

En réalité, elle brûlait de lui demander s'il avait proposé cette balade en sachant qu'ils seraient photographiés, mais elle s'en abstint.

De toute façon, Nikos venait de s'éloigner avec l'un de ses assistants qui voulait lui présenter quelqu'un.

La fatigue s'abattit soudain sur Maggie, si profonde qu'elle étouffa un bâillement.

— Je vous comprends. Ces événements m'ennuient moi aussi à mourir.

Tournant la tête, elle vit Maks à côté d'elle.

— Nikos paraît différent ces derniers temps, plus détendu, poursuivit-il. Peut-être que vous lui ferez du bien, vous et le bébé. Excusez-moi, je n'aurais pas dû vous montrer ces photos.

— Pas de problème ! Je les aurais sans doute vues de toute façon. Et vous ? Vous n'avez pas envie de fonder une famille ?

Le visage de Maks s'assombrit.

— Je n'en ai pas l'intention. En fait, je suis content que Nikos nous ait rendu service sur ce plan-là.

— La vie réserve parfois des surprises, dit Maggie, le plus légèrement possible. Nikos n'en avait pas non plus l'intention, mais… c'est arrivé.

Les traits de Maks se détendirent.

— Savez-vous que c'est son anniversaire demain ?

— Non…

— C'est une drôle de coïncidence – enfin, pas si drôle que cela –, nos trois anniversaires tombent le même mois. D'abord Nikos, ensuite Sharif, et enfin, moi.

— Et votre sœur Sasha ? Est-elle venue avec vous ?

— Oh non ! Elle ne mettrait jamais les pieds dans ce genre de soirée ! Et elle est née au printemps.

L'expression de Maks changea de nouveau. Il fixa un point en étrécissant les yeux et murmura :

— Qu'est-ce qu'elle fait là, bon sang ?

Sur ces mots, il disparut dans la foule avant que Maggie ait pu voir de qui il parlait.

— Je t'ai vue discuter avec Maks, commença Nikos en réapparaissant devant elle. Il ne t'a pas incommodée ?

— Non, pas du tout. Il a été adorable.

Son mari laissa échapper un juron.

— Ce n'est vraiment pas le genre de qualificatif que j'appliquerais à Maks !

— Tu savais qu'il y aurait des photographes dans le parc ? demanda Maggie avec calme.

Il haussa les épaules.

— Disons que je m'y attendais. Cela t'ennuie ?

— Évidemment ! Ne pas pouvoir aller faire la moindre balade sans être photographiée, je trouve ça… anormal.

— Dans notre cas, c'est tout à fait normal, Maggie.

— Ah bon ? Ce n'est pas parce que vous avez tous grandi

sous le regard des médias que notre enfant doit subir le même sort. Je ne veux pas que sa vie soit observée sous tous les angles. Il mérite d'avoir une existence normale. Il y a des tas de gens riches et célèbres qui ont des enfants et qui réussissent à les protéger des médias !

Nikos la dévisagea un instant en silence, l'air songeur.

— C'est vrai, dit-il enfin. Rien ne nous empêche de faire comme eux. Nous pouvons essayer, du moins.

Le soir suivant, Maggie se sentait à la fois excitée et nerveuse. Ils partaient le lendemain pour le Sud de la France et aucune sortie n'avait été prévue ce soir, mais...

Entendant soudain la porte d'entrée s'ouvrir puis se refermer, elle et Marianne allumèrent rapidement les bougies et attendirent l'arrivée de Nikos. Dès qu'il apparut sur le seuil, elles entonnèrent le traditionnel *Joyeux Anniversaire*... Avant de s'interrompre en voyant une véritable terreur envahir les traits de Nikos.

— Qu'est-ce que cela signifie ? demanda-t-il en regardant Maggie, le regard empli d'effroi. Comment as-tu appris que c'était mon anniversaire ?

— Maks me l'a dit hier soir. Je t'ai confectionné un gâteau.

— Eh bien, il a eu tort.

Il se détourna d'un mouvement brusque et disparut, tandis que Maggie se tournait vers Marianne et échangeait avec elle un regard perplexe et déconcerté.

Nikos tira vivement sur sa cravate, défit quelques boutons. Il avait du mal à respirer. Se penchant en avant, il appuya les mains sur le bureau et se concentra sur sa respiration, comme un ami le lui avait conseillé – un ancien légionnaire qui l'avait regardé un jour et lui avait demandé depuis combien de temps il était sujet aux crises de panique.

Son ami l'avait deviné parce qu'il avait reconnu les signes caractéristiques.

À son grand soulagement, les symptômes commencèrent à s'estomper. Beaucoup plus vite que d'habitude.

Nikos se redressa et s'avança vers la fenêtre en revoyant la scène, il revécut le choc, l'horreur à la vue du gâteau, des bougies… Maggie et Marianne se mettant à chanter…

Il n'évoquait jamais son anniversaire. Qu'est-ce qui avait pris à Maks d'en parler à Maggie, bon sang ? Il l'avait fait parce qu'il ne savait pas.

Des coups légers furent frappés à la porte.

— Nikos ? Tu vas bien ?

D'un côté, il avait envie de crier à Maggie de le laisser tranquille. De l'autre, il voulait la voir, l'attirer contre lui et se perdre dans la douceur de son corps.

— Je vais bien ! lança-t-il d'un ton brutal.

Il s'avança vers le bar et se servit un whisky. La porte s'ouvrit derrière lui. Il entendit Maggie entrer, se rapprocher.

— Nikos ?

— Je suis désolé. Tu ne pouvais pas savoir.

— Savoir quoi ?

— Que je déteste mon anniversaire.

— Pourquoi ?

Nikos se dirigea à nouveau vers la fenêtre.

— J'ignorais que c'était mon anniversaire jusqu'au jour où, j'avais environ cinq ans, mon père est venu à Athènes pour m'emmener au restaurant. Jamais je n'avais vu autant de gâteaux et de friandises – mes grands-parents étaient contre. Mon père m'a dit d'en manger autant que je voulais. Je croyais qu'il allait me remmener avec lui. J'étais si heureux !

Il s'interrompit et regarda les lumières qui constellaient le paysage nocturne sans les voir.

— Mais j'avais mangé trop de gâteaux, alors je me suis mis à vomir. Dégoûté, mon père m'a renvoyé à la maison avec ma nounou. J'ai été malade durant tout le week-end et je me suis dit que c'était à cause de cela qu'il était reparti sans moi…

Ensuite, chaque année, il est venu le jour de mon anniversaire, m'a emmené au restaurant et a commandé des gâteaux – alors que, depuis cette première fois catastrophique, j'avais développé une véritable aversion pour toutes les pâtisseries. J'en suis venu à redouter ce rendez-vous annuel, tout en continuant d'espérer qu'il me remmène avec lui. Mais il ne l'a jamais fait.

Un soupir amer lui échappa.

— Et puis, une année, il est venu me chercher et m'a dit qu'il m'emmenait. J'ai cru que j'allais enfin rentrer à la maison avec lui. Je savais qu'il s'était remarié et avait un garçon et une fille – Maks et Sasha –, et j'étais fou de joie à la perspective de connaître mon frère et ma sœur. Mais je ne les ai pas vus. Il m'a conduit directement au pensionnat. Dans un coin perdu de l'Angleterre. Je n'ai jamais revu mes grands-parents qui se fichaient d'ailleurs complètement de mon sort. Et mon père n'est plus jamais revenu me voir le jour de mon anniversaire. J'ai appris plus tard que la date coïncidait avec celle de la mort de ma mère. Elle s'est suicidée le jour de mes deux ans...

Il se retourna et regarda Maggie. Elle avait le visage blême, les yeux écarquillés.

— D'où mon aversion pour les anniversaires, et les douceurs.

— Ton père était un sadique, Nikos. Quant à tes grands-parents... Ils ont rejeté leur fille, puis toi... Je suis désolée, murmura-t-elle en s'avançant vers lui. Si j'avais su...

— Tu ne pouvais pas le savoir. Personne ne le sait. Pas même mes frères.

La voyant se rapprocher, Nikos conclut d'un ton dur :

— Merci pour le gâteau, mais je n'en veux pas. Tu peux le manger avec Marianne, si tu veux.

Monte-Carlo était aussi pittoresque que Maggie se l'était imaginé à l'époque où, adolescente fascinée par Grace Kelly, elle avait tout lu sur la célèbre actrice américaine devenue princesse de Monaco.

Ils étaient venus de Cannes – où avait eu lieu le lancement

du nouveau parfum – en hélicoptère, lequel avait atterri sur une piste située à proximité de l'hôtel du Marchetti Group où Nikos possédait un superbe appartement. L'hôtel lui-même faisait partie du tout nouveau casino où ils devaient participer à un gala avec vente aux enchères, suivi d'une partie de poker entre milliardaires – tous les fonds et gains récoltés devant être reversés à la fondation caritative qui avait organisé la soirée.

Une fois encore, une équipe de stylistes était venue aider Maggie à se préparer. Ses cheveux ondulaient sur une épaule dénudée par la coupe asymétrique de sa robe en soie noire, fendue jusqu'au genou du côté opposé.

Nikos entra dans le salon en boutonnant sa veste, leva les yeux et laissa glisser son regard sur le corps de Maggie, avec une indifférence manifeste.

Une sensation de froid l'envahit.

— Comment va Daniel ? demanda-t-il.

— Bien. Marianne l'a emmené faire un tour dans les jardins.

Elle s'interrompit et fit un pas vers lui.

— Quelque chose ne va pas, Nikos ? J'ai l'impression... depuis Londres... Tu regrettes de m'avoir parlé de... ?

— Tout va bien, coupa-t-il, assez sèchement. Tu es prête ?

Il mentait. Un fossé s'était ouvert entre eux. Et Maggie ne pouvait s'empêcher de penser que son mari n'éprouvait plus aucun désir pour elle.

Une fois dans l'ascenseur, elle se tourna vers lui.

— Quand nous serons de retour à Paris, je suppose que tout va se calmer ?

— Qu'entends-tu par là ?

— Eh bien, nous bougerons moins... Nous pourrons nous installer.

Les portes de l'ascenseur coulissant en silence, ils sortirent de la cabine.

— Je voyage énormément. Tu ne seras pas toujours obligée de m'accompagner, mais ta présence sera souvent nécessaire.

— Oui, je sais. Mais, lorsque Daniel sera plus grand, il aura besoin d'une vie plus régulière.

— C'est bien pour cela qu'il a une nounou.

— J'adore Marianne, je la considère comme une amie et elle est formidable avec Daniel, mais après tout ce que tu m'as raconté, l'autre soir, tu voudrais que notre fils soit élevé par sa nounou ? riposta Maggie, soudain furieuse. Tu envisages aussi de l'envoyer en pension, peut-être ?

Il la foudroya du regard.

— Le moment est mal choisi pour parler de Daniel.

— Quand, alors ? rétorqua-t-elle en redressant le menton.

— Plus tard. Après le gala.

La soirée avait lieu dans une magnifique salle de réception de style baroque dont les larges portes-fenêtres donnaient sur une immense terrasse surplombant de superbes jardins. Un quatuor réputé jouait de la musique classique.

Encore sous le coup de son vif échange avec Nikos, Maggie accepta une coupe de champagne.

Au fur et à mesure que la soirée se déroulait, elle se sentit gagnée par une horrible impression de solitude. La vente aux enchères commença comme prévu, les lots se vendaient comme des petits pains tandis qu'immobile à côté de son mari elle se sentait... abandonnée.

L'homme qu'elle aimait – parce que Maggie ne pouvait plus ignorer la nature des sentiments qu'elle éprouvait pour Nikos – ne voulait plus d'elle. Il ne supportait même pas de la regarder !

Si elle s'en allait, il ne s'en apercevrait même pas.

Comme elle en eut la preuve quand elle s'éloigna de lui quelques instants plus tard.

11

Nikos sentit le moment précis où Maggie s'éloigna de lui. Il se conduisait comme une brute, il le savait. Mais c'était plus fort que lui. Quand elle lui avait demandé un peu plus tôt si quelque chose le tracassait, faisant allusion à ce qu'il lui avait dit à Londres, il avait été de nouveau submergé par le sentiment d'être un être toxique et de lui nuire par sa simple présence.

Depuis, il avait du mal à la regarder, tout en la désirant plus que jamais. Quand il contemplait ces yeux bleus... il se sentait exposé au plus intime de son être.

Daniel était le seul qui paraissait le regarder sans rien attendre de lui.

Parce qu'il n'était encore qu'un bébé.

Nikos jura en son for intérieur. Mais il ne pouvait nier que, lorsque Daniel le regardait, quelque chose s'apaisait en lui. Alors que la perspicacité de Maggie le mettait à vif, ravivant des souvenirs qu'il tenait à garder enfouis au plus profond de lui-même. Elle lui faisait désirer des choses inaccessibles.

Lorsque les enchères s'achevèrent sans qu'elle n'ait réapparu, Nikos pressentit qu'elle ne reviendrait pas et se dit que c'était parfait. Elle devait comprendre qui il était.

Maggie lui donnait l'impression d'être meilleur que celui qu'il était vraiment. Mais ce n'était qu'une illusion, et lui savait qu'il ne pourrait jamais satisfaire ses attentes.

Aussi valait-il mieux qu'elle sache à qui elle avait affaire. Maintenant. Avant de souffrir.

Maggie se réveilla avec un début de torticolis et s'aperçut qu'elle s'était endormie assise dans le fauteuil après avoir recouché Daniel.

Sans faire de bruit, elle sortit de la chambre et se dirigea vers le salon où elle trouva Marianne en train de lire.

— Nikos est rentré ?

Marianne referma son livre après y avoir glissé un marque-page.

— Non, pas encore.

Elle regarda Maggie en plissant le front.

— Vous allez bien ?

— Oui... Pourquoi ?

— Vous êtes livide.

Pas étonnant. Elle avait eu la nausée quasiment toute la journée.

— Je suis un peu fatiguée, c'est tout.

Marianne la dévisagea un instant en silence.

— Excusez-moi, Maggie, vous allez me trouver indiscrète... Mais vous ne seriez pas...

— Non, déclara Maggie en secouant la tête. Je ne...

Elle s'interrompit, paniquée.

— Ce n'est pas possible, n'est-ce pas ?

— Je n'en suis pas certaine, mais je crois qu'une femme peut tomber enceinte même quand elle allaite.

Un vertige gagna Maggie. Elle eut envie de s'asseoir. Était-ce possible qu'elle soit de nouveau enceinte ? Déjà ?

Quand elle attendait Daniel, les nausées s'accentuaient le soir, se souvint-elle.

— Je suis sûre que ce n'est pas cela, dit-elle en se forçant à sourire. Vous voulez bien surveiller Daniel, s'il vous plaît ? J'en ai pour quelques minutes.

— Allez-y, Maggie. Je n'avais pas l'intention de me coucher maintenant, de toute façon.

Ce ne fut qu'en arrivant au rez-de-chaussée que Maggie s'aperçut qu'elle était partie pieds nus. Mais la salle de réception était maintenant déserte, à l'exception du personnel qui empilait les chaises. Voyant l'un des assistants de Nikos quitter la pièce, elle le rejoignit et lui demanda s'il savait où était son mari. Il la conduisit vers une autre salle, dont l'entrée était gardée par un videur à la mine patibulaire.

Quand il ouvrit la porte, Maggie s'arrêta sur le seuil, sidérée. Elle avait l'impression de se retrouver dans un film de James Bond. La salle était équipée d'un bar tout en longueur sur un côté et d'une sorte de scène qui offrait un espace surélevé. Autour d'une table ovale, des hommes et des femmes étaient assis, concentrés sur une partie de poker.

Elle repéra Nikos, le nœud papillon défait et pendant d'un côté, les manches roulées sur ses avant-bras. Il ne fumait pas mais un nuage de fumée flottait au-dessus des joueurs. Quand il l'aperçut, un éclair traversa son regard avant de s'éteindre aussitôt.

Peut-être même l'avait-elle rêvé. Quelque chose s'était irrévocablement rompu entre eux, elle le savait.

Nikos regarda les autres joueurs.

— Mesdames et messieurs, je vous présente ma femme.

Tous tournèrent les yeux vers Maggie qui rougit et foudroya Nikos du regard.

— Viens, Maggie, poursuivit-il en se levant. Tu vas me porter chance – j'en ai besoin.

Au lieu de tourner les talons et de s'en aller, comme elle l'aurait dû, elle s'avança et gravit les marches. Dès qu'elle arriva à côté de lui, Nikos lui prit les bras et se rassit en l'installant sur ses genoux.

Affreusement embarrassée, Maggie se raidit tandis qu'il lui enlaçait la taille.

— Je vous recommande chaudement de vous marier, dit-il en riant à la cantonade. Regardez-moi : je suis devenu un autre homme !

Cette fois, ç'en était trop. Elle se leva, mais il la fit se rasseoir aussitôt.

— Ne t'en va pas... J'ai besoin de toi.

— Non, chuchota-t-elle en le regardant dans les yeux. Tu n'as pas besoin de moi, et c'est bien ça, le problème.

Quand elle se leva à nouveau, il ne chercha pas à la retenir.

— Je voulais seulement m'assurer que tu allais bien, dit Maggie avant de se libérer et de redescendre les marches.

— Ne m'attends pas !

Elle se retourna et regarda Nikos. Il était redevenu le playboy débauché qui avait débarqué un soir à Kildare House.

— Ne t'inquiète pas, je n'en ai pas l'intention, répliqua-t-elle avec calme.

L'aube se levait lorsque Nikos rentra à l'appartement plongé dans la semi-pénombre.

Il se sentait vide, inconsistant. Au moment où il laissait tomber sa veste sur le canapé, il entendit un léger bruit et, tournant les yeux, vit Maggie, debout à côté de la fenêtre. En dépit du faible éclairage, il remarqua ses traits tirés, son teint blême. Une veste était posée sur le dossier du fauteuil. Sur l'assise, Nikos vit la nacelle et aperçut le bébé qui dormait paisiblement à l'intérieur.

— Que se passe-t-il ? Pourquoi n'es-tu pas au lit ?

Lorsqu'elle redressa le menton, ce simple mouvement atteignit Nikos en plein cœur. Mais il refoula la sensation, de toutes ses forces.

— Nous prenons le premier vol pour l'Irlande, avec une brève escale à Londres. J'attends un taxi. Marianne est dans sa chambre et elle dort. Elle retournera à Paris plus tard dans la journée et sera en congé jusqu'à ce que nous décidions de la suite.

— Qu'est-ce que tu racontes ?

— Tu avais dit que nous parlerions après le gala, mais tu as manifestement changé d'avis.

— Eh bien, nous n'avons qu'à parler maintenant.

— Non, il est trop tard, répliqua-t-elle en secouant la tête. Ça ne fonctionne pas, Nikos. Daniel est ma priorité et il commence à faire ses dents. Il a besoin d'un endroit fixe, pas d'être transporté d'hôtel en hôtel. L'appartement de Paris n'est pas approprié. Nous avons besoin d'une maison et, pour autant que j'aie pu en juger cette nuit, tu n'es pas prêt à changer de vie.

Cette fois, ce fut un sentiment de chute qui saisit Nikos. Ils devaient en arriver là tôt ou tard. Et c'était ce qu'il désirait. Maggie était trop proche. Trop perspicace. Il fallait qu'elle s'en aille.

— Que comptes-tu faire ? demanda-t-il.

Maggie rassembla toutes ses forces pour ne pas s'effondrer. Il n'essayait même pas de la retenir.

— Nous allons nous installer à Kildare House – cela ne te dérange pas ?

— La propriété t'appartient. C'est stipulé dans notre contrat de mariage. Cette maison est à toi, quoi qu'il arrive.

— Tu me la donnes ? insista-t-elle, stupéfaite.

Elle avait à peine lu le contrat. Mais au fond ce n'était pas étonnant qu'il lui ait cédé Kildare House : il se fichait de cette maison et la lui avait cédée pour s'en débarrasser, en quelque sorte.

— Je l'accepte au nom de Daniel, reprit-elle, crispée.

— Cette maison est à *toi*, répéta-t-il, l'air courroucé.

Maggie redressa les épaules et regarda Nikos droit dans les yeux, résolue à en avoir le cœur net. Parce que, sinon, elle garderait toujours un espoir.

— Qu'est-ce que j'ai d'autre, Nikos ?

Il la regarda en fronçant les sourcils.

— Que veux-tu ?

Maintenant qu'elle avait commencé, elle devait aller jusqu'au bout.

— Il ne s'agit pas de *ce que* je veux, mais de *qui* je veux. Toi, Nikos. Je te veux. Je veux tout de toi. Je suis tombée amoureuse de toi, en dépit de toutes tes mises en garde. Tu m'as laissé entrevoir ton moi secret, que personne d'autre ne connaît. Et tu me repousses à cause de cela... Je me trompe ?

Nikos avait pâli sous son hâle.

— Ne sois pas ridicule !

Elle s'avança vers lui. Un mélange de crainte et de vulnérabilité se lisait dans les yeux sombres. En insistant, elle risquait de tout perdre, mais elle n'avait pas le choix. C'était le seul moyen d'étouffer l'étincelle d'espoir qui, sinon, finirait par la détruire.

— Je sais que tu me désires et que tu ressens quelque chose pour moi, Nikos. Peut-être pas de l'amour, mais un sentiment profond.

Une expression dure envahit ses traits.

— Je n'éprouve aucun sentiment profond ! Je t'ai dit que je n'en avais pas à t'offrir. Quant au désir, il finit toujours par s'émousser, avant de disparaître tout à fait.

Maggie encaissa le choc et se rapprocha de lui. Puis elle lui posa la main sur la nuque et attira son visage vers le sien. Nikos demeura impassible.

— Qu'est-ce que tu fais ?

Pour toute réponse, elle posa sa bouche sur ses lèvres serrées.

Nikos redressa brusquement la tête et s'écarta d'elle.

— Arrête, Maggie. Tu t'es assez ridiculisée comme cela.

Toute son audace la déserta. Elle s'était ridiculisée, en effet, et lui n'avait fait que s'endurcir. Comme un automate, elle se dirigea vers le fauteuil, enfila sa veste, souleva la nacelle et revint vers Nikos qui la regardait faire, impassible.

— Tu sais où nous joindre. À présent, je dois me concentrer sur les besoins de mon fils.

Jusqu'au tout dernier moment, son cœur stupide espéra que Nikos allait l'arrêter, lui dire qu'elle se trompait. Mais elle quitta l'appartement sans qu'il n'ait prononcé un mot ou fait un geste pour la retenir.

Maggie raccrocha son torchon et s'assit à la table de la cuisine pour souffler un peu, lorsqu'elle fut assaillie par une nouvelle vague de nausée.

Heureusement, celle-ci passa presque aussitôt, si bien qu'elle se leva, but un peu d'eau et regarda autour d'elle. Et dire que

Nikos avait acheté cette maison sur un coup de tête parce qu'il envisageait d'investir dans les chevaux de course, avant de se désintéresser complètement de son projet, de la même façon qu'il s'était désintéressé de sa femme et de son fils !

En fait, Maggie entretenait sa colère. C'était la seule chose qui l'aidait à tenir depuis qu'elle avait lu les commentaires des médias.

La lune de miel de Marchetti est bel et bien terminée !

Le riche play-boy retourne à son ancienne vie !

Marchetti de retour sur le marché des riches célibataires ?

Dire qu'elle lui avait avoué qu'elle l'aimait dans l'espoir de le faire réagir ! Alors qu'il était incapable d'éprouver le moindre sentiment. Le pire, c'était qu'il l'avait prévenue, depuis le début...

À l'instant où elle se dirigeait vers l'évier pour laver son verre, des coups vigoureux retentirent au rez-de-chaussée.

Quelqu'un frappait à la porte d'entrée.

Maggie baissa les yeux sur l'écran du babyphone posé sur la table. Daniel dormait toujours. Elle glissa l'appareil dans sa poche et remonta au rez-de-chaussée.

Le heurtoir retomba de nouveau, plus fort.

Agacée, elle alluma la lampe extérieure, ouvrit la porte et eut l'impression que son cœur s'arrêtait de battre à la vue de la haute silhouette sombre se découpant sur le ciel mauve.

Elle contempla le smoking noir, le nœud papillon défait pendant d'un côté, les épais cheveux bouclés, le beau visage aux traits virils, les yeux sombres mais pas bruns. Mordorés. La peau mate. La barbe de deux jours.

Lentement, Nikos laissa descendre son regard sur le corps de Maggie. Exactement comme la première fois.

Mon Dieu, je rêve...

Mais lorsque Maggie rouvrit les yeux, il était encore là. Nikos Marchetti. Son mari. Elle s'attendait à le revoir un jour, forcément, mais pas maintenant, pas comme ça. Elle n'était pas prête.

Faisant volte-face, elle retraversa le hall en sens inverse.

— Tu devrais vraiment te faire faire une clé.

— Ah... Mais serais-je le bienvenu ?

Maggie s'arrêta et se retourna vers lui. Au même instant, elle réalisa qu'elle portait quasiment la même tenue que lors de leur première rencontre. Un short en jean et un chemisier écossais, noué à la taille. Elle avait passé la journée à faire le ménage, la monotonie de ce travail constituant la meilleure des thérapies. À présent, elle se sentait ridicule.

— Où est M. Wilson ? demanda tout à coup Nikos.

— Je lui ai accordé quelques jours de congé pour aller voir sa famille, répondit-elle en croisant les bras.

Elle le dévisagea de la tête aux pieds, essayant de prendre une posture aussi décontractée que la sienne.

— Tu sors d'une soirée destinée à promouvoir l'une des célèbres marques du Marchetti Group ?

— Oui, je participais à une soirée. À Londres.

Il avait fait tout ce chemin pour venir à Kildare House ?

— Comment va Daniel ?

Son cœur se serra douloureusement. Quelle idiote ! Il était venu pour Daniel, pas pour elle. Et alors ? Elle aurait dû se réjouir qu'il se préoccupe de son fils...

— Bien. Il est à l'étage, il dort. Si tu veux discuter des modalités de visite, je préférerais que nous passions par des intermédiaires. Ce serait mieux pour tout le monde.

Il s'avança en ôtant sa veste, qu'il laissa choir sur le sol avant de s'arrêter devant Maggie.

— Oh ! vraiment ? Des intermédiaires ?

— Nikos...

L'espace d'un bref instant, elle crut qu'il allait l'embrasser, mais il se détourna en se passant la main dans les cheveux. Avant de pivoter brusquement sur lui-même, les yeux étincelants. L'instant d'après, Maggie se retrouva dans ses bras et la bouche ferme de Nikos prit possession de la sienne.

Elle fondit. Tout entière. Corps et âme.

Nikos la souleva et la serra contre lui tandis qu'elle refermait les jambes autour de ses hanches étroites, puis écartait la bouche de la sienne pour reprendre son souffle. Son cœur lui martelait la poitrine. Elle appuya les mains sur son torse musclé pour se libérer, et Nikos la laissa glisser contre lui.

— Que se passe-t-il ? demanda-t-elle en reculant, les jambes tremblantes. Tu avais dit que tu ne...

— C'était un mensonge ! l'interrompit-il avec un rire bref et creux. Un de plus.

Quand il tendit la main vers la sienne, Maggie la contempla avec méfiance.

— Tu veux bien me laisser t'expliquer ?

Sans savoir si elle avait raison ou pas, elle glissa la main dans celle de Nikos et le suivit dans le salon. Aussitôt entré, il lui lâcha la main et s'avança vers la bibliothèque.

— Tes livres sont revenus.

Il se retourna.

— Ils m'ont manqué.

— Nikos...

— *Tu* m'as manqué. Je n'ai pas dormi depuis que tu es partie, dit-il, le regard torturé.

Il avait l'air fatigué, en effet. Des cernes soulignaient ses yeux.

— Après ton départ, je suis retourné au casino et ensuite les jours se sont succédé dans une sorte de brouillard.

— Je peux te montrer les gros titres, si tu veux te rafraîchir la mémoire. Tu es sorti du casino à midi le...

— Je sais, l'interrompit-il à nouveau en levant la main. Je me suis conduit comme un imbécile. Parce que je t'aime. Quand tu m'as dit que tu m'aimais, je ne t'ai pas crue. Je me sentais coupable et...

— Qu'est-ce que tu as dit ? l'interrompit-elle à son tour.

— À quel moment ?

Maggie se rapprocha de lui et agrippa sa chemise.

— Tu le sais très bien.

Jamais il ne l'avait regardée ainsi. Avec cet éclat dans les yeux.

— Tu as bien dit que tu m'aimais, n'est-ce pas ? demanda-t-il lentement. Je n'ai pas rêvé ?

— Non, tu n'as pas rêvé. Je t'aime, Nikos. Je t'ai sans doute aimé dès le premier instant où je t'ai vu. Et ce soir, quand j'ai ouvert la porte, j'ai cru être victime d'une hallucination...

Nikos lui prit les mains. Les siennes tremblaient. Il l'attira vers le canapé.

— Tu portes toujours ton alliance et ta bague de fiançailles, dit-il en s'asseyant à côté d'elle.

— J'avais l'intention de les ôter...

— Je n'aurais pas pu t'en vouloir, murmura-t-il, le regard rivé au sien. Je suis un imbécile.

— Tu l'as déjà dit.

— Je t'aime. Mais je ne le savais pas parce que je n'avais jamais aimé auparavant. Je me suis souvenu de ce que tu avais dit à propos de ta mère... Et que tu ferais n'importe quoi pour Daniel... C'est ce que je ressens pour toi. Et pour lui. Sans toi, je ne pouvais pas respirer, Maggie. J'ai besoin de toi. De vous deux.

Il embrassa la pièce du regard.

— Tu sais pourquoi c'est la seule maison que j'aie jamais achetée ?

— Non, murmura Maggie.

— Elle m'a plu au premier coup d'œil, même s'il ne s'agissait que d'une photo. J'ai dû t'y voir en rêve. Ensuite, je suis venu, et tu étais là. Je n'avais jamais eu de maison à moi. Mais, lorsque tu as ouvert la porte, quelque chose s'est apaisé en moi, pour la première fois de ma vie. Je me suis senti chez moi.

Après s'être interrompu un instant, il poursuivit :

— Au pensionnat, je faisais des crises de panique. Elles étaient provoquées par l'impression d'être complètement isolé et seul. Au moment des vacances scolaires, j'étais invité chez l'un ou l'autre de mes camarades. Je ne voyais jamais mes frères. À l'époque, Sharif vivait à l'étranger, il forgeait sa place dans l'entreprise familiale. Maks faisait la navette entre notre père et sa mère.

Il fit la moue.

— Ils n'étaient pas mieux lotis que moi, je m'en rends compte maintenant. Mais je m'imaginais qu'ils étaient plus heureux. Chez les parents des camarades qui m'accueillaient, j'avais l'impression d'être nocif. Je croyais qu'ils voyaient que j'étais jaloux d'eux et de leur bonheur. Alors je me suis juré de ne jamais désirer la même chose. Je considérais cela comme une faiblesse. Si ma propre famille ne voulait pas de moi, c'était forcément parce que je ne méritais pas d'être aimé.

— Oh ! Nikos, murmura Maggie en lui caressant la joue. Tu le méritais, bien sûr. Tu as perdu ta mère si jeune...

Tournant la tête, il lui embrassa la paume.

— J'ai cru pendant longtemps qu'elle m'avait quitté parce que je ne valais pas la peine qu'elle continue à vivre pour moi.

— Je peux le comprendre. D'autant plus qu'il n'y avait personne pour te dire le contraire.

— Je ne me suis jamais autorisé à ressentir quoi que ce soit pour quiconque jusqu'à ce que je te rencontre. Il m'a fallu un an pour revenir vers toi.

— Tu es là, maintenant.

— Oui. Et je veux que nous ayons une maison. Une vraie maison. À Paris, ici... où tu voudras. Ma vie est avec toi, désormais, et avec Daniel.

— Et avec...

Maggie attrapa la main de Nikos et la posa sur son ventre.

— Je suis de nouveau enceinte. Je me croyais...

— Enceinte ? Nous allons avoir un autre bébé ?

Il se leva et quitta la pièce si brusquement qu'elle se sentit perdue. C'était trop. Il était trop tôt.

Le cœur battant sourdement dans sa poitrine, elle se leva et attendit. Elle allait entendre la porte s'ouvrir puis se refermer...

Nikos réapparut sur le seuil, Daniel à moitié endormi dans les bras, et vint la rejoindre. Très ému, il posa sa main libre sur le ventre de Maggie.

— Tu vois, là, mon trésor ? C'est ta petite sœur ou ton petit frère qui grandit dans le ventre de maman.

Les larmes de joie roulèrent sur les joues de Maggie.

— J'ai cru que tu...

— C'est ce dont j'avais toujours rêvé, l'interrompit-il doucement. J'avais trop peur pour me l'avouer. Peur de ne pas le mériter.

— Tu le mérites plus que tout autre, mon amour.

Quand ils s'embrassèrent, Daniel gazouilla gaiement, et Maggie se mit à rire à travers ses larmes.

— On se remarie ? demanda Nikos. Ici ? Je veux t'offrir un vrai mariage, pour te montrer, et montrer au monde entier combien je t'aime.

Elle hocha la tête en s'essuyant les joues.

— D'accord.

Épilogue

Sept mois plus tard, ils sortirent de la petite église de village située à proximité de Kildare House.

Le soleil printanier brillait dans le ciel ; des pétales de fleurs roses et blancs recouvraient le sol. Nikos portait Daniel haut dans un bras et, de l'autre, tenait Maggie par la taille.

Tout le monde lança des hourras et applaudit, puis poussa des cris ravis lorsqu'ils s'embrassèrent longuement.

Nikos redressa la tête et regarda sa femme.

— Pas de regrets, madame Marchetti ?

— Aucun, répondit-elle en souriant. Quelqu'un m'a dit un jour que c'était pour les perdants.

Leur fille Olympia - prénommée ainsi en souvenir de la mère de Nikos - vit le jour à Paris.

Ém
u aux larmes, Nikos présenta à Daniel sa petite sœur, puis se tourna vers Maggie, appuyée contre les oreillers, épuisée mais heureuse. Et plus belle que jamais.

— Je t'aime, murmura-t-elle, avant de s'endormir aussitôt.

— Dors bien, ma chérie, chuchota-t-il. Je veille sur notre petite famille.

ABBY GREEN

Liaison à Saint-Pétersbourg

INTÉGRALE

LA DYNASTIE MARCHETTI

Traduction française de

LOUISE LAMBERSON

SAGAS

HARLEQUIN

Titre original :
THE INNOCENT BEHIND THE SCANDAL

Ce roman a déjà été publié en 2021.

© 2020, Abby Green.
© 2021, 2025, HarperCollins France pour la traduction française.

1

Le souffle court, Zoe contemplait l'homme superbe assis au premier rang. Il faisait manifestement partie des VIP invités au défilé de haute couture, l'un des plus courus de la *Fashion Week* de Paris.

Presque à regret, elle reporta son attention sur l'immense salle transformée en forêt de conte de fées, de vrais arbres bordant le podium. Un mélange de parfums capiteux flottait dans l'atmosphère tandis que les invités attendaient le début du défilé.

Comment avait-elle eu l'audace de s'infiltrer en catimini dans cet événement ultra-mondain réservé aux riches et aux célébrités ?

Une demi-heure plus tôt, alors qu'elle se trouvait devant le Grand Palais et prenait en photo les influenceurs de mode qui entraient dans le prestigieux édifice, Zoe avait soudain eu le regard attiré par un membre du personnel de restauration qui fumait sa cigarette devant une porte latérale. Et quand, peu après, le jeune homme était rentré en laissant la porte entrebâillée derrière lui, Zoe avait bondi et profité de l'occasion pour se glisser à l'intérieur.

Si elle parvenait à se mêler aux photographes accrédités, elle réussirait peut-être à passer pour l'un d'entre eux.

Comme certains la regardaient d'un air méfiant, elle pencha la tête en avant de manière à ce que ses cheveux tombent devant son visage. Avec un peu de chance, personne ne remarquerait qu'elle ne portait pas de badge.

C'était son premier défilé, alors qu'elle rêvait depuis toujours de devenir photographe de mode. Mais entre fantasmer devant les photos géniales des meilleurs photographes internationaux et compter au nombre de ceux-ci, il y avait un gouffre...

Tout en sachant qu'elle n'avait pas intérêt à se faire remarquer, Zoe ne put résister au désir de tourner à nouveau les yeux vers le sublime inconnu.

Non seulement il était l'homme le plus somptueux et le plus séduisant qu'elle eût jamais vu, mais il exsudait une aura de mystère. Il paraissait distant. Inaccessible. Il ne parlait à personne. Ne regardait personne. Se contentant de baisser régulièrement les yeux sur son smartphone.

Il devait être grand, à en juger par la façon dont il dominait ceux qui l'entouraient. Larges épaules, corps mince. Cheveux très courts, presque à la militaire. Châtain foncé.

Sans réfléchir, Zoe souleva son appareil-photo et regarda dans le viseur. Son cœur s'arrêta de battre.

En gros plan, l'inconnu était d'une beauté à couper le souffle. Peau hâlée. Hautes pommettes, paupières mi-closes. Une bouche ferme aux contours bien dessinés. Sensuelle. Une mâchoire déterminée mise en valeur par la barbe de deux jours.

Lorsqu'il tourna soudain la tête et que son regard croisa le sien à travers la lentille, Zoe frissonna. Ses yeux étaient sublimes. Gris. Froids. Méfiants. Il se tenait sur ses gardes.

Ce fut plus fort qu'elle. Son doigt appuya sur le déclencheur et l'appareil émit un petit *clic*, immortalisant l'image à tout jamais.

Mais avant même qu'elle ait eu le temps de baisser l'appareil, Zoe perçut du mouvement autour d'elle, puis se sentit tirée par sa veste et entraînée à l'écart.

— Qui êtes-vous et pourquoi m'avez-vous pris en photo ?

Confusément, Zoe songea que sa voix était assortie à son physique. Profonde et impérieuse. Teintée d'un léger accent. Par ailleurs, le somptueux inconnu était encore plus grand qu'elle ne l'avait imaginé. Il la dominait de toute sa hauteur si bien qu'avec son modeste mètre soixante-deux elle se sentit minuscule.

— Qui êtes-vous ? demanda-t-il de nouveau en l'examinant de la tête aux pieds. Où est votre accréditation ?

— Je...

Toute son audace l'avait désertée, à présent.

— Je n'en ai pas. Je suis vraiment désolée. La porte était entrebâillée et...

— Vous avez pensé que vous pouviez entrer illégalement ?

— Vous exagérez un peu, non ?

Sans répondre, il lui prit le bras et passa devant les invités assis au premier rang avant de se diriger vers l'entrée principale, située à l'opposé de la porte réservée au personnel.

Pour qui se prenait-il ? fulmina Zoe, les joues en feu. Ce n'était tout de même pas un crime de s'introduire dans le saint des saints sans y avoir été invitée !

Au passage, elle reconnut plusieurs personnalités qui la dévisagèrent d'un air choqué, voire méprisant, tandis que l'inconnu continuait de la tirer impitoyablement par le bras.

Lorsqu'ils eurent franchi la large double porte, Zoe réussit à se dégager. Aussitôt, des agents de sécurité s'avancèrent vers elle mais il les arrêta d'un geste de la main. Elle le regarda, le souffle court, frémissant d'indignation. Et... d'excitation.

— Et vous ? lui lança-t-elle en se massant le bras. Qui êtes-vous ?

Sans lui laisser le temps de réagir, il s'empara de son appareil-photo et fit passer la courroie par-dessus sa tête.

— Hé, rendez-le-moi ! protesta-t-elle vivement en tendant la main vers l'appareil. Vous n'avez pas le droit...

L'inconnu lui appuya fermement la main sur la gorge pour l'empêcher de s'approcher de lui.

Suffoquée, Zoe le regarda faire défiler les images en plissant les yeux. Puis il referma la main autour de l'appareil et écarta celle posée sur sa gorge.

— Je le garde. Vous pouvez partir.

Son sang se glaça.
— Mais vous ne pouvez pas... Il m'appartient !
C'était son bien le plus précieux. L'appareil de son père qui l'accompagnait partout depuis...
— Vous pouvez effacer toutes les photos, dit-elle à la hâte. Je m'en fiche. Mais rendez-moi mon appareil, s'il vous plaît.
— Vous savez qui je suis ? répliqua-t-il d'une voix dure.
Zoe le regarda avec attention. Elle ne suivait pas l'actualité musicale de près et ne lisait pas la presse people, mais elle était quasiment certaine qu'il n'était ni acteur ni chanteur. Mannequin, peut-être... ? Elle avait vaguement l'impression de l'avoir déjà vu...
— Je suis Maks Marchetti.
Elle le dévisagea en silence, abasourdie.
Maks Marchetti.
— Le Marchetti Group, cela ne vous dit rien ? reprit-il en haussant un sourcil. Nous possédons entre autres la maison de haute couture qui présente ce soir ses toutes dernières collections.
Zoe se sentit blêmir.
— Je sais qui vous êtes, dit-elle faiblement.
Elle ne l'avait pas reconnu parce qu'il était le plus discret des frères Marchetti, lesquels avaient hérité de la holding de leur père à sa mort, survenue quelques années plus tôt.
Le Marchetti Group possédait les marques les plus haut de gamme, les plus grands noms du luxe. Il s'agissait d'un véritable empire qui s'était encore développé après la mort de son fondateur.
Ainsi, l'homme qui se tenait devant elle était l'un des héritiers de la célèbre holding... Un individu incroyablement puissant...
Zoe entendit de la musique. Le défilé commençait. Le regard gris continuait de fouiller le sien, implacable. De toute évidence, Maks Marchetti se souciait peu de rater le début du défilé.
— Vous ne devriez pas y retourner ? demanda-t-elle d'un ton détaché. Quant à moi, je ne demande qu'une chose, récupérer

mon appareil. Ensuite, je m'en irai, soyez tranquille, et vous ne me reverrez plus jamais.

Troublé malgré lui, Maks contempla la femme qui soutenait hardiment son regard. De taille moyenne. Mince. Assez petite, en fait. Mais il y avait quelque chose en elle qui avait retenu son attention au moment où il avait tourné la tête et vu l'objectif pointé vers lui.

Elle avait les cheveux mi-longs, blond doré. Des sourcils fins. La mâchoire délicate. Le nez droit. Les yeux d'une stupéfiante nuance de bleu-vert. Aigue-marine.

En un mot : jolie.

Non. Ravissante. En dépit de la fine cicatrice, d'environ trois centimètres de long, juste au-dessus de la lèvre supérieure. Et d'une autre, du même côté du visage, qui allait de la pommette à la naissance des cheveux. D'où provenaient-elles ? se demanda-t-il malgré lui. En tout cas, elles étaient anciennes.

Au même instant elle baissa la tête, si bien que ses cheveux voilèrent son visage.

— Vous ne devriez pas fixer ainsi les gens, murmura-t-elle. C'est impoli.

Maks résista au désir de lui soulever le menton pour l'obliger à lui faire face.

— Pas plus que de s'introduire par effraction dans un événement privé, rétorqua-t-il.

Lorsqu'elle redressa soudain la tête, il fut saisi par l'éclat de son regard, à présent plus vert que bleu et mis en valeur par de longs cils dorés. Elle ne portait aucun maquillage. Elle n'en avait pas besoin. Son teint était parfait. Les cicatrices mises à part. Un teint de pétale de rose. Maks ne put s'empêcher de se demander si ces joues à la peau claire s'empourpraient dans la chaleur d'une étreinte passionnée. Si ces yeux verts prenaient des nuances orageuses.

La réaction de sa libido le surprit par son intensité. En fait, la beauté singulière de cette jeune femme le troublait profondément et le... rafraîchissait. Maks évoluait dans un univers où tout tournait autour de la beauté, de la perfection, où tout visait à les célébrer, aussi y était-il devenu presque indifférent. En revanche, le charme de cette inconnue le fascinait.

— Partez maintenant et je ne porterai pas plainte contre vous, dit-il en reculant d'un pas.

Le teint de rose pâlit encore.

— Nous ne tolérons pas la présence des paparazzis à nos défilés.

L'air indigné, elle entrouvrit les lèvres, attirant son attention sur la bouche sensuelle et pleine. Douce. Séduisante.

— Je n'ai rien à voir avec les paparazzis.

Décidément, elle jouait bien la comédie. Maks s'interdit de laisser descendre son regard sur le corps mince. Il ne *voulait pas* être attiré par cette femme. Il ne pouvait pas se le permettre.

— Peut-être, mais vous n'étiez néanmoins pas autorisée à assister à ce défilé - encore moins à prendre des photos.

Comme Maks Marchetti faisait un geste à l'attention de quelqu'un qui se trouvait derrière elle, Zoe se retourna. Deux agents de sécurité baraqués approchaient.

— Écoutez, lui dit-elle. Je n'avais pas de mauvaises intentions. Et je ne mens pas : je n'ai rien à voir avec les paparazzis !

Autant parler à un sourd...

— Raccompagnez cette jeune femme, ordonna-t-il aux deux costauds. Et faites en sorte qu'elle ne s'introduise plus dans aucun de nos défilés.

Les agents lui prirent chacun un bras, sans brutalité, mais fermement, tandis que Zoe foudroyait Marchetti du regard. Comment avait-elle pu le trouver beau ? Cet homme était un être cruel et froid.

À présent, elle pouvait dire adieu à ses rêves. Elle ne deviendrait jamais photographe de mode.

Zoe baissa les yeux sur son cher appareil-photo que Maks Marchetti tenait négligemment par la bandoulière.

— Et mon appareil ?

— Vous l'avez perdu dès l'instant où vous avez franchi illégalement le seuil de cet édifice. *Ciao !*

Le salaud... Il eut le toupet de se fendre d'un petit sourire en coin...

Maks regarda les agents de sécurité emmener la jeune femme et disparaître avec elle. L'espace d'un instant, il faillit leur courir après pour leur dire de la laisser tranquille.

Pour quoi faire ?

Avec un soupir, il regagna la salle mais resta debout au fond du vaste espace transformé en forêt enchantée. C'est à peine s'il entendit les salves d'applaudissements qui saluèrent l'extravagante robe de mariée, bouquet final du défilé. Alors qu'il venait de voir quelques-unes des plus belles femmes du monde parader sur le podium, il restait obsédé par une paire d'yeux couleur d'aigue-marine.

Et il ne lui avait même pas demandé son nom ! réalisa soudain Maks. C'est dire si elle l'avait troublé... Il retint un juron avant de se persuader qu'il avait bien fait de ne pas le lui demander.

Machinalement, il regarda l'appareil-photo qu'il tenait par la courroie. Un Nikon ancien modèle, un peu cabossé. Il tourna les yeux vers la poubelle dissimulée dans un renfoncement. Il suffisait de s'en débarrasser et l'incident serait clos.

Lorsque le train ralentit aux abords de la gare de Saint-Pancras, Zoe frissonna. À Paris, il faisait soleil en ce début d'automne, mais à Londres, le ciel gris et bas ne lui remontait vraiment pas le moral. Chaque fois qu'elle revoyait Maks Marchetti lui disant *Ciao*, avec cet horrible sourire satisfait tandis qu'il balançait nonchalamment son appareil-photo au bout de la courroie, elle avait envie de hurler. Ou de pleurer.

Comment avait-elle pu perdre le précieux appareil de son père ? Et de façon aussi stupide ? Il devait avoir atterri au fond d'une poubelle, à présent. Après que Maks Marchetti en eut effacé toutes les photos. Et détruit la carte mémoire.

Sans réfléchir, elle effleura sa lèvre, puis la cicatrice. Causée par l'appareil en question dix-sept ans plus tôt, lorsque la voiture s'était écrasée, tuant ses parents et son petit frère. Elle avait huit ans, Ben cinq. Leurs parents étaient dans la fleur de l'âge.

Zoe tenait l'appareil dans ses mains et son père s'était retourné brièvement vers elle en lui disant de faire attention. L'instant d'après... Son monde avait implosé dans une boule de feu et de souffrances, et sa vie avait basculé. Elle était devenue orpheline. L'appareil-photo et elle avaient été les seuls survivants de ce tragique accident.

Elle ferma les yeux de toutes ses forces, comme si cela pouvait supprimer les souvenirs atroces, inspira profondément puis rouvrit les paupières. C'était sa faute si elle avait perdu l'appareil de son père. Elle n'aurait pas dû céder à cette impulsion ni écouter le photographe qui lui avait affirmé que prendre des photos d'un défilé lui ouvrirait des portes.

Un nouveau frisson la parcourut tandis qu'elle repensait à Maks Marchetti. Il était si... intense. Face à lui, elle s'était sentie si... vivante.

Il avait regardé ses cicatrices. Comme tout le monde. Zoe avait l'habitude de voir la réaction de surprise de ceux qu'elle rencontrait. Quand il ne s'agissait pas de dégoût. Ou d'embarras. En général, elle avait droit à un sourire coupable ou d'excuses.

Elle avait de la chance. Ses cicatrices ne la défiguraient pas. Et lorsque Maks Marchetti les avaient fixées, elle ne s'était pas sentie menacée. Zoe avait penché la tête parce que, à son grand désarroi, elle avait éprouvé un bouleversement intime et craint qu'il ne s'en aperçoive.

Le froid l'envahit. Elle avait ressenti un peu la même chose avec Dean, l'homme qui avait trahi sa confiance. Il avait même failli faire bien pire que cela.

Depuis cette lamentable histoire, Zoe n'était plus aussi naïve. Désormais, quand un homme l'attirait, elle se méfiait doublement.

Le train ralentit encore, entra dans la gare et s'immobilisa.

Puisqu'elle avait appris à se méfier, pourquoi éprouvait-elle un sentiment de perte à la pensée de ne plus jamais revoir Maks Marchetti ?

C'était ridicule, se répéta-t-elle en se dirigeant bientôt vers le réseau labyrinthique du métro londonien pour regagner son minuscule appartement de l'East End. Leurs univers étaient diamétralement opposés. Elle était marquée - extérieurement et intérieurement. Lui évoluait dans une sphère où tout était lisse et parfait.

Cette expérience lui servirait de leçon. Elle avait tenté de s'infiltrer dans un monde qui lui resterait fermé. En vérité, sa passion pour la photographie n'était qu'un hobby. Un hobby qui l'avait conduite dans une impasse. Parce que maintenant elle pouvait dire adieu à tout espoir de carrière dans ce milieu. Et dans l'immédiat, elle devait gagner sa vie.

Londres, deux semaines plus tard.

Zoe avait mal aux bras, et encore plus au visage à force de sourire. Son lourd plateau s'allégeait au fur et à mesure qu'elle passait parmi le gratin de la société londonienne avec ses coupes de champagne. Bientôt, elle irait chercher une nouvelle cargaison avant de recommencer sa tournée...

La société de restauration qui l'embauchait à temps partiel travaillait ce soir-là pour un événement célébrant l'ouverture d'une boutique de créateur et son nouveau directeur artistique. Le magasin était situé sur Bond Street et, ironie du sort, la marque appartenait au Marchetti Group.

Zoe sentit un picotement dans la nuque mais l'ignora en se traitant de paranoïaque. Maks Marchetti se trouvant à Paris, il ne risquait pas d'apparaître tout à coup devant elle.

Au moment où elle tournait la tête vers un groupe de personnes qui attendaient qu'elle leur propose du champagne, elle aperçut, à l'autre extrémité de l'espace, un homme de haute taille, aux cheveux châtain foncé coupés très court. La chemise blanche entrouverte à l'encolure, une coupe de champagne à moitié vide dans une main, il penchait la tête vers une grande femme à la chevelure flamboyante vêtue d'une robe ultra-courte vert pomme dévoilant de longues jambes fuselées.

C'était bien lui.

Comme s'il avait senti qu'elle le fixait, Maks Marchetti redressa la tête et ses yeux gris croisèrent les siens tandis que Zoe restait clouée sur place.

Il fronça les sourcils. Son regard devint glacial. Puis il dit quelque chose à sa compagne sans quitter Zoe des yeux, posa sa coupe sur une table et s'avança vers elle.

Paralysée, elle fut incapable de prendre la fuite.

— Comment êtes-vous entrée ?

— Je travaille pour Stellar Events.

— Bien sûr ! s'exclama-t-il d'un ton sardonique.

Il empoigna son plateau, faisant trembler périlleusement les coupes de champagne.

— Hé ! Attention !

— Donnez-moi ce plateau et sortez d'ici. *Immédiatement.*

— Non, je travaille vraiment ici ! protesta Zoe. Et puis, vous ne pouvez tout de même pas me virer à chaque fois que vous me rencontrez !

Elle tira sur le plateau à l'instant même où il le lâchait, si bien qu'elle perdit l'équilibre. Comme au ralenti, Zoe vit le plateau basculer vers elle, puis la douzaine de coupes pleines s'écraser sur le sol en béton ciré, projetant du champagne dans toutes les directions.

Un murmure parcourut l'assemblée, suivi d'un silence mortel. Profondément choquée, Zoe demeura immobile, le visage aspergé de champagne et le chemisier trempé.

Quant à Maks Marchetti, il la dévisageait, la mine effroyablement sombre. Soudain, le patron de Zoe apparut dans son champ de vision. Déjà stressé avant le début de la soirée, il avait le visage cramoisi et semblait prêt à exploser.

— Je suis désolée, Steven…, commença-t-elle en serrant son plateau contre sa poitrine en guise de bouclier.

— Taisez-vous. Nettoyez et venez me voir à la cuisine quand vous aurez terminé.

Il fit signe à un autre serveur qui se précipita vers eux muni d'une balayette et d'une pelle, suivi d'un autre apportant des rouleaux d'essuie-tout.

Incapable de regarder Maks Marchetti, Zoe se pencha et entreprit de ramasser les morceaux de verre. Évidemment, elle se coupa…

Marchetti apparut aussitôt à côté d'elle.

— Laissez, dit-il en lui prenant la main. Vous êtes blessée.

Troublée par le courant brûlant qui lui montait dans le bras, elle dégagea sa main avec colère.

— Laissez-moi tranquille, s'il vous plaît. Vous m'avez déjà causé assez d'ennuis, il me semble !

Ignorant la douleur provoquée par la coupure, elle continua à ramasser les bris de verre. Quand elle se redressa, bouillant d'humiliation, Maks Marchetti avait disparu.

Chargée de son plateau recouvert de morceaux de verre, Zoe se rendit à la cuisine où son patron l'attendait. Il la laissa poser son plateau, puis sortit une enveloppe de sa poche et l'agita devant elle, l'air ulcéré.

— Vous savez qui c'était ?

— Oui, hélas.

— Qu'est-ce qui vous a pris de vous bagarrer avec lui à propos d'un *plateau* ?

Steven fit un geste de la main, coupant court à toute tentative d'explication.

— Maks Marchetti est l'une des personnalités les plus importantes de l'univers de la mode et du luxe. Et en plus, son frère Nikos participe lui aussi à cette soirée !

Il lui tendit l'enveloppe.

— Je regrette, Zoe, mais nous ne pouvons pas vous garder après ce qui vient de se passer. Nous ne reprendrons plus contact avec vous.

À quoi bon essayer de se défendre ? Quoi qu'elle dise, Steven ne lui pardonnerait pas d'avoir discrédité sa société.

— Vous laissez des traces de sang partout, poursuivit-il en baissant les yeux sur sa main. Occupez-vous de cela, pour l'amour du ciel ! Et ensuite, allez-vous-en.

C'était sans doute sa façon de lui dire au revoir, songea Zoe en contemplant bêtement sa main blessée. Elle poussa un soupir, puis ouvrit les placards tour à tour et finit par trouver une trousse de secours. Après avoir nettoyé la plaie, elle enroula un pansement autour de son doigt et tressaillit de douleur. Tant mieux. La souffrance lui éviterait de penser à Maks Marchetti. Pourvu qu'elle ne le revoie *jamais*.

Un espoir illusoire… Quand elle sortit par la porte de service un peu plus tard, un cabriolet racé gris métallisé était garé le long du trottoir. Stupéfaite, Zoe vit la portière s'ouvrir et la haute silhouette désormais familière émerger du véhicule.

Lui tournant le dos, elle s'avança sur le trottoir, déterminée à s'éloigner le plus vite possible de cet homme insupportable, mais il lui emboîta le pas. Elle continua de marcher, sans se retourner, consciente de son vieux pantalon noir, de son chemisier blanc encore mouillé et de sa veste en cuir usé. Sans oublier ses chaussures plates et son petit sac à dos. Rien de commun avec les femmes à qui elle avait servi du champagne ce soir. Et alors ? Qu'est-ce que ça pouvait bien lui faire ?

Zoe s'arrêta et fit volte-face.

— Qu'est-ce que vous voulez encore ? J'ai été virée – cela ne vous suffit pas ? La rue est à tout le monde, que je sache ?

Il leva la main, l'air un peu… penaud.

— Je vous dois des excuses, dit-il en laissant retomber son bras.

— Ah ? fit-elle, désarçonnée.

Mais elle se ressaisit aussitôt.

— En effet.

— Je ne voulais pas qu'il vous renvoie. Lorsque je vous ai aperçue tout à coup, j'ai...

Maks s'interrompit, à court de mots. Ce qui ne lui arrivait jamais. Cela faisait deux semaines qu'il était littéralement obsédé par le souvenir de cette femme. Elle occupait toutes ses pensées, jour et nuit. Et quand il l'avait reconnue, parmi la foule d'invités, il avait été si surpris de la voir que toute rationalité l'avait déserté. Il avait même oublié qu'il en était arrivé à la conclusion qu'elle n'avait pas menti et n'avait rien à voir avec les paparazzis.

Leur rencontre l'avait marqué. Profondément. Dès l'instant où il avait vu l'objectif braqué sur son visage, il avait réagi de façon extrême. À sa place, son frère Nikos aurait souri et pris la pose.

Pour Maks, toute lentille d'appareil-photo représentait une intrusion dans sa vie privée, une menace, et il avait passé ces deux semaines à se demander s'il avait dramatisé un simple incident à cause d'un traumatisme ancien.

Et pourtant, quand il avait aperçu l'inconnue du Grand Palais tout à l'heure, il avait ressenti la même réaction viscérale - et contradictoire. Le besoin de l'approcher et celui de la repousser. Alors que, cette fois, elle n'avait même pas son appareil-photo.

Quelle que soit l'ambiguïté des sentiments qu'elle provoquait en lui, impossible de la laisser disparaître à nouveau. Pas seulement parce qu'il lui devait des excuses, mais pour d'autres raisons, plus obscures.

Notamment le désir physique qu'il ressentait pour elle.

Maks refoula cette pensée, captivé par la jeune femme. Elle avait défait son chignon mais ses cheveux ne parvenaient pas à dissimuler ses traits fins. Ni les cicatrices. Il se retint de les effleurer du bout du doigt.

— Pourquoi vous êtes-vous introduite dans le Grand Palais, puisque votre intention n'était pas de photographier les célébrités dans un but vénal ?

— Vous ne me prenez plus pour un paparazzi ?

Il secoua la tête.

— J'ai examiné vos photos. Mode. Paysages. Architectures. Silhouettes. Visages.

Des visages dont le sien, songea Zoe avec un frisson.

Maks Marchetti l'observait en silence. Il s'attardait sur ses cicatrices mais, comme la première fois, cet examen ne la dérangeait pas plus que ça.

Il attendait toujours sa réponse.

— J'ai sauté sur l'occasion, fit-elle avec un soupir. Je n'avais encore jamais assisté à un défilé et j'espérais nouer quelques contacts intéressants pour m'introduire dans le milieu. C'est tout.

— Vous souhaitez faire de la photographie de mode ?

À vrai dire, Zoe n'avait jamais exprimé ce souhait à voix haute. Devant personne.

— Oui, cela m'a toujours attirée. Mais je suis loin d'avoir les qualifications requises pour envisager de devenir une professionnelle.

— Alors vous travaillez comme serveuse en attendant ?

— Entre autres, répliqua-t-elle avec un haussement d'épaules. Je fais aussi des baby-sittings, des ménages, et j'apprends l'anglais à des réfugiés – mais en tant que bénévole.

Pourquoi racontait-elle sa vie à Maks Marchetti, l'un des hommes les plus riches du monde ?

Soudain embarrassée, elle recula d'un pas.

— J'apprécie vos excuses. Maintenant, je suis sûre que vos amis vous attendent. Et moi, je ferais mieux de rentrer.

Comme elle se détournait de lui, il l'interpella :

— Attendez.

Elle s'immobilisa, le cœur battant à tout rompre. Maks Marchetti la rejoignit aussitôt.

— Vous voulez bien qu'on recommence tout à zéro ?

Il lui tendit la main.

— Bonsoir, je suis Maks Marchetti.

Interloquée, Zoe contempla la main tendue. Elle leva les yeux, il sourit, ce qui la bouleversa bien malgré elle.

Face à un Maks Marchetti souriant, elle se sentait désarmée. La première fois qu'elle l'avait rencontré, il avait été sublime mais distant. Puis dur et cruel. Intimidant. Maintenant qu'il souriait, il était… irrésistible.

Zoe inspira profondément et, renonçant à toute prudence, serra la main tendue.

— Enchantée, je m'appelle Zoe. Zoe Collins.

La grande main chaude enveloppa la sienne, faisant naître de nouveau le courant brûlant qui fusa dans tout son bras. Cette fois pourtant, Zoe ne dégagea pas sa main.

— Zoe. Ce prénom vous va bien. Il est piquant.

Sa remarque fit pétiller des étincelles partout en elle.

— Je ne suis pas piquante, d'habitude, répliqua-t-elle en dégageant sa main. Vous avez manifestement le don de me faire sortir de mes gonds.

Le sourire de Marchetti s'éteignit.

— Vous avez perdu votre job à cause de moi.

— Oh ! ce n'est pas si grave, le rassura Zoe à la hâte. Je ne travaillais pour eux que quelques soirs par mois - et encore.

Il la regarda un long moment en silence.

— Je peux vous inviter à boire un verre, pour me faire pardonner ?

2

— Boire un verre... ? répéta Zoe, éberluée. Avec vous ?

— Oui, acquiesça-t-il tranquillement. Pour me faire pardonner d'avoir été aussi brutal - et à deux reprises.

Il l'invitait à boire un verre parce qu'il se sentait coupable, voilà tout. Dire que, l'espace d'un instant, elle s'était imaginé qu'elle lui plaisait...

— Merci, mais ce n'est vraiment pas la peine. Et puis, c'est moi qui étais dans mon tort, à Paris. Vous aviez parfaitement le droit de me faire évacuer.

Et de me confisquer mon appareil-photo...

— Je ne vous invite pas seulement pour m'excuser. J'aimerais vous emmener boire un verre pour vous connaître un peu mieux. Vous... m'intriguez.

Pardon ? Elle l'intriguait ? Elle, Zoe Collins ?

— Je... Vous ne devriez pas plutôt retourner à la soirée ? C'est vous qui l'avez organisée, non ?

— Je m'y suis montré et j'ai vu qui je désirais voir.

Zoe secoua la tête.

— Monsieur Marchetti, cette boutique de luxe, c'est votre univers.

Elle désigna l'arrêt de bus tout proche.

— Et voici le mien. Merci encore pour l'invitation, mais je ne pense pas que ce soit une bonne idée.

— Maks, répartit-il avec un petit sourire moqueur. Quand

on m'appelle « monsieur Marchetti », cela me rappelle toujours mon père - ce qui n'a rien d'agréable.

Pourquoi ? se retint de demander Zoe.

— Votre petit ami vous attend à la maison ? enchaîna-t-il soudain en plissant le front.

Le plus sage aurait été de mentir et de s'en aller, de ne jamais le revoir.

— Non. Je vis seule. Je suis... seule.

Elle n'avait pas eu l'intention de lui faire un tel aveu, mais alors qu'elle prononçait ces paroles, Zoe éprouva cette sensation familière de vide en elle. Le gouffre qu'elle avait essayé de combler en se liant avec un homme qui avait trahi sa confiance.

Depuis ce jour, elle fuyait tout attachement. Mais à la perspective de s'éloigner maintenant de Maks Marchetti, pour toujours, tout son être se rebellait. Et puis, il ne s'agissait que de boire un verre, après tout.

— Alors ? demanda-t-il. Qu'est-ce qui vous retient ?

Un verre. Juste un verre.

Brusquement, Zoe se trouva ridicule. Elle fantasmait sur ce qui n'était qu'un geste de politesse, même si Maks Marchetti avait dit qu'elle l'intriguait.

— Rien, vous avez raison. OK. J'accepte votre invitation.

Décidément, elle l'intriguait de plus en plus. Alors que la plupart des femmes auraient accepté son invitation avec empressement, Zoe avait paru la considérer sous tous les angles avant de se décider.

— Je connais l'endroit idéal, pas loin d'ici. Je vous y emmène, dit-il en lui ouvrant la portière.

Elle contempla sa voiture avec méfiance, presque avec effroi, mais hocha néanmoins la tête et s'assit sur le siège en cuir.

Une fois installé au volant, Maks envoya un bref SMS pour prévenir de leur arrivée, puis démarra, avant de remarquer que Zoe serrait les mains sur le petit sac à dos posé sur ses genoux.

— Vous avez peur, en voiture ?

Elle lui adressa un bref regard en biais.

— Plus ou moins.

— Vous ne conduisez pas ?

— Non. Comme je vis à Londres, je n'en ai pas vraiment besoin.

Derrière la banalité de sa réponse, Maks devina une autre raison, plus personnelle.

— Ne vous inquiétez pas. Je suis un excellent conducteur.

Elle laissa échapper un petit rire mélodieux.

— Cela ne devrait pas m'étonner, je suppose !

Maks sourit. C'était stupide, mais il exultait d'avoir réussi à la détendre.

Quelques instants plus tard, il arrêtait sa voiture.

— C'est un club privé. J'espère que cela ne vous dérange pas ? demanda-t-il à Zoe.

— Pas du tout, répondit-elle d'un ton détaché.

Comme si elle terminait toutes ses soirées dans un club privé...

À peine avait-elle détaché sa ceinture qu'un voiturier s'avança pour lui ouvrir la portière. Zoe descendit du véhicule, les jambes un peu tremblantes, comme à chaque fois qu'elle avait fait un trajet en voiture - aussi court fût-il. Cependant Maks n'avait pas menti. De façon étrange, elle s'était sentie parfaitement en sécurité dans le cabriolet qu'il conduisait avec calme et assurance. Alors que d'habitude elle tremblait de la tête aux pieds.

Ensemble, ils avancèrent vers les marches conduisant à une large porte en chêne. Rien n'était indiqué sur la haute bâtisse, attestant qu'il s'agissait d'un endroit *très* privé. Et sans aucun doute réservé à l'élite.

Docilement, Zoe gravit les marches, consciente de la proximité de Maks. Pourquoi avait-elle l'impression absurde de vivre des instants importants ? Qu'il allait se passer quelque chose de singulier ? Aux yeux de Maks Marchetti, elle représentait une curiosité, voilà tout. Alors inutile de s'imaginer qu'il s'intéressait à elle.

La porte s'ouvrit sur une femme mince en tailleur noir qui s'effaça pour les laisser entrer.

— Bonsoir, mademoiselle Collins, bonsoir, monsieur Marchetti. Puis-je prendre vos manteaux ?

Surprise que l'hôtesse connaisse son nom, Zoe hésita un instant. Maks lui posa la main sur le dos. La sensation fut brève, aussi imperceptible que troublante.

Se ressaisissant, elle enleva sa veste et la tendit à l'hôtesse, puis s'avança avec l'impression de s'aventurer en terrain dangereux, en même temps qu'elle se sentait entraînée par une force irrépressible.

— Qu'en pensez-vous ? demanda Maks avec curiosité.

L'air fasciné, Zoe contemplait l'impressionnant lustre en cristal dont les fausses bougies déversaient leur lumière dorée sur les box. Il brûlait de lui repousser les cheveux en arrière pour mieux voir son visage.

Qu'est-ce qui lui prenait, bon sang ? Il ne s'autorisait pas de tels gestes en public, d'ordinaire.

— J'ai l'impression d'être... dans un boudoir.

Elle tourna les yeux vers lui en rosissant.

— Non que je sois jamais allée dans un boudoir, ajouta-t-elle à la hâte.

— C'est un peu chargé, comme décor, reconnut Maks. Et démodé. Nous allons bientôt tout faire refaire.

— Les Marchetti sont les propriétaires de ce club ?

— Il fait partie de notre portefeuille immobilier, répondit-il nonchalamment.

— Y a-t-il des endroits que vous ne possédez pas ?

Il la regarda un instant en silence.

— Oui, des tas. Mais nous nous employons à remédier à la situation, dit-il, pince-sans-rire.

— Vous envisagez de dominer le monde ?

Il sourit, amusé.

— Plus ou moins.

Ils se dévisagèrent un long moment, jusqu'à ce que Zoe détourne les yeux.

— Pourquoi certains box sont-ils fermés ? demanda-t-elle en contemplant les lourds rideaux de velours pourpre entourant le leur, présentement ouvert.

— Pour que leurs occupants puissent jouir de plus d'intimité s'ils le désirent.

Elle plissa le front.

— Mais pour quoi... ?

La roseur colorant ses pommettes vira à l'écarlate.

— Oh...

Quand avait-il vu une femme rougir pour la dernière fois ? Et quand cela avait-il produit un tel effet sur sa libido ?

Un serveur mit fin à ses interrogations. Sur son plateau étaient posés une bouteille de champagne, un seau à glace et deux flûtes en cristal. Lorsqu'il repartit avec son plateau vide, Zoe se tourna vers Maks.

— Est-ce nécessaire ? Il ne s'agit pas d'un rendez-vous galant.

— Vraiment ? répliqua-t-il en lui tendant l'une des deux flûtes.

Le cœur de Zoe battait la chamade.

— *Salute*, dit Maks en levant son verre vers elle.

Après un instant d'hésitation, elle l'imita et entrechoqua sa flûte avec la sienne.

— Santé.

Elle but une gorgée de champagne et le sentit pétiller sur sa langue.

— Vous avez un accent... Vous n'êtes pas anglaise ?

— Non, irlandaise, répondit-elle, surprise qu'étant étranger lui-même il ait remarqué son accent. Mais je vis à Londres depuis l'âge de dix-huit ans.

— Vous avez de la famille, en Irlande ?

Zoe se raidit et secoua brièvement la tête.

— Vous êtes italien, n'est-ce pas ? répliqua-t-elle pour couper court à d'autres questions de Maks.

— À moitié italien, à moitié russe. Ma mère est russe.

— Et vous avez des frères, je crois ?

— Deux demi-frères. Et une demi-sœur du côté de ma mère. Sasha est née d'une liaison de ma mère avec un garde du corps américain. L'un des nombreux amants qu'elle a connus durant son mariage avec mon père.

Aucune émotion n'avait coloré sa voix mais Zoe y perçut une légère pointe d'amertume.

— Êtes-vous proche de vos frères et de votre sœur ?

— Je n'ai pas grandi avec mes frères. Ce n'est qu'après la mort de notre père que nous avons repris la direction de la holding et que nous avons pu nous connaître un peu mieux. Alors, non, je ne dirais pas que nous sommes proches, eux et moi. En revanche, je suis très proche de ma sœur.

— Quel âge a-t-elle ?

— Vingt-cinq ans.

Le même âge que Zoe. Craignant qu'il ne l'interroge de nouveau sur sa famille, elle demanda :

— Avez-vous vécu en Russie ?

Lentement, il porta son verre à ses lèvres et en but une gorgée, puis secoua la tête. Elle remarqua ses mains. Masculines. Aux longs doigts. Un frisson la parcourut.

— Pas vraiment. La famille de ma mère a rompu tout lien avec elle quand elle s'est mariée avec mon père et qu'il s'est emparé de son héritage. C'était une habitude, chez lui : il dépouillait ses épouses pour assouvir ses ambitions.

Zoe le dévisagea en silence, surprise par sa franchise.

— Ce n'est pas un secret, vous savez ! ajouta-t-il, sardonique. Tout est disponible en ligne.

— Où avez-vous grandi, alors ?

— Principalement à Rome et à Paris.

À cet instant, une jeune femme en tailleur-pantalon gris perle s'arrêta devant eux.

— Désolée de vous déranger, mademoiselle Collins.

Se tournant vers Maks, elle lui tendit un petit sac en tissu.

— Le voici, monsieur.

— Merci, Maria.

Dès que la jeune femme eut disparu, Maks posa le sac devant Zoe.

— Ceci est à vous.

Zoe reconnut immédiatement l'objet qu'il contenait. Déjà, une émotion incontrôlable l'envahissait. Les doigts tremblants, elle sortit son appareil-photo.

— Je croyais que vous l'aviez jeté à la poubelle...

— J'ai failli le faire... mais quelque chose m'en a empêché.

— Je suis contente que vous l'ayez gardé, répliqua-t-elle, la gorge nouée.

— Cet appareil a une grande valeur pour vous, manifestement.

Zoe hocha la tête.

— C'était l'appareil de mon père. Il était photographe, entre autres...

— Est-il possible que j'aie entendu parler de lui ?

— Il est mort il y a longtemps, répondit-elle, esquivant la question. C'est pour cela que je tiens autant à cet appareil.

— Vous êtes douée. Vous avez fait une école ?

— Non, je suis autodidacte.

— Et ce soir-là, au Grand Palais, vous souhaitiez enrichir votre expérience.

— Je suis vraiment désolée d'avoir...

— Quand j'ai vu l'objectif braqué sur moi, j'ai réagi de façon excessive, l'interrompit-il. Je ne supporte pas que l'on viole mon intimité. Durant notre enfance et notre adolescence, ma sœur et moi avons été harcelés en permanence par les paparazzis à cause des liaisons diverses de nos chers parents, de leurs disputes puis de leur divorce.

— Cela a dû être très dur pour vous et votre sœur. Quel âge aviez-vous quand ils ont divorcé ?

— Quinze ans. Ma mère en est maintenant à son troisième mari.

À en juger par la dureté du ton, il n'avait pas envie d'en

parler davantage, ce que Zoe comprenait parfaitement. Il y avait des tas de sujets qu'elle-même préférait taire.

— Merci infiniment, dit-elle en reprenant l'appareil.

— Pourquoi m'avez-vous pris en photo, lors du défilé ?

La chaleur lui monta aux joues, mais elle soutint le regard dardé sur son visage.

— Dois-je vraiment vous dire que vous êtes très beau ?

— Ce soir-là, il y avait des hommes bien plus séduisants que moi.

Peut-être, mais Zoe n'avait eu d'yeux que pour lui.

— Vous avez attiré mon attention… sans le vouloir… À cause de votre attitude… réservée. Votre air distant.

Comment décrire ce genre de choses ? se demanda-t-elle, cherchant vainement ses mots.

L'ombre d'un sourire passa sur les lèvres de Maks.

— Je ne supporte pas non plus les gens qui parlent pour ne rien dire, ou qui se gargarisent avec les derniers potins…

Il la couva d'un regard si intense qu'elle frissonna.

— Vous aussi, vous avez attiré mon attention, acheva-t-il.

Le cœur de Zoe se mit à battre à un rythme sauvage.

— Je n'ai rien de spécial, pourtant…

Elle était sincère, comprit Maks. Elle se croyait banale. Quelconque.

— Je n'ai pas cessé de penser à vous depuis notre rencontre. J'ai gardé votre appareil et regardé les photos que vous aviez prises. Il n'y en a aucune de vous.

— Pourquoi me prendrais-je en photo ?

— Parce que vous êtes belle, Zoe.

Elle évitait son regard.

— Ne vous croyez pas obligé de dire ce genre de choses. Je sais très bien que je ne le suis pas.

Sa timidité était touchante.

— Vous ne mesurez pas un mètre quatre-vingts et vous

n'avez ni le physique ni l'allure d'une top model, mais je vous assure que vous êtes belle.

Zoe risqua un coup d'œil dans sa direction. Non, il ne se moquait pas d'elle. Il était sincère – il la trouvait belle. Ce qui le rendait encore plus dangereux.

Elle avait eu beaucoup de mal à se remettre de sa relation avec son ex, or Dean Simpson n'arrivait pas à la cheville de l'homme assis en face d'elle. Alors, dans quel état se retrouverait-elle si elle s'autorisait un rapprochement avec Maks ?

De ce côté-là, tout espoir lui était interdit. Parce que, après avoir cru au bonheur, elle était tombée de haut et la chute avait été très brutale et douloureuse.

— Je ne me fais aucune illusion, dit-elle en le regardant dans les yeux. Les marques que vous dirigez célèbrent la beauté et la perfection, et nous savons tous les deux que je suis l'opposé de cet idéal. Notamment à cause de mes cicatrices.

Il promena son regard sur son visage, la faisant rougir à nouveau.

— La notion de perfection est surfaite, croyez-moi. Ce qui m'intéresse davantage, c'est ce qu'il peut y avoir de beau dans un défaut, une imperfection. Tout le monde en a, Zoe, mais la plupart des gens les dissimulent sous un extérieur pseudo-parfait.

Une sensation étrange envahit Zoe. Elle ne s'était pas attendue à entendre Maks tenir un tel discours.

— Et votre blessure ? demanda-t-il en lui prenant la main. Ça va mieux ?

Zoe baissa les yeux sur le pansement entourant son doigt. Elle avait du mal à respirer. Et ne pouvait se résoudre à dégager sa main.

— Oui, je n'ai plus mal. La coupure n'était pas profonde.

— C'est néanmoins ma faute si vous vous êtes blessée.

Cette fois, elle se résolut à écarter sa main.

— Rien de grave, vraiment, insista-t-elle.

Reprenant sa flûte de champagne, Zoe la porta à ses lèvres en espérant que l'alcool calmerait les battements désordonnés de son cœur. Jamais elle n'aurait pensé qu'un homme comme Maks Marchetti puisse être aussi perspicace. Et puis, le fait qu'il lui ait rendu son appareil-photo ravivait des émotions trop vives, trop intenses.

Il fallait qu'elle se reprenne. Et vite.

— Vous voulez bien m'excuser cinq minutes ?

— Je vous en prie, répondit-il en hélant un serveur.

Celui-ci s'avança aussitôt vers leur box et indiqua à Zoe où se trouvaient les toilettes.

Quelques instants plus tard, elle y pénétrait, avant de s'adosser à la porte fermée durant quelques instants.

Elle n'aurait pas dû accepter l'invitation de Maks, se reprocha-t-elle en se dirigeant vers le lavabo. Elle ne le reverrait jamais, de toute façon.

Après s'être passé les poignets sous l'eau froide, Zoe s'aspergea le visage puis se regarda dans le miroir. Elle avait les pommettes rose vif, les yeux trop grands, le regard trop brillant. Les cheveux dans tous les sens. Elle n'était décidément pas sophistiquée. Ni belle. Maks Marchetti devait avoir un problème de vue. Il la trouvait sans doute intéressante parce qu'elle était différente de celles qu'il fréquentait d'habitude, voilà tout.

Alors que Zoe revenait vers lui, Maks remarqua la tension qui émanait de son corps mince, la façon dont elle fuyait son regard. Il devina ce qu'elle allait dire avant même qu'elle entrouvre les lèvres.

— J'ai passé un très bon moment, dit-elle en s'arrêtant devant leur table. Merci pour le verre, Maks, mais il faut que je rentre, maintenant. Je travaille demain matin et j'habite loin d'ici.

Inutile d'essayer de la convaincre de rester. Elle ressemblait à un faon prêt à prendre la fuite. Elle résistait à l'attirance qui palpitait entre eux, ce qui l'intriguait plus que jamais.

— Pas de problème, dit Maks, feignant l'insouciance. Je vous raccompagne.

— Oh non, répliqua-t-elle à la hâte. Ce n'est pas la peine. J'habite dans l'East End, à l'autre bout de Londres - ce sera beaucoup plus rapide en métro.

Il jeta un coup d'œil à sa montre. 23 heures passées.

— Et plus dangereux. J'insiste. Il n'y a plus beaucoup de circulation, à cette heure-ci. Cela ne prendra pas plus de temps qu'en métro.

Zoe parut sur le point de protester, puis acquiesça.

— D'accord. Si vous êtes sûr que cela ne vous écarte pas trop de votre chemin.

C'était le cas. Aller dans l'East End avant de rentrer chez lui représentait un sacré détour, mais Maks s'en moquait. Il se sentait plein d'énergie, et cette fois il était hors de question qu'il laisse cette femme lui filer entre les doigts.

— Pas du tout, dit-il en se levant.

Une fois en voiture, Zoe lui indiqua la direction à suivre et ils s'éloignèrent rapidement de Bond Street. Du coin de l'œil, il remarqua qu'elle était de nouveau crispée et serrait les mains autour de son sac.

— Pourquoi avez-vous quitté l'Irlande ? demanda-t-il pour détendre l'atmosphère. C'est un très beau pays, non ? Mon frère y possède une maison et sa femme est irlandaise. Ils ont un petit garçon.

À vrai dire, Maks n'arrivait pas encore à croire que, après avoir découvert récemment qu'il avait un fils, son play-boy de frère avait épousé la mère de celui-ci.

De son côté, le mariage n'était pas pour lui. Jamais il ne prendrait le risque de faire vivre à un enfant ce que lui-même avait subi à cause du mariage dysfonctionnel de ses parents.

— Je voulais voyager et élargir mon horizon, répondit Zoe en haussant les épaules.

— Vous êtes allée dans d'autres pays ?

— Oui, un peu partout en Europe. Mais pas autant que je l'aurais souhaité.

Elle ne lui disait pas tout, c'était évident. Cependant il n'insista pas. Pour l'instant.

Le silence qui s'installa entre eux n'avait rien d'angoissant. Au contraire, Zoe se sentait en sécurité comme un peu plus tôt, lors du trajet de Bond Street au club privé.

— Tournez à droite au prochain carrefour, puis prenez la première à gauche, dit-elle précipitamment en réalisant qu'ils étaient presque arrivés. C'est ici, vous pouvez vous arrêter.

Maks se gara habilement entre deux voitures.

— Vous habitez dans cet immeuble ?

— Oui, au dernier étage.

Dans un appartement grand comme un mouchoir de poche...

Il détacha sa ceinture, ouvrit sa portière et descendit du véhicule. Quand elle en sortit à son tour, il l'attendait déjà au bas des marches.

— Vos clés ? fit-il en tendant la main.

Zoe se retint de rouler des yeux.

— Je peux me débrouiller seule. Vous pouvez vous en aller.

— Pas question. Je ne partirai que lorsque je vous saurai en sécurité.

— Je parierais que ce quartier est plus sûr que celui que nous venons de quitter ! protesta-t-elle, un peu agacée par son attitude paternaliste. Ses habitants forment une communauté très soudée.

— Zoe...

Elle frissonna en l'entendant dire son prénom. La lumière du réverbère auréolait ses cheveux châtains. Avec les immeubles modestes en arrière-plan, Maks paraissait presque... irréel. Et il ne s'en allait toujours pas...

Résignée, Zoe sortit ses clés de son sac et les lui tendit.

— Vous êtes ridicule, fit-elle avec un soupir.

Il s'empara des clés et gravit les marches, mais au lieu de lui rendre le trousseau après avoir ouvert la porte, il s'effaça en disant :

— Allez-y, je vous suis.

Cette fois, elle roula des yeux.

— Vous l'aurez voulu - j'habite au cinquième sans ascenseur.

Mais *qui* était hors d'haleine quand ils arrivèrent au dernier étage ? Pas Maks, évidemment.

Essoufflée, Zoe se retourna vers lui et tendit la main.

— Mes clés, s'il vous plaît. Je suis en sécurité, à présent.

— Et s'il y avait un intrus à l'intérieur ? rétorqua-t-il en haussant les sourcils.

— Je suis certaine qu'il n'y a personne.

— Vous n'allez même pas m'offrir un verre d'eau avant que je redescende tous ces étages ?

La lueur malicieuse qui pétillait dans les beaux yeux gris eut raison de la résistance de Zoe.

— D'accord, dit-elle en lui prenant les clés de la main. Comme cela, vous pourrez vous assurer que je suis parfaitement en sécurité chez moi.

Lui tournant le dos, elle ouvrit la porte et appuya sur l'interrupteur. La lumière douce se répandit dans la petite pièce, sur le sofa et son jeté multicolore, les plantes à côté de la fenêtre laissée à l'espagnolette.

Des photos recouvraient tous les murs, ne laissant quasiment aucun espace vide.

Quand elle se retourna vers Maks, Zoe s'attendait à voir une expression horrifiée sur ses traits, mais il s'avança en regardant autour de lui, l'air pas surpris du tout. Et... intéressé.

— Je n'ai pas d'alcool, dit-elle à la hâte. Mais je peux vous offrir du thé ou du café, si vous voulez.

— Je veux bien une tasse de café, merci. Noir, sans sucre.

Zoe se dirigea vers le coin-cuisine, lequel jouxtait la chambre et la salle de bains minuscules, puis prépara le café tout en tournant la tête de temps en temps pour voir ce que faisait Maks. Les mains dans les poches, il regardait les photos accrochées sur les murs.

Le fait de le voir là, chez elle, aurait dû... l'incommoder. Elle aurait dû se sentir envahie. Mais la présence de Maks lui paraissait presque normale. Et, comme dans le cabriolet, elle se sentait en sécurité avec lui.

Elle lui apporta une tasse de café qu'il prit machinalement, la regardant à peine.

— Qui est-ce ? demanda-t-il en désignant une photo.

Il s'agissait du portrait en noir et blanc d'une jeune fille dont le grand sourire faisait presque oublier les cicatrices marbrant son visage.

— C'est Fatima. Une réfugiée syrienne. Je travaille avec l'association « Les yeux dans les yeux ».

Maks se tourna vers elle en plissant le front.

— Elle a été fondée par Ciro Sant'Angelo, n'est-ce pas ? Pour aider les gens ayant des cicatrices ?

Zoe acquiesça d'un hochement de tête.

— Vous le connaissez ?

Ciro Sant'Angelo étant un milliardaire italien, cela n'aurait rien eu d'étonnant.

— Nos chemins se sont croisés, répondit Maks en tournant à nouveau les yeux vers la photo. J'admire ce qu'il fait. Cette photo est magnifique.

— Merci, murmura-t-elle, flattée.

— Si ce n'est pas trop indiscret, d'où viennent vos cicatrices ?

Une grosse boule se nicha dans la gorge de Zoe.

Impossible d'échapper au regard perspicace de Maks, d'esquiver la question. Il ne se contenterait pas d'une vague explication.

— D'un accident de voiture.

— Qui a causé la mort de votre père ?

Elle hocha de nouveau la tête, refoulant ses émotions.

— Ainsi que celle de ma mère et de mon petit frère.

— Quel âge aviez-vous ? demanda-t-il lentement.

— Huit ans, dit-elle d'une voix crispée.

— C'est pour cela que vous étiez tendue en voiture ? Et que vous ne conduisez pas ?

Incapable de prononcer un mot, elle acquiesça à nouveau d'un petit hochement de tête.

— Zoe… Je…, reprit Maks après un silence.

— Pas de problème, l'interrompit-elle, redoutant plus que tout sa pitié. Ne dites rien. C'est arrivé il y a longtemps.

Par ma faute.

Se sentant trop exposée, à tous les niveaux, Zoe lui prit la tasse de la main et la rapporta à la cuisine pour se donner une contenance.

— Comme je vous l'ai dit, je travaille demain matin, poursuivit-elle après être revenue dans l'espace salon.

Elle se dirigea vers la porte et l'ouvrit.

— Merci de m'avoir raccompagnée.

— Vous me mettez dehors, si je comprends bien ? fit-il, pince-sans-rire.

Allait-il refuser de s'en aller ?

Zoe le regarda avec appréhension, alors qu'elle savait très bien qu'elle n'avait rien à craindre de lui.

Maks la dévisagea en silence. Elle était sur le qui-vive, lui faisant de nouveau penser à un faon effarouché, prêt à bondir et à prendre la fuite.

Quand il s'avança vers elle, Zoe resserra les doigts sur la poignée de la porte.

— OK. Je m'en vais… Mais avant de partir, j'aimerais que vous répondiez franchement à une question.

— Laquelle ?

— Vous la sentez aussi, n'est-ce pas ? Cette chose qui… palpite entre nous.

Elle secoua la tête, mais l'adorable roseur colorant ses pommettes la trahit.

— Non, je… Je ne crois pas.

Maks sourit. Cela faisait si longtemps qu'il n'avait pas eu à séduire une femme.

— Menteuse.

Cette fois, elle le dévisagea, perplexe.

— Pourquoi vous intéressez-vous à moi ?

— Pourquoi êtes-vous aussi méfiante ?

— Parce que... je n'ai rien de spécial et je ne recherche pas les compliments.

— Je sais.

— Je suis normale. Banale.

— Vos photos n'ont rien de *normal* ni de *banal*. Vous avez du talent. Et vous êtes belle. Je vous désire, Zoe, plus que je n'avais désiré aucune femme depuis très longtemps.

— Vous êtes très direct, répliqua-t-elle, les joues en feu. On ne vous l'a jamais dit ?

Un souvenir jaillit dans son esprit. Il revit sa mère, le visage déformé par la fureur et lui donnant une gifle phénoménale en éructant : « Je fais ce que je veux ! Cela ne te regarde pas ! Je ne te dois *rien*, tu m'entends ! » Tout cela parce qu'il lui avait dit ouvertement ce qu'il pensait de ses fréquentations.

— Si, une seule et unique fois.

Le cœur de Zoe battait la chamade. Maks venait-il vraiment de dire qu'il la *désirait* ?

C'était trop tentant et trop *dangereux*. Son corps endormi depuis longtemps s'éveillait, réclamait. Autrefois, elle s'était laissée aller et en avait payé le prix fort.

Cependant, Dean Simpson n'avait pas vraiment eu le pouvoir de la blesser. Elle s'en était sortie indemne, finalement. Tandis que Maks... Zoe pressentait qu'il pourrait l'atteindre au plus intime de son être.

Et pourtant, elle se sentait prête à capituler.

Il fallait enrayer le processus. Tout de suite. Prouver à Maks qu'il délirait. Ensuite, il s'en irait et elle l'oublierait complètement.

Comme si l'on pouvait oublier un homme comme lui...

Prise de panique, Zoe fit un pas vers lui.

— Je vais vous prouver qu'il n'y a absolument rien entre nous.

Un éclat argenté brilla dans les yeux gris.

— Allez-y, je vous en prie.

3

Zoe tressaillit. Il la défiait.

Mais il était trop tard pour reculer. Elle devait aller jusqu'au bout.

Le cœur lui martelant les côtes, elle se rapprocha d'un pas supplémentaire. Maks ne bougea pas. Alors, elle leva les bras et posa les mains sur les larges épaules, puis se haussa sur la pointe des pieds. Il était si grand, si imposant… Zoe sentit tout son propre corps frémir à la proximité du sien.

C'était tout à fait normal, comme réaction. Elle aurait eu la même face à n'importe quel autre homme. Et celui-ci allait vite se rendre compte qu'elle n'éprouvait rien de particulier pour lui.

Agrippée aux solides épaules, Zoe pressa les lèvres sur les siennes.

Dès l'instant où sa bouche se posa sur celle de Maks, ferme et douce à la fois, toute appréhension, toute panique la déserta. Ainsi que l'envie de lui démontrer qu'il se trompait.

Elle demeura immobile, avec l'impression que le temps s'était arrêté. Elle *désirait* qu'il s'arrête, et demeurer ainsi à tout jamais, la bouche soudée à celle de cet homme magnifique et sensuel.

Un soupir franchit ses lèvres tandis que, à regret, Zoe les écartait des siennes. Un soupir résigné, semblable à un aveu. Parce que ces sensations n'auraient pas existé avec un autre homme. Quelque chose de singulier résonnait profondément en elle, faisant écho à ce qui émanait de lui. Ils n'avaient partagé qu'un semblant de baiser et pourtant, rien ne serait plus jamais comme avant.

Quant à Maks, il l'observait en silence. Se rendant soudain compte qu'elle s'accrochait toujours à lui, elle laissa retomber ses bras et recula si brusquement qu'elle faillit perdre l'équilibre.

Les joues en feu, elle pencha la tête pour se cacher derrière ses cheveux. Elle redoutait plus que tout de voir l'expression de Maks. De lire sur ses traits la confirmation de ce qu'elle avait voulu lui prouver. Qu'il ne pouvait pas la désirer.

En revanche, elle avait échoué à lui montrer *qu'elle* ne le désirait pas.

— Zoe... Je t'entends penser...

Elle redressa la tête. Les yeux gris étincelaient, argentés. La belle bouche sensuelle tremblait.

Mon Dieu, c'était encore pire que ce qu'elle redoutait. Il se moquait d'elle.

Les épaules raides, Zoe se tourna vers la porte et l'ouvrit.

— Je crois que tu ferais mieux de partir maintenant.

Au lieu de sortir, Maks referma la porte de l'appartement. Puis, s'approchant d'elle, il lui repoussa une mèche de cheveux derrière l'oreille. L'air palpita entre eux, lourd.

— Je peux ? demanda-t-il, la main posée sur sa joue.

Le cœur de Zoe battait comme un fou. Il n'était pas parti. Il ne se moquait pas d'elle. Il contemplait sa bouche, l'air fasciné.

Incapable de prononcer un mot, elle hocha la tête.

Lentement, il prit son visage entre les mains, pencha la tête et effleura sa bouche, comme pour la goûter. Zoe retint son souffle, craignant qu'il ne s'interrompe. Leurs souffles se mêlèrent. Maks l'embrassa au coin des lèvres, puis de l'autre côté, à l'endroit d'où partait la cicatrice.

Ses jambes se mirent à trembler. Puis la bouche experte prit possession de la sienne. Complètement. La sensation qui submergea Zoe fut si intense, si extraordinaire, qu'elle ferma les yeux pour mieux la savourer.

La bouche de Maks était ferme et douce, elle réclamait, exigeait une réponse. Zoe la lui donna d'instinct. Comme si elle attendait ce moment depuis toujours. Elle lui ouvrit ses lèvres et frissonna d'excitation en sentant la langue de Maks enlacer la sienne.

Ce n'était pas son premier baiser. Elle avait aimé ceux de Dean. Mais ce qu'elle éprouvait maintenant dépassait tout ce qu'elle avait connu jusque-là. Elle vivait un bouleversement total. Un embrasement de tous les sens.

Le temps ralentit puis s'arrêta pour de bon.

Zoe se pressa contre Maks et lui referma les bras autour du cou. Au même instant, il redressa la tête.

Elle ouvrit les yeux avec effort. Un vertige la saisit. Elle s'aperçut qu'elle était littéralement collée contre lui et qu'il la tenait par la taille pour la soutenir.

Le souffle court, elle laissa retomber ses bras et s'écarta, obligeant Maks à lui lâcher la taille.

— Je crois que l'expérience a été concluante, dit-il.

Les pensées tourbillonnèrent dans sa tête. Zoe se sentait vaincue.

— Pardon ? murmura-t-elle, confuse.

— L'alchimie est bien là. Tu ne vas pas dire le contraire ?

L'alchimie ? Il appelait cela de *l'alchimie* ?

Son propre corps frémissait, vibrait. Elle ne désirait qu'une chose : que Maks se taise et l'embrasse à nouveau.

Il recula d'un pas.

— Où vas-tu ? demanda-t-elle.

— Tu veux que je reste ?

— Je...

Zoe s'interrompit. Elle avait failli répondre *oui*. Avant de se rappeler ce qui était arrivé la dernière fois qu'elle avait laissé un homme s'immiscer dans son intimité.

Toute chaleur, toute excitation la quitta aussitôt.

— Non.

— Je serais parti de toute façon. Même si tu m'avais demandé de rester.

Surprise, elle le dévisagea en silence.

Il est différent, songea-t-elle en retenant son souffle. *Ce qui se passe entre lui et moi est différent.*

— Pourquoi ?

— Parce que je vois bien que tu n'es pas prête. Tu es nerveuse. Tu n'as pas confiance en moi.

Il fallut quelques secondes à Zoe pour assimiler ces paroles. Elle se sentait horriblement exposée. Alors qu'elle s'était juré de ne plus jamais se retrouver dans ce genre de situation.

— Tu te crois très perspicace, n'est-ce pas ? répliqua-t-elle en croisant les bras.

Il sourit.

— Je suis doué pour cerner les gens. C'est un talent que je dois à mes parents égoïstes et autocentrés.

Zoe ne voulait pas le savoir. Elle ne voulait pas penser à ce que lui et sa sœur avaient enduré à cause de leurs parents.

Se détournant, elle rouvrit la porte.

— Donne-moi ton portable, dit Maks dans son dos.

— Pourquoi ? demanda-t-elle en faisant volte-face.

— Parce que ce n'est pas terminé. Mais la balle est dans ton camp, maintenant.

Partagée entre le désir de couper court à cette conversation et la curiosité de savoir ce qu'il comptait faire, elle alla prendre son téléphone dans son sac à dos. Quand elle le tendit à Maks, il entra un numéro et le lui rendit. Mais Zoe résista à l'envie de regarder le petit écran : elle était en effet aussi agacée que séduite par son assurance.

Enfin, Maks franchit le seuil. Loin d'être soulagée, Zoe ressentit immédiatement un grand vide en elle.

— Je suis impatient d'avoir de tes nouvelles, fit-il en s'éloignant dans le couloir.

— Tu risques d'attendre longtemps, répliqua Zoe.

Se retournant, il la regarda un long moment.

— Je suis un homme patient. Et quand tu te décideras, tu me raconteras ce qui t'est arrivé.

Un froid glacial envahit Zoe.

— Adieu, Maks.

Il secoua la tête, un sourire aux lèvres.

— *Ciao*, Zoe.

Puis il disparut dans l'escalier. Immobile sur le seuil, elle entendit bientôt la porte de l'immeuble se refermer, et le puissant véhicule démarrer avant de s'éloigner rapidement dans la rue.

Bouleversée, Zoe se prépara à se coucher en passant en revue tout ce qui était arrivé.

Elle avait perdu son job. Ce n'était pas dramatique puisqu'elle en avait plusieurs, grâce à sa capacité à faire des tas de choses sans s'investir dans aucune. S'investir impliquait en effet un certain degré de vulnérabilité, et le risque d'essuyer un échec. Ou, pire encore, de connaître la souffrance et la perte.

C'était pour cela qu'elle ne voulait pas de Maks dans sa vie. Il était bien trop perspicace et semblait lire en elle. Et puis, elle était bien trop émue en sa présence. Dire qu'elle avait failli lui demander de rester ! Cela avait été instinctif. Viscéral. Alors qu'il n'était qu'un étranger pour elle.

Zoe refoula les souvenirs douloureux. Autrefois, elle avait confondu désir charnel et besoin de confiance. Mais le baiser échangé avec Maks avait balayé toutes ses certitudes, toutes ses résolutions. Avec Dean, elle avait connu un avant-goût du désir, toutefois leur relation était restée insipide. Avec Maks, elle venait de découvrir la passion. Brute, incandescente, incontrôlable. D'instinct, elle avait compris que Maks Marchetti n'était pas homme à se contenter de demi-mesures. Il exigerait sa capitulation totale. Et cela, c'était au-delà de ses forces.

Debout devant le miroir de la minuscule salle de bains, Zoe examina son reflet d'un œil critique. Ses cicatrices n'étaient que des marques superficielles. Elles en dissimulaient d'autres, bien plus profondes.

Maks l'oublierait aussi vite qu'il s'était intéressé à elle. Car elle ne l'appellerait pas. Et comme il ne viendrait jamais frapper à sa porte, elle ne le reverrait plus jamais.

— Qu'est-ce qu'il y a, encore ? demanda sèchement Maks à son assistant sans même se retourner.

Debout devant la fenêtre de son bureau londonien, il voyait la City s'étaler devant ses yeux, la Tamise serpenter entre les célèbres immeubles et passer sous les ponts légendaires. Mais il s'en fichait complètement.

Depuis une semaine, la même question tournait en boucle dans son esprit.

Pourquoi ne m'a-t-elle pas encore appelé, bon sang ?

Zoe Collins. La femme avec laquelle il avait échangé le baiser le plus chaste de sa vie, et qui pourtant avait attisé ce désir impérieux qui le réveillait chaque nuit, le corps brûlant.

— Euh… c'est que vous êtes censé vous trouver à New York et superviser cette séance de photos, en ce moment même…

Maks se retourna vers le jeune homme en haussant les sourcils.

— Et je n'y suis pas, c'est cela ?

Parce qu'il répugnait à quitter Londres au cas où *elle* l'appellerait. Lui qui ne laissait jamais une maîtresse - encore moins une femme qui ne l'était même pas – influencer ses décisions.

L'éventualité que Zoe puisse ne jamais devenir sienne suscita une réaction qui le surprit par son intensité.

Cette éventualité était impensable.

— Ils ont décidé de reporter la séance et de la relocaliser à Saint-Pétersbourg, pensant que vous pourriez y assister lors de votre séjour.

— Dites-leur que j'y serai.

Et que je serai accompagné.

Peu importaient les moyens qu'il devrait employer, il aurait Zoe Collins à ses côtés. Et dans son lit.

Tandis que les étudiants sortaient de la salle de classe, Zoe entreprit de ranger ses affaires dans son sac. Au lieu de suivre les autres, l'une des jeunes femmes s'approcha d'elle, avant de la prendre dans ses bras.

— Qu'est-ce que j'ai fait pour mériter ça ? fit Zoe avec un sourire.

— Je voulais juste vous remercier. Vous ne savez pas à quel point vous nous aidez. À avancer, à trouver notre chemin dans cette nouvelle vie.

Zoe se sentit rougir d'embarras.

— N'exagérons rien. Si je n'étais pas là, ce serait quelqu'un d'autre.

La jeune femme secoua la tête, l'air sérieux. Trop sérieux. Elle avait vécu des événements atroces. Et perdu toute sa famille.

— Peut-être, mademoiselle Collins. Mais c'est vous qui êtes là et qui nous aidez. Alors, merci.

Le cœur serré, Zoe regarda la jeune femme à l'écharpe rouge sortir de la salle. Venir en aide à ces jeunes immigrés tout juste arrivés en Angleterre lui paraissait naturel. Et les voir prendre de l'assurance était la plus belle des récompenses.

Comme elle s'apprêtait à partir à son tour, son portable vibra, signalant l'arrivée d'un SMS. N'ayant ni proches ni amis, elle n'avait pas l'habitude d'en recevoir, aussi sortit-elle l'appareil de sa poche avec curiosité.

Ça alors...

Bonjour, Zoe.

Les doigts tremblants, elle répondit :

Comment as-tu eu mon numéro ?

La réponse arriva aussitôt :

Je me suis appelé depuis ton portable après y avoir enregistré mon numéro, pour être sûr d'avoir le tien.

Elle contempla l'écran du téléphone, horrifiée et... frémissante d'excitation.

Depuis une semaine, Maks hantait ses pensées. Jour et nuit. Elle avait failli supprimer son numéro à plusieurs reprises, de crainte de succomber à la tentation, mais sans pouvoir s'y résoudre.

Si j'avais envie de te revoir, je t'aurais appelé.

Elle avait à peine envoyé le SMS qu'elle en reçut un autre.

Je suis sûr que tu en as envie.

Zoe sourit malgré elle. Impossible de nier la joie qui pétillait en elle. Et le soulagement, aussi, qu'il ne l'ait pas encore oubliée.

Au fait, je suis devant l'immeuble. Je t'attends.

Son portable manqua lui tomber des mains. Elle leva les yeux, terrifiée à l'idée de le voir soudain apparaître au bout du couloir. Mais non, il n'y avait personne.

Le cœur battant à tout rompre, elle traversa le hall du centre communautaire, se dirigea vers la porte vitrée...

Il était là. Adossé au cabriolet gris métallisé. Cette fois, il portait une tenue plus décontractée : un pantalon noir et un pull gris anthracite près du corps. Inutile d'en tâter la texture pour savoir qu'il s'agissait de cachemire.

— Qu'est-ce que tu fais ici ? demanda Zoe en s'avançant vers lui.

Elle ne lui avait jamais dit où elle travaillait et le trouver là avait de quoi la surprendre.

— J'en ai eu assez d'attendre ton coup de fil alors j'ai pris les devants. Tu avais parlé de cours d'anglais ; cela n'a pas été difficile de trouver l'endroit où l'on en proposait dans ton quartier.

— Tu aurais pu m'appeler, tout simplement.

En réalité, elle était impressionnée qu'il ait pris la peine de se renseigner sur elle.

— Cela aurait été moins amusant, répliqua-t-il avec un haussement d'épaules.

— Ah... Parce que revenir dans l'East End, tu trouves ça amusant ? Tu devrais sortir plus souvent, Maks.

— Tu as peut-être raison ! s'exclama-t-il en riant.

Il se redressa de toute sa hauteur, faisant frémir Zoe. Elle se rappela la sensation de la belle bouche sensuelle sur la sienne... Les ondes de désir qui l'avaient parcourue tout entière...

— Je suis invité au vernissage d'une exposition, ce soir. J'ai pensé que tu aimerais m'y accompagner.

— Quelle exposition ? demanda-t-elle, surprise.

— Les derniers travaux de Taylor Cartwright.

Incrédule, Zoe le dévisagea un moment. Décédé récemment, Taylor Cartwright était l'un des photographes de paysages américains les plus célèbres. Par conséquent, ce vernissage devait être réservé aux *happy few*...

— Veux-tu venir avec moi, Zoe ?

Bien sûr qu'elle voulait assister à cet événement. Pourtant, la perspective de passer la soirée avec Maks lui semblait dangereuse...

— Et après le vernissage ? demanda-t-elle, méfiante.

— Ce sera à toi de décider. Pour ma part, j'aimerais t'emmener dîner, ou boire un verre. Mais je peux aussi te ramener chez toi.

— Je peux très bien rentrer chez moi toute seule, rétorqua-t-elle à la hâte, rosissant au souvenir de leur fabuleux baiser.

— Comme tu voudras.

— D'accord, déclara-t-elle, les pommettes toutes roses. Je t'accompagnerai avec plaisir au vernissage. Merci.

Un sentiment de triomphe envahit Maks. En fait, il était soulagé et sincèrement heureux qu'elle accepte sa proposition. Sans parler du désir plus primaire qui continuait de le consumer.

— Parfait, dit-il brièvement.

Un petit sourire timide apparut sur les lèvres de Zoe.

— Cela te dérangerait si je passais d'abord chez moi pour me changer ? Je serai rapide.

— Pas de problème. On y va ?

À la grande surprise de Maks, Zoe était réapparue cinq minutes après s'être engouffrée dans son immeuble. Lui qui avait l'habitude des créatures apprêtées appréciait le naturel de la jeune femme.

Ils étaient maintenant arrivés à la galerie et Maks s'intéressait davantage à sa compagne qu'aux œuvres. Zoe était vêtue d'un pantalon moulant en cuir noir et d'un T-shirt à manches longues décolleté en V, couleur ivoire, qu'elle portait sous une veste gris foncé. Des vêtements sobres, discrets. Elle souhaitait passer inaperçue, comme le prouvait la façon qu'elle avait de laisser tomber ses longs cheveux blond doré devant son visage.

Le côté garçon manqué de Zoe ne lui déplaisait pas, mais il éveillait en lui le désir de la voir dans un fourreau de soie épousant son corps mince aux courbes ravissantes.

L'air concentré, elle contemplait une photographie grand format du parc national de Yosemite, situé dans les montagnes de la Sierra Nevada, en Californie. De toute évidence, elle ne faisait pas semblant de s'intéresser à ce qu'elle avait devant les yeux. Et, autre nouveauté pour Maks, elle ne restait pas collée à lui...

En écho à ses pensées, sa sœur se tourna vers lui et lui sourit avec malice.

— Elle me plaît déjà, ta nouvelle conquête ! Elle ne se cramponne pas à ton bras comme si elle était incapable de faire un pas toute seule...

— Si je ne m'étais pas immunisé au fil des années, tu réussirais parfois à me blesser, Sasha, répliqua Maks, pince-sans-rire.

Tout en admirant la photo du parc national de Yosemite, Zoe ne pouvait s'empêcher d'observer Maks du coin de l'œil, tandis qu'il parlait à une jeune femme grande et mince. Une émotion désagréable lui étreignait la poitrine. Un réflexe jaloux, possessif. Et complètement ridicule. Ils ne s'étaient embrassés qu'une seule fois ! Si Maks s'intéressait à elle, c'était uniquement parce qu'elle était différente des autres femmes qu'il fréquentait.

Elle redressa les épaules, puis s'avança vers eux. Vêtue d'un chemisier quelconque et d'une jupe longue, comme si elle cherchait à disparaître dans ses vêtements, la jeune femme lui rappelait vaguement quelqu'un, mais Zoe était certaine de ne l'avoir jamais vue auparavant. L'inconnue portait des lunettes et avait de longs cheveux blond foncé tirant sur le châtain, et elle était très belle.

Pourquoi cherchait-elle à dissimuler sa beauté ?

— Je te présente ma sœur, Sasha, dit Maks.

Sa sœur... Soulagée, Zoe lui tendit la main.

— Ravie de faire votre connaissance.

Sasha lui serra la main et sourit. Elle était plus que belle. Elle était magnifique.

— Moi aussi. Je disais justement à mon cher frère...

— ... Que tu avais rendez-vous avec un ami, c'est ça ? l'interrompit Maks en haussant les sourcils.

Une lueur malicieuse traversa les yeux gris de sa sœur.

— Non... Mais c'est bon, j'ai compris. Au revoir, Zoe. Et à bientôt, j'espère ? ajouta-t-elle avant de s'éloigner.

— Ce n'était pas la peine de la faire partir, dit Zoe en se tournant vers Maks.

— Oh si ! Elle allait forcément me mettre dans l'embarras, c'est sa mission...

Le cœur de Zoe se serra. Ben aurait eu vingt-trois ans cette année. Se serait-il comporté avec elle comme Sasha avec son frère aîné ?

— On s'en va ? demanda Maks en l'observant avec attention.

— Je te suis. Et merci encore de m'avoir proposé de t'accompagner. J'ai beaucoup aimé cette expo.

Elle ne précisa pas que Taylor Cartwright avait été autrefois le mentor de son père, à l'époque où, jeune homme, il voyageait à travers l'Amérique du Nord et prenait ses premières photographies.

Dehors, l'air s'était nettement rafraîchi. Cela sentait l'automne...

— Tu as froid ? fit Maks quand elle remonta son col de veste en frissonnant.

— Non, pas du tout.

— Alors, je peux t'emmener dîner ? Je connais un endroit à quelques rues d'ici.

Après l'avoir vu avec sa sœur, Zoe se sentait particulièrement vulnérable et n'avait aucune envie de se retrouver seule chez elle.

— D'accord.

Mon Dieu, quand il souriait ainsi… Son visage s'en trouvait métamorphosé. De beau, il devenait… sublime.

Sans cesser de sourire, il lui prit la main et l'entraîna vers le cabriolet. Et une fois encore, Zoe se sentit en sécurité en voiture au lieu d'éprouver de l'angoisse.

Dix minutes plus tard, il s'engageait dans une rue calme bordée de somptueuses demeures.

— Où sommes-nous ? demanda-t-elle, intriguée.

— À Mayfair.

Peu après, il se garait devant une élégante maison de brique rouge, aux grandes fenêtres encadrées de noir, et de laquelle émanait un mélange de sobriété et de luxe.

Un autre club privé… ?

— Bienvenue dans ma résidence londonienne, Zoe.

Elle le regarda, choquée.

— Tu aurais pu me demander mon avis, non ?

— Mes intentions sont parfaitement honorables, je te le jure. Toutefois, si venir chez moi te pose problème, je peux te conduire où tu voudras.

Pour appuyer ses propos, il avait posé la main sur son cœur en un geste théâtral, mais Zoe ne fut pas dupe. Ses intentions étaient aussi douteuses que les émotions qui se bousculaient en elle.

Troublée, elle détacha sa ceinture tandis qu'il descendait de voiture pour lui ouvrir sa portière. En fait, elle était très curieuse de découvrir l'endroit où il vivait, songea-t-elle en le suivant.

La porte s'ouvrit comme par magie au moment où Maks s'en approchait, sur un Asiatique d'une cinquantaine d'années, en pantalon noir et tunique à col mao et longues manches, noire elle aussi.

— Je te présente Zoe Collins, Hamish.

Avec un sourire, l'homme tendit la main à Zoe.

— Vous vous demandez sans doute comment j'ai pu hériter d'un tel prénom ? Je suis né et j'ai grandi en Écosse, où mes parents se sont installés après avoir quitté le Vietnam. Je suis le majordome de Maks. Entrez, je vous en prie.

Charmée par les manières du prénommé Hamish et par son doux accent écossais, elle lui serra la main.

— Enchantée de faire votre connaissance, Hamish.

Lentement, Zoe s'avança dans le hall pavé de marbre clair et dont la décoration raffinée déclinait des tons gris et beiges.

— Je m'occupe de la voiture, patron, dit Hamish. Le dîner sera prêt dans vingt minutes environ, d'après Angie.

— Merci, Hamish.

Ils traversèrent le hall et Maks la fit entrer dans une pièce aussi splendide que chaleureuse.

— Tu veux boire quelque chose ? dit-il en se dirigeant vers un ravissant bar en noyer.

— Je prendrais bien un verre de vin blanc, si tu en as.

Il revint bientôt vers elle avec un verre de vin blanc frais dans une main, un verre de whisky dans l'autre.

— À la tienne, dit-il en souriant.

— À la tienne, répéta Zoe avant de porter son verre à ses lèvres.

Le vin était délicieux, et juste à la bonne température.

— Assieds-toi, je t'en prie.

Elle avisa les deux sofas et les fauteuils assortis, les tables basses, véritables œuvres d'art contemporaines, grâce à l'association de plateaux de verre et de supports en bois exotique.

Optant pour un fauteuil, Zoe s'y installa, tandis que Maks prenait place sur le sofa le plus proche d'elle. Il posa le bras sur le dossier, l'air parfaitement détendu, mais vibrant d'une énergie qui semblait se propager dans tout l'espace.

— Tu as une belle maison, déclara-t-elle.

Il embrassa la pièce du regard.

— Tu ne t'attendais sans doute pas à cela.

De nouveau, elle fut frappée par sa perspicacité.

— Suis-je aussi transparente ?

— C'est rafraîchissant. Je suis entouré de gens qui font tout pour dissimuler leurs émotions.

Zoe hocha la tête.

— Je dois reconnaître que je m'attendais à quelque chose de moins… sobre. À un appartement avec terrasse, peut-être.

— Ça, c'est plutôt le style de mon frère Sharif. Il aime s'élever au-dessus du commun des mortels, le plus haut possible dans le ciel.

Elle but une gorgée de vin puis demanda :

— À quoi ressemble-t-il ?

— Il est… déterminé.

— Et ton autre frère… Nikos ?

— Il vivait comme un nomade, dans les divers appartements qu'il possède dans nos hôtels. Mais depuis qu'il est marié, il s'est calmé. Une épouse et un bébé, cela ne colle pas vraiment avec une vie itinérante.

Le mariage. Un enfant. Une *famille*. Zoe tressaillit. C'était sa pire crainte. Son rêve le plus secret. Elle s'interdit d'y penser. Elle s'était juré de ne plus jamais prendre le risque de subir une telle perte, une telle souffrance. En dépit du désir ardent qui la tenaillait par moments.

— Et toi ? demanda Maks en faisant tourner le liquide ambré dans son verre. Dans quel genre de maison aimerais-tu vivre ?

Un souvenir l'assaillit. Celui d'une maison… à Dublin. Sur la côte, surplombant la mer d'Irlande. Entourée d'une immense pelouse verte. Une grande maison de pierre blonde avec des fenêtres s'ouvrant comme des yeux émerveillés. Des plates-bandes de fleurs multicolores. Un chien au poil hirsute.

Sa mère, debout en haut des marches et les appelant : « Allez, vous deux. Il est temps de partir… »

Et son père, la soulevant dans ses bras si haut qu'elle en perdait le souffle, puis la laissant redescendre et la serrant contre lui…

À l'époque, elle se sentait tellement en sécurité. Tellement aimée. Tellement heureuse.

— Zoe ? Tu vas bien ?

Arrachée à ses souvenirs, Zoe s'aperçut que Maks s'était penché vers elle.

— Tu es livide, fit-il, l'air inquiet.

— Excuse-moi. Ce n'est rien. Je...

De quoi parlions-nous, au juste ? Ah oui...

— Je ne sais pas où j'aimerais vivre, reprit-elle avec un sourire forcé. Je n'y ai jamais vraiment réfléchi. Je suis heureuse là où j'habite.

Maks fut soulagé de voir Zoe reprendre des couleurs. Un peu plus tôt, il avait cru qu'elle allait s'évanouir. Elle paraissait... dévastée.

On frappa discrètement à la porte. C'était Hamish.

— Le dîner est prêt. Quand vous voudrez, patron.

En même temps que lui, Zoe se leva avec sa grâce naturelle. Comme elle suivait Hamish, il remarqua la sensualité qui empreignait le moindre de ses mouvements. Était-ce vraiment inconscient chez elle ?

Qu'elle joue la comédie ou pas, le désir qu'il éprouvait pour elle était réel. Quoi qu'il en soit, elle perdrait tout son charme et son aura de mystère dès qu'il l'aurait possédée.

4

— On prend le café au salon ? proposa Maks.

— Avec plaisir, répondit Zoe en se levant.

Le dîner avait été très agréable. *Trop* agréable. Ils avaient bavardé tranquillement, abordant tour à tour l'histoire de l'Irlande, la politique, le dernier Marvel - ils étaient tous les deux adeptes des films de la série. Quant aux mets préparés et servis par Angie, la cuisinière, ils s'étaient révélés exquis.

En dépit de l'atmosphère amicale régnant entre elle et Maks, Zoe gardait un sentiment de malaise. D'un côté, elle ne pouvait oublier ce qui lui était arrivé quand elle avait accordé sa confiance à celui qu'elle connaissait depuis l'adolescence. De l'autre, elle sentait d'instinct qu'elle pouvait se fier à Maks. Il ne lui ferait pas de mal. Pas physiquement, du moins.

Dean l'avait agressée et trahie, mais elle n'en avait pas gardé de séquelles émotionnelles profondes. Le risque qu'elle prenait en s'attachant à Maks serait d'une tout autre nature.

— À quoi penses-tu ?

Debout devant la bibliothèque à regarder les livres alignés sur les rayonnages, Zoe se retourna vers lui, sa tasse à la main. Il s'était assis sur le même sofa que tout à l'heure et sirotait son café, l'air aussi décontracté que somptueux.

Elle s'installa sur l'autre sofa, séparé du sien par une petite table basse. Ses yeux gris brillèrent du bel éclat argenté, comme s'il savait que sa proximité la rendait nerveuse.

Parce qu'elle était hypersensible à son charme viril et sensuel. Mais aussi parce qu'elle avait peur de lui.

Sans détacher le regard du sien, il posa sa tasse sur la table, avant de venir s'asseoir à côté d'elle.

Le cœur de Zoe se mit à battre à un rythme sauvage.

Il fallait qu'elle dise quelque chose. Mais elle n'arrivait pas à se concentrer. Elle ne se souvenait même plus de ce qui la tracassait. Maks était tout près d'elle. Zoe sentait sa chaleur se propager en elle. Tout son corps réclamait le sien.

Qu'attendait-il ? Pourquoi ne prenait-il pas l'initiative ?

Maks secoua la tête tandis qu'un petit sourire jouait sur ses lèvres.

— À toi de jouer, Zoe. Si tu me veux, tu n'as qu'à me le montrer. Ce n'est pas compliqué. Tu réfléchis trop, je t'entends d'ici.

Elle eut envie de hurler. Elle ne *pouvait pas*. C'était impossible.

En totale contradiction avec cette certitude, Zoe posa sa tasse sur la table basse et tourna la tête vers Maks.

À présent, son corps ne réclamait plus. Il *exigeait*.

Fixant la belle bouche, elle se souvint de sa douceur et de sa fermeté. Elle tendit la main et l'effleura du bout des doigts, en suivit le contour…

Maks n'en pouvait plus d'attendre. Il brûlait d'écarter la main de Zoe et de l'attirer contre lui jusqu'à ce que leurs corps ne fassent plus qu'un. Jusqu'à ce qu'il se noie dans sa douceur. Mais il se retint. Quelque chose lui disait que la réticence de Zoe n'était pas feinte.

Était-il possible qu'elle soit… La question s'évapora aussi vite qu'elle avait surgi. Parce que Zoe s'était rapprochée de lui et effleurait ses lèvres avec les siennes.

La bouche de Maks était toujours aussi ferme. Mais elle restait… inerte.

Le cœur de Zoe battait si fort qu'il devait l'entendre. Son

esprit se dissolvait. Son corps fondait. Elle se pressa encore davantage contre le torse musclé et chaud, ouvrit les lèvres et caressa celles de Maks du bout de la langue.

Soudain, il la prit par les bras, la souleva, puis l'allongea sur lui.

Zoe redressa la tête, gênée par ses cheveux qui tombaient autour de son visage. Pour une fois, elle eut envie de les repousser en arrière afin de pouvoir contempler Maks. Il le fit à sa place et les lui glissa derrière les oreilles, avec une tendresse inattendue. Ensuite, il entoura son visage de ses grandes mains chaudes et l'attira vers le sien. Et cette fois, ce fut lui qui prit le contrôle du baiser.

Lorsque, tout en dévorant sa bouche, il écarta les jambes, Zoe se retrouva prisonnière entre les cuisses musclées et sentit le relief de la puissante érection contre son ventre.

La langue experte se fit plus douce, plus câline, comme pour l'encourager à se montrer plus audacieuse. À se servir de lui. Elle glissa les doigts dans les cheveux courts et entreprit d'explorer la bouche experte. Jamais elle n'avait embrassé ainsi. Avec cette passion. Cette soif.

Seigneur, elle le tuait avec ses petits baisers innocents... Zoe lui offrait les prémices les plus chastes que Maks ait jamais connues. Ou bien il avait affaire à une séductrice née sachant exactement ce qu'elle faisait, et elle se moquait de lui, de sa retenue, ou bien elle était une novice.

Quoi qu'il en soit, ses baisers maladroits le mettaient au supplice. Jamais il n'avait frôlé d'aussi près la jouissance alors qu'il était encore tout habillé.

La serrant dans ses bras, Maks la fit glisser sous lui, tandis qu'elle l'observait les yeux grands ouverts, les joues roses, la bouche pulpeuse et humide.

Quand il lui passa une cuisse entre les jambes, les yeux couleur d'aigue-marine s'assombrirent. Il reprit sa bouche comme elle refermait les mains sur sa nuque. Il suivit l'ourlet du T-shirt, glissa les doigts dessous et caressa la peau soyeuse, avant de remonter lentement jusqu'au sein recouvert de dentelle. Petit mais parfait. Charnu.

Il pinça le mamelon durci entre ses doigts. Zoe haletait contre sa bouche, exacerbant le désir qui rugissait en lui.

Tout en lui mordillant doucement la lèvre, Maks repoussa le soutien-gorge en dentelle et caressa le sein moelleux. Le petit mamelon dressé était rose framboise. Incapable de résister, il l'explora avec sa langue, se délectant de son goût suave.

Le plaisir montait inexorablement, emportant Zoe dans un tourbillon de sensations toujours plus enivrantes. La bouche de Maks cajolait son sein, le titillait, le léchait.

Tout en continuant sa torture exquise, il dénuda l'autre sein et les prit tous les deux dans ses mains avant d'en aspirer tour à tour le mamelon entre ses lèvres. En même temps, il remuait la jambe entre les cuisses de Zoe. Comme s'il savait ce qu'elle désirait le plus à cet instant.

Zoe perdait le contrôle. Tout allait trop vite. Elle avait beau se répéter que ce qui se passait était différent de ce qu'elle avait vécu autrefois, elle se sentit soudain prise au piège et eut l'impression d'étouffer.

Elle posa les mains sur le torse de Maks et le repoussa, mais sans effet. Paniquée, elle appuya de toutes ses forces.

— *Cosa c'è* ? demanda-t-il en écartant le visage de son sein.

— Je ne peux pas... Je n'arrive plus à respirer...

Il se redressa brusquement et se rassit à côté d'elle.

— Que se passe-t-il ? fit-il, en anglais, cette fois.

Zoe secoua la tête. La panique se retirait déjà, elle se ridiculisait. Maks n'était pas Dean.

— Je... Excuse-moi. Tout allait si vite... J'ai eu l'impression d'être prise au piège.

Elle se rajusta à la hâte. Les vêtements de Maks étaient chiffonnés, mais au moins lui était habillé.

Se levant, il s'avança vers le bar avant de revenir avec deux verres contenant un liquide brun foncé. Il lui en tendit un.

— Tiens, bois. Cela te fera du bien.

Lentement, Zoe but une gorgée. La boisson lui faisait du bien, en effet. Elle la réchauffait de l'intérieur.

— Que s'est-il passé ? demanda Maks en se rasseyant à côté d'elle.

Mais pas trop près, ce dont elle lui fut reconnaissante.

— As-tu cru que j'allais... te prendre de force ?

— Non ! se récria Zoe. Pas du tout.

Elle posa son verre et se leva afin de se rapprocher de la fenêtre. Son visage se reflétait dans la vitre. Dehors, il faisait nuit. Elle devait des explications à Maks.

— Quelqu'un m'a agressée, dit-elle en se retournant vers lui. Mon ex-petit ami. J'avais confiance en lui et il...

— Il t'a violée ? l'interrompit Maks en bondissant du sofa.

Il avait brusquement les traits tendus, le teint pâle sous son hâle.

— Non, mais il a failli. J'ai réussi à l'arrêter, et à le faire sortir de chez moi.

Au souvenir de cette horrible soirée, Zoe frémit. La vérité lui faisait encore mal. Si Dean avait cherché à la revoir, c'était uniquement dans l'idée de coucher avec elle.

— Qui était-ce ? demanda Maks d'une voix dure.

— Quelqu'un que j'avais connu autrefois. Peu importe. Il est loin, maintenant. Il a quitté le Royaume-Uni.

Maks avait du mal à encaisser le choc. Zoe paraissait si vulnérable, debout devant la fenêtre, les bras refermés autour de son buste. La pensée qu'un salaud ait tenté de la violer lui donnait la nausée. Elle était si menue... Il aurait aimé aller vers elle, la prendre dans ses bras, mais il pressentait qu'elle n'apprécierait pas son geste. Il était trop tôt.

— Comme tu l'as peut-être deviné, je n'ai pas beaucoup d'expérience. En fait, je n'en ai aucune.

Il fronça les sourcils.
— Tu veux dire que tu es... ?
— Oui, je suis vierge, dit-elle précipitamment.
Ainsi, son instinct ne l'avait pas trompé. Un sentiment d'exultation envahit Maks. Une réaction purement mâle, primaire.
— Maintenant que tu le sais, je suppose que tout va changer.
— Changer... ? Que veux-tu dire ?
Elle resserra les bras autour de son buste.
— Tu... Tu dois me trouver moins attirante, maintenant.
— Ah ? Et qu'est-ce qui te fait croire cela ?
— Tu as de l'expérience, pas moi. La plupart des hommes...
— Je ne suis pas la plupart des hommes.
Il ne supportait pas d'être mis dans le même sac que son ex. Ce salaud.
— Qu'est-ce que tu en penses, alors ? murmura-t-elle.
Bonne question. Qu'en pensait-il ? Souhaitait-il être le premier amant de cette femme et risquer les complications émotionnelles qui s'ensuivraient probablement ?
Le désir lui obscurcissait l'esprit. Il fallait rester prudent. D'ordinaire, Maks fuyait ce genre de situation. Par conséquent, il se devait d'être franc avec Zoe. Afin qu'elle sache à quoi s'en tenir.
— Ta virginité n'ôte rien à l'attirance que je ressens pour toi.
C'était même le contraire. La perspective d'être le premier à voir Zoe succomber à la passion produisait un effet dévastateur sur sa libido.
— Mais les relations à long terme ne m'intéressent pas, poursuivit-il en choisissant ses mots avec soin. Ni les soi-disant histoires d'amour. Après avoir été témoin de la relation catastrophique de mes parents, je n'ai aucun désir de reproduire ce scénario toxique qu'est pour moi le mariage. Je tiens à ce que tu le saches.
Elle le regarda un long moment en silence, les traits indéchiffrables. Ce qui irrita Maks. Il la croyait transparente.

— Le mariage est bien le dernier de mes souhaits, crois-moi, dit-elle enfin.

De toute évidence, elle était sincère. Il le comprit à l'accent de sa voix.

— J'aimerais m'en aller, maintenant, enchaîna Zoe.

Autrement dit, elle le rejetait. L'espace d'un instant, il ne supporta pas l'idée de la voir partir.

— Bien sûr, acquiesça-t-il néanmoins d'un ton détaché. Mais je ne suis pas en état de te raccompagner chez toi. Hamish va te reconduire.

Zoe fut soulagée qu'il la laisse partir aussi facilement, sans protester. Soulagée… et déçue. Elle venait de s'humilier de façon spectaculaire en avouant qu'elle avait failli se faire violer, puis qu'elle était vierge. Et Maks n'avait pas réagi comme elle s'y était attendue.

Décidément, il ne cessait de la surprendre.

En revanche, il avait dit qu'il se sentait incapable de la raccompagner. En d'autres termes, il en avait assez. Les relations à long terme ne l'intéressaient pas et il craignait sans doute que, étant vierge, elle s'accroche à lui. Même si elle avait affirmé que ce n'était vraiment pas son intention.

Au moment où Zoe allait répliquer qu'elle pouvait très bien prendre le bus, Hamish apparut comme par magie et s'arrêta sur le seuil en enfilant une veste matelassée.

— Cela ne me pose aucun problème de vous raccompagner, Zoe.

Sans doute avait-il l'habitude, songea-t-elle en le suivant.

Elle se retourna une dernière fois.

— Merci pour cette agréable soirée, dit-elle avec un sourire forcé à Maks. J'ai été ravie de faire la connaissance de ta sœur, elle est charmante.

— Tu lui as plu aussi. Bonne nuit, Zoe.

Une fois rentrée chez elle, Zoe s'installa sur son lit avec son ordinateur portable. Elle se sentait abattue. Elle entra son mot de passe, et fit ce qu'elle s'était interdit jusqu'à présent.

Elle lança une recherche sur Maks Marchetti.

Comme elle aurait dû s'y attendre, on ne trouvait pas grand-chose sur lui en ligne. Quelques photos, en compagnie de femmes superbes, naturellement. Mais aucune révélation sur sa vie intime, aucun détail salace, alors qu'il était question d'une histoire récente impliquant son frère aîné, Sharif.

Zoe vit des photos de Nikos avec son épouse. Une grande femme à la chevelure flamboyante… Celle avec qui Maks bavardait lors de la fameuse soirée où elle l'avait rencontré pour la deuxième fois.

Il y avait aussi des photos plus anciennes, de ses parents. Son père était grand et sombre, très viril. Sa mère était grande elle aussi, et très très belle. Blonde aux yeux gris. Les yeux de Maks.

Ensuite, Zoe découvrit une quantité incroyable de photos de Maks et Sasha enfants puis adolescents. Sortant d'une villa somptueuse à Rome. Allant à l'école entourés de gardes du corps. Sur une piste de ski. Il n'avait pas menti : les paparazzis ne leur avaient laissé aucun répit.

Une photo retint son attention. Maks y figurait en caleçon de bain, sur une plage. Il devait avoir dans les seize ans, et son corps n'était encore que la promesse de l'homme athlétique et magnifique qu'il allait devenir. Le visage crispé de colère, il tendait la paume vers celui ou celle qui prenait la photo. Une fille se tenait derrière lui, Sasha, l'air paniqué, en maillot de bain une pièce, toute en jambes et se protégeant le visage avec les mains.

Pas étonnant que Maks haïsse autant les photographes, et qu'il protège aussi farouchement sa vie privée.

Refermant son ordinateur et le posant par terre, Zoe s'allongea sur le lit. Alors que Maks l'avait introduite chez lui, elle l'avait repoussé, rejeté.

Bien sûr, il était trop poli pour lui en faire le reproche. Mais elle ne le reverrait probablement jamais, et cette pensée lui était insupportable.

Tout à coup, Zoe comprit qu'elle s'était refusée à regarder la vérité en face concernant Dean Simpson. Elle s'était convaincue qu'elle le désirait alors qu'il ne s'agissait que de solitude et de faiblesse. Elle avait accepté de le fréquenter parce que, inconsciemment, elle savait qu'il ne l'affecterait pas vraiment.

Rien à voir avec Maks. Cet homme avait le pouvoir de la bouleverser. Par conséquent, elle avait eu raison de partir avant de céder au désir qu'elle éprouvait pour lui. Au souvenir des sensations ressenties entre ses bras musclés, une douce chaleur l'envahit tout entière. Lorsque la bouche de Maks avait goûté ses seins, elle avait éprouvé un plaisir inouï mais aussi des émotions plus intimes, plus profondes. Le besoin instinctif de s'ouvrir à lui, de s'abandonner à lui. Corps et âme.

Zoe se glissa sous la couette, s'efforçant d'ignorer le sentiment de perte qui la lancinait. Elle se répéta encore et encore que c'était mieux ainsi, puis finit par s'endormir.

Le lendemain matin, Zoe fut réveillée par son téléphone portable qui vibrait sur la table de nuit. Se redressant, elle tressaillit en voyant que Maks l'avait appelée une bonne dizaine de fois et lui avait envoyé trois SMS.

Je suis en bas. Ouvre-moi.

Zoe ? Tu es là ?

Zoe, si tu ne m'ouvres pas d'ici dix minutes, j'appelle la police.

Les mains tremblantes, elle appuya sur « Appeler » et porta l'appareil à son oreille.

— Je suis là, Maks...

— OK. J'ai du café et des croissants.

— Qu'est-ce que tu fais ici ? Je croyais que tu...

— On peut en discuter en buvant le café ? Il pleut, je te signale. Je vais bientôt être trempé.

En effet, il tombait des cordes, constata Zoe en tournant les yeux vers la fenêtre. Elle se leva, puis alla actionner l'ouverture de la porte de l'immeuble.

Une minute plus tard, Maks se tenait sur le seuil de l'appartement. Immense. Athlétique. Et trempé.

Les effluves familiers lui caressèrent les narines. Épicés et musqués. Racés. Elle ne rêvait pas : il était là. Alors que, quelques heures plus tôt, elle l'avait cru pressé de se débarrasser d'elle.

— Je peux entrer ?

Zoe recula pour le laisser passer. Il tenait dans une main deux gobelets de café dont se dégageait un arôme puissant, et dans l'autre un sachet en papier blanc.

— Je vais te chercher une serviette, dit-elle en refermant la porte.

Elle se dirigea vers l'unique placard et en sortit une serviette en éponge qu'elle tendit à Maks.

— Merci, fit-il en posant gobelets et sachet sur la table.

Puis il ôta sa veste et se frotta énergiquement la tête, les muscles jouant sous le fin jersey. Dans ce jean délavé et ce pull léger à longues manches, il avait l'air décontracté et follement sexy.

Zoe se rendit alors compte qu'elle-même portait un vieux pantalon de pyjama et un simple débardeur…

— Je vais me changer.

— Hé, prends ça avec toi, répliqua Maks en lui tendant l'un des deux gobelets.

Elle s'en empara et s'enfuit. Une fois dans sa chambre, elle s'assit sur son lit en s'efforçant de calmer les battements désordonnés de son cœur, puis but une gorgée de café, tout en espérant que cela l'aiderait à se ressaisir. En vain.

Après avoir pris une douche rapide, Zoe enfila un jean et un long T-shirt à manches trois-quarts.

Quand elle regagna le salon, Maks tenait la photo de sa famille à la main.

Zoe se raidit, de la tête aux pieds.

— C'est toi et ta famille ?

Elle hocha la tête en silence ; Maks reposa le cadre sur l'étagère.

— Qu'est-il arrivé après l'accident ? Qui t'a élevée ?

— Je suis allée dans une famille d'accueil, répondit Zoe d'un ton neutre. Mes parents n'avaient ni frères ni sœurs et mes grands-parents étaient tous décédés. Il y avait bien une grand-tante du côté de mon père, mais elle n'a pas voulu me prendre chez elle.

— Cela a dû être dur pour toi.

— À vrai dire, je ne me souviens pas de grand-chose concernant cette période, répliqua-t-elle avec un haussement d'épaules. J'ai eu de la chance - je n'ai fait que deux familles d'accueil et c'étaient des gens charmants. Je connais des enfants qui sont passés de famille en famille et qui ont vécu des mauvaises expériences.

Comme Dean, par exemple.

— Pourquoi es-tu venu, Maks ? Hier soir, j'ai cru… J'ai cru que je ne te reverrais jamais.

— Pourquoi ? fit-il en fronçant les sourcils.

— Parce que je suis vierge, répondit Zoe, les joues en feu.

— Je t'ai dit que je m'en fichais. J'ai pensé que tu avais besoin d'espace après ce que tu m'avais raconté, et je ne voulais pas te mettre la pression.

Il s'avança vers elle.

— Je te désire, Zoe. Cela n'a pas changé. Et comme je te l'ai dit aussi, les liaisons à long terme, ce n'est pas mon truc. Mais si tu ne veux pas explorer ce que nous ressentons l'un pour l'autre, dis-le-moi et je m'en irai tout de suite.

Une foule d'émotions contradictoires se succédèrent en elle, mais Zoe refusa de les analyser. Parce qu'elle ne pouvait ni ne voulait lutter contre le désir qui pulsait en elle, dans les endroits les plus secrets de son corps.

— Je ne veux pas que tu t'en ailles, dit-elle en rivant son regard à celui de Maks.

Un sentiment de triomphe envahit Maks mais il n'en laissa rien paraître.

— Je dois aller passer quelques jours à Saint-Pétersbourg pour affaires. Viens avec moi.

— À Saint-Pétersbourg ? répéta-t-elle, l'air abasourdi. En Russie ?

— Oui, en Russie, répliqua-t-il en retenant un sourire.

— Mais je ne peux pas… partir comme ça…

— Tu n'as pas de passeport ?

— Si, mais…

— Qu'est-ce que tu as comme engagements, la semaine prochaine ?

Elle haussa les épaules.

— Je dois chercher du travail.

Quel délice ! Une femme qui ne sautait pas sur l'occasion de passer quelques jours avec lui… À ses frais…

— Raison de plus pour m'accompagner. Je te dois bien cela puisque c'est à cause de moi que tu as perdu ton job.

— J'ai d'autres engagements, répliqua-t-elle, un peu radoucie. Je m'occupe du fils d'une voisine deux jours par semaine et je travaille pour une société de ménage de bureaux.

— Je peux trouver quelqu'un qui s'occupera du fils de ta voisine. Quant à ta société de ménage, tu as vraiment besoin de travailler pour eux, Zoe ? Tu es jeune, belle et talentueuse, tu pourrais avoir le monde à tes pieds, si tu voulais.

— Je ne travaille pas pour eux la semaine prochaine, avoua-t-elle en rosissant. Mais je ne partirai pas avec toi tant que je ne serai pas certaine que tu as trouvé quelqu'un pour garder le fils de Sally à ma place. Je ne peux pas la laisser tomber.

— Encore un peu de champagne, mademoiselle Collins ?

— Non, merci, répondit Zoe au jeune steward.

Ses pensées étaient déjà bien assez confuses. Maks avait résolu tous ses problèmes avec une facilité et une rapidité déconcertantes. Après avoir trouvé un jeune baby-sitter compétent, et fort sympathique, pour s'occuper du fils de Sally, il l'avait littéralement enlevée, lui laissant à peine le temps de prendre sa petite valise.

Une demi-heure plus tard, ils arrivaient dans un aéroport privé où les attendait un jet privé gris argenté, lequel survolait maintenant la Pologne.

Installé de l'autre côté de l'allée, ses longues jambes étendues devant lui, Maks passait des coups de fil depuis son smartphone tout en travaillant sur son ordinateur portable. Il s'était excusé avant de monter à bord, expliquant qu'il avait du travail en retard et recommandant à Zoe de s'installer confortablement, et de s'adresser au personnel navigant si elle avait besoin de quoi que ce soit.

Comment se sentir à l'aise à proximité de cet homme superbe ? Sans compter que le champagne ne l'aidait pas à reprendre ses esprits.

Dans quoi s'était-elle embarquée, au juste ? Dans une aventure passagère avec Maks Marchetti ? En acceptant de partir avec lui, avait-elle donné son accord implicite pour devenir sa maîtresse ? S'attendait-il à ce qu'elle le remercie en nature ?

Non, impossible. Maks était trop raffiné. Trop fier. Comme il le lui avait dit dès le début, elle l'attirait parce qu'elle l'intriguait. Et cette attirance s'émousserait vite une fois qu'il aurait passé un peu plus de temps avec elle.

Et couché avec elle.

La chaleur désormais familière palpita entre ses cuisses…

— À quoi penses-tu ? Tu as un petit air… coupable.

Zoe tourna vivement la tête vers Maks. Elle ne s'était pas aperçue qu'il avait reposé son smartphone et repoussé son ordinateur. Maintenant, elle se sentait effectivement coupable. Ce qui était ridicule.

— Je ne pense à rien de spécial.

La chaleur frémit, la forçant à serrer les cuisses. Maks baissa les yeux une fraction de seconde, avant de la regarder de nouveau dans les yeux. Mon Dieu, cette propension à lire en elle était suprêmement agaçante !

— Qu'est-ce que tu vas faire à Saint-Pétersbourg, exactement ? demanda-t-elle en haussant les sourcils.

— Nous avons des bureaux à Moscou, mais nous nous intéressons actuellement à un potentiel inexploité de jeunes créateurs, dont un bon nombre est basé à Saint-Pétersbourg. Nous aimerions développer ce secteur et faire de cette ville un nouveau pôle de la mode.

— Ta mère est originaire de quelle région ?

— Elle est née à Saint-Pétersbourg mais après la mort de sa mère, elle a déménagé à Moscou avec son père et la nouvelle épouse de celui-ci.

— Elle est très belle, dit Zoe, repensant aux photos vues sur Internet.

— Sa vie entière tourne autour de son physique, répliqua Maks d'un ton détaché. Pour elle, il constitue un moyen d'échange, au même titre que l'argent.

— Ta sœur aussi est belle.

Il plissa les paupières.

— Oui, mais tu as dû remarquer qu'elle s'acharne à dissimuler sa beauté ?

Zoe hocha la tête.

— Notre mère ne pouvait supporter de voir sa propre beauté éclipsée par celle de sa fille, alors elle a tout fait pour saper l'assurance de Sasha. C'est probablement le pire de ses crimes.

— Ta sœur te surprendra peut-être un jour en sortant de l'ombre. Quand elle y sera prête.

— Oui, peut-être, acquiesça lentement Maks.

Zoe ne s'y trompa pas. Ce n'était pas à sa sœur qu'il pensait à cet instant, mais à elle.

5

Un peu intimidée, Zoe explora les différentes pièces de sa suite luxueuse. À leur arrivée au Grand Central Hotel, situé en plein cœur de Saint-Pétersbourg, Maks et elle avaient été accueillis avec chaleur et déférence par le directeur, et elle avait vite compris qu'elle disposerait de sa propre chambre. Zoe en avait ressenti du soulagement, bien qu'à sa grande honte elle s'était attendue à partager celle de son hôte avec une certaine excitation.

La suite de Maks jouxtait néanmoins la sienne. Par conséquent, une simple porte les séparait.

À côté de la salle de bains pavée de marbre et toute en nuances de blanc ivoire et doré, elle découvrit un immense dressing, vide, et au milieu duquel sa petite valise avait l'air franchement pathétique.

En fait, cela reflétait tout à fait sa situation. Dans cette suite raffinée et luxueuse, Zoe était complètement déplacée. D'autant qu'elle n'avait pas la moindre idée de l'attitude à adopter en tant que « compagne » d'un riche homme d'affaires.

La sonnette tintinnabula, produisant un son clair et mélodieux. En ouvrant la porte, elle découvrit Maks, l'épaule appuyée au chambranle.

— Tes appartements te plaisent ?

— Ils me conviennent, ma foi, dit-elle avec une nonchalance qu'elle était loin d'éprouver.

Espérait-elle vraiment le convaincre qu'elle se sentait

comme chez elle dans cette suite somptueuse, alors que son petit appartement londonien aurait tenu *en entier* dans une seule de ces pièces ?

Maks sourit. Il n'était pas dupe, naturellement.

— Parfait. Si tu as besoin de quoi que ce soit d'autre qui te... convienne, fais-le-moi savoir.

Il jeta un coup d'œil à sa montre et poursuivit :

— Je suis invité à quelques événements mondains durant mon séjour. J'aimerais que tu m'y accompagnes.

— Quel genre d'événements ? demanda Zoe, méfiante.

— Pas de panique. Il s'agit de choses agréables. Notamment la première du *Lac des cygnes* au théâtre Mariinsky - l'un des plus réputés de Russie.

Enfant, elle adorait le ballet et, au Noël précédant leur mort, ses parents l'avaient emmenée voir une représentation de *Casse-Noisette*. Elle n'avait pas vu d'autres ballets depuis. Par conséquent, elle aurait dû refuser d'accompagner Maks au théâtre Mariinsky, ne pas prendre le risque de se retrouver confrontée aux douloureux souvenirs.

Mais soudain, Zoe sentit un désir inconnu germer en elle, celui de résister au besoin de se protéger. De fuir.

— D'accord, dit-elle d'un ton neutre. Pas de problème.

Maks lui décocha un regard moqueur.

— Ton enthousiasme me confond, Zoe.

— Ce n'est pas..., murmura-t-elle en rougissant. Je suis ravie d'y aller avec toi. Mais je crains de ne pas avoir de tenue adéquate pour ce genre de soirée.

— Va faire un tour dans les boutiques de l'hôtel. Je t'arrangerai un rendez-vous avec une styliste qui t'aidera à choisir tes robes.

— *Mes* robes ?

— Une autre soirée est prévue pour la fin de la semaine - la présentation des collections de jeunes créateurs.

Zoe comprenait très bien le point de vue de Maks, mais elle n'avait pas les moyens de s'offrir le type de robes aperçues dans les vitrines des boutiques de luxe de l'hôtel.

— Merci pour le conseil, mais je pourrais aussi aller faire un tour en ville et voir ce qu'il y a comme magasins ?

Maks n'en revenait pas. Il était habitué à fréquenter des femmes appartenant au même milieu que lui et possédant une garde-robe bien fournie, ou qui auraient sauté sur l'opportunité de se faire offrir des vêtements. Tandis que Zoe... Au fond, il aurait dû s'attendre à ce qu'elle réagisse ainsi. Il était trop cynique.

— Ce n'est pas à toi de faire des frais. Je t'ai *invitée* à venir ici avec moi et à m'accompagner à ces soirées.

Elle devint cramoisie.

— Je ne peux pas accepter. Je ne demande pas la charité.

Seigneur, il s'y prenait mal...

— Je le sais très bien. Considère cela comme un prêt. Nous confierons les robes au service de blanchisserie de l'hôtel et nous les rapporterons à la boutique avant de partir.

— Tu crois que c'est possible ?

— Bien sûr. Aucun problème.

Une heure plus tard, Zoe se sentait toujours aussi peu à l'aise, d'autant plus que la styliste l'inspectait de la tête aux pieds d'un air critique.

— Je ne suis pas très féminine. Alors je ne veux pas quelque chose de trop fantaisiste ou de trop flashy. Je préférerais une teinte foncée. Une coupe sobre, discrète...

La styliste, une grande blonde élégante, sourit.

— M. Marchetti m'avait prévenue que vous diriez probablement cela, répliqua-t-elle avec son charmant accent russe.

— Ah ? Vraiment ? fit Zoe, vexée. Vous voulez bien me montrer ce que vous avez comme robes de couleur vive, s'il vous plaît ?

Lorsqu'elle se contempla dans le miroir de sa chambre ce soir-là, Zoe regretta sa décision irréfléchie. C'est à peine si elle se reconnaissait dans l'étrangère mince qui lui faisait face. Sa robe jaune bouton d'or au décolleté profond, à petits mancherons, moulait outrageusement son buste. À partir de la taille, la soie tombait en ondulations fluides jusqu'aux pieds.

À peine l'avait-elle portée dans la boutique, que Zoe avait été tentée de l'ôter. C'était une robe de conte de fées, or Zoe avait cessé de croire aux contes de fées depuis très longtemps... Mais pour une fois, elle avait décidé de transgresser ses habitudes.

Deux jeunes femmes étaient alors arrivées et l'avaient coiffée et maquillée.

Et maintenant... Le cœur de Zoe se serra. Ce n'était plus une étrangère qui lui faisait face. Elle ressemblait à une vieille photo de sa mère. Ses cheveux tombaient sur ses épaules en ondulations souples. Elle avait les lèvres rouge vif. Ses yeux, soulignés d'un simple trait d'eye-liner, paraissaient immenses et très verts.

On frappa à la porte. Trop tard pour se changer, ou pour se préoccuper de ses cicatrices.

Zoe se retourna et prit le petit sac de soirée en soie brodée assorti à la robe puis son étole.

Avec un peu de chance, Maks ne s'apercevrait pas qu'elle se sentait affreusement vulnérable.

Mais lorsqu'elle ouvrit la porte, tous ses doutes, toutes ses appréhensions s'évanouirent. En smoking noir à la coupe classique, Maks Marchetti était... d'une beauté à couper le souffle. Réellement. Zoe n'arrivait plus à respirer.

Éblouie par la vision qui s'offrait à ses yeux, elle remarqua à peine qu'il promenait son regard sur son corps, les mâchoires crispées.

— Bonsoir, dit-elle après avoir enfin retrouvé son souffle.

— Tu es... resplendissante, répondit-t-il lentement.

Encore sous le choc, elle le dévisagea en silence.

— On y va ? reprit Maks en lui offrant son bras.

Au rez-de-chaussée, des gens se retournèrent sur leur passage lorsqu'ils traversèrent le hall.

Elle avait l'impression de flotter. La robe bruissait et lui caressait la peau à chaque pas, tandis que Zoe faisait attention à ne pas se tordre la cheville à cause des sandales à talons aiguilles. Une voiture les attendait devant l'hôtel. Le chauffeur ouvrit la portière arrière et la referma une fois que Zoe fut installée sur la banquette en cuir souple. Maks monta de l'autre côté et s'assit à côté d'elle.

Les rues de Saint-Pétersbourg étaient très larges et bordées d'arbres dont le feuillage vert se teintait de touches dorées. Ce devait être magnifique lorsque l'automne battait son plein, songea Zoe.

Et puis, garder la tête tournée vers la vitre lui évitait de regarder Maks.

— Je ne m'attendais pas à voir autant d'eau, dit-elle alors que le véhicule longeait maintenant un canal.

— Saint-Pétersbourg est parfois comparé à Venise, à cause de tous ses canaux et de la Neva, expliqua Maks. Il y a plus de trois cents ponts dans cette ville.

Le simple son de sa voix fit naître une myriade de sensations délicieuses en elle, dans les moindres cellules de son corps. Zoe ne put s'empêcher de penser aux femmes vues en photo avec Maks. Comparée à ces créatures sophistiquées, elle faisait vraiment pâle figure...

— Zoe ?

— Oui ? fit-elle, le visage résolument tourné vers la vitre.

— Regarde-moi, Zoe.

Elle obéit avec réticence, déterminée à rester insensible au charme de Maks. Peine perdue. Déjà, sa chaleur virile l'enveloppait.

— Tu n'as pas besoin de te cacher, tu sais, dit-il doucement en lui repoussant une petite mèche de la joue. Tu es une très belle femme.

Recevoir pareil compliment de Maks la troublait, alors qu'il devait dire ce genre de choses à toutes les femmes.

— Je ne me cache pas, se défendit Zoe.

Même si elle avait expressément demandé à la styliste de ne *pas* lui faire de chignon...

— Excuse-moi, je ne voulais pas être brutale, reprit-elle. La vérité c'est que je n'avais encore jamais porté de robe de soirée. Je n'en avais jamais eu l'occasion. Tout ceci est... nouveau pour moi.

— Il n'y avait pas de bal de fin d'année, dans ton lycée ?

Zoe secoua la tête.

— Non. J'ai quitté Dublin aussitôt après mes examens de fin d'études...

Elle avait été pressée de laisser ses douloureux souvenirs derrière elle et de se construire une nouvelle vie, à Londres. Mettre de la distance entre elle et le chagrin qui lui collait à la peau lui avait paru vital, bien que quitter Dublin lui ait déchiré le cœur.

— Tu es *magnifique*, Zoe. Je suis sincère.

— Merci, murmura-t-elle. Toi aussi, tu es magnifique.

Maks lui prit la main et la porta à ses lèvres avant d'y déposer un léger baiser, la faisant frémir tout entière.

— Nous sommes arrivés.

Zoe aperçut un tapis rouge et des gens en tenues de soirée ultra-chic entrer dans le théâtre Mariinsky.

Le chauffeur vint leur ouvrir la portière et bientôt ils s'avancèrent main dans la main sur le tapis rouge, sous le feu nourri des flashs. Questions et exclamations fusèrent de toutes parts, en russe.

Maks ne répondit à aucune question, ne réagit à aucune provocation, et ils pénétrèrent à leur tour dans le célèbre théâtre.

Éblouie, Zoe leva les yeux vers les hauts plafonds ornés de moulures raffinées, les lustres gigantesques... Face à une telle magnificence, elle se sentait soudain minuscule, insignifiante. Surtout à côté de Maks.

Maks adorait sentir la main de Zoe dans la sienne : petite, délicate mais forte. À quoi jouait-il, exactement ? D'ordinaire, il ne s'autorisait pas ce genre d'exhibition. Jamais il ne se donnait autant de mal pour séduire une femme, vierge de surcroît !

Il fuyait celles qui ne comprenaient pas les règles. Ses maîtresses passaient du bon temps avec lui et s'en allaient. Pas de promesses, pas d'exigences. Pas de petits jeux sournois.

À la différence de ses frères, Maks avait adopté un style de vie le protégeant des médias. Nikos adorait faire sensation, provoquer le scandale - avant qu'il s'assagisse –, tandis que Sharif éprouvait le besoin constant de faire plier tout le monde sous sa volonté.

Quoi qu'il en soit, tous trois s'évertuaient ensemble à redorer l'image du Marchetti Group, qui avait pâti des excès de leur père. Domenico Marchetti était allé jusqu'à mourir dans les bras de sa dernière maîtresse, un détail sordide qu'ils avaient réussi à dissimuler à la presse.

Fidèle à la ligne de conduite qu'il s'était fixée, Maks n'entretenait que des relations superficielles avec les femmes. En revanche, il était très attaché à sa sœur et très proche d'elle. Cela lui suffisait. Sasha le comprenait, ayant été elle aussi témoin du chaos et de l'amertume qui avaient caractérisé le mariage puis le divorce de leurs parents. Ni l'un ni l'autre ne voulaient reproduire le même schéma relationnel.

Et pourtant, il était là avec Zoe, lui tenant la main et en proie à un besoin farouche de la protéger.

« Je n'avais encore jamais porté de robe de soirée. »

Seigneur, quand il l'avait vue apparaître devant lui dans cette robe jaune bouton d'or, il avait compris instantanément qu'elle l'avait choisie pour le surprendre, sans se rendre compte de l'image qu'elle projetait.

L'étoffe moulait son buste mince, sa taille menue, avant de s'épanouir autour des hanches. Maks se souvint de la sensation des petits seins ronds et fermes dans ses mains, de leur goût... Sa libido réagit au quart de tour. Comme s'il n'avait plus aucun contrôle sur ses sens.

— Ça va ? demanda-t-il en serrant la main fine dans la sienne.

Quand elle tourna la tête vers lui, une lueur chaude traversa fugitivement ses yeux, plus verts que bleus à cet instant. Puis elle dégagea sa main.

— Oui, très bien. Cet endroit est… stupéfiant !

Il glissa la sienne dans sa poche, un peu désarçonné. Il ne s'était pas attendu à la voir aussi détendue. De toute évidence, il se trompait sur son compte. Elle était innocente, certes, mais pas naïve.

Maks parlait couramment le russe, constata bientôt Zoe. Ce qui n'avait rien d'étonnant puisque sa mère était russe. Il s'entretenait en ce moment avec un homme élégant alors qu'ils attendaient dans le foyer qu'on les fasse entrer dans la salle de spectacle.

Quand il s'exprimait en russe, sa voix était différente, encore plus sexy. Comme s'il ne l'était pas déjà assez…

Tout à coup, les portes de la salle s'ouvrirent et une ouvreuse les conduisit à leur loge. Médusée, Zoe contempla le somptueux auditorium rutilant de dorures, la fresque du plafond qui représentait des anges et des chérubins dansant en farandole autour du lustre central…

— Que c'est beau…, murmura-t-elle.

— Un jour, ma mère était venue ici à l'occasion d'une séance photo et, je ne sais pourquoi, nous avait emmenés, Sasha et moi. Ce n'était pourtant pas dans ses habitudes ; d'ordinaire, elle nous laissait à la gouvernante. Je me souviens que, lorsque je suis entré dans ce lieu pour la première fois, j'ai été ébloui.

Zoe le regarda.

— Tu parais très à l'aise, à Saint-Pétersbourg.

— J'ai des affinités avec la Russie, je n'y peux rien, répliqua-t-il avec un haussement d'épaules. Sans doute parce que j'y ai des racines. Et puis j'ai toujours aimé les écrivains russes, tandis que Sasha préfère les classiques français.

— C'est bien que vous soyez proches l'un de l'autre.

Si elle n'avait pas perdu son frère autrefois, ils seraient peut-être aussi proches que Maks et Sasha.

— Sasha me trouve trop protecteur, dit-il avec un sourire en coin. Mais elle est ma petite sœur.

— S'il était encore en vie, mon frère aurait vingt-trois ans. Je pense souvent à lui et je me demande à quoi il ressemblerait.

— Je suis sûr qu'il serait comme sa sœur, murmura Maks en lui reprenant la main. Indépendant, passionné...

Au grand soulagement de Zoe, les lumières s'éteignirent. Elle aurait dû dégager sa main, mais...

Le rideau se leva lentement et elle oublia tout ce qui l'entourait, Maks y compris, tandis que la musique montait de la fosse d'orchestre et que le ballet commençait, l'emportant dans sa magie et sa féerie.

— Tu as aimé, alors ? demanda Maks en haussant les sourcils.

Comme s'il ne le savait pas... À la fin du spectacle, Zoe avait pleuré comme une Madeleine. Davantage à cause des souvenirs qui l'avaient submergée dès les premières minutes, que de la performance en elle-même, par ailleurs très réussie.

— C'était merveilleux. Merci. Mais je crains d'avoir ruiné tout le travail de la maquilleuse.

— Tu es parfaite au naturel.

Il essuya une larme sur sa joue.

— On te faisait des remarques sur tes cicatrices, quand tu étais enfant ?

La question abrupte prit Zoe de court, mais au fond, elle appréciait la franchise de Maks. Elle détestait qu'on fixe ses cicatrices sans faire aucun commentaire.

— À l'école, les autres m'appelaient parfois Scarface. Ou La Balafrée.

— Les enfants peuvent être très cruels. Tu n'as jamais eu envie de t'en débarrasser ?

— Tu veux dire, en recourant à la chirurgie esthétique ?

Il hocha la tête.

— Non que je pense que tu en aies besoin. Pas du tout, enchaîna-t-il à la hâte. Mais je pourrais comprendre que tu sois tentée de le faire... pour te faciliter la vie.

— Il m'est arrivé d'y penser quand j'étais plus jeune, reconnut Zoe. À l'époque du lycée. Mais je savais que ce serait un aveu de faiblesse.

— De faiblesse ? fit Maks, l'air étonné.

— Mes cicatrices me rappellent ce qui est arrivé. Ce que j'ai fait.

— Qu'est-ce que tu as fait ?

— J'étais à l'arrière de la voiture et je regardais l'appareil-photo, auquel mon père tenait comme à la prunelle de ses yeux. Il m'a dit d'y faire attention... s'est retourné vers moi, une fraction de seconde, et...

Un frisson glacé parcourut Zoe.

— Tu n'es pas responsable de l'accident, Zoe. Tu avais huit ans.

Oui, mais la blessure demeurait toujours aussi vivace.

— J'ai détourné son attention. Si je n'avais pas...

— Il y a des accidents tous les jours. Ils sont souvent absurdes ; certains sont tragiques. C'est le produit d'un concours de circonstances. Tu ne peux pas te considérer comme responsable de ce qui est arrivé.

D'un point de vue rationnel, Maks avait sans doute raison. Mais à un niveau plus profond, plus intime, Zoe avait du mal à y croire. La culpabilité l'accompagnait depuis si longtemps.

La voiture venait de s'arrêter. De l'eau scintillait au clair de lune.

— Où sommes-nous ?

— Tu le sauras bientôt, répondit Maks.

Elle descendit de voiture et s'immobilisa, le souffle court. Un petit bateau au toit de verre se balançait sur le canal. Des bougies en éclairaient l'intérieur, et Zoe aperçut une table dressée pour deux, puis un serveur en costume noir et chemise blanche...

— Nous allons dîner sur un bateau ?

— Oui, tout en faisant un peu de tourisme.

Sans lui laisser le temps de répliquer, il la prit par la main et descendit quelques marches, au bas desquelles un homme les attendait et aida Zoe à monter à bord. Se sentant vaciller sur ses hauts talons, elle ôta ses escarpins. Le bateau était petit mais ravissant. Maks tira une chaise et s'inclina devant Zoe. Dès qu'elle fut assise, le bateau s'écarta du quai et avança lentement sur l'eau tandis que le serveur versait du champagne dans deux flûtes en cristal.

En fait, elle mourait de faim, constata bientôt Zoe en savourant de délicieux petits pâtés à la viande, suivis d'autres, au fromage. Il y avait aussi du caviar, bien sûr, sur de petites tranches de pain croustillant.

— Qu'en penses-tu ? demanda Maks.

— C'est un peu surprenant, la première fois, répondit-elle en plissant le nez. Mais je crois que je m'y habituerais vite...

Au moment du dessert, composé de succulents blinis au chocolat noir, Zoe sentit la tête lui tourner. Du vin blanc avait succédé au champagne et elle n'avait pas l'habitude de boire autant.

Durant le repas, elle avait interrogé Maks à propos des sites qui défilaient devant leurs yeux et il lui avait donné des explications précises et intéressantes. Quand elle lui désigna les bulbes dorés et les dômes torsadés s'élevant au-dessus d'une église illuminée qui se détachait sur le ciel nocturne, il répondit :

— C'est la cathédrale Saint-Sauveur-sur-le-sang-versé, où le tsar Alexandre II a été assassiné. Nous irons la visiter demain. Il y a des mosaïques superbes à l'intérieur.

Le cœur de Zoe fit un bond.

— Tu n'as pas de rendez-vous ? Ne te sens surtout pas obligé de me servir de guide. Je peux très bien me balader seule.

Maks haussa les épaules.

— Je n'ai qu'une séance photo, demain, répliqua-t-il tranquillement. Ils se passeront de moi sans problème !

Lorsque Zoe ouvrit les yeux, le jour commençait à se lever. Elle s'étira longuement, seule dans le lit immense, et repensa à ce qui s'était passé la veille au soir.

Après avoir quitté le bateau puis regagné l'hôtel en voiture, Maks l'avait accompagnée jusqu'à la porte de sa suite. Avant de s'en aller, il lui avait dit qu'il l'appellerait le lendemain matin. Elle avait dû avoir l'air surpris, ou, pire encore, déçu, car il lui avait posé la main sur la nuque en déclarant : « Nous avons tout notre temps, Zoe. Alors ne précipitons pas les choses. »

En proie à un véritable chaos d'émotions contradictoires, elle l'avait regardé s'éloigner en se demandant pourquoi il n'avait même pas tenté de l'embrasser.

Zoe se retourna sur le ventre et enfouit la tête dans l'oreiller dans l'espoir de dominer la frustration qui reprenait possession d'elle. Ça aussi, c'était nouveau…

L'instant d'après, elle se retourna sur le dos et compara ce qu'elle ressentait à ce qu'elle avait ressenti avec Dean. Ils se connaissaient depuis l'adolescence pour avoir été accueillis dans la même famille. Il avait été le premier garçon à l'embrasser. Lorsqu'elle avait quitté l'Irlande, Zoe avait rompu avec lui et n'avait quasiment pas souffert de la séparation. Peut-être parce qu'ils n'avaient jamais été amants, s'était-elle dit à l'époque. Dean avait bien tenté de coucher avec elle plusieurs fois, mais elle n'avait jamais pu se résoudre à passer à l'acte. Comme si quelque chose la retenait de se donner à lui.

Plus tard, quand il était venu à son tour à Londres et avait repris contact avec elle, elle avait accepté de le revoir avec joie. Elle avait été surprise d'éprouver autant d'émotion en le retrouvant. À présent, elle savait que, en fait d'affection et de désir, c'était surtout la solitude qui l'avait poussée dans ses bras.

Dean l'avait compris et en avait profité. Il l'avait convaincue qu'ils vivaient une merveilleuse aventure romantique… Mais, comme autrefois, Zoe avait éprouvé une réticence instinctive à la perspective de faire de lui son premier amant.

Les deux premières fois qu'elle avait refusé de coucher avec lui, il n'avait pas insisté. Mais à la troisième, il s'était mis en colère et l'avait traitée d'allumeuse. Puis il était devenu franchement violent et avait révélé la vraie raison qui l'avait amené à reprendre contact avec elle.

Zoe chassa le souvenir de ces instants atroces. Dean était parti. Elle avait réussi à se débarrasser de lui avant qu'il abuse de sa supériorité physique. Mais elle n'oublierait jamais les mots horribles qu'il lui avait lancés à la figure avant de s'en aller. Ni le sentiment de trahison ressenti alors.

« Tu n'es qu'une radine coincée ! Une salope frigide ! »

Le téléphone vibrant soudain sur la table de nuit, elle se tourna sur le flanc et souleva le combiné.

— Bonjour, dit la voix chaude et sensuelle de Maks. Je te réveille ?

Un frisson délicieux la parcourut.

— Non, murmura-t-elle en se rallongeant sur le dos.

— Je t'emmène prendre le petit déjeuner à l'extérieur. Tu as dix minutes pour te préparer.

Zoe sourit.

— On ne t'a jamais dit que tu étais autoritaire ?

— Si, souvent. Maintenant, va te préparer, je t'attends en bas dans... neuf minutes trente-huit secondes.

— Goûtes-en un avec ton café. Ces *pyshki* sont les meilleurs de Saint-Pétersbourg, dit Maks.

Zoe prit un beignet, après un petit déjeuner déjà très copieux. La texture moelleuse fondait sur sa langue... Et le goût allait parfaitement avec celui du café, en effet.

— C'est divin, reconnut-elle en s'essuyant les lèvres avec la fine serviette blanche.

Face à elle, Maks sourit. En jean noir, pull et veste brun foncé, avec une barbe de deux jours, il paraissait encore plus dangereux. Et terriblement sexy.

— Et maintenant ? demanda-t-elle d'un ton détaché. Où m'emmènes-tu ?

— Je pensais que nous pourrions...

Comme son smartphone sonnait, il s'interrompit et étouffa un juron étouffé en sortant l'appareil de sa veste.

— Oui ? fit-il en fronçant les sourcils. OK, dites à Pierre que j'arrive.

— Que se passe-t-il ?

— Je dois aller à la séance photo, soupira-t-il. Notre célèbre et très caractériel photographe pique sa crise parce que son assistant a chopé un virus intestinal et ne peut pas venir.

— Oh ! ne t'en fais pas pour moi, dit-elle à la hâte pour dissimuler sa déception. Je vais retourner à l'hôtel prendre mon appareil-photo et aller me balader.

— Viens avec moi. La photo de mode, ça t'intéresse, non ?

Elle resta muette quelques instants, abasourdie.

— Je ne... Vraiment ? Cela ne te dérangerait pas ? Ni l'équipe ?

— Pourquoi ta présence les dérangerait-elle ? répliqua Maks avec un haussement d'épaules. Et puis, ce sera l'occasion pour toi de voir à l'action un grand maestro à l'ego surdimensionné...

— Pourquoi l'avoir embauché, s'il est ingérable ?

— Je ne voulais pas l'engager. C'est la marque qui a insisté. Mais je ne le supporterai pas longtemps. Ce n'est pas parce qu'on a du talent qu'on doit se conduire comme un gosse gâté.

Zoe acquiesça. Elle partageait entièrement son avis.

Une demi-heure plus tard, la voiture s'arrêtait à l'entrée d'une rue barrée, mais, reconnaissant Maks, les agents de sécurité ouvrirent les barrières pour les laisser passer et le chauffeur se gara derrière une longue file de camions et de camping-cars. Zoe aperçut trois camions loges et un autre arborant le logo d'une entreprise de restauration de luxe. Et tout cela pour *une* séance photo...

Comme décor, ils avaient choisi une petite place entourée de hauts immeubles néoclassiques dont les façades déclinaient diverses teintes pastel. Le cadre idéal pour un shooting, songea Zoe en admirant le site. D'autant que les mannequins portaient des tenues monochromes aux coloris vibrants qui formaient un contraste saisissant avec l'arrière-plan.

Maks, qui lui tenait la main, se dirigea droit vers un groupe de personnes rassemblées autour d'un homme de haute taille et aux longs cheveux qui s'agitait, l'air furieux.

— Il serait temps, Marchetti, dit-il en apercevant Maks. Comment comptez-vous remédier au problème ? Vous ne vous attendez tout de même pas à ce que je travaille sans assistant ?

— Je comprends tout à fait votre colère, répondit Maks avec un calme stupéfiant. Que pouvons-nous faire pour que la séance ait lieu comme prévu ?

— Trouvez-moi un autre assistant ! Immédiatement !

Un drôle de pressentiment traversa Zoe.

— J'ai le plaisir de vous présenter Zoe Collins, Pierre. C'est elle qui sera votre assistante aujourd'hui.

Elle dévisagea Maks, suffoquée, mais lui fixait le photographe, comme s'il le mettait au défi de refuser sa proposition.

Le prénommé Pierre tourna les yeux vers Zoe.

— Mais... *qui* est cette femme ? Votre petite amie du moment ? Elle sait tenir un appareil-photo, au moins ? Je...

— Oui, l'interrompit Maks avec le même calme et la même assurance. Elle sait le tenir *et* s'en servir - et elle a beaucoup de talent. Alors, Pierre ? Vous voulez retarder encore la séance, ou vous acceptez que Zoe remplace votre assistant ? Dois-je vous rappeler que nous n'avons l'autorisation d'occuper le site que pendant une seule journée ?

Pierre leva les yeux au ciel d'un air ulcéré, soupira, puis finit par acquiescer de mauvaise grâce.

— D'accord. Mais je vous préviens : si elle n'est pas à la hauteur, je pars et vous n'aurez qu'à lui demander de prendre la relève. Je suis sûr que les commanditaires seront ravis.

Déjà, le photographe énumérait d'un ton sec les accessoires et le matériel dont il avait besoin.

Comprenant qu'une telle chance ne se représenterait pas deux fois, Zoe se dirigea rapidement vers le local où étaient stockées les fournitures.

6

Pierre Gardin tendit sa carte à Zoe.

— Si jamais vous cherchez du travail un jour, ou si vous souhaitez renouveler l'expérience, passez-moi un coup de fil.

— Merci, Pierre. Et merci d'avoir pris le risque de...

— Vous connaissez le métier, l'interrompit-il. Vous êtes autodidacte, avez-vous dit ?

— Oui. Mon père était photographe.

— Ah ? Quel est son nom ? Je l'ai peut-être rencontré ?

Maks arriva à brûle-pourpoint, lui évitant de répondre.

— Vous en avez terminé avec Zoe, Pierre ?

Ce dernier se tourna vers lui en plissant les yeux.

— Je vous la laisse, Maks - elle est tout à vous.

La métamorphose était incroyable. De caractériel furieux, le photographe s'était transformé en maître intransigeant - rien ne lui échappait. Et maintenant, il avait un petit air... facétieux.

Maks prit Zoe par la main et l'entraîna vers la voiture tandis qu'elle disait au revoir d'un geste de la main aux membres de l'équipe et aux mannequins, qui s'étaient tous montrés adorables avec elle.

— Merci infiniment, Maks. C'était terrifiant mais formidable et enrichissant..., dit-elle quand ils furent remontés en voiture.

— Je n'avais encore jamais vu Pierre tenir une séance entière sans s'en prendre une seule fois à son assistant, répliqua-t-il avec un petit sourire en coin. Il n'a pas réussi à te prendre en défaut, manifestement.

— Sa réserve était peut-être plutôt due à ta présence...

— Ne te sous-estime pas, Zoe. Tu es bien plus douée que tu ne le penses. Tu veux encore travailler dans la photo de mode, après cette séance sportive ?

— Oui, plus que jamais. Sauf que...

Elle s'interrompit. Cela n'intéresserait pas Maks.

— Sauf que quoi ?

— Sauf que la perfection, ce n'est pas mon truc. Je préférerais travailler avec des mannequins qui sont singuliers, différents. Promouvoir un idéal plus... positif - à mes yeux, en tout cas. Ce ne sont pas tant les mensurations du mannequin qui m'intéressent, mais plutôt la couleur de la peau, les cicatrices... Les défauts. J'admire énormément Kat Winters, par exemple.

— La top model qui a perdu une jambe dans un accident ?

— Oui. Elle est très inspirante.

— Je crois que les gens comme toi ont beaucoup à apporter à l'industrie de la mode. La perfection, c'est lassant.

Zoe rougit.

— Et toi ? Tu as toujours désiré intégrer la holding familiale ? demanda-t-elle pour faire diversion. Ou tu nourrissais d'autres ambitions ?

Maks observa Zoe quelques instants en silence. Personne ne lui posait jamais de questions aussi directes.

— Excuse-moi, reprit-elle en rougissant de plus belle. Cela ne me regarde pas...

Il lui prit doucement la main. L'intimité qu'ils partageaient - sans même avoir couché ensemble - aurait dû l'horripiler, mais c'était le contraire. Il appréciait de plus en plus la compagnie de Zoe.

— Pendant très longtemps, je n'ai pas voulu entendre parler du Marchetti Group. Je détestais trop mon père. Mais je dépensais tellement d'énergie à le haïr et à protéger ma sœur qu'il ne m'en restait plus assez pour réfléchir à ce que je pourrais avoir envie de faire. Lorsque notre père est mort, mon frère Sharif nous a convoqués, Nikos et moi. Grâce à lui, j'ai compris que désormais le sort et le prestige de l'entreprise familiale étaient entre nos mains. Et que notre devoir consistait à redorer son image après la négligence dont notre père avait fait preuve à cause de sa cupidité et de ses turpitudes.

Il esquissa une petite moue.

— Nous n'avons pas grandi ensemble, mes frères et moi, et je ne peux pas dire que nous sommes proches, non, mais Sharif nous a vite cernés et nous a attribué des rôles en accord avec nos capacités. Nikos s'est vu chargé des relations publiques et de l'image de la holding, tandis que Sharif me confiait tout ce qui concerne la mode et les marques. Son désir de travailler avec nous, la confiance qu'il a placée en nous, tout cela nous a liés. Sharif aurait très bien pu reprendre la tête de la holding seul, mais il ne l'a pas fait. Et j'aime beaucoup la tâche qui m'est impartie... J'aime le défi que cela représente de faire avancer l'entreprise dans le XXIe siècle. Il ne s'agit pas seulement d'image, de marques. Les choses évoluent, changent, et des gens comme toi seront les acteurs de ce changement.

En fait, Maks n'avait jamais parlé de tout cela à quiconque.

Soudain, il réalisa que la voiture s'était arrêtée devant l'hôtel. Au même instant son téléphone sonnait dans sa poche. Il répondit à l'appel en descendant de voiture et vint tendre la main à Zoe. Lorsque les doigts fins enlacèrent les siens, le désir fusa en lui. Maks brûlait de l'emmener illico dans sa chambre. Dans son lit. Il voulait la faire sienne.

Hélas, il devrait encore patienter.

— C'était Sharif, fit-il avec un soupir. Je dois passer quelques coups de fil et le rappeler ensuite. Ça risque de durer un certain temps.

Après avoir refermé la porte de sa suite, Zoe inspira profondément pour reprendre le contrôle de ses émotions. Maks était si... troublant. Si intense.

Et quelle journée ! Elle avait travaillé avec Pierre Gardin ! Participé à un vrai shooting ! Grâce à Maks.

À présent, elle était épuisée, même si une énergie nouvelle vibrait en elle.

Elle se commanda un dîner léger, qu'elle dévora bientôt avec appétit. Une fois le dessert englouti, elle eut envie d'aller se dépenser. Alors, elle enfila sa tenue de jogging puis se fit une queue-de-cheval. Et comme il n'aurait pas été prudent d'aller courir tard le soir dans les rues d'une ville inconnue, elle partit à la recherche de la salle de sport de l'hôtel, qu'elle trouva sans problème au sous-sol.

Au moment où elle arrivait devant la large porte en verre opaque, celle-ci s'ouvrit brusquement… et Maks apparut devant elle, en pantalon de jogging et débardeur moulant, une serviette autour du cou et la peau luisante de sueur.

Elle le dévisagea en silence, le cœur battant la chamade.

— Tu n'arrivais pas à dormir ? demanda-t-il en haussant les sourcils.

Son petit sourire moqueur était toujours aussi sexy.

— Je… J'ai besoin de me défouler, dit-elle sans réfléchir. Et comme je fais de la boxe…

— Ah ? Et tu pratiques ce sport depuis longtemps ?

— Il y a un club à côté de chez moi. J'ai commencé à le fréquenter régulièrement après…

Zoe s'interrompit et se mordilla la lèvre.

— Après ce qui s'est passé avec ton ex ? acheva Maks à sa place.

— Oui. J'y suis allée dans l'intention d'apprendre à me défendre et j'ai découvert rapidement que la boxe me convenait parfaitement, et qu'en plus j'aimais cela.

En réalité, ce n'était pas à la boxe qu'elle pensait à cet instant précis. La proximité de Maks l'empêchait de se concentrer. Il était trop beau. Le débardeur noir moulait les pectoraux, les abdominaux parfaits…

— Je connais un autre moyen de dépenser son énergie, répliqua-t-il soudain, le regard rivé au sien.

Fascinée par l'éclat argenté incendiant les yeux gris, Zoe soutint son regard en retenant son souffle.

— Tu en meurs d'envie, reprit-il, la voix rauque. Alors, qu'est-ce qui te retient ?

Rien, s'avoua-t-elle, le cœur lui martelant les côtes. Rien hormis ses vieilles craintes.

Gagnée par une audace inconnue, Zoe s'avança d'un pas, se haussa sur la pointe des pieds et l'embrassa.

Au début, Maks la laissa faire, mais elle le sentit se raidir contre elle, comme s'il devait faire un effort surhumain pour ne pas l'enlacer et reprendre le contrôle du baiser. Jusqu'à ce qu'il perde toute retenue et la serre contre lui avant de dévorer sa bouche avec passion.

Zoe ne chercha même pas à résister au courant brûlant qui déferlait dans tout son corps. Elle répondit avec fièvre aux caresses des lèvres de Maks, de sa langue, et s'abandonna contre son corps chaud et viril.

Soudain, il écarta le visage du sien et redressa la tête, puis, sans dire un mot, il lui prit la main et l'entraîna dans le couloir en direction de l'ascenseur.

— Où allons-nous ? demanda-t-elle dans un souffle.

— Dans un endroit plus confortable, répondit-il sans ralentir le pas. Quand nous ferons l'amour pour la première fois, ce ne sera pas sur le sol d'une salle de sport, sous la lumière crue de néons fluorescents.

Le cœur de Zoe se mit à battre à un rythme sauvage.

— Nous allons faire l'amour ? murmura-t-elle.

Maks tourna la tête vers elle.

— Nous avons déjà commencé, ma douce, dit-il d'un ton suave.

Une fois dans l'ascenseur, il la dévisagea un instant en silence.

— Es-tu prête ?

D'une certaine façon, elle ne serait sans doute jamais prête pour Maks. Comment aurait-elle pu être à la hauteur de ses attentes ? Si elle répondait par la négative, il n'insisterait pas. Mais il ne l'attendrait pas indéfiniment.

Elle hocha la tête.

— J'ai besoin de te l'entendre dire, Zoe.

— Oui, déclara-t-elle en rivant son regard au sien. Je suis prête. Et je te désire, Maks.

Il ne bougea pas, ne prononça pas un seul mot, mais l'éclat qui embrasa son regard était plus éloquent que toute parole.

C'est à peine si Maks remarqua les portes de l'ascenseur qui coulissaient en silence. Il n'avait d'yeux que pour Zoe. Le désir le consumait, presque douloureux. Jamais il n'avait éprouvé pareille attirance pour une femme.

Comme ils entraient dans sa suite, il promena son regard sur le corps mince de Zoe. Il brûlait de la goûter avec sa langue. De la sentir jouir dans sa bouche.

Les cheveux rassemblés en queue-de-cheval, le cou et les fines épaules dégagés, elle paraissait encore plus menue. Plus vulnérable.

— Viens, dit-il en tendant la main vers elle.

Elle le dévisagea, l'air hésitant, puis prit sa main. Maks l'attira vers lui puis la fit pivoter et lui appuya le dos contre la porte. Doucement, il referma la main sur la joue à la peau claire, caressa la belle bouche pulpeuse du bout du pouce et effleura la fine cicatrice, avant de remonter jusqu'à celle qui s'arrêtait à la naissance des cheveux.

— Pourquoi fais-tu cela ? chuchota Zoe.

Son parfum de femme s'insinuait en lui. Musqué. Sensuel.

— J'aime tes cicatrices parce qu'elles font partie de toi.

Un long tressaillement la parcourut tandis qu'une profonde émotion troublait les yeux couleur d'aigue-marine.

Durant quelques instants, ils se regardèrent en silence, les yeux dans les yeux, puis elle referma les bras autour de sa nuque.

— Fais-moi l'amour, Maks, murmura-t-elle.

Un sentiment inconnu se déploya en lui. Un sentiment de responsabilité.

— Si tu veux que nous nous arrêtions, à n'importe quel moment, cela ne pose aucun problème, Zoe.

— Je n'ai pas peur. J'ai confiance en toi.

Sans dire un mot, Maks la souleva dans ses bras et l'emporta vers la chambre. La pièce baignait dans une douce lumière dorée. Le lit paraissait gigantesque.

Il reposa Zoe sur ses pieds, puis remonta son débardeur sur son torse et le fit passer par-dessus sa tête. Zoe respira les effluves épicés, rehaussés d'un autre, plus entêtant.

— Ôte ton T-shirt.

Docilement, elle se débarrassa de son haut en lycra et le garda à la main, consciente de sa simple brassière de sport en coton blanc.

— Tourne-toi, dit Maks, la voix terriblement rauque.

Zoe s'exécuta de nouveau et sentit les longs doigts lui effleurer la peau. L'instant d'après, les bretelles glissaient sur ses bras et la brassière tombait devant elle. Sans réfléchir, Zoe ôta ses baskets et les repoussa du bout du pied.

Maks se tenait derrière elle, la chaleur de son corps l'enveloppait. Il lui posa les mains sur les épaules, descendit sur ses bras, sa taille, puis remonta sur son ventre et s'arrêta juste au-dessous des seins. Un halètement échappa à Zoe. Et lorsqu'il referma les mains sur sa poitrine, elle cessa de respirer. Ses mamelons durcis frémissaient contre les paumes de Maks. Des sensations vertigineuses fusaient en elle. Dans tout son corps.

La bouche chaude et ferme déposa un baiser dans le creux de son cou, tandis qu'une main glissait sur son ventre et saisissait le pantalon de jogging. Maks le fit descendre sur ses hanches, en même temps que de l'autre main il lui caressait les seins.

— Je veux sentir l'intensité de ton désir, murmura-t-il.

Lorsqu'il passa les doigts sous la culotte de dentelle, Zoe se détendit et appuya la tête sur son épaule musclée. La main experte l'explorait, la soumettant à la plus enivrante des tortures.

— Tu es prête..., lui chuchota-t-il à l'oreille. Plus que prête, même...

Il accéléra le rythme de ses caresses, la faisant haleter sans retenue. Maks était vraiment un expert en la matière. Il lui faisait l'amour avec ses doigts, lui donnant un avant-goût de ce qui l'attendait quand il la posséderait tout entière.

Soudain, il titilla un mamelon gonflé en même temps qu'il lui caressait savamment le clitoris. Zoe poussa un cri. Elle sentit son corps se contracter, avant d'être submergée par une marée de volupté qui lui arracha un nouveau cri.

Jamais elle n'avait ressenti un tel plaisir, ni la sensation d'apaisement qui l'envahissait maintenant.

Dans une sorte de brume délicieuse, elle se rendit compte que Maks l'allongeait sur le lit puis s'installait au-dessus d'elle en s'appuyant sur les mains.

— Ça va ?

Incapable d'articuler un son, Zoe acquiesça d'un hochement de tête. Le plaisir continuait d'ondoyer dans tout son corps. Maks était nu... et magnifique. Tout en muscles mais gracieux. Il avait un corps de boxeur.

Le cœur battant la chamade, elle contempla la puissante érection et fut parcourue par un désir inconnu. Celui de goûter le membre excité, de le lécher...

— À quoi penses-tu ?

Elle rougit.

— À rien d'important.

— Tu es très sensible. Très réactive. Tu parais surprise ? Tu ne... ?

— Non, jamais, l'interrompit Zoe. Embrasse-moi, Maks, murmura-t-elle.

Il se rallongea à côté d'elle et l'attira contre lui avant de faire descendre la culotte de dentelle sur ses jambes. Maintenant ils étaient nus tous les deux. La bouche gourmande couvrit la sienne, la main chaude se glissa de nouveau entre ses cuisses et reprit son ensorcelant manège. Enhardie, Zoe caressa les pectoraux fermes, les petits mamelons plats aux pointes dures, le ventre musclé, puis s'aventura plus bas...

Le membre viril était à la fois puissant et vulnérable. Et doux comme de la soie.

Le prenant délicatement entre ses doigts, elle entreprit de le caresser, de haut en bas, de bas en haut. Mais Maks lui écarta bientôt la main d'un geste brusque.

— Qu'y a-t-il ? chuchota-t-elle.

Avait-elle fait quelque chose qu'il ne fallait pas ? Lui avait-elle fait mal ?

— Plus tard, tu pourras me torturer autant que tu voudras, dit-il, les traits tendus. Mais là... j'ai besoin d'être en toi.

Le cœur battant à tout rompre, Zoe se rallongea sur le dos alors que Maks enfilait un préservatif.

Bientôt, les yeux étincelants, il s'installa sur elle, lui écarta les cuisses...

— Zoe, j'étais sincère. Si tu veux que je m'arrête...

— Non. Je suis prête.

L'extrémité du membre viril s'appuya contre l'orée de son sexe, puis, lentement, Maks la pénétra.

— Ça va, chuchota-t-elle, le souffle court. Continue...

Lorsqu'il donna un vigoureux coup de reins, Zoe réprima un petit cri de douleur.

Maks s'immobilisa aussitôt.

— Zoe... ?

Le membre puissant se trouvait en elle. Sa présence était à la fois étrangère et... juste.

— Tout va bien, je t'assure, murmura-t-elle.

Il se retira, avant de donner un nouveau coup de reins. Puis il recommença l'ensorcelant va-et-vient, encore et encore.

— Tu es si étroite, dit-il tout à coup, les mâchoires crispées. Je ne te fais pas mal, tu es sûre ?

Zoe secoua la tête. Non seulement elle ne ressentait plus aucune douleur, mais les sensations qui la parcouraient étaient de plus en plus grisantes. Maks et elle ondulaient ensemble, corps à corps.

Il accéléra le rythme et l'intensité des coups de reins. Puis soudain, il lui souleva les hanches pour mieux la pénétrer, au plus profond. Le plaisir en fut décuplé, l'emportant à des sommets inouïs. Et lorsque Maks passa une main entre leurs deux corps pour lui caresser le clitoris, Zoe bascula dans la jouissance en poussant un cri.

Maks ne céda au plaisir qu'au moment où il sentit Zoe s'abandonner au sien. Il lui avait fallu une force surhumaine pour ne pas se laisser aller dès l'instant où il l'avait pénétrée. Mais il y était parvenu, déterminé à faire en sorte que sa première fois soit réussie.

Quant à lui, il n'avait jamais connu d'étreinte aussi fabuleuse.

7

Lorsqu'elle se réveilla, Zoe tourna la tête vers la fenêtre dont les rideaux étaient restés ouverts. De fines traînées roses striaient le ciel ; le jour se lèverait bientôt.

Allongé sur le ventre, Maks reposait à côté d'elle, bras et jambes écartés. Un frisson délicieux la parcourut. Même endormi, son corps musclé exsudait sa force virile. Cette même force qui s'était déversée en elle quelques heures plus tôt…

Elle avait couché avec Maks Marchetti. Elle lui avait offert sa virginité.

Pour la première fois, elle s'était donnée entièrement à un homme. Sans hésitation et sans réserve. Parce qu'elle désirait ardemment Maks et parce qu'elle avait eu confiance en lui. Et ça, c'était encore plus inquiétant.

De nouveau Zoe frissonna. De froid, cette fois. « J'ai confiance en toi », avait-elle dit à Maks. Spontanément. Seul avait compté le désir qui la consumait.

La sensation de froid s'accentua. Toutes ses précieuses défenses s'étaient écroulées comme un château de cartes. Elle avait laissé Maks l'atteindre au plus intime de son être. Là où elle était le plus vulnérable. Dans le lieu secret où elle avait enfoui ses insécurités et ses craintes. Et maintenant, elle se sentait affreusement exposée. À vif.

Maks remua légèrement à côté d'elle ; Zoe retint son souffle, terrifiée à la pensée qu'il se réveille avant qu'elle se soit ressaisie. Se levant sans bruit, elle se rendit à la salle de bains et y trouva un peignoir qu'elle enfila. Puis elle récupéra ses affaires et quitta la chambre.

Quand elle eut refermé la porte de la suite voisine, un soupir tremblant franchit ses lèvres. Qu'avait-elle fait ?

Elle aperçut son reflet dans le miroir et tressaillit en découvrant ses cheveux emmêlés, ses joues roses et ses yeux brillants.

Soudain, elle se rappela le moment où Maks avait embrassé ses cicatrices, et refoula farouchement les émotions qui se bousculaient en elle.

Un instant plus tard, Zoe ôtait son peignoir pour entrer dans la vaste cabine de douche, pressée de se débarrasser de l'odeur de Maks. Elle découvrit les marques rouges laissées par la barbe de deux jours, un petit bleu sur sa cuisse...

Il l'avait marquée. Comme si elle lui appartenait.

Cette pensée l'excita. Ce fut plus fort qu'elle.

Elle *désirait* être cette nouvelle femme, avide de plaisir.

Non, elle divaguait. Maintenant qu'il l'avait initiée aux plaisirs de la chair, Maks ne souhaiterait jamais renouveler l'expérience. Leur histoire était terminée.

Après s'être essuyée délicatement, Zoe regagna sa chambre, sortit sa petite valise du dressing et la posa sur le lit. Ensuite, elle retourna dans le dressing, choisit un jean et un chemisier, puis prit le reste de ses affaires - en évitant de regarder la magnifique robe jaune bouton d'or trônant sur un cintre - et les déposa dans son bagage.

Plus tôt elle sortirait de ce pays enchanté, mieux cela vaudrait. Avant de...

Avant quoi ? se demanda Zoe avec stupeur. *Avant de tomber amoureuse de Maks Marchetti ?*

Au même instant, la sonnette tintinnabula. Son cœur s'arrêta de battre. La sonnette retentit de nouveau.

Recouvrant ses esprits, Zoe alla ouvrir... et retint son souffle.

En jean gris foncé et chemise noire, rasé de près et les cheveux encore humides, Maks lui faisait face, plus somptueux que jamais.

— Bonjour, Maks, dit-elle en redressant le menton. Tu veux quelque chose ?

Malgré son air impassible, il semblait tendu.

— Oui. Je voudrais savoir pourquoi tu as quitté mon lit.

Un violent frisson la parcourut. Il y avait une telle arrogance, dans sa voix. Une telle impériosité. Comme si elle lui appartenait.

— J'ignorais que je devais te demander la permission de sortir.

— Que se passe-t-il, Zoe ? Il y a une heure à peine, tu...

— Je sais très bien ce que je faisais il y a une heure, l'interrompit-elle, les joues en feu.

Maks s'avança dans la suite pour gagner la chambre de Zoe. D'un geste de la tête, il désigna la valise ouverte.

— Tu vas quelque part ?

— Je rentre à Londres. Je crois que cela vaut mieux.

Décidément, elle avait le don de le surprendre... D'habitude, les femmes exploitaient au maximum les moments d'intimité partagés avec lui. Zoe était bien la première à profiter de son sommeil pour déserter son lit. Et maintenant, elle lui annonçait qu'elle rentrait chez elle ?

Un soupçon traversa Maks.

— Je t'ai fait mal ? demanda-t-il, inquiet.

— Non, non, répondit-elle à la hâte. Pas du tout. C'était... fabuleux.

Elle se mordilla la lèvre, l'air soudain effarouché.

— J'ai été surprise... Je me croyais... anormale.

Évidemment, à cause de ce salaud ! Si seulement il avait pu lui régler son compte, à celui-là !

— Tu n'as rien d'anormal, dit Maks en se rapprochant d'elle. Tu es une femme passionnée. Je l'ai senti dès le jour où je t'ai rencontrée.

Il lui posa la main sur la nuque. Il ressentait le besoin de la toucher.

— C'est vrai ? murmura Zoe.

Comment pouvait-elle ne pas s'en rendre compte ?

— Je crois vraiment qu'il vaut mieux que je m'en aille, poursuivit-elle en reculant d'un pas. Je ne t'intéresse plus, désormais...

— Je sais que tu ne cours pas après les compliments, mais je n'avais encore jamais rien vécu d'aussi intense.

— Parce que j'étais vierge, rétorqua-t-elle, les joues cramoisies. Cela représentait une nouveauté pour toi.

— Ah ? Tu sais mieux que moi ce que je ressens, maintenant ? Eh bien, tu te trompes. Il s'agissait de bien davantage. Nous nous accordons à merveille au lit, nous en avons eu la preuve cette nuit. À moins que toi, tu ne sois plus attirée par moi ?

Si seulement...

— Non, je n'ai pas dit cela, répliqua Zoe. Mais peut-être qu'il vaut mieux arrêter avant que la situation ne devienne trop...

— Trop compliquée ? Ne crains rien, cela n'arrivera pas. Je ne permets jamais que les choses deviennent trop compliquées.

Il paraissait si sûr de lui...

— Je n'ai pas d'expérience en matière de sexe, Maks. Tandis que, toi, tu enchaînes les liaisons, tu avances. J'ai peur de ne pas en être capable. Tu me crois plus forte que je ne le suis. En fait, j'ai peur de tout. C'est pour cela que je ne m'attache à rien.

Doucement, il lui prit la main et s'assit sur le lit avant de l'attirer sur ses genoux.

— Toute ta famille a péri brusquement, Zoe, ce n'est pas étonnant que tu aies peur. Mais tu as survécu.

Il ne savait pas tout. Il ignorait qu'elle se sentait coupable d'avoir survécu, justement. Que cette culpabilité régissait toute sa vie, impactait la moindre de ses décisions.

— Je ne te propose pas de relation à long terme, poursuivit Maks. Je suis un solitaire réfractaire à ce que l'on appelle les « sentiments ». De ton côté, tu confonds sentiments et sexe. Ce que nous avons partagé était intense, mais purement physique.

Mon Dieu, quand il la regardait ainsi, avec cet impossible sourire en coin, elle fondait...

— Tu veux que je te le prouve ? murmura-t-il.

La main posée sur son dos descendit sur ses reins, se glissa sous la ceinture de son jean, caressa sa peau nue.

— Maintenant ? chuchota Zoe.

Elle n'y pouvait rien. Son corps tout entier frémissait, le réclamait.

Maks hocha la tête en même temps qu'il déboutonnait son chemisier. L'instant d'après, il dégrafait son soutien-gorge, puis il referma la main sur un sein et en fit rouler la pointe entre ses doigts, faisant trembler Zoe.

— Laisse-moi te montrer que c'est possible... Fais-moi confiance, Zoe.

« Fais-moi confiance. »

Ces paroles auraient dû la glacer, mais, comme la veille au soir, elle refusa d'y voir un avertissement. La tentation était trop forte. Elle ne désirait que cela : faire confiance à Maks.

— D'accord, murmura-t-elle en lui refermant les bras autour du cou.

Maks regardait Zoe, endormie sur le lit. Allongée sur le dos, le drap remonté jusqu'à la taille, elle semblait paisible. Il contempla les petits seins ronds et fermes aux mamelons rose framboise qu'il avait léchés, cajolés... Il se rappela leur goût, la façon dont ils durcissaient au premier effleurement...

Que lui arrivait-il ? Il ne proposait jamais à une femme de passer plus d'une nuit avec lui. Quand cela se produisait, c'était exceptionnel et uniquement parce que le désir les avait ramenés l'un vers l'autre. Et jamais plus de deux fois. D'où sa détermination à ne fréquenter que des femmes discrètes et indépendantes.

Mais il n'en avait encore jamais rencontré une qui soit aussi indépendante que Zoe.

S'il ne s'était pas réveillé à temps, elle serait en ce moment dans un avion, en route pour Londres. Quand il avait constaté qu'elle lui avait faussé compagnie, Maks avait ressenti une vive irritation. Mêlée d'une sensation inconnue. De... vulnérabilité.

Finalement, ils avaient passé toute la matinée au lit et leurs étreintes avaient été encore plus fabuleuses, plus intenses que les précédentes. Maks ne se lassait pas de voir l'expression de ravissement envahir ses traits fins, tandis qu'elle s'envolait dans l'extase.

Zoe réagissait ainsi parce qu'elle découvrait le sexe. Ce ravissement s'émousserait avant de disparaître tout à fait.

Elle n'était qu'une femme comme les autres.

Zoe souleva l'appareil, se décala légèrement sur la gauche, puis appuya sur le déclencheur.

Ces mosaïques étaient vraiment magnifiques...

Elle était entrée dans la cathédrale après avoir arpenté les rues pendant plusieurs heures, photographiant des inconnus, des lieux. Se concentrer ainsi sur des visages, des sites, lui permettait d'oublier qu'elle s'était laissé persuader de rester alors qu'elle aurait dû partir et retourner à sa petite vie tranquille. En sécurité.

Mais qui espérait-elle leurrer ? Aurait-elle vraiment été capable de quitter Maks et de rentrer à Londres comme si rien ne s'était passé ? Aurait-elle vraiment retrouvé sa vie d'avant ?

Zoe n'était pas naïve à ce point. Elle ne pourrait jamais oublier Maks. Il l'avait marquée de son empreinte, physiquement et émotionnellement. D'où sa décision de s'en aller. De fuir le danger. Sauf qu'il n'avait pas fallu grand-chose pour la convaincre de rester.

La veille, ils avaient passé toute la journée au lit. Puis il avait disparu dans la soirée - sans doute pour se consacrer à ses affaires et rattraper le temps perdu avec elle. Quant à Zoe, elle s'était contentée de prendre une douche et de retourner se coucher, trop épuisée pour faire quoi que ce soit.

Maks l'avait réveillée quelques heures plus tard en se glissant dans le lit et en l'attirant contre son corps nu et chaud. Et terriblement viril. Il n'avait pas prononcé un mot, se servant de ses lèvres et de ses mains pour exprimer l'urgence et l'intensité de son désir, embrasant Zoe tout entière. Gagnée par une témérité inconnue, elle s'était installée sur lui avant de le chevaucher, d'abord avec maladresse, puis de plus en plus hardiment.

Jusqu'à ce que son merveilleux amant la prenne par les hanches et dirige les opérations, comme pour montrer que c'était lui qui détenait le contrôle. Peu importait, elle s'était donnée volontiers à lui, corps et âme.

Zoe soupira, sortit de la cathédrale et cligna des yeux, éblouie par le soleil.

— Ah, tu es là.

Interdite, elle fit volte-face. Une joie immense l'envahit, impossible à refouler.

— Comment m'as-tu trouvée ?

— J'ai appelé le chauffeur, tout simplement, répondit Maks en montrant le smartphone qu'il tenait à la main.

Ah… Zoe poussa un soupir faussement résigné. Il était trop beau, trop attirant, trop sexy. Surtout dans ce costume trois-pièces anthracite.

— J'ai demandé aux jeunes créateurs d'envoyer quelques robes à l'hôtel pour que tu en choisisses une.

— Mais je ne suis pas mannequin, protesta-t-elle en se dirigeant avec lui vers la voiture. Et je suis beaucoup trop petite - ces robes ne m'iront pas.

— J'ai précisé tes mensurations.

Évidemment…

— Je ne voudrais pas les décevoir, insista Zoe, mais… si je ne mets pas en valeur la robe que j'aurai choisie… ce sera vraiment dommage pour son créateur, non ?

Surpris, Maks observa Zoe quelques instants. Une sensation étrange frémissait dans sa poitrine. Elle ne jouait pas la comédie. Elle était réellement inquiète…

— Laisse-moi en juger, d'accord ? déclara-t-il en souriant. C'est ma réputation qui est en jeu, après tout. Et celle du Marchetti Group.

Comme elle se mordillait la lèvre, il dut faire un effort pour ne pas la prendre dans ses bras et l'embrasser à pleine bouche. Là, dans la rue. Au milieu des passants...

— Cesse de te mordiller la lèvre, dit-il d'une voix rauque. C'est à moi de le faire. En privé.

Elle rosit, mais laissa sa lèvre tranquille, Dieu merci...

La robe jaune bouton d'or était somptueuse, mais celle-ci... Jamais Zoe n'aurait osé rêver de porter une toilette aussi spectaculaire.

Faite de soie et de tulle, elle était dotée d'un décolleté vertigineux plongeant jusqu'au nombril, tandis que le bustier était maintenu par deux fines bretelles qui se croisaient sur le dos... À partir de la taille, le tulle transparent et aérien, de la même teinte rose fuchsia, flottait sur le jupon de soie.

Au moindre mouvement, les centaines de minuscules paillettes en forme d'étoiles chatoyaient, cousues à la main sur l'étoffe.

La créatrice était venue elle-même lui apporter des accessoires, accompagnée d'amis, un homme et une femme, qui l'avaient coiffée et maquillée.

Avec son chignon haut, style bohème chic, Zoe se sentait encore plus à nu. Mais pour la première fois, ses cicatrices ne la préoccupaient pas trop. Elles étaient là, comme une part de sa personnalité.

Pour tout bijou, elle portait une fine chaîne en or blanc qui descendait entre ses seins, ajoutant une touche sobre et élégante à l'ensemble.

Des coups furent soudain frappés à la porte. Zoe saisit la pochette en soie posée sur la table et alla ouvrir, le cœur battant la chamade.

Maks avait choisi un smoking blanc, une chemise blanche

et un nœud papillon noir. Elle le regarda, la bouche sèche. Le blanc faisait ressortir le teint hâlé.

Lentement, le regard gris descendit sur son corps, remonta et s'arrêta sur son buste.

— Qu'y a-t-il ? demanda Zoe, paniquée. La couleur est trop voyante, c'est cela ? Le décolleté trop provocant...

Un son haché franchit les lèvres de Maks, mi-rire mi-râle.

— Comme tu dis...

Devinant sans doute à son expression qu'elle allait perdre toute son assurance, il lui tendit la main et sourit.

— Non, tu es parfaite. Et tu ne seras pas la plus décolletée de l'assemblée, ne t'en fais pas. J'ai réagi ainsi parce que... tu es plus que belle, Zoe. Tu es... éblouissante.

— Oh..., murmura-t-elle, un peu rassurée.

Elle leva la main pour effleurer son chignon.

— C'est la coiffeuse qui a...

— Je te l'ai déjà dit : tu n'as pas à te cacher, l'interrompit Maks en lui caressant la joue du bout des doigts.

Envahie par une émotion inconnue, Zoe se détourna pour prendre la veste courte, type boléro, assortie à la robe, puis glissa le bras sous le sien, tout en évitant de croiser son regard.

Le soir de la première du *Lac des cygnes*, Maks avait ignoré les paparazzis, mais cette fois, il s'arrêta sur le tapis rouge tandis qu'ils étaient mitraillés par les flashs.

À moitié aveuglée, Zoe s'interdit néanmoins de fermer les yeux et carra les épaules. Elle sentait la tension de Maks. Il détestait s'exposer ainsi à l'avidité des journalistes, mais se l'imposait à cause de son statut.

Une fois à l'intérieur du bâtiment où la soirée avait lieu, un vieil entrepôt désaffecté situé dans la banlieue de Saint-Pétersbourg, elle se tourna vers Maks qui regardait devant lui, l'air absent, les mâchoires crispées.

— Maks... *Maks* ?

Il la dévisagea, le regard vide. Comme s'il avait oublié sa présence. Ou qu'il ne la reconnaissait pas.

— Tu peux me lâcher la main ? Tu me fais presque mal...

Les yeux gris s'animèrent.

— Bien sûr. Excuse-moi.

— Pourquoi t'es-tu arrêté pour les photographes ? demanda Zoe, intriguée.

— Parce que j'ai beau les mépriser, ils contribuent à la promotion de nos marques. Et à faire découvrir ces jeunes créateurs dont nous soutenons le travail. Mais je ne leur accorderai jamais plus de quelques secondes, tu peux me croire.

L'ombre d'un sourire passa sur sa belle bouche sensuelle.

— Si Nikos était là, et encore célibataire, il paraderait encore sur le tapis rouge.

— Et Sharif ? répliqua-t-elle, heureuse de le voir se détendre.

— Il réagit comme moi. Lorsque notre père l'a enlevé...

Elle le dévisagea, interloquée.

— Il a été *enlevé* ?

— Oui, tu as bien entendu, dit Maks en hochant la tête. Lorsqu'elle a compris que Domenico l'avait épousée uniquement pour sa dot, la mère de Sharif l'a emmené dans son pays, en Arabie. Il a vécu là-bas avec elle pendant neuf ans. À sa majorité, notre père est allé le chercher, faisant valoir ses droits paternels. Tu imagines ? Le mystérieux fils aîné de Domenico Marchetti surgissant de nulle part, mi-arabe, mi-italien... Sharif s'est retrouvé la cible des médias du jour au lendemain. Et cela n'a jamais cessé depuis.

Eh bien... Les fils Marchetti avaient vécu de drôles de choses... Zoe s'apprêtait à questionner Maks, quand un serveur leur proposa du champagne.

Maks prit deux coupes et lui en tendit une.

— *Na zdorovié.*

— *Nostrovi...*

— Pas mal, acquiesça-t-il en souriant.

Après avoir entrechoqué leurs coupes, ils en burent une gorgée, les yeux dans les yeux. Ceux de Maks s'étaient comme réchauffés et lui faisaient du bien. Il diffusait en elle leur douce chaleur.

Détournant à regret le regard, Zoe observa les lieux. Le vieil entrepôt dégageait une atmosphère de style industriel vintage. Sur les podiums en métal patiné répartis dans le vaste espace, les mannequins allaient et venaient, scrutés par les invités qui consultaient en même temps leur brochure.

Elle repéra Oksana, la créatrice de sa robe, debout à côté du podium sur lequel était présentée sa collection. Zoe reconnut son style, aérien et romantique.

Un couple s'avança vers Maks et ensuite une foule de personnes vinrent le saluer ou bavarder avec lui. Zoe aurait été ravie de rester en retrait, mais dès qu'elle tentait de s'éloigner, il la retenait par la main et la présentait à de nouvelles personnes. En russe, bien sûr, ou dans une autre langue qu'elle ne connaissait pas davantage.

Après le lycée, elle aurait très bien pu s'inscrire à l'université, mais elle y avait renoncé. Ben, son frère, n'en ayant pas eu la possibilité, elle estimait ne pas avoir le droit de faire des études.

— Zoe ? Ça va ?

Elle se tourna vers Maks et s'aperçut qu'il était seul. Ses innombrables admirateurs, et admiratrices, ainsi que les flatteurs, avaient disparu. Pour l'instant, du moins.

— Oui, très bien, répondit-elle avec un grand sourire.

— Menteuse, murmura-t-il en lui reprenant la main. Un jour, tu me diras à quoi tu penses quand tu t'absentes tout à coup.

Ainsi, il avait remarqué qu'elle était ailleurs... Ce constat la rassura et l'inquiéta tout à la fois. Maks voyait tout. Or elle avait des secrets.

— Désolée de te décevoir, répliqua Zoe d'un ton enjoué. Mais je ne pensais à rien de spécial !

Maks ne fit aucun commentaire, pourtant, à en juger par la lueur qui traversa son regard, il n'était pas dupe.

— On leur fausse compagnie ? proposa-t-il avec calme.

— C'est possible ?

— Je suis expert dans l'art de me montrer, de parler aux bonnes personnes, et de m'éclipser, répondit-il en souriant.

Il la contempla de la tête aux pieds, avant d'ajouter :

— Et puis, j'ai fantasmé toute la soirée que je déchirais ces deux fines bretelles et t'ôtais cette robe en deux secondes.

La chaleur se déploya en Zoe, s'insinua dans les endroits les plus intimes de son corps.

— Pas question, dit-elle dans un souffle. J'ai promis à Oksana de prendre le plus grand soin de sa robe.

— Oksana ? demanda-t-il en haussant un sourcil.

— L'une des créatrices dont tu soutiens le travail.

Il roula des yeux.

— OK. Je n'abîmerai pas sa robe.

L'émotion inconnue rejaillit en Zoe, accompagnée d'une délicieuse sensation de légèreté. De joie. Elle refoula le tout. Ce genre d'émotion était malvenu. Il s'agissait de sexe. De rien d'autre.

— Viens, dit Maks en l'entraînant vers la sortie. C'est notre dernière nuit à Saint-Pétersbourg et je veux t'emmener dans un endroit spécial.

Après un court trajet, le chauffeur s'arrêta devant un immeuble imposant de style baroque, et dont les immenses portes en chêne s'ouvrirent sur un homme en costume sombre équipé d'une oreillette. Il salua Maks avec déférence, s'inclina légèrement devant Zoe, avant de s'effacer pour les laisser entrer dans une salle d'où se dégageait une aura de mystère, due entre autres à l'éclairage tamisé. Elle aperçut des alcôves contenant des banquettes recouvertes de velours grenat. Des bougies éclairaient à demi les visages. De la musique jouait en sourdine.

Une femme aux cheveux blond platine, grande et svelte, s'avança vers eux afin de les conduire vers l'une des alcôves.

Zoe s'assit sur la banquette avec l'impression de remonter dans le temps, à l'époque de la Russie des tsars. La nourriture qu'on leur servit renforça cette impression : petits pâtés croustillants au fromage, blinis au caviar. Côté sucré, du gâteau au miel et des truffes au chocolat noir à la russe. Le tout accompagné de vin blanc moelleux.

Une véritable ivresse gagna peu à peu Zoe. À cause du vin, mais surtout de la proximité de Maks. Assis à côté d'elle, il lui glissait la nourriture entre les lèvres et veillait à ce qu'elle goûte à tout. Un bras étendu sur le dossier du sofa, il lui caressait la nuque, la faisant trembler de désir.

— Non, je ne peux plus avaler une seule bouchée, protesta-t-elle quand il lui présenta une nouvelle truffe.

— Pas de problème. Je la mange.

Maks la glissa entre ses propres lèvres et la savoura en souriant. Il avait défait son nœud papillon qui pendait d'un côté et déboutonné les premiers boutons de sa chemise, dévoilant la gorge à la peau mate.

La sensation de légèreté et de joie ressentie un peu plus tôt envahit de nouveau Zoe. La chaleur frémit entre ses cuisses. Maks baissa les yeux sur ses seins, puis lui souleva le menton avant de l'embrasser avec passion.

Elle se pressa contre lui et referma les doigts sur la nuque puissante. Au même instant, il prit un sein dans sa main et en caressa la pointe à travers la soie...

— Je veux te goûter, dit-il en redressant soudain la tête. Maintenant.

Zoe tressaillit, choquée par l'intensité du plaisir provoqué par ces paroles. Avec un sourire, Maks laissa retomber son bras. Comme par magie, l'hôtesse apparut avec l'addition.

Une fois installée à l'arrière du luxueux véhicule, Zoe se sentit brusquement dégrisée. Tout lui paraissait limpide comme du cristal. Et le retour à l'hôtel ne dura que le temps d'un éclair.

Dès qu'ils arrivèrent dans la suite de Maks, il ôta sa veste de smoking et sa chemise, avant de faire glisser pantalon et caleçon sur ses hanches.

Zoe se débarrassa de ses sandales et, sans réfléchir, s'agenouilla devant lui, sa robe s'étalant autour d'elle comme une corolle de tulle et de soie.

— Zoe... qu'est-ce que tu...

Sans lui répondre, elle prit la puissante érection dans sa main et pencha la tête pour en caresser l'extrémité du bout de la langue. Maks enfouit les doigts dans ses cheveux tandis qu'elle posait les mains sur ses cuisses et continuait sa lente exploration. Le membre viril était si doux, si ferme sous ses lèvres...

Elle sentit un tremblement parcourir Maks ; il bascula les hanches en avant, comme si tout contrôle lui échappait. Mais lorsque Zoe le prit dans sa bouche, il recula en poussant un juron étouffé.

Comme elle redressait la tête, surprise, il l'aida à se relever, glissa les mains sous sa robe et saisit la minuscule culotte en dentelle de soie qui atterrit sur le tapis.

Ensuite, il souleva Zoe et lui appuya le dos contre la porte.

— Enroule tes jambes autour de ma taille, dit-il d'une voix rauque.

Sans perdre de temps en préliminaires, Maks la pénétra d'un coup de reins vigoureux, lui arrachant un cri de volupté. Accrochée à lui, Zoe se mit à haleter. Les coups de reins se succédaient, à un rythme de plus en plus sauvage.

Soudain, elle fut emportée à des hauteurs insoupçonnées, jusqu'à un ultime sommet... Elle poussa un cri, puis sombra dans la jouissance, le corps entier agité de spasmes incontrôlables.

Quand elle recouvra ses esprits, Maks s'était retiré avant de jouir lui-même. Confusément, Zoe lui fut reconnaissante d'avoir eu le réflexe de la protéger. De son côté, elle n'y avait même pas songé.

La serrant contre lui, il l'emporta dans la chambre, la déshabilla, et, main dans la main, ils allèrent prendre une douche ensemble.

Avec une délicatesse inouïe, il lui étala du savon liquide sur tout le corps, puis lui lava les cheveux.

Après l'avoir essuyée avec une immense serviette blanche, il saisit l'un des peignoirs accrochés à la porte, en enveloppa Zoe et, lui prenant la main, l'entraîna doucement vers la chambre.

Là, elle s'étendit sur le lit, épuisée et repue.

Sans doute s'était-elle endormie, car elle se réveilla en sursaut et se redressa sur son séant, un peu entravée par le volumineux peignoir en tissu-éponge. Elle se rappela alors l'accouplement frénétique contre la porte de la suite. Le goût de Maks. La sensation du membre excité dans sa bouche...

Se demandant où il était, Zoe se leva et sortit de la chambre ; elle le trouva debout devant la fenêtre du salon. En pantalon mais torse nu. Dehors, la ville s'était assoupie, ses lumières clignotant doucement au loin.

Comme elle approchait, Maks se retourna vers elle.

— Excuse-moi pour tout à l'heure... Je suis plus... civilisé, d'habitude.

— Tu ne m'as pas fait mal, répliqua-t-elle, surprise.

— Peut-être pas, mais...

— J'ai aimé ce qui s'est passé.

Voilà qu'elle rougissait comme une adolescente...

— C'est vrai ? fit Maks avant de l'enlacer.

Avec un sourire, elle hocha la tête. Mais l'émotion qui frémissait dans son cœur l'effrayait. Maks était si différent de son ex... Il craignait de lui avoir fait mal alors que Dean n'avait pas répugné à recourir à la violence.

— Je suis petite mais pas fragile, Maks, murmura-t-elle.

Et elle était prête à revivre l'expérience...

— Nous avons encore beaucoup de choses à explorer ensemble, dit-il. Nous quittons Saint-Pétersbourg demain, mais notre... aventure n'est pas terminée, Zoe.

Que voulait-il dire, exactement ?

— Je dois aller à Venise, pour deux jours, et si tu le désires, mon pilote te ramènera à Londres. Mais j'aimerais que tu m'accompagnes.

Les battements de son cœur redoublèrent. Il était tentant d'accepter. Et pourtant, le plus sage serait de se séparer de

Maks dès maintenant, pour retourner à sa vie normale. Il lui fallait redescendre sur terre, loin de cet univers magique.

Mais... serait-ce mal d'y rester encore un peu ? Un tout petit peu ? Elle ne se faisait pas d'illusions. Maks ne lui offrait qu'une aventure éphémère. Ce qui lui convenait parfaitement à elle aussi.

Elle se mentait, s'avoua Zoe. Pourtant elle refusa de se fustiger. Pour une fois, elle pouvait bien se faire plaisir, non ? Les reproches, ce serait pour plus tard, quand elle se retrouverait seule dans son minuscule appartement de l'East End.

— OK. Je t'accompagne à Venise.

Maks lui offrit l'un de ses magnifiques sourires.

— Parfait. En attendant, la nuit est à nous...

8

Assise à côté de Maks à l'arrière du bateau-taxi, Zoe contemplait les magnifiques palais qui bordaient le Grand Canal de chaque côté. Le soleil inondait les majestueuses façades ocre clair, jaunes, roses, orangées... L'atmosphère qui se dégageait de cette ville avait quelque chose de féerique.

— Tu es impressionnée...

— Oui, très, murmura Zoe. J'avais déjà vu des photos du Grand Canal, bien sûr, mais aucune ne traduisait la beauté qui émane de ce somptueux panorama...

Ralentissant, leur chauffeur se dirigea nonchalamment vers un *palazzo* très ancien mais superbement entretenu. Lorsqu'il gara l'embarcation à côté d'un ponton de bois, un homme en uniforme noir à boutons dorés apparut aussitôt et vint aider Zoe, puis Maks, à descendre du bateau.

Quelques instants plus tard, ils pénétraient dans le hall de l'hôtel et furent accueillis avec empressement par le directeur qui s'inclina devant Zoe. Après s'être entretenu avec Maks en italien, il les invita à le suivre, entra avec eux dans l'ascenseur de style rococo, et les conduisit lui-même jusqu'à une suite d'un luxe inouï.

Quand le directeur se fut éclipsé discrètement, elle resta immobile sur le seuil et contempla les lustres en cristal, les fresques courant sur les murs et le plafond... Médusée, elle promena son regard sur les revêtements en marbre clair, les vases et les lampes en verre de Murano, les tapis orientaux recouvrant çà et là le parquet satiné.

— Cette suite t'appartient ? demanda-t-elle en se tournant vers Maks.

Il haussa les sourcils, l'air un peu embarrassé.

— Tu es propriétaire de tout l'hôtel..., murmura Zoe.

Lentement, elle s'avança vers la large porte-fenêtre donnant sur le balcon qui surplombait les eaux paisibles du Grand Canal.

— À quoi penses-tu ? fit Maks en la rejoignant.

— Ce doit être extraordinaire...

— Extraordinaire ?

— Oui, d'entrer dans ce palais en sachant qu'il t'appartient... Personnellement, j'ai du mal à le concevoir, tandis que, toi, tu as toujours connu cela...

Il haussa les épaules puis posa les mains sur la balustrade, le regard perdu au loin.

— J'ai grandi entouré de privilèges, je ne peux pas dire le contraire. Mais si j'avais pu échanger ce que ma sœur et moi vivions contre une existence plus modeste, je l'aurais fait sans hésitation.

— C'était si horrible ?

— Oui, répondit-il sombrement.

Zoe hocha la tête en silence, pensant à sa propre enfance.

— J'ai perdu mes parents et mon frère. Et ça a été horrible aussi. Mais j'ai eu la chance de vivre huit années merveilleuses avant leur disparition.

— Vous viviez à Dublin ? demanda Maks, tournant le dos au Grand Canal.

— Oui, nous avions une belle maison qui surplombait la mer, au sud de la ville. J'adorais m'asseoir dans le jardin d'hiver et regarder le ciel changer au-dessus de la mer, surtout quand il y avait de l'orage. Tout se déchaînait dehors, mais moi je me sentais en sécurité, protégée... Je croyais que rien de mauvais ne pourrait jamais m'arriver.

Maks tendit la main et suivit la petite cicatrice du bout des doigts, juste au-dessus de sa lèvre.

— Et pourtant, le malheur s'est abattu sur toi.

Maks l'enlaça et referma les bras autour de son buste, mais Zoe le repoussa, de crainte de se laisser submerger par l'émotion qui lui nouait maintenant la gorge.

— Excuse-moi, dit-elle sans le regarder. Je vais aller faire un brin de toilette.

Maks regarda Zoe rentrer dans la chambre, prendre son sac à main et disparaître dans la salle de bains. L'émotion qui avait embué les beaux yeux bleu-vert l'avait atteint en plein cœur. Si bien qu'il s'étonnait à peine d'avoir été repoussé.

Il se retourna pour contempler le Grand Canal où se croisaient deux gondoles. Que lui arrivait-il, bon sang ? Depuis sa rencontre avec Zoe, il éprouvait des sensations inédites.

Décidément, cela frisait le ridicule. Il s'agissait de désir charnel, voilà tout. Un désir intense, certes, mais dénué de toute émotion. Une simple réaction physique.

Un bruit de pas l'arracha à ses pensées. Zoe était de retour, vêtue d'un pantalon corsaire bleu denim et d'un chemisier blanc. Et chaussée de ses vieilles baskets. Les cheveux détachés, à peine maquillée, elle paraissait encore plus jeune, plus fraîche – plus belle.

— Je vais faire un tour et prendre quelques photos, dit-elle en soulevant l'appareil qu'elle tenait à la main. Tu as sans doute des tas de rendez-vous ?

Seigneur, cette fichue indépendance ! Et alors ? Il aurait dû être soulagé qu'elle ne s'accroche pas à lui, non ?

— En fait, je n'ai rien d'important de prévu aujourd'hui, répondit Maks d'un ton détaché. Je t'accompagne.

L'adorable roseur colora les hautes pommettes.

— Tu es sûr que tu peux ?

— Tu ne veux pas que je te serve de guide ?

Elle le contempla un instant en silence.

— Je suis ravie que tu m'accompagnes.

Quelques heures plus tard, Zoe se sentait à nouveau ivre. De la beauté de Venise, des pâtes succulentes suivies d'une délicieuse crème glacée. Et de Maks.

Elle venait de prendre une photo de lui - en cachette - au moment où il s'arrêtait au milieu d'un pont. Il paraissait chez lui, dans la Cité des Doges. Sans doute avait-il été un prince vénitien dans une autre vie. Un prince décontracté en jean noir et polo gris foncé mettant en valeur son corps d'athlète. Des lunettes de soleil d'aviateur complétaient le look, lui donnant l'air de sortir tout droit du dernier numéro de *Vogue Italie*.

Lorsqu'il se tourna soudain vers elle et lui tendit la main, Zoe tressaillit douloureusement. Son beau prince la trouvait attirante, mais cela ne durerait plus longtemps, à présent.

Elle se laissa néanmoins entraîner dans un dédale de ruelles pittoresques, mais sans parvenir à se détendre. Parce qu'elle ne pouvait plus se le cacher : en dépit de sa méfiance et de ses meilleures intentions, elle avait succombé au charme de cet homme superbe. Elle était tombée amoureuse de Maks.

Ce qu'elle avait éprouvé pour Dean n'était qu'une pâle imitation en comparaison. Un brouillon, en quelque sorte. Elle s'était investie dans cette relation pour échapper à la solitude et parce qu'elle le connaissait depuis l'adolescence. Avec lui, elle s'était sentie en sécurité. À tort.

Au contraire, ce qu'elle éprouvait pour Maks n'avait rien à voir avec la solitude ou la faiblesse. C'était un sentiment fort, passionné. Une émotion incontrôlable et essentielle. Or Zoe savait que, lorsque viendrait le moment de la séparation, la souffrance qu'elle devrait endurer serait comparable à celle ressentie à la mort de sa famille.

— À quoi ressemblait la maison où tu as grandi ? demanda Zoe en sirotant son apéritif.

— Pas à celle où tu as eu la chance de passer ton enfance, répliqua Maks. Il s'agissait d'un *palazzo*, à Rome. Magnifique mais austère. Et sans vue sur la mer. Nous n'avions le droit de toucher à rien parce que le moindre objet avait une valeur inestimable. Un jour, alors que nous jouions, Sasha et moi, ma sœur a cassé un vase. Un Ming, probablement.

Zoe ouvrit de grands yeux surpris.

— Notre père est sorti de son bureau et quand il a vu ce qui s'était passé, il a ôté sa ceinture en cuir et a demandé qui était le coupable.

Cette fois, elle le dévisagea d'un air horrifié.

— Sasha s'est avancée d'un pas. Elle avait neuf ans. Et elle pensait qu'il n'oserait pas lever la main sur elle. Mais je connaissais mon père et savais déjà de quoi il était capable. Alors je l'ai poussée derrière moi et j'ai dit que j'avais cassé le vase.

— Il t'a frappé avec la ceinture ?

Maks tira sur le col de son polo pour lui montrer la cicatrice presque effacée, juste au-dessus de la clavicule. Elle tendit la main et l'effleura doucement, le faisant frémir.

— Je ne l'avais pas remarquée, murmura-t-elle en plissant le front.

— Mon père s'est arrêté quand je lui ai arraché la ceinture de la main et me suis mis à le frapper avec. J'avais quatorze ans et j'étais presque aussi grand que lui. Il n'a plus jamais recommencé.

— Comment savais-tu qu'il serait capable de frapper une petite fille ?

Il serra les mâchoires.

— Parce que je l'avais vu corriger l'une de nos jeunes bonnes. Et frapper notre mère, avant leur divorce.

— Je suis désolée que tu aies été témoin de ces horreurs.

— Je crois que j'aurais aimé ta maison de Dublin, dit Maks en lui prenant la main.

— Je ne l'ai jamais revue après l'accident, répliqua Zoe avec un sourire triste. Le notaire m'a proposé d'y retourner pour prendre des affaires, mais je n'ai pas pu... Tout a été entreposé dans un garde-meubles. Mais je n'y suis jamais allée non plus. Par lâcheté, je suppose.

Ému, Maks lui souleva doucement le menton.

— Tu es tout sauf lâche, Zoe.

Le cœur de Zoe battait fort dans sa poitrine. Pourquoi se confiait-elle ainsi à Maks ? Jamais elle n'évoquait le passé. Avec personne.

— Viens, allons-nous-en, fit-il.

Sans lui poser de questions, Zoe le suivit dans un nouveau dédale de ruelles, jusqu'à ce qu'ils débouchent sur une charmante petite place bordée d'un côté par une imposante église.

Soudain, elle entendit une voix chanter et s'arrêta net. Puis, traversant la place, elle aperçut des affiches annonçant une représentation de *La Traviata*, son opéra préféré, pour le lendemain soir. La voix de soprano était plus distincte, à présent. Toute proche.

Zoe se retourna vers Maks et ensemble ils entrèrent dans l'église.

Les artistes évoluaient sur une large scène, en costumes, mais sans maquillage.

— Ce doit être la générale, chuchota-t-elle à Maks. Tu veux bien qu'on reste un moment ?

Il hocha la tête et lui reprit la main, puis s'avança vers un petit escalier étroit qui montait en colimaçon vers un balcon. De là, ils voyaient tout l'intérieur de l'église et la totalité de la scène.

La musique enfla, se déploya dans l'espace, se propagea en Zoe. La soprano avait une voix magnifique, passionnée et émouvante, qui lui allait droit au cœur.

Lorsque chanteurs et musiciens s'arrêtèrent pour faire une pause, elle laissa échapper un soupir.

— Tu me surprends sans cesse, dit Maks avec un sourire. Le public viendra les écouter demain en robes de soirée et smokings, mais toi, tu préfères assister à la répétition générale en baskets, hein ?

Zoe hocha la tête. Il l'attira contre lui et déposa un léger baiser sur ses lèvres.

— Retournons à l'hôtel, murmura-t-il.

Ils rentrèrent en gondole, au moment où le soleil se couchait derrière les palais, baignant le ciel et le Grand Canal d'une somptueuse lumière rose doré.

Ce tableau resterait gravé à tout jamais dans sa mémoire, songea Zoe, le cœur serré.

La porte de la suite à peine refermée, Maks prit Zoe dans ses bras musclés pour l'emporter dans la chambre. La porte-fenêtre était ouverte, les rideaux ondulaient doucement, soulevés par la brise tiède.

Maks la reposa sur ses pieds et se déshabilla à la hâte. Mon Dieu, elle ne se lasserait jamais de le regarder...

— À toi, maintenant..., dit-il d'une voix rauque en se redressant devant elle dans sa splendide nudité.

Il déboutonna le chemisier de Zoe, en écarta les pans, puis dégagea ses seins de la dentelle et effleura les pointes durcies qui réclamaient ses caresses. Lentement, il se pencha et les lécha tour à tour du bout de la langue, avant de les aspirer goulûment entre ses lèvres, tandis que Zoe renversait la tête en arrière et haletait sans retenue.

Chemisier et soutien-gorge échouèrent bientôt sur le tapis. À côté des sandales qu'elle repoussa du pied. Son pantalon glissa sur ses jambes. Maks déchira la culotte de dentelle. La même impatience empreignait leurs mouvements, le même désir les consumait.

Et le même plaisir les inonda lorsque Maks la pénétra d'un mouvement fluide. La même volupté leur arracha des plaintes rauques à mesure que les coups de reins se faisaient plus puissants, plus sauvages.

Ils sombrèrent dans la jouissance ensemble, crièrent au même instant.

Les sensations qui éblouirent Zoe furent si intenses qu'elle en eut le souffle coupé. Accrochée aux solides épaules de son amant, elle s'abandonna à la tempête qui les submergeait tous deux.

Maks écarta doucement le bras mince et doux posé en travers de sa poitrine, puis descendit du lit en veillant à ne pas réveiller Zoe. Elle se tourna sur le flanc en murmurant des mots indistincts, poussa un soupir ; ses paupières frémirent mais restèrent closes.

Lentement, il traversa la chambre et ouvrit la porte-fenêtre, savourant la fraîcheur de la brise du petit matin. Il se sentait... assouvi. Et prêt à reprendre leurs ébats passionnés. Il ne se lasserait jamais de cette femme...

Il entendit un léger bruit derrière lui et sourit, imaginant Zoe nue sur le drap blanc, offerte...

Clic. Il se retourna, le sourire toujours aux lèvres, et la vit, assise sur le lit, l'appareil devant le visage.

Elle le prenait en photo.

— Que fais-tu ?

Clic. Ce fut comme s'il se réveillait d'une transe. Elle le photographiait. Nu.

— Que fais-tu ? répéta Maks, sèchement.

Elle baissa l'appareil. La vue de ses seins magnifiques ne provoquait pas le moindre émoi en lui. La réalité venait de reprendre ses droits, dure et froide.

— Je me suis réveillée et je t'ai vu... Tu étais si beau dans la lumière... Alors j'ai... Je n'ai pas...

— Pose cet appareil, Zoe.

L'air confus, elle s'exécuta.

— Je suis vraiment désolée, Maks. Je n'ai pas réfléchi. Tu étais si beau... J'ai agi d'instinct, tu comprends ?

Il eut l'impression de se réveiller d'un rêve merveilleux. Et d'avoir froid. Partout.

— Je vais prendre une douche.

— Maks... ?

La voix qu'il trouvait si mélodieuse lui parut soudain fausse.

Quelques instants plus tard, Maks offrait son corps au jet brûlant mais sans parvenir à se réchauffer. Il songea aux messages qui devaient s'être accumulés dans sa boîte vocale, après qu'il eut reporté tous les rendez-vous prévus la veille.

Il n'avait jamais provoqué de scandale ni fait la une de la presse people comme Nikos. Ce n'était pas son genre. La discrétion avait toujours été sa devise, sa ligne de conduite.

Les photos de lui et Zoe devaient s'étaler sur les pages de tous les tabloïdes. Ils s'étaient montrés ensemble à maintes reprises. Et s'il ne se trompait pas, un paparazzi les avait suivis la veille. Maks ne s'en était même pas inquiété.

Il avait fallu qu'*elle* le prenne en photo pour le faire redescendre sur terre. Pour qu'il comprenne qu'il l'avait laissée envahir tout son espace. Toute sa vie.

Mais à présent, c'était terminé. Il sortit de la douche, s'enroula une serviette autour des hanches et contempla son reflet dans le miroir.

Qu'est-ce qu'il lui avait pris de s'impliquer ainsi avec cette femme alors qu'ils finiraient de toute façon par se séparer ?

Une seule personne comptait vraiment pour lui. Sasha. Dès qu'il avait été en âge de la protéger, il l'avait emmenée loin de leur père. Domenico était mort peu de temps après. Mais même si ce dernier avait vécu plus longtemps, il n'aurait pas remarqué l'absence de sa fille. Parce que Sasha n'était pas de lui.

Ce que Maks éprouvait pour Zoe, c'était du désir. Brut, passionné mais passager.

À présent, il devait se ressaisir. Finies, les flâneries dans les ruelles vénitiennes main dans la main. Les promenades en gondole. Terminés, les baisers échangés en public. Tout cela n'était qu'illusion. Mirage.

Avant Zoe, Maks ne s'était jamais attaché à aucune femme. Avec elle, ça avait été différent. *Elle* était différente. Il aurait du mal à l'oublier mais son souvenir s'estomperait peu à peu. De toute manière, il n'avait pas le choix, car il n'avait rien de plus à lui offrir, tout simplement.

Zoe resta assise sur le lit un long moment. Pas la peine d'être un génie pour comprendre que sa relation avec Maks venait de basculer.

Elle n'aurait pas dû le prendre en photo. Seulement, quand elle s'était réveillée et l'avait vu devant la porte-fenêtre ouverte, les rideaux ondulant doucement de chaque côté de son corps magnifique, semblable à une statue antique, elle s'était demandé si elle rêvait.

L'instant d'après, elle soulevait son appareil-photo et appuyait sur le déclencheur. Maks s'était retourné vers elle en souriant et elle avait de nouveau appuyé.

Ça avait été un réflexe. Comme la toute première fois.

Zoe se leva, rassembla ses vêtements épars sur le tapis et les emporta dans la seconde salle de bains. Là, elle prit une douche bien chaude, sans que l'eau parvienne à chasser la tension qui avait pris possession de tout son être.

Quand elle s'enveloppa dans une grande serviette blanche, elle se rendit compte qu'elle avait oublié l'essentiel : les moments qu'elle vivait avec Maks étaient éphémères. Leur histoire, aussi fabuleuse que nécessairement brève, relevait de l'illusion.

Un frisson glacé lui parcourut le dos. Avec lui, elle avait été heureuse, elle s'était sentie en sécurité. Comme autrefois, avant que son univers vole en éclats et qu'elle perde tout ce qu'elle avait connu et aimé.

Elle s'habillait lorsqu'elle entendit Maks parler dans le salon. Si l'idée de se retrouver face à lui la faisait frémir, elle se résolut à le rejoindre. Il marchait de long en large, le smartphone collé à l'oreille et en costume trois-pièces. À son attitude d'homme d'affaires distant, elle comprit que leur lien s'était irrémédiablement brisé.

Il continuait de parler en italien, sans lui prêter attention. Soudain, il fit un geste en direction de la table où il y avait du café, des croissants et autres viennoiseries, des fruits, des céréales et un pichet de lait. Mais Zoe n'avait pas faim.

Sur la table, il y avait aussi des journaux, dont elle saisit le premier de la pile, un quotidien italien de qualité. Aussitôt, un tremblement la saisit. Une photo d'elle et de Maks s'étalait en première page, prise au théâtre Mariinsky. Une autre lui succédait, les montrant arrivant à la séance photo. Sur la troisième, elle regardait Maks en souriant, tandis qu'il l'aidait à monter à bord de la gondole qui, la veille, les avait ramenés à l'hôtel.

Zoe se laissa tomber sur une chaise, accablée. Pourtant, elle aurait dû s'y attendre. Ils ne s'étaient pas cachés...

Maks ayant mis fin à l'appel, elle le regarda un instant en silence. Envolé, le compagnon charmant, détendu et souriant. Elle avait devant les yeux un magnat à la mine sombre, à l'air préoccupé. De toute évidence, il était pressé de s'en aller.

— Tout va bien, Maks ?

Il glissa son smartphone dans la poche de sa veste et désigna le journal qu'elle venait de reposer sur la table.

— Non, pas vraiment.

— Je suis choquée de nous voir en photo dans un quotidien national... Mais ce n'est pas la fin du monde, si ?

— Non, évidemment. Mais cela ne se reproduira pas.

Son cœur se serra douloureusement. Il s'était exprimé d'une voix impersonnelle, dépourvue de toute chaleur.

— Que veux-tu dire, au juste ?

Une lueur métallique traversa les beaux yeux gris.

— Notre histoire s'arrête ici et maintenant, Zoe. À quoi bon la poursuivre puisque de toute façon elle va se terminer dans... combien de temps ? Quelques jours ? Quelques semaines ? Je pars tout à l'heure pour New York où je dois voir mon frère Sharif. Je prendrai des dispositions pour que tu puisses rentrer à Londres dès que tu le souhaiteras.

Une sensation atroce envahit Zoe. Un mélange de désespoir et de tristesse abyssaux.

— Je suis désolée d'avoir pris ces photos, Maks. Je peux les effacer...

Il l'interrompit d'un geste de la main.

— Il ne s'agit pas de cela. Le moment est venu de nous séparer, c'est tout. Mais je vais m'assurer que tu puisses rentrer chez toi - ou aller où tu voudras.

— Je peux très bien organiser mon retour toute seule, répliqua Zoe, glacée.

— Tu devrais appeler Pierre Gardin. Tu lui as plu. Ce n'est pas un personnage très sympathique, je sais, mais il pourrait t'aider et te faire travailler si tu le souhaites. Il connaît des gens très influents dans le milieu qui t'intéresse.

Suffoquée, elle le dévisagea en silence.

— Bon, je dois y aller, reprit Maks après avoir jeté un coup d'œil à sa montre. Mon avion décolle dans moins d'une heure. J'ai donné des instructions à l'hôtel : ils arrangeront tes déplacements, où que tu ailles. Laisse-les faire, Zoe.

Lorsqu'il s'arrêta devant elle, Zoe crut voir une lueur traverser son regard, mais sans doute l'avait-elle imaginée.

— J'ai beaucoup aimé ce que nous avons partagé, reprit-il en lui effleurant la joue du revers de la main. Cela m'a fait du bien de me laisser aller et je ne le regrette pas, mais c'est terminé, maintenant.

Zoe était comme paralysée. La souffrance la suffoquait. C'était la même que celle éprouvée autrefois. Peut-être pire encore.

— Tu as sans doute raison, s'entendit-elle répliquer d'une voix presque normale. Ce que nous avons partagé est déjà derrière nous. Mieux vaut avancer chacun de notre côté, à présent.

Maks sourit. Jamais elle ne lui avait vu ce sourire. Artificiel. Crispé.

— Adieu, Zoe.

Il souleva un petit sac de voyage en cuir noir et sortit du salon sans un regard en arrière.

Quand elle émergea de sa torpeur, Zoe se dirigea vers la chambre. Vide. Plus aucune trace de l'homme qui emplissait tout l'espace quelques instants plus tôt.

Sa trace, Maks l'avait laissée en elle. Dans sa chair. Sur sa peau. C'était une blessure qui venait s'ajouter aux autres et qui, un jour, se transformerait, elle aussi, en cicatrice. Invisible, celle-ci.

La colère monta en Zoe. Dirigée contre elle-même. Elle s'était jetée corps et âme dans cette histoire en sachant ce qui l'attendait.

Avec Maks, elle s'était crue forte. Puissante. Il l'avait révélée à elle-même, aidée à devenir la femme qui se dissimulait en elle.

De son côté, il avait été franc dès le départ. Il l'avait prévenue que les relations à long terme ne l'intéressaient pas. En raison de son passé, il craignait de s'attacher.

À la différence de Zoe, lui n'était pas tombé dans le piège : il avait réagi à temps et n'avait pas succombé à la faiblesse. Tandis qu'elle avait cru au mirage, comme une idiote.

9

— Tu comptes prendre la place de Nikos, maintenant qu'il s'est rangé ? demanda Sharif d'un ton moqueur.

Derrière les immenses fenêtres, Manhattan s'étalait autour d'eux. Des gens marchaient d'un pas pressé sur les trottoirs, telles de minuscules fourmis. Mais Maks les regardait sans les voir.

— Ce n'est pas avec quelques photos que j'égalerai ses prouesses. Ni les tiennes, à propos. Les rumeurs vont bon train, ces temps-ci. Pour quelqu'un qui se targue de choisir des femmes discrètes, tu as réussi ton coup...

Son frère lui décocha un regard noir.

— Qui est celle avec qui tu t'es affiché un peu partout, au juste ?

— Peu importe, riposta Maks, agacé. C'est terminé, de toute façon.

— Dommage, fit Sharif en haussant un sourcil. Le conseil d'administration est toujours nerveux, en dépit de la métamorphose spectaculaire de Nikos en mari modèle. Si toi aussi tu pouvais te caser...

— Cela a autant de chances de m'arriver qu'à toi, répliqua Maks d'un ton vif.

À sa grande surprise, Sharif ne réagit pas immédiatement. Il avait l'air presque... résigné.

— Sharif ? demanda Maks en fronçant les sourcils.

L'arrogance habituelle de son frère refit surface aussitôt.

— Assez avec les commérages. Passons aux choses sérieuses.

— Excellente idée, acquiesça Maks.

Il était trop heureux de se concentrer sur le travail. Parce que dès qu'il se retrouverait seul dans sa suite, il repenserait à celle qui hantait ses pensées en dépit de ses efforts pour l'oublier. La femme délicieuse qui lui manquait jour et nuit, et qu'il désirait encore.

Il ne pouvait s'empêcher de repenser à sa réaction, quand il avait mis un terme à leur liaison. Il revoyait la pâleur de son beau visage. Les yeux immenses au fond desquels couvait une lueur blessée. L'attitude de Zoe lui avait confirmé qu'il avait pris la bonne décision. Leur histoire n'avait aucun avenir, même s'il ne regrettait rien. Il avait vécu des moments fabuleux, uniques avec elle.

Quoi qu'il en soit, il n'avait pas le droit de laisser Zoe espérer davantage. Cette aventure avait représenté pour lui une brève escapade hors du réel. Rien de plus. Une tentation à laquelle il n'aurait pas dû succomber, et à laquelle il ne succomberait plus jamais.

Trois semaines plus tard.

Zoe n'avait réussi à trouver le sommeil qu'à l'aube. C'était la même chose chaque nuit. Quand elle s'endormait enfin, elle rêvait de Maks. Ou plutôt faisait des cauchemars dans lesquels elle le cherchait en vain. Dans les rues vénitiennes ou celles de Saint-Pétersbourg. Le cadre changeait, mais l'angoisse demeurait identique.

Elle se détestait de réagir ainsi, d'être aussi faible. Il l'avait *plaquée*. Point final.

Quand elle partit ce matin-là et découvrit la une d'un tabloïde exposée bien en évidence devant le kiosque d'un marchand de journaux, elle crut halluciner.

Maks. Nu. Souriant à celle qui prenait la photo. Devant une porte-fenêtre familière.

C'était *sa* photo. Celle qu'*elle* avait prise le dernier jour à Venise. Avant que tout s'effondre.

Zoe n'avait plus jamais osé regarder cette série de clichés depuis. Et pourtant, son œuvre s'étalait sur cet horrible torchon, exposée au monde entier.

— Je vous conseille de ne pas insister, mademoiselle Collins.

Maks avait ignoré tous ses appels, tous ses SMS. Mais Zoe savait qu'il était là, chez lui.

— S'il vous plaît, Hamish. Je dois absolument lui parler.

Au moment où Zoe crut que le majordome allait lui refermer la porte au nez, il recula.

— Je vais lui demander s'il veut bien vous recevoir, fit-il d'un ton crispé. Attendez-moi ici.

Elle entra dans le hall et s'arrêta, reconnaissant à peine le lieu où elle était venue. Tout paraissait si froid, désormais...

Après une attente interminable, Hamish revint.

— Il vous accorde quelques minutes. Suivez-moi.

Un soulagement immense l'envahit. Elle allait enfin pouvoir s'expliquer, même si elle ne savait pas *comment*.

Hamish la fit entrer dans une pièce aux murs en partie lambrissés de bois clair, en partie recouverts de rayonnages de livres.

Maks était debout derrière un imposant bureau, en pantalon noir et chemise blanche. Les manches roulées sur les avant-bras. Les mains posées sur les hanches.

Le fait de le revoir déstabilisa Zoe. Il était si proche... et si lointain en même temps... Elle se ressaisit et redressa les épaules. La porte se referma derrière elle, puis Maks se dirigea vers le bar et se versa un whisky. Il ne lui demanda pas si elle voulait boire quelque chose. Il se retourna, l'air calme et détendu, mais Zoe sentit la tension émaner de la haute silhouette athlétique.

— Pourquoi as-tu fait cela, Zoe ?

— Je n'ai rien fait.

— Combien as-tu obtenu, pour ces photos ? Si tu me les avais proposées d'abord, j'aurais peut-être été plus généreux.

Un sentiment de désespoir l'envahit.

— Je n'ai pas vendu ces photos à la presse, Maks. Je te le jure. J'ignore comment elles leur sont parvenues.

Maks posa son verre et s'assit sur le coin du bureau.

— Je ne devrais pas être surpris, au fond. La première fois que je t'ai vue, tu me prenais en photo après t'être introduite frauduleusement dans le Grand Palais.

— Ce n'est pas la même chose, protesta faiblement Zoe.

— Non, en effet, rétorqua-t-il, cinglant. C'est bien pire.

— Je sais à quel point tu détestes qu'on s'immisce dans ta vie privée, Maks. Et tu me connais... Je ne ferais jamais une chose pareille.

Il se contenta de la fixer, le visage impassible. Les yeux d'un gris glacial.

— Je *croyais* te connaître, répliqua-t-il enfin. Je croyais lire en toi comme dans un livre ouvert. Je te croyais différente. Mais il n'en était rien. Je savais que je t'avais blessée en rompant avec toi, mais je ne soupçonnais pas que tu pourrais descendre aussi bas pour te venger. Tu jouais bien la comédie, Zoe. Dire que je te prenais pour une femme désintéressée !

Zoe tressaillit douloureusement. Comment pouvait-il penser qu'elle avait joué la comédie ? Mais dans un sens, il avait raison. Elle lui avait dissimulé une partie de la vérité.

— Je n'ai pas vendu ces photos, se contenta-t-elle de répéter.

Il se redressa de toute sa hauteur.

— Cesse de mentir, Zoe. Nous savons que l'argent a été transféré sur un compte, dans une banque qui se trouve à côté de chez toi.

Elle secoua la tête, sidérée. Qui pouvait leur avoir fait cela ? À elle et à lui ?

— Disparais avec ton sale argent, poursuivit Maks avec mépris. Tu n'obtiendras rien de plus de moi, alors sors d'ici.

— Maks, je le jure. Je n'ai pas...

Zoe s'interrompit. Elle parlait dans le vide. Maks se moquait bien de ce qu'elle pouvait lui dire. Il la toisait avec dédain, convaincu de sa culpabilité.

— Sors de cette maison, ordonna-t-il d'une voix dure. Je ne veux plus jamais te revoir.

Quelque chose se rompit en elle. Zoe eut l'impression que son cœur se déchirait et béait dans sa poitrine. Elle avait cru se protéger, mais s'était bien trompée. Jamais elle n'avait éprouvé une telle souffrance. Jamais elle ne s'était sentie aussi vulnérable. Elle était anéantie.

Comme la porte se refermait sans bruit sur Zoe, Maks poussa un juron. La rage l'aveuglait.

Se ressaisissant, il souleva son verre et le vida d'un trait en même temps qu'il revivait l'instant où son assistant avait déposé les tabloïdes sur le bureau tout en évitant de croiser son regard. En découvrant les unes étalées devant lui, il avait fallu un moment à Maks pour comprendre que l'homme qu'il voyait… c'était *lui*. *Nu*.

Tout d'abord, il n'avait ressenti aucune colère. Il n'avait même pas été choqué. Il s'était rappelé ce matin-là, le soleil se levant sur le Grand Canal, la brise matinale lui caressant la peau. Le sentiment d'apaisement et de satiété qui l'avait envahi alors. Et le plaisir qui frémissait déjà en lui à la pensée qu'ils allaient de nouveau faire l'amour, encore et encore.

Lorsqu'il s'était retourné et avait surpris Zoe tenant son appareil-photo devant son visage, il souriait. Et c'était ce sourire qu'il avait maintenant sous les yeux, en première page de l'un des tabloïdes les plus sordides du Royaume-Uni. Il avait souri à Zoe, sans se soucier qu'elle l'ait pris en photo. Puis la réalité avait fondu sur lui, brutale et glaçante. Il s'était rendu compte qu'il s'était laissé aveugler par le désir. Comment avait-il pu s'abandonner ainsi, au mépris de toute prudence ? Permettre à une inconnue de s'immiscer dans sa vie, son intimité ?

Le cynisme avait toujours été son arme. Sa protection. Or

avec Zoe, il avait baissé la garde et perdu le sens des réalités. Il l'avait crue innocente. *Inoffensive*. Jamais Maks n'aurait imaginé qu'elle puisse faire une chose pareille !

Et pourtant, il savait que chacun est capable du pire comme du meilleur. Il savait que les femmes sont d'excellentes actrices et de redoutables menteuses, à l'image de sa propre mère.

Zoe s'était révélée une comédienne hors pair. Elle aurait dû se lancer dans le théâtre, au lieu de vouloir devenir photographe...

Le pire de tout, c'est que le matin même Maks s'était réveillé en proie à ce manque qui le dévorait depuis des semaines. Le désir le lancinait en permanence, à tel point qu'après s'être levé il avait failli appeler Zoe.

Pour lui dire quoi ? Il n'en savait trop rien. Il la désirait, voilà tout. Comme un fou.

Deux mois plus tard.

Maks entra dans le bar de l'un des hôtels de luxe du Marchetti Group, à Paris, suivi de Nikos.

— J'aurais dû poser nu moi aussi, du temps où j'étais célibataire, dit ce dernier avec un sourire. J'ai toujours désiré être élu l'homme le plus sexy de l'année, or regardons les choses en face, je suis bien plus sexy que toi.

— Je ne *posais* pas, répliqua Maks, les dents serrées.

— Tu aurais pu devenir mannequin, tu sais ? poursuivait Nikos, impitoyable. Tu as raté ta vocation.

Alors qu'il s'apprêtait à rembarrer son frère, Maks aperçut Sharif, qui s'installait dans un box situé un peu à l'écart. Nikos et lui le rejoignirent.

Il était rare qu'ils se trouvent à Paris au même moment, et encore plus rare qu'ils prennent un verre ensemble.

— Incroyable ! fit Nikos, pince-sans-rire. Les trois frères Marchetti autour d'une table qui ne fait pas dix mètres de long et débarrassés des membres de leur conseil d'administration ! Tu as quelque chose à nous dire, Sharif ?

Leur frère aîné les observa, l'air plus impénétrable que jamais.

— Ne pouvons-nous pas faire au moins semblant d'être une famille normale ? répliqua-t-il d'un ton moqueur.

Maks éclata d'un rire amer.

— Tu parles ! Aucun de nous ne sait à quoi ça ressemble !

— Parle pour toi, rétorqua Nikos. Je suis heureux d'être marié et père d'un enfant, et bientôt de deux.

Sa femme attendait en effet leur deuxième rejeton. La nouvelle avait paru dans tous les journaux.

— On verra combien de temps ça dure, fit Sharif, la mine soudain sombre.

Sentant que Nikos n'appréciait pas sa repartie, Maks lui posa la main sur le bras.

— Ne t'inquiète pas, il dit cela parce qu'il est jaloux.

Sharif esquissa une moue dédaigneuse, mais souleva son verre sans rien répliquer.

Ils burent leur whisky en silence. Une tension palpable flottait entre eux, pourtant il y avait autre chose de plus subtil, de plus délicat. Et de totalement inédit.

Ils se méfiaient les uns des autres, mais ils se *respectaient*, comprit Maks.

— En fait, commença Sharif, je voulais vous informer que les résultats n'ont jamais été aussi bons. Et cela, grâce à nous trois.

Il regarda Nikos.

— Ton mariage et ton nouveau statut de père ont calmé les actionnaires.

Nikos sourit et souleva son verre.

— Heureux d'être utile...

— Je sais que nous avons tous nos raisons de consacrer notre temps et nos efforts à la holding, poursuivit Sharif en tournant les yeux vers Maks. Aucun de nous n'était forcé d'accepter cet héritage. Dieu sait que notre père ne nous a pas servi de modèle en matière de loyauté, mais je suis content que nous tenions le gouvernail ensemble. Je suis certain que nous avons les moyens et la capacité de faire du Marchetti Group une entreprise qui dépassera de loin les espérances de notre père.

— Quelque chose me dit que tu as une idée derrière la tête, Sharif, fit Nikos en fronçant les sourcils.

Sharif haussa les épaules, tout en les scrutant avec attention.

— Je veux simplement dire que, maintenant que nous sommes unis, tout est possible.

Le smartphone de Nikos sonna dans sa poche. Il l'en sortit et contempla l'écran en souriant aux anges.

— On arrête là, ou on continue à se passer de la pommade ?

Sharif roula des yeux, mais il se retenait de sourire.

— Vas-y, va jouer au père de famille. Qui sait combien de temps ça durera.

Mais Nikos ne l'écoutait plus. Il s'était déjà levé et parlait à sa femme d'une voix rauque et sensuelle.

Une sensation étrange envahit Maks. Nikos adorait Maggie, cela crevait les yeux. Quant à lui, en dépit de tout ce qu'il avait pu vivre, il ne partageait pas le cynisme de Sharif. En fait, il comprenait ce que Nikos et Maggie éprouvaient l'un pour l'autre. Ce qu'ils partageaient était bien réel.

À cet instant, le smartphone de Sharif vibra. Il répondit à l'appel et se raidit.

— Je fais de mon mieux avec une situation ancienne. Nous aurons grandement intérêt à profiter de cette opportunité. Faites-leur savoir que j'espère voir les choses bouger dans les deux mois à venir.

Il raccrocha, avant de remettre son téléphone dans sa poche.

— Plutôt mystérieux, comme appel…, fit Maks. Tu as envie d'en causer ?

Son frère sembla hésiter quelques instants.

— Rien qui te concerne, Maks, répondit-il finalement. On reste en contact ? Et préviens-moi, la prochaine fois que tu poseras pour les paparazzis. Je me passerais volontiers de voir mon petit frère en nu intégral au moment de prendre mon petit déjeuner.

Prêt à partir, Sharif se leva.

— Je n'ai pas *posé*, répliqua Maks en l'imitant.

Mais son frère traversait déjà le bar à grands pas, suivi de près par deux assistants qui l'attendaient, tapis dans un coin.

Alors que Maks s'apprêtait à s'en aller lui aussi, on le héla.

— Maks ! Ravi de vous voir, petit cachottier…

Se tournant vers le long bar en acajou occupant tout un côté de l'espace, il aperçut Pierre Gardin, perché sur un haut tabouret, un verre à la main.

— Vous faites allusion à quelque chose de précis, Pierre ? demanda-t-il en le rejoignant.

— Votre chère et tendre a travaillé avec moi, cette semaine, et la rumeur a couru qu'elle était enceinte. Elle n'arrêtait pas de se précipiter vers la salle de bains, mais elle n'en demeure pas moins la meilleure assistante que j'aie connue depuis une éternité. À mon avis, elle ira loin, cette petite…

— Qu'est-ce que vous venez de dire ? l'interrompit brutalement Maks.

Il avait envie de secouer Gardin, bon sang !

Celui-ci plissa les paupières.

— À vrai dire, Zoe n'a jamais mentionné votre nom. Vous n'êtes peut-être plus ensemble ? Auquel cas le bébé ne serait pas de vous. Je suis perdu, avec tous ces jeunes et leurs histoires d'amour…

Enceinte. Zoe.

Ces deux mots tournaient en boucle dans sa tête. À un rythme infernal. Il l'imagina au lit avec un autre homme et vit rouge.

— Où est-elle ?

— Je n'en ai pas la moindre idée. Elle est rentrée chez elle. À Londres, je suppose.

Enceinte.

Et elle ne l'avait pas appelé. Mais pouvait-il vraiment lui en vouloir ?

« Sors de cette maison. Je ne veux plus jamais te revoir. »

— Vous vous sentez bien, Maks ?

Non. Depuis des semaines, il s'efforçait de ne pas penser à Zoe, à l'expression de son visage ce soir-là, quand elle était venue chez lui. « Tu sais bien que je ne ferais jamais une chose pareille. » Il refoulait la question qui revenait le hanter sans cesse : pourquoi serait-elle venue chez lui, si elle avait vraiment vendu les photos à la presse et avait été grassement payée en retour ? Pourquoi ne se serait-elle pas contentée de disparaître avec son argent ?

Lorsque ses assistants avaient proposé d'enquêter pour savoir si c'était bien Zoe qui avait vendu ces photos à la presse, Maks avait refusé, préférant se dire qu'il *savait* que c'était elle.

Mais à présent, il n'était plus sûr de rien.

Moins de vingt-quatre heures plus tard, Maks sonnait à la porte de Zoe et s'impatientait qu'elle ne lui ait pas déjà ouvert.

Quand elle apparut devant lui, l'air sidéré, il ne put réprimer la réaction instantanée de sa libido.

— Pourquoi n'as-tu pas répondu à mes SMS et à mes appels ? demanda-t-il d'un ton plus dur qu'il ne l'aurait souhaité.

Dans cet immense gilet informe et ce pantalon large, impossible de voir si elle était enceinte. Mais elle paraissait particulièrement fragile et avait le teint très pâle.

— *Bonjour*, Maks. Qu'est-ce que tu veux ?

Il entra sans lui en demander la permission et referma la porte.

— Il faut que nous parlions.

— Tu avais dit que tu ne voulais plus jamais me revoir, répliqua-t-elle en reculant.

— C'était avant...

— Avant quoi ?

Subitement, Maks ne pouvait se résoudre à lui demander tout de go si elle était enceinte.

— Est-ce toi qui as vendu les photos, Zoe ?

— Je t'ai déjà dit que non, mais tu as refusé de m'écouter.

— Eh bien, je t'écoute maintenant.

— En fait, je comptais t'appeler aujourd'hui au bureau, dit-elle au bout d'un long silence.

— À propos de quoi ?

— Je sais qui les a vendues à la presse.

— Qui est-ce ? fit Maks en fronçant les sourcils.

— J'ai été piratée par mon ex, Dean Simpson. Il est ingénieur en informatique et mes mots de passe n'étaient pas difficiles à décrypter. Je sauvegarde toutes mes photos en ligne, sur un serveur informatique. C'est un réflexe que j'ai acquis il y a longtemps, pour être sûre de ne pas perdre mon travail.

— OK, acquiesça Maks en croisant les bras. Et pourquoi ton ex t'aurait-il piratée ?

Elle se dirigea vers la fenêtre et se retourna.

— Il doit avoir vu des photos de nous dans la presse ou sur les réseaux sociaux et il aura voulu nous nuire, par jalousie. Je ne t'ai pas tout dit à son sujet...

Une sensation désagréable parcourut Maks.

— Qu'est-ce que tu ne m'as pas dit ?

— Si nous avons rompu, ce n'était pas seulement parce qu'il désirait coucher avec moi et que je ne voulais pas. Il n'était pas venu par hasard à Londres et n'avait pas repris contact avec moi parce qu'il avait envie de me revoir. C'était un plan. Il avait tout mis en œuvre pour me retrouver.

— Et pourquoi ?

— Parce qu'il avait découvert qui j'étais et compris ce que cela impliquait.

— De quoi parles-tu ? demanda Maks, un peu perdu. Qui es-tu ?

Quand elle se mit à se mordiller la lèvre, il faillit perdre patience.

— Zoe ? *Qui* es-tu ?

— Je ne t'ai pas dit qui étaient mes parents. Mon père était Stephen Collins, le photographe et écrivain, et ma mère, Simone Bryant, l'héritière.

Maks secoua la tête avec incrédulité. Il connaissait Stephen Collins de réputation, évidemment. Le célèbre reporter avait couvert les guerres les plus dures, les plus atroces. Quant à

Simone Bryant, elle était l'héritière d'une immense fortune provenant de la plus ancienne brasserie irlandaise.

— Tu m'as menti, si je comprends bien.

— Je n'ai pas menti ! se défendit-elle vivement. Je ne t'ai pas donné de détails. Collins est un nom courant...

— Ton père a remporté plusieurs prix, dont celui du meilleur reportage, et il est ensuite devenu l'un des plus célèbres auteurs de romans policiers. Je les ai tous lus. Pourquoi m'avoir caché l'identité de tes parents, bon sang ?

Elle se contenta de le fixer de ses grands yeux couleur d'aigue-marine.

— Tes parents étaient riches, réalisa soudain Maks.

— Très riches, acquiesça Zoe. Quand ils sont morts, mon héritage a été géré par un notaire jusqu'à ma majorité.

— Et pourtant, tu vis comme une étudiante sans le sou, répliqua Maks en regardant autour de lui.

— Je n'ai jamais voulu toucher à cet argent.

— Pourquoi ?

— Parce qu'il est souillé de sang. Il n'aurait jamais dû me revenir. Mes parents ont perdu la vie, mon frère aussi. Comment aurais-je pu *bénéficier* de leur mort ? J'en ai donné la majeure partie à des associations caritatives.

Maks sentit une douleur sourde lui traverser la poitrine. Zoe se sentait responsable, à tort, de l'accident qui avait coûté la vie à sa famille. Il repoussa la sensation.

— Quel rapport entre ta famille et Dean Simpson ?

Elle soupira.

— J'avais quitté Dublin parce que je n'avais plus rien à y faire. Et parce que tout y était synonyme de chagrin. Je pensais ne jamais revoir Dean. Quand il est venu à Londres et a repris contact avec moi, j'ai compris à quel point j'étais seule. Je lui ai fait confiance. Nous avions été dans la même famille d'accueil. Il avait été mon premier petit ami. Nous avions des choses en commun. Ce que j'ignorais, c'est qu'il avait découvert qui étaient mes parents. Et l'existence de mon héritage. En fait, il était venu me retrouver avec l'intention de reprendre une relation amoureuse avec moi, dans le seul but de mettre la main sur mon argent. Lorsqu'il y a fait allusion, cela m'a fait un choc terrible. Je lui ai dit ce que je viens de te dire : je ne voulais pas de cet argent et j'en avais déjà donné la plus grande partie à des associations caritatives. À ce moment-là, il est devenu fou furieux...

Elle s'interrompit et redressa le menton.

— Si tu ne me crois pas, tu peux vérifier le nom du titulaire du compte bancaire sur lequel l'argent des photos a été transféré. C'est celui de Dean. Il ne s'est même pas donné la peine de prendre des précautions.

Maks serrait les mâchoires. Au fond, il avait toujours su qu'elle était innocente, mais un reste de cynisme l'empêchait de la croire totalement.

— Comment savoir si vous n'étiez pas de mèche, lui et toi ?

Le visage de Zoe devint livide. Elle passa devant lui pour ouvrir la porte.

— Va-t'en, Maks.

La douleur sourde lui étreignit la poitrine. Il l'ignora. Puis il se rappela pourquoi il était venu voir Zoe.

— Autre chose. J'ai rencontré Pierre Gardin par hasard. Il m'a dit que tu étais probablement enceinte. C'est vrai ?

Zoe se concentra sur sa respiration, tandis qu'un mélange confus d'émotions se bousculait en elle. Elle se força à les dominer, soucieuse avant tout de se protéger.

— C'est la chose la plus ridicule que j'aie jamais entendue, répliqua-t-elle avec calme.

— Pierre a parlé de malaises.

— J'ai eu quelques petits soucis de santé, en effet, dit-elle en s'interdisant de rougir. Mais rien de grave.

— Tu n'es pas enceinte, alors ?

Elle se cramponna à la poignée de la porte.

— J'aimerais que tu t'en ailles, Maks. Je donne un cours d'anglais dans une demi-heure et je suis déjà en retard.

— Si tu es enceinte, tu dois me le dire, Zoe.

— Pourquoi ? riposta-t-elle sèchement. Alors que je connais ton aversion pour tout ce qui touche de près ou de loin à la notion même de famille ?

— Si tu étais enceinte de moi, j'assumerais mes responsabilités, déclara-t-il avec force. Tu ne serais pas seule.

Zoe le toisa avec mépris.

— Si c'était le cas, je ne me tournerais pas vers toi parce que je n'ai pas besoin de ton aide. J'ai donné beaucoup, c'est vrai, mais il me reste de l'argent à ne pas savoir qu'en faire. Alors, *si* j'étais enceinte – ce qui, je le répète, n'est pas le cas –, je n'aurais pas besoin de toi, Maks.

10

Va-t'en, je t'en supplie...

Zoe ne supportait plus le regard perspicace de Maks. Sa proximité troublante...

Quand il sortit enfin dans le couloir, elle retint un soupir de soulagement.

— Si ce que tu dis est vrai, commença-t-il en se retournant. Je te dois des excuses.

Il ne la croyait toujours pas. Il avait besoin de preuves...

— Tu ne me dois rien, répliqua-t-elle d'un ton neutre.

Sur ces mots, elle ferma la porte et demeura immobile durant un long moment, comme anesthésiée. Mais la souffrance rejaillit bientôt, toujours aussi vivace.

Zoe posa une main protectrice sur son ventre, qui grossissait chaque jour. Elle avait menti : elle *était* bel et bien enceinte. Mais après le choc de revoir Maks, là, chez elle, elle en avait subi un autre qui lui avait ôté tout désir de lui dire qu'ils avaient conçu un enfant ensemble.

« Comment savoir si vous n'étiez pas de mèche, lui et toi ? »

Elle avait l'intention de lui révéler sa grossesse, naturellement. Mais plus tard, lorsqu'elle serait en mesure de poser ses conditions. Qu'il le croie ou non, elle n'avait pas besoin de lui pour élever son enfant.

Il ne fallut pas longtemps à Maks pour vérifier les dires de Zoe. Tout était vrai. Concernant sa famille et Dean Simpson. Ainsi que l'argent versé à différentes associations caritatives.

En résumé, il s'était trompé sur elle. Sur toute la ligne.

Après avoir frappé discrètement, Hamish poussa la porte entrebâillée de son bureau, pour lui demander s'il souhaitait déjeuner.

— Non, merci. Je n'ai pas faim, répondit-il en se levant. Vous voulez bien demander à mon assistant de venir me rejoindre ? Et appelez également mes avocats, s'il vous plaît.

— Tout de suite, patron.

Lorsque Hamish se fut éclipsé, Maks se mit à faire les cent pas. Zoe n'était pas enceinte. Et même si elle l'était, elle n'avait pas besoin de son soutien financier. Il aurait dû se sentir soulagé, car elle avait raison : il ne voulait pas entendre parler de famille.

Il s'était tellement trompé sur son compte. Il ne lui en voulait même plus de ne pas lui avoir dit la vérité sur sa famille. Il comprenait pourquoi elle avait tu ces détails.

Un véritable chaos régnait dans son esprit. Cela ne lui ressemblait pas de juger les gens sans leur laisser la possibilité de s'expliquer. Maks était même plus circonspect que ses frères. Mais avec Zoe… il avait perdu pied dès qu'il l'avait vue apparaître devant lui. Et il avait sauté sur la première occasion de la juger. Il l'avait condamnée sans même lui laisser la possibilité de se défendre.

Et le pire, c'était qu'il savait pourquoi il avait réagi ainsi. Comment admettre qu'il la désirait encore et refusait de la laisser sortir de sa vie ?

Zoe s'arrêta à côté des rochers pour contempler la mer qui s'étalait à perte de vue, puis elle se retourna, les yeux levés vers la maison aux murs de pierre blonde qui se dressait là-haut, sur la falaise surplombant la plage. La maison où elle s'était sentie aimée et en sécurité.

Le vent lui fouetta le visage, comme pour la rappeler au présent. Elle poussa un profond soupir et remonta lentement vers le sentier. Après être restée enfermée plusieurs jours dans le garde-meubles à passer en revue les biens de sa famille, elle se sentait épuisée mais plus légère. Enfin débarrassée du poids qui lui pesait sur les épaules depuis si longtemps.

Se retournant de nouveau vers la mer, Zoe s'efforça de refouler la souffrance qui l'accompagnait où qu'elle aille. Elle avait beau faire des efforts pour ne pas penser à lui, Maks occupait toutes ses pensées.

Et pourtant, elle avait compris pourquoi il était venu la trouver chez elle, la questionnant sur une grossesse éventuelle. Plus que tout, il redoutait de voir ce genre de nouvelle s'étaler dans la presse.

Elle se maudit de lui accorder encore le pouvoir de l'atteindre. De lui faire du mal. De l'anéantir.

Non. Il ne l'avait pas anéantie. Elle était toujours là, bien vivante. Et enceinte.

Tôt ou tard, elle serait forcée de lui révéler la vérité. Et elle devrait alors accepter qu'il fasse partie de sa vie. Mais pas encore. Pas maintenant.

Tout à ses pensées, elle s'avança sur le sentier qui conduisait à l'hôtel où elle avait réservé une chambre pour quelques jours. Elle venait d'entrer dans le hall quand une voix familière l'appela par son prénom. La voix profonde au timbre de baryton, envoûtante. Ce ne pouvait pas être lui. Personne ne savait qu'elle était là.

Et pourtant, Maks se tenait sur le seuil, tout en noir. Somptueux et sexy.

— Qu'est-ce que tu fais ici ? Comment as-tu su que j'étais à Dublin ?

— Je suis allé chez toi. Ta voisine m'a dit que tu avais déménagé et que tu devais aller en Irlande. Je n'ai pas eu beaucoup de mal à te retrouver.

Elle le scruta en silence, troublée malgré elle par sa proximité.

Tout son corps frémissait, le réclamait. Peut-être étaient-ce ses hormones qui lui jouaient des tours…

Était-ce le moment de lui dire qu'elle était enceinte ? Non. Elle ne se sentait pas prête.

— Pourquoi es-tu venu, Maks ? Nous n'avons plus rien à nous dire et…

— Je préférerais poursuivre cette conversation dans un endroit plus privé. Tu as pris une chambre ici, je présume ?

Elle hocha la tête, puis se dirigea vers l'ascenseur sans vérifier s'il la suivait. À quoi bon ? Elle *sentait* sa présence derrière elle.

Une fois dans la cabine, Zoe appuya sur le bouton du deuxième étage, où se trouvait sa chambre. Le supplice ne dura pas longtemps.

Soulagée, elle sortit de l'ascenseur pour gagner sa chambre. Une fois à l'intérieur, elle se dirigea vers la fenêtre, suivie par Maks.

Il avait les cheveux plus longs, remarqua-t-elle soudain. Et les joues non rasées. Il paraissait fatigué. Mais quand il riva son regard au sien, Zoe frissonna au plus intime de son être.

— Que veux-tu, Maks ? demanda-t-elle d'une voix tremblante.

C'est toi que je veux. Maks brûlait de le lui dire avec ses lèvres, ses mains.

— Je suis venu te dire que je suis désolé. J'aurais dû t'écouter, au lieu de te condamner d'emblée.

Le rose disparut des hautes pommettes. Elle blêmit.

— J'aurais dû te faire confiance, poursuivit-il. J'ai porté plainte contre Dean Simpson et la police m'a appris hier qu'il vient d'être arrêté en Espagne. Il a tout avoué. Ils vont l'extrader vers l'Irlande pour qu'il y soit jugé.

— Oh…, murmura-t-elle. Tu n'avais pas à faire tout ce chemin pour me dire cela, mais merci quand même.

— La première fois que je t'ai vue, je t'ai accusée à tort. Tu… tu produis un drôle d'effet sur moi, Zoe. En temps normal, je suis un type rationnel, mais avec toi… je deviens un autre.

— Je n'y peux rien, répliqua-t-elle en baissant les yeux.

Quel imbécile ! Il l'avait blessée...

— Ce n'était pas un reproche, Zoe. Je t'ai laissée entrer dans ma vie alors que je tenais farouchement à mon espace privé. La seule à y pénétrer, c'était ma sœur. Jusqu'à ce que je te rencontre et que tout mon bel équilibre s'effondre... À Venise, quand tu as pris cette photo de moi, je n'ai pas ressenti immédiatement cela comme une atteinte à ma personne... Puis tout à coup, j'y ai vu un signal d'alarme. Et j'ai paniqué.

Zoe le dévisageait en silence, l'air étonné.

— Et plus tard, quand j'ai découvert les photos dans la presse, j'ai sauté sur le prétexte pour te condamner... parce que cela me permettait de me mentir. De ne pas admettre que je te désirais toujours. Comme un fou. Te repousser était plus facile que de regarder la vérité en face.

— Qu'est-ce que je dois comprendre ? demanda-t-elle soudain en redressant le menton. Que veux-tu de moi ?

Maks s'avança et lui prit les bras. Elle se raidit, mais oscilla légèrement vers lui.

— Toi, Zoe. C'est toi que je veux. Tout entière.

Zoe eut l'impression de se noyer dans un océan de désir. Elle aurait voulu se lover dans la merveilleuse chaleur de Maks. Oublier tout ce qui n'était pas lui et la passion qui les poussait inexorablement l'un vers l'autre.

— Tu me désires autant que je te désire, Zoe, chuchota-t-il, à un souffle d'elle.

Elle l'observa en silence, fascinée par la belle bouche sensuelle qui se rapprochait de la sienne. Ensuite, tout s'enchaîna très vite. Maks l'embrassa avec fièvre, leurs vêtements atterrirent sur le plancher. Il la souleva dans ses bras, l'allongea sur le lit avant de s'installer au-dessus d'elle.

— Viens, murmura Zoe. Maintenant.

Laissant échapper une plainte rauque, Maks la pénétra. Les

coups de reins se firent plus profonds, plus vigoureux, tandis qu'elle haletait et le suppliait de la faire jouir.

Le plaisir monta, se déploya partout en elle. Et lorsque Maks se retira, puis donna un puissant coup de reins, elle bascula dans l'extase en criant son prénom.

Quand Zoe reprit ses esprits, il était allongé à côté d'elle, le souffle court. Comme il la regardait en silence, Zoe redescendit sur terre brutalement. La situation lui apparut dans une clarté sidérante.

— Je suis désolée, mais je ne peux pas me contenter de ce que tu me proposes, dit-elle d'un trait. Je veux davantage, Maks.

Sur ces mots, elle quitta le lit, ramassa ses vêtements et alla se réfugier dans la salle de bains. Là elle prit une douche éclair tout en s'interdisant de penser à quoi que ce soit.

De retour dans la chambre, elle constata que Maks s'était rhabillé lui aussi.

— Viens, dit-il tranquillement. Allons faire un tour.

Après avoir marché côte à côte sur la plage, ils s'assirent sur les rochers face à la mer et restèrent silencieux durant un long moment.

— C'est très beau, dit soudain Maks. Tu as de la chance d'avoir grandi ici.

— La maison est derrière nous, en haut de la falaise.

Zoe s'interrompit. Le moment était venu de lui dire qu'elle était enceinte. Et cette fois, elle ne se déroberait pas.

— Maks, commença-t-elle en se levant. Je...

— Oui... ?

— Je suis enceinte. Je t'ai menti, à Londres, parce que j'étais bouleversée de te revoir. Et quand j'ai compris que tu ne me croyais toujours pas alors que je venais de t'expliquer que je n'étais pour rien dans cette histoire de photos, je... Cela m'a fait terriblement mal. Et je n'ai pas pu te le dire.

Maks la dévisagea, le visage dénué de toute expression. Lentement, il se leva et recula d'un pas.

— Tu es enceinte ?

Elle hocha la tête et se prépara à essuyer un rejet.

— Et si je n'étais pas venu ici, quand me l'aurais-tu dit ? Après avoir mis l'enfant au monde ? Ou aurais-tu attendu qu'il ait trois mois ? Six ?

— Non... Je ne sais pas. J'avais l'intention de te le dire bientôt, de toute façon. Mais je... Je suis désolée, Maks. J'aurais dû t'en parler ce jour-là, à Londres.

L'air effaré, il se passa la main dans les cheveux.

— Cela change tout.

— Comment ça ? demanda Zoe, incrédule.

— Nous formons une famille, maintenant.

— Non, protesta-t-elle à la hâte. Ne sois pas ridicule.

Ridicule ? Alors pourquoi son cœur battait-il la chamade ? Pourquoi l'espoir renaissait-il en elle, plus vivace que jamais ?

— Je suis venu ici parce que je ne pouvais plus supporter d'être loin de toi, Zoe, dit-il, les yeux brillant des beaux reflets argentés. Tu me manquais trop. Je pense à toi tout le temps. Je ne peux m'intéresser à aucune autre femme.

— Il ne s'agit plus seulement de désir, Maks. Tu *hais* tout ce qui touche de près ou de loin à la famille, alors ne fais pas semblant d'être enchanté à la perspective de devenir père !

Une sensation inconnue envahit Maks. De paix et de plénitude. Il eut soudain l'impression que tout se mettait enfin en place dans sa vie. Tout prenait sens.

Ne restait plus qu'à convaincre Zoe de sa sincérité.

— Nous n'avons pas utilisé de préservatif, tout à l'heure, lui fit-il remarquer.

Elle battit des cils, puis comprit l'allusion et rougit.

— Alors, si tu n'étais pas déjà enceinte, nous pourrions dire que nous avons pris un grand risque. Personnellement, je n'y ai même pas songé parce que, quand je suis avec toi, je me fiche de tout. Tu es la seule qui compte, Zoe. Et...

Délicatement, Maks lui posa les mains sur la taille et l'attira vers lui.

— Et notre enfant, acheva-t-il d'une voix douce.

Il sentit Zoe trembler tout entière. Une lueur chaude incendia ses grands yeux, leur donnant un bel éclat vert. Puis son regard s'assombrit.

— Mais tu n'as jamais désiré avoir d'enfant...

— Non, c'est vrai. Jusqu'à ce que cette éventualité se transforme en réalité. En fait, je ne savais pas ce que je voulais.

— Que *veux*-tu, Maks ?

— Nous, dit-il en lui caressant doucement le ventre.

— Mais... pourquoi ? souffla Zoe, bouleversée.

— Tu n'as pas encore compris ? répliqua-t-il, le regard rivé au sien.

Elle secoua la tête, terrifiée à la pensée de se tromper. Son cœur battait si fort qu'elle avait l'impression qu'il allait exploser.

Maks sourit, d'un sourire lumineux qui éclaira tout son beau visage.

— Je t'aime, Zoe. Et moi aussi, je veux davantage. Et pas seulement à cause du bébé. Ce ne sera pas facile, je le sais. La perspective de devenir père me terrorise. Mais je sais aussi que je ne serai pas comme le mien. Je veux donner à mon enfant tout l'amour et le soutien que je n'ai jamais eus.

Zoe battit des cils pour refouler ses larmes, mais elles roulèrent sur ses joues.

— Je t'aime et je ne t'abandonnerai jamais, murmura Maks en la serrant contre lui.

Lorsqu'elle eut repris le contrôle de ses émotions, Zoe le repoussa doucement tandis qu'il prenait son visage entre ses grandes mains chaudes pour lui essuyer les joues.

Elle devait avoir une mine épouvantable. Les yeux bouffis, les joues rouges...

— Tu le penses vraiment ?

— Quand je dis que je t'aime ? fit-il avec un petit sourire en coin. Oui. Le monde entier le sait, d'ailleurs, à cause de cette fichue photo. Il suffit de se concentrer sur l'expression de mon visage plutôt que sur le reste de mon anatomie !

Ce matin-là, quand il s'était retourné vers elle, Zoe l'avait compris elle aussi, mais elle avait eu trop peur d'y croire.

— Et moi, je sais que tu m'aimes, Zoe. Alors pas la peine de le nier.

Oui, elle l'aimait plus que tout au monde. Plus qu'elle-même. Mais elle ne méritait pas d'être heureuse.

— Je voulais te dire autre chose, reprit Maks. J'ai lu tout ce qui a paru sur l'accident qui a coûté la vie à tes parents et à ton frère. Tu n'es en rien responsable. Deux jeunes en virée dans une voiture volée sont arrivés soudain en face, à toute allure, et roulant sur le mauvais côté de la route. Même s'il ne s'était pas retourné vers toi une fraction de seconde, ton père n'aurait pas pu les éviter.

Zoe scruta ses traits. Il n'inventait pas cette histoire pour la rassurer. De son côté, elle n'avait jamais fait aucune recherche pour ne pas remuer le couteau dans la plaie. Ses souvenirs s'étaient cristallisés sur l'appareil-photo de son père qu'elle tenait dans ses mains… Sur la culpabilité ressentie à l'époque, et qui ne l'avait plus jamais lâchée depuis.

— Nous nous aimons, Zoe, poursuivit Maks. Et nous avons confiance l'un dans l'autre. C'est plus fort que nous.

Sa culpabilité était infondée. Elle s'en était servie pour se protéger, éviter de souffrir à nouveau.

Un sentiment de sérénité envahit Zoe. Ainsi qu'une joie immense qui se répandit dans sa poitrine. Se haussant sur la pointe des pieds, elle referma les mains sur la nuque du père de son enfant.

— Je t'aime, Maks.

— Répète.

— Je t'aime.

La joie se déploya en elle, comme si un dernier barrage avait cédé.

— Tu veux bien m'épouser ? Pas à cause du bébé, mais

parce que je désire passer le reste de ma vie avec toi. Je t'aime, ma chérie.

Zoe sourit à travers ses larmes.

— Oui, je le veux. Parce que je t'aime autant que tu m'aimes.

Le magnifique éclat argenté incendia les yeux gris, puis Maks l'embrassa, avec tout son amour et toute sa tendresse.

Épilogue

Londres, quatre ans plus tard.

— C'est maman ! Regarde !

— Chut, fit Maks en posant un doigt sur ses lèvres. Oui, je la vois, mon trésor. Mais nous ne pouvons pas aller l'embrasser tout de suite - elle travaille.

— D'accord, papa.

Sa fille lui passa les bras autour du cou et enfouit sa petite tête dans son cou. Son geste émut profondément Maks, comme à chaque fois.

Luna avait les yeux d'une teinte peu commune, mélange de vert et de gris, et les cheveux de la même couleur que les siens, châtain foncé.

À cet instant, Zoe tourna la tête, les aperçut et sourit. Elle ne cherchait plus jamais à cacher son visage, désormais, et se faisait la plupart du temps un chignon flou, ou une simple queue-de-cheval.

La vie de famille, terrifiante et exaltante à la fois, n'avait amoindri ni leur désir ni leur amour. Elle les avait transformés, dans la confiance et l'harmonie.

Sa femme se détourna pour se concentrer sur la mannequin, superbe et très demandée. Zoe l'avait remarquée dans la rue et l'avait formée elle-même. Réfugiée ayant traversé les pires épreuves, la jeune femme était d'une beauté stupéfiante bien que son visage soit marqué par des cicatrices. Elle les portait fièrement et en avait fait sa marque personnelle, grâce à Zoe.

Maks était si fier de sa femme. Il la regarda travailler, vive et sereine à la fois. Elle s'était fait un nom dans le milieu de la mode et les créateurs se l'arrachaient, mais elle était surtout respectée pour son cheminement, pour la façon dont elle avait lentement gravi les échelons, préférant apprendre auprès des grands photographes et sans utiliser ses relations.

Lorsque, au moment de leurs fiançailles, les médias avaient découvert qu'elle était la fille de Stephen Collins, ils avaient épluché sa vie, son passé, évoquant de nouveau l'accident, l'héritage familial. Jusqu'à ce que l'agitation retombe, comme cela finissait toujours par arriver.

Zoe dit au revoir à l'équipe et à Sara, la top model devenue son amie. Puis elle se dirigea vers son mari et sa fille. Elle aimait savoir qu'ils étaient là, qu'ils l'attendaient.

Elle ne collaborait qu'avec des créateurs, des marques et des mannequins qui portaient un regard différent sur l'univers de la mode. Cela réduisait le champ de ses activités, et lui fermait pas mal de portes, mais elle ne travaillait ni pour la gloire ni pour l'argent. Elle le faisait parce qu'elle aimait cela.

En fait, l'amour régissait désormais toute sa vie. Et le plus précieux, c'était celui qu'elle éprouvait pour son mari et sa fille adorés.

Luna lui passa ses petits bras autour du cou, tandis que Maks les enveloppait toutes les deux dans les siens.

— J'aimerais savoir quand tu comptes t'arrêter, dit-il en baissant les yeux sur son ventre de femme enceinte.

Zoe aurait pu prendre son congé maternité depuis déjà plusieurs semaines, mais elle avait été incapable de refuser plusieurs propositions intéressantes.

— Maintenant, répondit-elle en se pressant contre lui. Et j'ai terriblement besoin qu'on me masse les pieds…

— Seulement les pieds ? répliqua Maks avec un sourire coquin.

— Tu es insatiable, soupira-t-elle, l'air faussement résigné.

— Moi ? fit-il en haussant les sourcils. Je crois me souvenir que ce matin c'est toi qui...

— Il va arriver quand, Ben ? l'interrompit Luna.

— Bientôt, ma chérie, répondit Zoe. Quand il sera prêt.

Luna frappa dans ses petites mains.

— On peut aller lui acheter des cadeaux ?

Leur fille avait très bien compris qu'acheter des cadeaux pour le bébé signifiait lui en acheter aussi.

— Un seul cadeau, répliqua son père. Et à condition que tu manges tout ton dîner, que tu ailles te coucher tôt et que tu laisses Hamish te lire une histoire.

— Avec sa voix rigolote ?

— Oui, avec sa voix rigolote.

Leur famille allait s'agrandir et devenir plus chaotique encore. Zoe mesurait sa chance de connaître l'amour. Vivre impliquait de prendre des risques, mais elle l'acceptait pleinement aujourd'hui. Le bonheur était à ce prix.

— On rentre à la maison ? proposa Maks.

Ce merveilleux bonheur qui se reflétait dans les yeux de son mari, elle le méritait. Ils le méritaient tous les deux.

— Oui. On rentre à la maison.

ABBY GREEN

Les amants de l'oasis

INTÉGRALE
LA DYNASTIE MARCHETTI

Traduction française de
LOUISE LAMBERSON

SAGAS
HARLEQUIN

Titre original :
BRIDE BEHIND THE DESERT VEIL

Ce roman a déjà été publié en 2021.

© 2021, Abby Green.
© 2021, 2025, HarperCollins France pour la traduction française.

Prologue

— La mariée peut dévoiler son visage.

Avec une certaine impatience, cheikh Sharif Bin Noor al-Nazar observa les deux femmes, tandis qu'elles avançaient pour ôter le masque richement orné recouvrant le visage de celle qu'il venait d'épouser.

Peu importait à quoi sa promise ressemblait, puisqu'il n'avait pas l'intention de consommer ce mariage qui serait de courte durée. Mais autant qu'elle soit agréable à regarder.

Lentement, le masque fut écarté par les mains expertes, laissant apparaître le visage...

Seigneur, son épouse était plus qu'agréable à regarder. Elle était...

Sharif contempla les traits nobles en silence, sous le choc. Puis la stupeur fit place à la colère.

Non seulement elle était d'une beauté stupéfiante, mais il la connaissait. De la façon la plus intime qui soit.

— *Toi* ! s'exclama-t-il, la voix vibrant de rage contenue.

1

Quinze jours plus tôt.

— Ne me dis pas que tu vas épouser une femme que tu n'as jamais vue ?

L'expression horrifiée de Nikos s'affichant à l'écran était presque comique. À l'arrière-plan, Sharif aperçut Maggie, de nouveau enceinte, qui allait et venait dans la pièce avec Daniel, leur bébé de huit mois, dans un bras. Étrangement, la scène domestique qui s'offrait à ses yeux le perturba… révélant en lui comme un vide.

Absurde ! Il n'avait que faire de la vie de famille ! Si le tableau était charmant, il le laissait complètement indifférent.

— Si, je vais l'épouser sans l'avoir jamais vue, répéta-t-il, impassible. Je ne sais rien sur elle et cela m'est égal. Il ne s'agit pas de romantisme mais d'un arrangement diplomatique entre Al-Murja et Taraq. Et puis…

Sharif s'appuya au dossier de son fauteuil avec une nonchalance étudiée.

— … le mariage semble très bénéfique pour les affaires.

En effet. Depuis que ses deux demi-frères s'étaient mariés – Maks, le benjamin, avait épousé sa fiancée Zoe juste avant Noël –, les actions du Marchetti Group avaient grimpé en flèche.

Et elles allaient continuer leur ascension, jusqu'à atteindre la stabilité qui permettrait à Sharif de finaliser le projet élaboré à la mort de son père.

Le visage de Maggie apparut au-dessus de l'épaule de Nikos, ainsi que la petite frimousse de Daniel.

— Al-Murja et Taraq ? Un mariage arrangé ? Quel exotisme... !

Nikos prit son fils dans ses bras, tandis que sa femme s'asseyait sur ses genoux.

— Sharif évolue dans une sphère à laquelle nous, simples mortels, n'avons pas accès, dit-il, pince-sans-rire. Dans cette partie du monde, il est un Marchetti, et l'un des milliardaires les plus brillants d'Occident, mais au pays de sa mère, au fin fond du désert, il est un cheikh royal et porte un autre nom.

Maggie écarquilla ses grands yeux bleus.

— Oh..., je n'étais pas au courant, Sharif. Comment t'appelles-tu, là-bas ?

Par chance, on frappa à la porte de son bureau, permettant à Sharif de couper court à cet échange un peu trop familier avec sa belle-sœur. Depuis quelques mois, lui et ses frères s'étaient rapprochés, mais de là à fonctionner comme une famille normale...

— Mon chauffeur m'attend. Je te rappelle dès mon retour, Nikos.

Son frère secoua la tête.

— Tu ne m'as toujours pas convaincu de l'intérêt de ces noces avec une inconnue !

— Eh bien, peut-être que je suis jaloux de Maks et toi. Et que je veux être aussi heureux que vous !

L'instant d'après, il mettait fin à l'appel vidéo, sur un éclat de rire incrédule de Nikos qui l'irrita. Sans doute était-il perturbé en cette période d'incertitudes. Mais une fois qu'il aurait achevé le démantèlement du Marchetti Group et que l'héritage de son père serait réduit en poussière, il trouverait enfin la paix.

Quand il s'installa à l'arrière de la limousine, il ne put s'empêcher de songer à ses frères. Comment réagiraient-ils s'ils apprenaient son projet ? Il refoula la question. Nikos et Maks n'étaient redevables de rien envers leur père. Pas plus que lui-même. Par ailleurs, et en dépit du rapprochement survenu entre lui et ses frères, Sharif ne faisait confiance à *personne*.

Il leur ferait part de ses plans le moment venu et ensuite, Nikos et Maks continueraient d'avancer chacun de leur côté, avec une fortune colossale en poche. Que désirer de plus ?

Une semaine auparavant, à Taraq.

— Pourquoi te donnerais-je la permission d'épouser cheikh Sharif à la place de ta sœur ? demanda le roi.

Aaliyah Binte Rashad Mansour soutint le regard courroucé de son père. En raison du coup fil hystérique de sa demi-sœur, elle était rentrée précipitamment à Taraq, dans le désert d'Arabie. Et après une nuit sans sommeil, elle avait du mal à garder son calme.

— Parce que je suis votre fille aînée. Samara n'a que dix-neuf ans, père.

Et elle est amoureuse du fils de votre premier assistant.

Le roi demeurant silencieux, Liyah en profita pour ajouter :

— Samara n'a même pas eu l'occasion de rencontrer l'homme que vous voulez lui faire épouser. Ils sont des étrangers l'un pour l'autre. Alors, qu'est-ce que cela peut faire que ce soit moi plutôt qu'elle ?

« Il lui faut une épouse. Il se fiche de savoir à quoi elle ressemble », avait dit sa sœur. « La seule chose qui lui importe, c'est qu'elle soit une princesse royale de Taraq. »

Son père poussa un juron étouffé. Mesurant un mètre soixante-dix-sept, Liyah était presque plus grande que lui et avait toujours su qu'il ne la trouvait pas assez féminine. Entre autres. Parfois, elle se demandait s'il lui trouvait des qualités...

Sa mère, la première épouse du roi, était morte alors que Liyah était toute petite. Aussi ne gardait-elle que de vagues souvenirs de celle qui l'avait mise au monde. Quant à son père, il s'était remarié, avait eu d'autres enfants, et oublié sa fille aînée.

Le seul membre de la famille à avoir été proche de Liyah était Samara qui, dès son plus jeune âge, avait suivi sa grande sœur comme une ombre.

Lorsqu'elle avait appris sa détresse, Liyah n'avait pas hésité un seul instant et avait proposé de prendre sa place. Mais maintenant qu'elle se trouvait face à son père, elle sentait la panique la gagner.

— Qui est cet homme, au fait ? Et pourquoi est-il prêt à épouser une femme qu'il ne connaît même pas ? Je croyais que le temps des mariages arrangés était révolu.

— Ne sois pas naïve, Aaliyah. Les meilleures unions demeurent celles arrangées au bénéfice de deux parties. En l'occurrence, deux royaumes voisins qui ont perdu trop de temps en hostilités.

— Mais cela fait des années que...

— Cheikh Sharif est le cousin du roi d'Al-Murja, l'interrompit son père. Et en épousant l'une de mes filles, il honore un arrangement diplomatique très ancien. Sa mère était destinée à ton oncle, mais elle a préféré fuir en Europe et épouser un play-boy italien, à qui elle a donné toute sa fortune personnelle. Leur mariage s'est effondré et elle est rentrée chez elle en état de disgrâce, avec un fils de quelques mois. Elle a quitté ce monde alors qu'il n'était encore qu'un enfant et c'est son père qui l'a élevé.

Liyah en avait entendu parler autrefois, en effet.

— Toi aussi tu as fui en Europe, poursuivit le roi d'un ton accusateur. Tu partages manifestement l'esprit rebelle de feu cette femme, Aaliyah.

— Ce n'est pas vraiment se rebeller que de...

— Restons-en là, l'interrompit-il de nouveau en levant la main. Je pense que c'est une excellente idée, en fin de compte. Cheikh Sharif Bin Noor al-Nazar est un homme d'affaires brillant, à la tête d'un puissant groupe en pleine expansion. Il ne tolérera pas une épouse rebelle. Il t'apprendra à te contrôler, Aaliyah. Ainsi que le respect.

Une foule d'émotions confuses traversèrent Liyah, notamment la souffrance familière et le besoin de se défendre, mais elle se força à ravaler le tout.

— Dois-je comprendre que vous me laissez prendre la place de Samara ?

Son père la contempla un long moment en silence. Il n'y avait pas la moindre chaleur dans ses yeux noirs. Seulement le mépris et la froideur habituels.

— Oui, tu épouseras cheikh Sharif Bin Noor al-Nazar. Et tu profiteras de la chance qui t'est offerte de te racheter aux yeux des tiens.

La panique assaillit de nouveau Liyah à la pensée de ce qui l'attendait. Mais elle ne pouvait plus revenir en arrière. Le bonheur de Samara était en jeu.

Son père se détourna, lui signifiant par-là que l'entretien était terminé. Il se débarrassait de sa fille aînée sans scrupule en la confiant à un total étranger avec qui elle passerait le restant de ses jours.

— Pourquoi avez-vous aussi peu de considération pour moi, père ? ne put-elle s'empêcher de lui demander.

Il s'immobilisa, puis se retourna vers elle. Et pour la première fois de sa vie, Liyah vit une lueur de souffrance traverser son regard.

— Parce que ta mère a été la seule femme que j'aie aimée et que tu es son portrait vivant. Te savoir en vie alors qu'elle nous a quittés me rappelle ce que j'ai perdu.

Taraq, la veille.

Sharif vit d'abord le faucon. Un faucon pèlerin adulte, d'environ dix ans. Superbe. Le soleil couchant faisait jouer des reflets dorés sur son plumage tandis qu'il volait en cercles paresseux et gracieux. Mais Sharif n'était pas dupe : le rapace cherchait une proie et fondrait sur celle-ci en un quart de seconde.

Au moment où il allait prendre ses jumelles, il entendit les sabots d'un cheval. Il se dissimula derrière les arbres entourant l'étang naturel de l'oasis où il avait établi son campement pour la nuit. Ses assistants avaient pris les devants et étaient déjà arrivés au palais de Taraq. Lui avait besoin de cette halte dans le désert. Seul. Il lui fallait en effet faire le plein d'énergie, pour affronter les semaines à venir.

Un cavalier apparut dans la petite oasis, rompant la paix qui y régnait. Un cavalier jeune mais aguerri. Le corps mince ne faisait qu'un avec sa monture. Il suffit au jeune homme d'une légère traction sur les rênes pour que l'étalon s'arrête net, les nasaux frémissant, la robe luisant d'une fine couche de sueur.

Le cavalier sauta lestement à terre, puis flatta l'encolure du cheval avant de le conduire vers l'étang. L'animal y but avidement, pendant que son jeune maître passait les rênes autour du tronc de l'arbre le plus proche.

D'instinct, Sharif demeura tapi dans l'ombre. Il sentait que l'étranger avait besoin lui aussi de solitude. Et puis, le cavalier reprendrait sa route une fois sa monture abreuvée.

Le jeune homme était grand et mince. Un turban lui ceignait la tête et son visage restait pour l'instant invisible.

Soudain, le faucon descendit en piqué et le cavalier leva le bras droit. L'oiseau vint se poser sur le protège-bras en cuir. Ainsi, il s'agissait d'un faucon apprivoisé...

L'étranger sortit un morceau de viande de la sacoche en cuir qu'il portait au côté pour le donner au rapace. Dès qu'il l'eut dévoré, son maître fit un geste rapide du bras et l'oiseau s'envola aussitôt.

Ensuite le jeune homme demeura immobile au bord du lac. Un soupir muet parcourut sa longue silhouette. Puis il entreprit de dénouer son turban.

Le moment était venu de manifester sa présence. Sharif s'avança, avant de s'arrêter net lorsque, le turban entièrement défait, une rivière de boucles brunes se répandit sur le dos mince.

Il tressaillit. Le jeune homme était en réalité une jeune femme... Et soudain, alors qu'il la contemplait en silence, comme figé sur place, elle commença à se déshabiller.

Galoper dans le désert n'avait pas suffi à calmer Liyah. Ni à chasser le mélange de colère et d'impuissance qui l'habitait. Dans moins de vingt-quatre heures, elle serait mariée – et prisonnière. Elle l'avait choisi, pour venir en aide à sa sœur. Personne ne l'y avait forcée. Elle aurait pu ne pas répondre à l'appel de Samara. Rester en Europe.

Seulement voilà, elle adorait sa sœur.

Liyah ferait n'importe quoi pour assurer son bonheur. Quitte à y perdre sa propre liberté.

Et puisque son père avait promis de ne pas empêcher le mariage de Samara avec Javid, son sacrifice ne serait pas vain.

En fait, ce n'était pas ce sacrifice qui lui pesait, mais l'aveu que son père lui avait fait. Une semaine plus tôt, le roi avait confié à Liyah qu'elle lui rappelait douloureusement la seule femme qui avait compté pour lui.

Si elle connaissait enfin la cause de son attitude glaciale à son égard, elle n'en tirait aucun réconfort. Au contraire. Liyah se sentait encore plus délaissée – et seule.

Au fond, cette découverte avait confirmé ses soupçons : l'amour rend faible et vulnérable.

Sachant cela, elle aurait dû approuver un mariage reposant sur des bases saines, des raisons pratiques. Mais elle ne s'était jamais imaginée dans le rôle de l'épouse docile. Jusqu'à l'appel au secours de Samara, Liyah se réjouissait à la perspective de conduire sa vie en toute indépendance. De faire ses proches choix.

Vivre en Europe pendant deux ans lui avait donné une illusion de liberté. Mais à supposer qu'elle ne soit pas revenue pour prendre la place de sa sœur, la négligence de sa famille à son égard aurait toujours projeté une ombre sur son existence, lui rappelant qu'elle n'était pas digne d'être aimée.

Depuis que son père avait précisé que son futur mari était le P-DG d'une holding de luxe, elle l'imaginait sous les traits d'un homme mûr, amateur de bonne chère, de belles femmes et de plaisirs mondains. Toutefois, ne voulant pas gâcher ses derniers jours de liberté en songeant à la morne existence qui l'attendait, Liyah ne s'était pas donné la peine de se renseigner sur son promis.

Pas très rationnel, comme attitude, mais la rationalité semblait l'avoir désertée, au moment où elle avait pris une décision qui bouleverserait radicalement sa vie.

Avec un soupir, elle acheva de se déshabiller tranquillement. Elle se savait en sécurité dans cette oasis toute proche de Taraq – les voyageurs ne s'y arrêtaient jamais, dans la mesure où ils étaient presque arrivés à destination. En outre, son futur époux et sa suite avaient atteint le palais avant son départ, aussi ne risquait-elle pas de rencontrer le convoi au beau milieu du désert.

Comme sa tunique glissait sur ses bras, l'air frais la fit frissonner. Liyah dégrafa son soutien-gorge qui tomba sur la tunique, à ses pieds. À côté du pantalon en cuir souple que son père jugeait inapproprié, pas assez féminin. Liyah l'appréciait justement à cause de son aspect unisexe, et de la liberté de mouvement qu'il lui permettait.

À présent, elle était nue. Son cheval hennit doucement. Le ciel se teintait d'un violet somptueux sur lequel scintillaient des myriades d'étoiles autour d'un fin croissant de lune. Sa poitrine se noua. Reviendrait-elle jamais là ? Elle adorait cet endroit. Elle s'y sentait en paix. Elle aimait y venir à cheval, son faucon volant haut dans le ciel au-dessus d'elle. Sauvage. Libre.

Liyah entra dans l'eau encore chaude et savoura la caresse de l'onde sur sa peau. Quand elle en eut jusqu'à la taille, elle plongea dans les profondeurs, plus fraîches et plus sombres.

Elle ne remonta à la surface qu'au dernier moment, quand l'air commença à lui manquer. Alors qu'elle aspirait l'air à grandes goulées, une voix d'homme résonna tout à coup derrière elle.

— Qu'est-ce qui vous a pris, bon sang ? J'allais plonger pour vous porter secours.

Se retournant, Liyah vit un homme de haute taille, aux larges épaules et aux cheveux noirs qui, les poings sur les hanches, s'avançait dans sa direction sans se soucier de mouiller sa longue tunique blanche. Il avait les cheveux courts, épais. Une barbe de deux jours. Il était... d'une beauté à couper le souffle. Et très viril.

Il la dévisageait d'un air de reproche. Elle remarqua les beaux yeux sombres, les hautes pommettes. La bouche ferme et bien dessinée.

Liyah se ressaisit. Elle en avait plus qu'assez de subir la désapprobation. Sans compter que l'apparition de cet homme ténébreux avait rompu le sentiment de paix et de sérénité qui régnait à l'oasis. Dire qu'elle était venue là pour y savourer sa dernière nuit de solitude...

— Je n'ai pas besoin d'aide.

Se sentant tout à coup affreusement exposée, elle demanda d'un ton brusque :

— Depuis combien de temps êtes-vous ici ?

— Depuis un moment. Sortez de l'eau, maintenant.

Pardon ? Il lui donnait des ordres ?

— Je ne suis pas votre esclave, rétorqua Liyah.

— Vous comptez rester là toute la nuit ? Vous allez geler.

Exact. Dans le désert, les nuits étaient froides. La température de l'eau avait déjà nettement fraîchi.

— Je ne peux pas sortir de l'eau. Je suis nue.

Bizarrement, elle ne se sentait pas en danger, alors qu'elle se trouvait face à un total étranger.

— Je sais.

— C'est bien ce que je pensais, vous m'avez espionnée.

Tout aussi bizarrement, savoir qu'il l'avait regardée se dévêtir ne la choquait pas. Ni ne l'indignait. Liyah ressentait une... *excitation* inconnue.

Soudain, elle aperçut la tente plantée sous les arbres. Et

un cheval, qui émit un faible hennissement auquel répondit son étalon.

— Vous campez ici ?

— Oui, pour la nuit.

Il avait une belle voix profonde, à l'accent difficile à identifier. Mi-britannique, mi-américain, teinté d'une nuance plus caractéristique de cette région d'Arabie.

Liyah aurait pu lui demander de décliner son identité, mais pour une raison mystérieuse, elle s'en abstint. Et puis, il avait raison, elle ne pouvait pas rester dans l'eau toute la nuit.

— Il me faut quelque chose pour me couvrir.

Au lieu de ramasser ses vêtements abandonnés sur la rive, l'homme saisit sa propre tunique et la fit passer par-dessus sa tête.

Fascinée, elle contempla le torse musclé, la toison sombre, les impressionnants pectoraux et abdominaux…

— Prenez cela, dit-il en lui tendant la tunique blanche.

Elle nagea vers lui puis, une fois qu'elle eut pied, s'avança lentement. Quand l'eau commença à lui découvrir la poitrine, Liyah s'arrêta, pensant que l'étranger allait se détourner. Mais il n'en fit rien.

Il l'avait *déjà* vue nue. De dos.

À cette idée, elle ressentit la même excitation.

Liyah reprit sa progression. L'eau découvrit ses seins. Ils étaient maintenant exposés au regard de l'étranger.

Au même instant, il baissa les yeux sur ses mamelons durcis qui frémirent.

Elle continua d'avancer, l'eau lui caressant le ventre, les hanches, les cuisses. Entre ses jambes, la chaleur pulsait.

Un sentiment confus se déploya en elle. Que lui arrivait-il ? Pourquoi faisait-elle preuve d'un tel abandon ? Une telle confiance ? Liyah ne se reconnaissait pas dans la créature audacieuse qui se montrait ainsi dans son entière nudité – à un étranger, de surcroît.

Là, au cœur du désert, elle se sentit soudain en dehors de la réalité. Au-delà des limites de la normalité.

Quant à l'inconnu, il n'était pas n'importe qui. Elle l'avait compris dès l'instant où elle l'avait aperçu. Une arrogance et une assurance hors pair émanaient de lui. Cet homme était un leader-né.

Elle fit un dernier pas et saisit la tunique qu'il lui tendait, puis l'enfila rapidement, consciente du regard sombre suivant ses moindres gestes.

La chaleur virile restée sur l'étoffe la fit frémir de nouveau. Ses seins lui parurent plus lourds. Plus sensibles.

— Merci, murmura-t-elle.

— Je vous en prie.

D'aussi près, il était encore plus somptueux. Plus mâle. Plus grand et plus imposant. Quand il lui offrit sa main, Liyah la contempla un long moment. L'air devint plus dense, empreint d'une tension qui n'avait rien à voir avec de l'hostilité ou de la méfiance. Il s'agissait plutôt d'un courant secret qui vibrait entre eux.

Demain, sa vie changerait à tout jamais, mais entre maintenant et le moment où elle renoncerait à toute velléité d'indépendance, il y avait une nuit entière. Sa dernière nuit de liberté.

Sans plus réfléchir, elle glissa sa main dans celle de l'inconnu, grande et légèrement rugueuse. Il referma les doigts autour des siens et recula, l'entraînant vers la berge de sable sec.

Lorsqu'elle avait émergé de l'onde telle Vénus surgissant des flots, l'eau glissant sur son corps à la peau mate, Sharif s'était demandé s'il était victime d'une hallucination.

Mais l'apparition n'avait rien d'une statue de marbre froid et lisse. Elle était femme de la tête aux pieds. Faite de chair et d'os.

Et la main qu'il tenait dans la sienne était bien réelle.

La ravissante créature était maintenant couverte, mais l'image de son corps nu demeurait gravée dans son esprit. Sans doute le resterait-elle à tout jamais. Il repensa au moment où, médusé, il l'avait regardée se dévêtir lentement, dévoilant peu à peu des courbes féminines dignes du rêve le plus érotique et le plus fou. Féminines et fermes, souples, mais athlétiques.

Elle avait les hanches larges, une taille de guêpe, des fesses rondes et charnues, de longues jambes minces et galbées. Quant aux seins... plus volumineux qu'il ne les aurait imaginés. Parfaits. Ornés de mamelons foncés donnant envie d'y poser les lèvres. Comme le triangle bouclé...

— Je ne suis pas une apparition, dit-elle soudain, comme si elle avait lu dans ses pensées. Je suis bien réelle.

Sa voix rauque, voilée, attisa le désir de Sharif. Il attira la jeune femme vers lui et respira son parfum, mélange de rose, de terre, de sable et de chaleur.

L'inconnue était très belle, et grande. Elle avait des yeux immenses taillés en amande, mais il ne put en discerner la teinte à la lumière du jour finissant. Le nez droit. De hautes pommettes.

Sharif brûlait de la toucher, de vérifier si cette peau mate était aussi satinée qu'elle le paraissait. De la goûter...

Son regard s'attarda sur les lèvres pleines, véritable invite à la luxure. Un vertige le gagna, si intense qu'il ferma un instant les yeux. Il avait connu les femmes les plus belles du monde sans qu'aucune ne produise un tel effet sur ses sens.

Il *devait* posséder cette femme.

— D'où venez-vous ? demanda-t-il.

— Je pourrais vous retourner la question.

Sa réticence à lui répondre trahissait une confusion égale à la sienne.

— Cela a-t-il de l'importance ?

Question stupide. Ils étaient là. Maintenant. Cela seul comptait.

— Non, dit-elle en secouant la tête. Pas plus que notre identité.

Ce fut comme si on lui ôtait un poids terrible de la poitrine et des épaules. Pour la première fois depuis une éternité, il se trouvait face à une personne qui ignorait tout de lui, jusqu'à son nom. Aucune attente ne pesait sur lui, aucun présupposé, aucun jugement.

— Désirez-vous manger quelque chose ?

Elle le regarda en battant des cils.

— Oui… Volontiers.

La main fine toujours glissée dans la sienne, Sharif s'avança vers sa tente.

En réalité, la tente installée sous les arbres était plus grande que Liyah ne l'avait cru, mais l'inconnu, qui mesurait un bon mètre quatre-vingt-quinze, dut néanmoins pencher la tête pour y entrer. Comparée à lui, elle se sentait petite, alors qu'elle était loin d'être minuscule.

Sa taille irritait d'ailleurs pas mal de gens, les hommes en particulier. Mais pas celui-là. Il l'avait regardée avec une telle intensité… Depuis le premier instant où elle avait posé les yeux sur lui, son cœur battait à un rythme sauvage et ne semblait pas près de se calmer.

L'intérieur de la tente était éclairé par des bougies posées sur la table dressée pour un convive. Liyah aperçut un lit installé dans un coin, large et recouvert de couvertures richement brodées.

Elle détourna les yeux, embarrassée de fixer ainsi la couche de l'étranger. Au même instant, il lui lâcha la main, s'avança vers la chaise qu'il tira.

— Asseyez-vous, je vous en prie.

— Il n'y en a pas d'autre, dit-elle en regardant autour d'elle.

— Je me trouverai un siège, ne vous en faites pas.

— Très bien, acquiesça Liyah en contournant la table pour s'asseoir.

D'une main légèrement tremblante, elle tenta de se recoiffer un tant soit peu avec les doigts. Elle avait les cheveux indisciplinés, trop bouclés, comme sa mère autrefois, à en juger par les photos.

Son hôte disparut derrière un paravent, sans doute dans l'espace dévolu à la toilette, avant de réapparaître quelques instants plus tard vêtu d'un T-shirt blanc moulant son torse musclé et faisant ressortir sa peau mate et halée.

Il posa le tabouret en bois qu'il portait d'une main et s'installa en face de Liyah.

Dans la lumière des bougies, son visage était d'une beauté fascinante, les flammes dansantes projetant des ombres qui faisaient saillir les traits altiers et virils. Le nez légèrement busqué. Les yeux sombres. La grande bouche aux lèvres fermes et sensuelles. Une sorte de magnétisme sexuel exsudait de toute sa personne, songea-t-elle de nouveau avec un frisson.

— Vous ne voulez vraiment pas prendre la chaise ? Ce tabouret n'a pas l'air très confortable.

Il secoua la tête et posa une assiette vide devant elle.

— Servez-vous.

En fait, elle mourait de faim... La semaine passée ayant été particulièrement stressante, Liyah n'avait presque rien mangé. Et puis, les mets disposés sur la table étaient fort appétissants.

Elle prit du houmous, du pain pita et des feuilles de vigne, de l'agneau grillé accompagné de boulettes de riz, tandis que le somptueux étranger débouchait une bouteille puis versait du vin blanc dans un verre.

— Vous en voulez ?

Elle saisit le verre qu'il lui tendait et le regarda en remplir un second ; la lueur des bougies nimbait la scène d'un éclat doré.

— Aux rencontres imprévues, dit-il en levant son verre.

Liyah entrechoqua son verre avec le sien.

— Aux rencontres imprévues, répéta-t-elle.

— Et à ce que nous en faisons, ajouta-t-il avant de boire une gorgée de vin.

2

Liyah porta à son tour son verre à ses lèvres.

« À ce que nous en faisons. »

Cet homme était trop sûr de lui, trop arrogant. Mais il éveillait en elle une audace tout égale.

— Vous avez les yeux verts, fit-il.

— Oui, ce sont ceux de ma mère.

— Goûtez l'agneau, il est délicieux.

Docilement, elle piqua sa fourchette dans un morceau de viande grillée, y ajouta un peu de riz et glissa le tout entre ses lèvres. Délicieux, en effet, et fondant à souhait.

— Vous connaissez bien cet endroit.

— J'y viens depuis toujours, répliqua-t-elle en hochant la tête. Et je n'y rencontre personne, d'habitude. Cette oasis est trop proche de la ville pour servir de halte.

De la ville et du palais.

— Votre faucon est bien apprivoisé. Quel âge a-t-il ?

— *Elle*, corrigea Liyah en retenant un sourire. C'est une femelle.

De son côté, il sourit franchement, d'un sourire magnifique qui éclaira tout son visage et ses yeux sombres.

— J'aurais dû vous poser la question avant d'en faire un mâle.

— Je l'ai depuis toute petite. Je l'ai apprivoisée et entraînée ici, dans le désert.

— Porte-t-elle un nom ?

Liyah tressaillit. Personne ne s'était jamais intéressé à son oiseau, excepté le fauconnier du palais.

— Oui. Sheba.

— Il lui va bien. C'est un bel oiseau.

Il l'étudia un instant en silence.

— Mais sa beauté est loin d'égaler celle de sa maîtresse.

La bouche de Liyah devint sèche. Son cœur lui martelait les côtes. Il la trouvait belle, mais elle savait très bien qu'elle était trop grande pour l'être vraiment. Sans parler de ses cheveux bouclés et indisciplinés, indomptables...

Sa taille avait fait d'elle une cible pour des individus mal intentionnés. L'un d'entre eux lui avait dit qu'elle était belle et, avide d'attention, Liyah s'était sentie reconnue, vivante. Alors qu'il ne s'agissait que de cruels mensonges.

Elle ferait bien de ne pas l'oublier face à cet étranger, aussi séduisant soit-il.

D'un geste résolu, elle posa sa serviette sur la table et s'apprêta à se lever lorsque son hôte lui prit la main.

— Hé, où allez-vous ? demanda-t-il, les sourcils froncés.

— Je dois m'en aller. Je me suis déjà trop attardée.

Liyah dégagea sa main et se leva.

— Attendez, dit-il en se levant son tour. Ne partez pas. S'il vous plaît.

De toute évidence, il ne disait pas souvent *s'il vous plaît*...

— D'habitude, lorsque je fais un compliment à une femme, elle ne s'enfuit pas.

— Je ne m'enfuis pas, rétorqua-t-elle en redressant le menton. Je viens seulement de me rendre compte que tout ceci était...

Elle s'interrompit, incapable de mettre un mot sur ce qu'elle ressentait.

— Fou ? Absurde ? proposa-t-il.

— Je n'étais pas venue ici ce soir pour... pour rencontrer quelqu'un.

— Mais je suis là. Et je ne m'attendais pas non plus à avoir de la compagnie.

Mon Dieu, il était trop grand. Trop imposant. Il occupait tout l'espace.

— Si je voulais m'en aller, me laisseriez-vous partir ?

Il recula d'un pas, l'air offensé.

— Évidemment !

Une lueur fauve incendia son regard.

— Mais le souhaitez-vous ? ajouta-t-il.

Liyah aurait aimé lui démontrer qu'il se trompait sur elle. Il était décidément trop sûr de lui. Elle aurait dû lui tourner le dos, récupérer ses vêtements et partir. Mais il avait raison : elle ne le souhaitait pas.

— Ce qui frémit entre nous, cette attirance... Ce n'est pas banal, poursuivait-il. Vous en rendez-vous compte ?

Un jour, elle avait cru désirer un jeune homme, mais ce qu'elle ressentait alors n'avait rien à voir avec le maelström de sensations qui tourbillonnait en elle maintenant.

— Êtes-vous réel ? murmura-t-elle.

Il s'avança d'un pas ; Liyah respira les effluves épicés et musqués. Il lui prit de nouveau la main et la posa sur sa poitrine. Alors elle sentit les battements du cœur du sublime étranger sous sa paume, puissants, réguliers, et s'embrasa tout entière. Il y avait quelque chose de grisant et d'incroyablement intime dans ce contact. D'interdit et de rassurant en même temps.

Son père régnait en maître sur ses émotions. Il désapprouvait ce qu'il considérait comme des manifestations vulgaires d'affection, tant en public qu'en privé. Les seuls contacts physiques qu'elle avait connus enfant étaient avec les gouvernantes, souvent brusques. Ou avec d'autres femmes, au hammam du palais.

Sentant les larmes lui monter aux yeux, Liyah les refoula farouchement. Elle se permettait rarement ce genre de faiblesse et puis, elle n'avait aucune raison de s'apitoyer sur son sort. Elle était née entourée de privilèges, bien que ceux-ci aient toujours été assortis de responsabilités et de devoirs. Elle avait cru pouvoir y échapper en partant vivre en Europe, mais au fond d'elle-même, Liyah avait toujours su que son destin ne lui appartenait pas et que le jour où il lui faudrait l'assumer, ce serait brutal.

Pour l'heure, elle se trouvait là, sous la tente d'un étranger, la main posée sur le torse musclé et chaud, les battements de son cœur résonnant en elle, au plus profond de son être.

Un sentiment de fatalité l'envahit. Hormis son nom, elle ignorait tout de son mari. Parce qu'elle avait obstinément refusé d'en savoir davantage. Comme si l'ignorance pourrait empêcher cette fatale union. Mais dans moins de vingt-quatre heures, elle ne serait plus la femme anonyme qu'elle était maintenant.

Elle ne pourrait plus sentir le cœur d'un somptueux étranger battre sous sa paume. Ni nager nue dans l'étang de sa chère oasis. Ni partir à cheval quand l'envie lui en prenait.

— Embrassez-moi…

Les mots avaient jailli d'eux-mêmes, naturels et teintés de désespoir.

Sharif ne désirait que cela : l'embrasser. La prendre, la posséder tout entière. Mais il devait brider son désir.

— Tu es sûre de toi ? demanda-t-il en couvrant la main fine avec la sienne.

Il avait remarqué l'expression tourmentée envahissant ses traits quelques instants plus tôt. À présent, le beau visage était lumineux, son expression déterminée.

— Oui, chuchota-t-elle, le regard rivé au sien.

Sharif referma les doigts sur les bras minces et l'attira doucement vers lui jusqu'à ce qu'il sente la chaleur de son corps mince à travers l'étoffe. Les cheveux brun foncé bouclaient sur ses épaules. Peu de personnes avaient les yeux de cette couleur, dans la région. Qui pouvait-elle être ? se demanda-t-il fugacement. Peu importait. Seul comptaient ces instants et le désir qui palpitait entre eux.

Il l'enlaça plus étroitement, savourant la sensation des courbes affolantes pressées contre son corps. Sa libido rugit, lui donnant l'impression d'être un adolescent en proie à ses premiers émois sensuels… Qu'est-ce qu'il lui arrivait, bon sang ?

Les paumes étalées sur sa poitrine, la belle inconnue le regardait, les lèvres entrouvertes laissant échapper un petit halètement follement sexy. Il prit possession de la bouche pulpeuse et se convainquit que ce baiser n'avait rien de spécial, tout en sachant qu'il se mentait.

Les lèvres sensuelles étaient douces mais fermes. Comme elle. Il approfondit le baiser, se délectant du goût de sa bouche. D'abord hésitante, la belle s'enhardit peu à peu et lui mordilla la langue, exacerbant le désir qui le consumait. Elle referma les mains sur sa nuque pour mieux se presser contre lui… Sharif sentit la dureté des mamelons gonflés et redressa la tête.

Il avait besoin de la voir, de la sentir. Maintenant.

Comme si elle avait deviné son impatience, elle laissa retomber ses bras et recula.

Subjugué, il la regarda faire passer la tunique par-dessus sa tête et la laisser choir sur le sol.

Il la contemplait comme s'il n'avait jamais vu de femme avant elle. Ce qui était ridicule. Non seulement il avait vu son corps nu tout à l'heure, mais elle aurait été vraiment stupide d'imaginer qu'un homme comme lui n'avait pas connu une pléiade de femmes superbes.

Immobile devant elle, le somptueux étranger la dévorait littéralement des yeux. Le regard brûlant descendit sur ses seins, son ventre, ses cuisses…

— Tourne-toi, ordonna-t-il d'une voix rauque.

Liyah obéit, le cœur battant à tout rompre, puis l'entendit bouger derrière elle. L'instant d'après, elle *sentit* sa chaleur virile se propager en elle. Il était nu lui aussi.

Repoussant ses cheveux sur une épaule, il posa de nouveau les mains sur ses bras. Le souffle tiède lui caressa la peau.

— Tu es toujours d'accord ? murmura-t-il.

Sa considération la surprit et la toucha.

— Oui, chuchota-t-elle.

Continue, je t'en supplie. Emmène-moi, loin de tout, de moi-même, de mon destin funeste...

Liyah retint un halètement en sentant les bras musclés se refermer autour de son buste. La toison un peu rêche se pressa contre son dos, le membre viril contre ses reins. Il était prêt. Pour elle.

La chaleur se répandit entre ses cuisses. Elle poussa un petit gémissement et s'abandonna contre le corps musclé. Celui qui allait devenir son amant laissa glisser une main sur son ventre, de plus en plus bas.

Il la serra contre lui, comme pour mieux lui montrer l'urgence de son désir, sa main continuant d'infliger des tourments exquis à son sein, tandis que de l'autre, il lui caressait l'intérieur des cuisses pour l'inviter à les écarter.

Soudain, il accéda à l'endroit secret où elle brûlait pour lui.

— N'aie pas peur..., lui murmura-t-il à l'oreille. Tu n'as rien à craindre avec moi...

Liyah renonça à lutter et s'offrit à lui. Complètement.

Avait-elle crié ? Elle n'aurait su le dire. Il la fouillait, l'explorait, avec un art divin... Soudain, il tourna son visage vers le sien et reprit possession de sa bouche en même temps qu'il continuait son enivrant manège. Tout son corps se mit à trembler, à réclamer. Jusqu'à ce que les doigts experts déclenchent un séisme qui l'emporta dans un univers inconnu.

Elle flottait... Ce ne fut que lorsqu'il la déposa sur le lit que Liyah se rendit compte qu'il l'avait simplement soulevée et portée dans ses bras.

Cet homme superbe venait de lui offrir son premier orgasme.

— Merci, murmura-t-elle.

Il s'allongea à côté d'elle avec la grâce d'un félin.

— De quoi ?

Impossible de lui avouer qu'elle n'avait encore jamais joui, ni qu'elle s'était crue anormale parce qu'elle n'avait pas apprécié sa première et unique expérience. En guise de plaisir, elle avait éprouvé une humiliation atroce, à tout point de vue, et ensuite...

Liyah refoula les souvenirs horribles.

— Merci, c'est tout.

Il sourit.

Embrasse-moi. Encore. Transporte-moi au paradis...

Lentement, elle promena son regard sur les pectoraux parfaits, le ventre ferme comme un roc. La toison brune et l'impressionnante érection. Les cuisses musclées.

Une sensation de vertige la traversa. Elle se sentit soudain intimidée. Son amant l'observait, les traits indéchiffrables.

— Je peux... ? demanda-t-elle en s'appuyant sur un coude. Je peux te toucher... ?

Il s'allongea sur le dos et sourit. D'un sourire paresseux et sensuel.

— Je t'en prie.

Alors elle posa de nouveau la main sur la poitrine chaude. Le cœur battait plus fort, plus vite. Comme Liyah laissait glisser sa paume sur le ventre plat et ferme, les muscles se contractèrent sous ses doigts.

Son amant ne souriait plus.

— Continue, dit-il d'une voix sourde.

Encore trop timorée pour explorer le membre viril, elle effleura la cuisse musclée et en savoura la force. Il tressaillit violemment, comme pour l'inviter à des caresses plus intimes.

Le cœur de Liyah fit un bond. Elle hésita un instant, puis céda à la tentation et saisit la superbe érection.

Il laissa échapper une plainte. Elle s'arrêta. Il avait l'air de souffrir.

— Qu'y a-t-il ?

— Rien. Continue...

Sous ses doigts, le membre à la peau soyeuse était ferme. Liyah eut soudain envie de le goûter et rougit à cette pensée.

— Je veux te voir...

Ne comprenant pas trop ce qu'il entendait par là, elle le dévisagea en silence. Il se redressa sur son séant, la prit dans ses bras et l'installa à califourchon sur lui. Impossible de se dérober au regard pénétrant. Elle était totalement exposée. Et encore plus excitée.

Il referma les mains sur ses hanches et se cala contre les oreillers.

— Tu as des seins magnifiques.

Liyah rougit de nouveau. Elle les trouvait trop gros et avait toujours envié ceux de ses sœurs, plus menus.

Doucement, il les prit dans ses mains, puis en aspira tour à tour les pointes durcies entre ses lèvres, en même temps qu'il les léchait du bout de la langue.

Le plaisir monta en elle, si intense qu'elle renversa la tête en arrière. Au même instant, il lui caressa le clitoris, la faisant aussitôt basculer dans l'extase.

On aurait dit qu'il connaissait son corps mieux qu'elle-même, songea-t-elle confusément. Alors qu'ils venaient à peine de se rencontrer...

Lorsque Liyah reprit ses esprits, son amant s'était rallongé sur le dos et la regardait, les yeux mi-clos. Il l'attira contre lui, puis lui repoussa les cheveux en arrière et l'embrassa à pleine bouche, presque sauvagement.

L'excitation rejaillit en elle, plus vivace encore. La puissante érection était pressée contre l'orée de son sexe.

D'un mouvement fluide, il l'installa de nouveau à califourchon sur lui et guida son membre excité en elle. Liyah le laissa faire en retenant son souffle. Son corps le réclamait. Elle avait besoin de le sentir en elle.

Lentement, elle se laissa couler sur lui, les grandes mains chaudes la tenant fermement par les hanches. Une petite douleur la traversa.

— Tu n'es pas... ? commença-t-il, enfonçant les doigts dans sa chair.

La douleur avait déjà disparu, remplacée par des sensations délicieuses qui ondoyaient dans tout son corps.

— Non, je ne suis pas vierge, murmura-t-elle.

Mais son unique expérience sexuelle ne valait pas grand-chose. Surtout comparée à ce qu'elle vivait maintenant.

S'enhardissant, Liyah instaura un va-et-vient régulier à ses mouvements. Bientôt, son corps s'habitua à la présence du puissant membre viril, et elle accéléra le rythme. Les mains refermées sur ses hanches se détendirent. Un sentiment de puissance extraordinaire l'envahit, lorsque, d'un mouvement rapide, son amant la renversa sur le dos en la serrant contre lui.

Il plongea son regard dans le sien et se retira, les traits tendus, attendit, puis s'enfonça en elle, au plus profond, avant de s'immobiliser tout à coup.

— Quelque chose ne va pas ? chuchota-t-elle, le souffle court.

À son grand dépit, il se retira complètement.

— Je n'ai pas de préservatif.

Elle sourit.

— Pas de problème. Je prends la pilule.

Sharif se redressa pour contempler le beau visage auréolé des longs cheveux bouclés. Elle avait la bouche gonflée, les pommettes rose vif ; ses yeux verts brillaient comme des joyaux.

Il avait dû faire un effort surhumain pour se retirer. Aucune femme ne l'avait jamais fait trembler ainsi. Pour lui, le sexe se limitait à une satisfaction éphémère des sens. Un apaisement temporaire et purement physique. À vrai dire, la chasse et la conquête lui apportaient plus de plaisir que l'acte lui-même.

Sharif ne s'abandonnait jamais complètement. Pourtant avec cette inconnue, il avait perdu toute distance, toute retenue, oubliant presque la règle qu'il s'était fixée : *Ne jamais coucher avec une femme sans protection*.

En d'autres circonstances, avec une autre partenaire, il aurait considéré cela pour un rappel à l'ordre. Son cynisme naturel et sa méfiance instinctive auraient aussitôt repris le dessus et douché son désir. Or tout son corps vibrait d'impatience, exigeait de se mêler à cette femme superbe, de ne plus faire qu'un avec elle. Au mépris de toute prudence.

Il ne connaissait même pas son prénom !

Et il ne la reverrait plus jamais après cette nuit partagée avec elle dans le désert, sous sa tente.

— Tu prends la pilule ?

— Oui. Depuis plus d'un an. Je ne mentirais pas sur un tel sujet.

Tout reste de bon sens déserta Sharif. Il la crut. Sans plus se soucier de la règle à laquelle il ne dérogeait *jamais*.

— Je suis sain. Mon dernier bilan de santé est tout récent.

Elle leva les mains pour les poser sur sa poitrine.

— J'ai confiance en toi.

Aucune femme – personne – ne lui avait encore jamais dit cela. Il n'avait jamais entretenu de relation suffisamment intime avec quiconque pour provoquer de telles déclarations.

Mais ce n'était pas le moment de s'appesantir sur ses rapports avec autrui. Son corps réclamait de s'unir avec celui de cette femme.

Les cuisses à la peau satinée s'ouvrirent d'elles-mêmes tandis qu'il s'enfonçait dans la merveilleuse chaleur. Une longue plainte s'échappa des lèvres de Sharif. Il ne s'agissait pas seulement de sexe, songea-t-il en savourant les sensations délicieuses qui se propageaient partout en lui. Mais il ne s'attarda pas non plus sur cette pensée.

En revanche, il s'efforça de contrôler ses coups de reins pour laisser à son amante le temps de s'habituer à lui. La belle n'était pas vierge, mais elle n'avait pas grande expérience en matière de sexe.

Petit à petit, le corps souple et mince s'accorda au sien. Elle bougeait maintenant au même rythme que lui, soulevant les hanches pour mieux l'accueillir en elle, au plus profond.

Sharif prit les mains fines et les lui remonta au-dessus de la tête, puis enlaça ses doigts aux siens.

Liyah se réveilla en sursaut, désorientée. Des sensations inconnues frémissaient dans son corps, elle se sentait...

Tous les événements de la veille au soir et de la nuit lui

revinrent d'un coup à la mémoire, tandis qu'elle reconnaissait la tente de l'étranger. L'amant insatiable avec qui elle avait partagé des étreintes fabuleuses.

Il reposait à côté d'elle, sur le ventre, un bras pendant le long du lit, l'autre replié au-dessus de sa tête. Il avait le visage tourné vers elle.

Même endormi, il dégageait une aura de force. Lentement, Liyah promena les yeux sur le dos musclé, les hanches étroites, les fesses si fermes... La chaleur désormais familière se répandit entre ses cuisses au souvenir de ce superbe mâle s'enfonçant puissamment en elle...

Grâce à lui, elle avait retrouvé confiance en elle. Il l'avait regardée comme si elle était la féminité incarnée. La plus belle des femmes. La seule et l'unique. Il l'avait caressée avec révérence. Puis il lui avait fait l'amour comme si elle seule pouvait assouvir la faim qui le dévorait.

Plus tard dans la nuit, ils avaient pris un bain ensemble et, avec une hardiesse insensée, Liyah l'avait chevauché. Elle avait gémi, haleté, crié de plaisir. Ensuite, il l'avait enduite de savon tout entière, ses grandes mains lui donnant l'impression d'être délicate et précieuse. Pour la première fois de sa vie, elle s'était sentie... chérie.

Une faible clarté se diffusait dans la tente à travers la toile.

Le jour allait se lever.

Le jour de son mariage.

Un frisson glacé parcourut Liyah. Dans quelques heures, les femmes l'attendraient pour lui tatouer au henné les mains et les pieds. La cérémonie aurait lieu en début d'après-midi.

Elle devait partir. Maintenant.

Doucement, elle descendit du lit et réussit à ne pas réveiller l'homme dont elle ne connaissait ni le nom ni le prénom. Sur la pointe des pieds, elle alla récupérer ses vêtements, puis s'avança vers l'ouverture de la tente.

Avant de soulever le pan de toile, elle se retourna pour regarder une dernière fois l'homme qui lui avait fait découvrir les plaisirs de la chair.

Jamais elle n'oublierait ce corps magnifique, ce visage aux traits virils et altiers. Ils resteraient gravés dans sa mémoire jusqu'à la fin de ses jours. Ce serait son secret. Il l'accompagnerait partout.

Sa gorge se noua. Ces instants avaient été... magiques. Mais ils appartenaient déjà au passé.

À présent, il fallait rentrer au palais, où l'attendait son futur époux.

Sharif se réveilla lentement avec l'impression d'avoir fait un rêve merveilleux. Il se sentait le corps et l'esprit légers...

Il n'avait pas rêvé. Il venait de vivre l'expérience sensuelle la plus érotique de sa vie. Avec une femme délicieuse et incroyablement sensible.

Les souvenirs l'assaillirent, plus brûlants les uns que les autres. Il revit la belle inconnue s'abandonner à la jouissance dans ses bras, encore et encore... Quant à lui, il avait découvert des sensations incroyables dont il n'aurait jamais soupçonné l'existence. Il revit son amante passionnée le chevaucher dans le bain, la tête renversée en arrière, les boucles ruisselant sur ses fines épaules rondes...

Mais à présent, il était seul dans le grand lit. L'amazone aux grands yeux verts avait disparu.

Se redressant sur son séant, il fouilla du regard l'intérieur de la tente où pénétraient les premières lueurs de l'aube, puis descendit du lit et se dirigea vers l'ouverture dont il écarta les pans.

L'oasis baignait dans une lumière rose et dorée. Sharif s'avança, nu, la fraîcheur du petit matin achevant de le réveiller et de lui remettre les idées en place.

L'étalon noir avait disparu.

Elle était partie.

S'arrêtant au bord de l'étang, il contempla la surface de l'eau et revit la belle inconnue y plonger tout à coup, avant de réapparaître telle Vénus émergeant de l'onde.

Il tressaillit, mais la fraîcheur de l'air n'y était pour rien.

Avait-il rêvé, en fin de compte ? La créature enchanteresse avait-elle vraiment existé ? En chair et en os ?

Peut-être ferait-il bien de se convaincre que rien ne s'était passé. Ce serait plus facile. Il n'était pas un saint, mais pas non plus un habitué des aventures d'un soir. Encore moins avec une parfaite inconnue.

Un frisson glacé le traversa. Ils n'avaient pas utilisé de préservatif. Il l'avait crue sur parole quand elle avait affirmé prendre la pilule.

Comment avait-il pu se montrer aussi imprudent ? Il ne faisait jamais l'amour sans se protéger. Un homme comme lui représentait une cible de choix pour des femmes cupides, prêtes à se faire engrosser par un milliardaire et s'assurer ainsi une pension à vie. En outre, il ne voulait pas de progéniture. Ni maintenant ni jamais.

Il avait rêvé, décida Sharif. Le rêve avait été fabuleux, d'un érotisme torride, mais ce n'était que cela : un rêve. Il ne voyait pas d'autre explication. Il faisait toujours des rêves insensés, quand il dormait dans le désert. Mais jamais d'aussi...

Tournant le dos à l'étang, il regagna sa tente. Bien sûr que cette superbe créature n'avait pas été réelle. Une femme comme elle ne pouvait pas exister.

Et puis, il devait se concentrer sur son mariage imminent. Dans quelques heures, il deviendrait le mari d'une autre femme. Bien réelle celle-là. Par conséquent, il ferait mieux d'oublier la belle déesse aux cheveux bouclés. Pour de bon.

Le temps était venu de passer à l'action et de venger sa mère. Rien ni personne ne le détournerait de son projet.

3

Le cœur battant à tout rompre, Liyah soutint le regard furieux de l'homme qu'elle venait d'épouser.

L'amant merveilleux avait un nom, désormais.

Cheikh Sharif Bin Noor al-Nazar. Plus connu en Europe et aux États-Unis sous celui de Sharif Marchetti, P-DG du Marchetti Group, puissante holding propriétaire des plus grandes marques de luxe.

Ces précisions lui avaient été données par les femmes tandis qu'elles peignaient des motifs subtils sur ses mains et ses pieds. Elles avaient également évoqué sa beauté, son charisme viril et sensuel.

Dans la tenue royale d'apparat d'Al-Murja, il ressemblait à un dieu. La longue tunique couleur ivoire rehaussée de broderies d'or faisait ressortir la peau mate, les yeux sombres. Il ne portait pas de turban mais les cheveux noirs coiffés avec soin brillaient, sans doute enduits d'un onguent précieux. Il était rasé de près.

Liyah le revit au moment où il penchait la tête au-dessus de son sexe, se rappela la sensation de la barbe de deux jours sur sa peau, à l'intérieur des cuisses, la caresse de sa langue sur sa chair…

Lorsqu'elle avait aperçu l'homme qu'elle allait épouser et reconnu l'amant merveilleux de l'oasis, elle avait reçu un choc terrible. Une sorte de paralysie l'avait gagnée. Heureusement, lui ne l'avait pas encore reconnue à cause de son masque, permettant ainsi à Liyah de se ressaisir quelque peu.

Mais lorsque Samara et une aide lui avaient adroitement ôté le masque traditionnel des mariées de la Maison royale de Taraq… Elle avait cru que son cœur allait cesser de battre.

Comme au ralenti, les expressions s'étaient succédé sur le beau visage de son mari. La stupeur. La confusion. Puis l'incrédulité. La rage.

« *Toi* ! » avait-il lâché.

Par miracle, personne ne semblait l'avoir entendu et la cérémonie s'était achevée sans incident. Le célébrant lui avait pris la main et l'avait placée sur celle de l'homme qui se tenait à côté d'elle, raide et bouillant de colère contenue.

Sa vision se brouilla. Liyah craignit de s'évanouir et se concentra sur sa respiration. Elle avait horriblement chaud, avec ces lourdes robes et cette coiffe… En outre, elle sentait les yeux sombres de son époux dardés sur elle, la sommant de le regarder.

Le mystérieux inconnu avait disparu, remplacé par un cheikh royal doublé d'un P-DG puissant. En échange d'un amant passionné, elle avait hérité d'un mari austère et manifestement furieux.

Le maître de cérémonie les invita à passer dans la salle de réception, où les suivirent les invités et leurs deux familles.

Là, un banquet fastueux les attendait. En temps normal, les mariages duraient trois ou quatre jours à Taraq, mais son père l'avait avertie que le sien serait beaucoup plus bref.

Liyah et son époux furent conduits à l'extrémité de la longue table où ils furent placés l'un à côté de l'autre. Elle s'assit en évitant de regarder son mari. L'alliance lui pesait au doigt. Il s'agissait d'un anneau d'or épais, ouvragé, serti d'une pierre bleue entourée de diamants.

Le roi d'Al-Murja, un bel homme de haute taille aussi austère que Sharif, s'assit à la gauche de celui-ci.

— Regarde-moi.

Elle tressaillit puis tourna lentement la tête pour croiser l'inoubliable regard sombre. Un éclat doré le traversa, avant de s'éteindre aussitôt.

— Eh bien, de quoi s'agissait-il, la nuit dernière ? Préférais-tu... essayer ton futur époux avant de te lier à lui ? Dois-je me sentir flatté d'avoir passé l'examen avec succès ?

La voix aux inflexions glacées était si différente de celle qui lui avait donné l'impression d'être précieuse, chérie...

— Non, répondit Liyah. J'ignorais totalement qui tu étais.

— J'ai beaucoup de mal à le croire !

— Et toi ? rétorqua-t-elle, choquée par le ton accusateur de Sharif.

Lui non plus n'avait pas cherché à se renseigner sur sa future épouse. *« Il lui faut une épouse. Il se fiche de savoir à quoi elle ressemble »,* avait dit Samara.

— Tu savais peut-être très bien qui j'étais et tenais à t'assurer que je ferais l'affaire !

— Tu n'étais pas vierge. Cela suffirait à certains pour te juger inapte à devenir l'épouse d'un cheikh.

Liyah rougit. Dans cette partie du monde, il aurait en effet été en droit de la rejeter pour ce simple motif.

— Que cherches-tu à me dire, exactement ?

S'il la répudiait, son père serait capable, pour la punir, d'interdire à sa sœur Samara d'épouser l'homme qu'elle aimait.

— Ne crains rien. Je ne suis pas un hypocrite et n'étant moi-même plus vierge depuis longtemps, je ne m'attends pas à ce que ma femme le soit. De toute façon, il ne sera pas question de cela entre nous.

— Qu'entends-tu par-là ? demanda Liyah, confuse. Je ne...

Au même instant, les musiciens commencèrent à jouer, noyant ses paroles. Alors elle tâcha de se concentrer sur les danses traditionnelles et leurs gracieux interprètes. Mais son esprit était ailleurs. Qu'avait voulu dire Sharif ? Elle aurait vraiment dû se renseigner sur lui, afin d'être mieux préparée...

Indifférent aux danses et à la musique, Sharif était furieux. Aaliyah. La femme qui l'avait rendu fou de désir quelques heures plus tôt avait maintenant un prénom.

Et elle mentait. Elle savait très bien qui il était la veille au soir. C'était trop commode de prétendre qu'elle s'était trouvée à l'oasis *par hasard* alors qu'il y avait justement établi son campement. Quelqu'un avait dû l'informer qu'il n'était pas arrivé au palais en même temps que sa suite et elle s'était alors renseignée. Seigneur, elle avait dû bien se moquer de lui, protégée par ce masque ne laissant même pas entrevoir ses yeux !

Peu de chose échappait à son contrôle. Et ce n'était certes pas ainsi qu'il avait envisagé le début de son mariage. Il n'avait pas escompté recevoir un tel choc, ni bouillir de colère et, pire encore, brûler de désir.

Sous les lourdes robes traditionnelles de Taraq rouges et blanches, Sharif devinait chaque courbe, chaque relief. Il la revoyait émerger devant lui, nue, l'eau luisant sur son corps aux courbes affolantes, les longues jambes minces et galbées, les seins magnifiques...

Bon sang, il avait prévu de profiter au maximum de son statut d'homme marié durant les quelques semaines à venir, de s'afficher avec elle publiquement le plus souvent possible, afin d'offrir une image de stabilité et de valeur au Marchetti Group, en vue du jour où il mettrait son plan en action.

Il l'avait imaginée à ses côtés. Pas dans son lit. Ni dans ses pensées.

La femme qu'il avait cru ne jamais revoir, qu'il ne voulait plus jamais rencontrer, était désormais son épouse. Et en tant que telle, il la côtoierait en permanence. Il n'avait pas le choix.

— Je ne t'avais jamais vue aussi élégante, aussi raffinée...

Liyah se regarda dans le miroir et fit la grimace. Elle détestait le rose. Et cette robe fourreau, ainsi que la veste courte assortie, étaient bien trop féminines. Vêtue ainsi, elle n'était pas à l'aise.

Son époux s'était chargé de lui fournir une garde-robe, sans lui demander son avis. Résultat : elle se retrouvait affublée de cet ensemble rose pastel.

Elle avait l'air ridicule. Ses cheveux indisciplinés tranchaient avec une tenue aussi sophistiquée, mais il était trop tard pour remédier au problème. En outre, Liyah se sentait affreusement nerveuse. Après le banquet, elle avait réussi à éviter Sharif – il y avait tellement d'invités que cela n'avait pas été trop difficile. Mais à présent, elle allait prendre l'avion avec lui et n'aurait plus aucun moyen de le fuir.

— Tu as des cheveux superbes, Liyah, poursuivit Samara.

D'un geste adroit, sa sœur les lui rassembla en queue-de-cheval.

— *Tu* es superbe, ajouta-t-elle.

Samara croisa son regard dans le miroir.

— Merci, Liyah, reprit-elle gravement. Tu ne peux pas imaginer à quel point...

— Je sais, l'interrompit Liyah, en faisant volte-face.

Elle serra sa sœur dans ses bras, la gorge nouée.

— Sois heureuse, c'est tout ce que je te demande, Sammy, chuchota-t-elle. D'accord ? Épouse Javid et soyez heureux.

Sa sœur hocha la tête contre son épaule, puis recula, les yeux emplis de larmes.

— Tu vas me manquer, dit-elle avec un sourire forcé.

— Toi aussi, tu vas me manquer. Mais tu peux m'appeler à n'importe quel moment, OK ?

Samara acquiesça de nouveau, manifestement trop émue pour parler.

Un employé entra dans la pièce et prit les bagages, puis ressortit. Liyah le suivit tandis qu'il se dirigeait vers la cour du palais où Sharif l'attendait. Seule Samara était venue lui dire au revoir, et Liyah se détestait d'en être affectée. Elle s'en voulait tant de continuer d'espérer, dans un tout petit coin de son cœur, qu'elle finirait par compter pour sa famille. Pour son père.

Elle s'arrêta sous une arcade et regarda Sharif faire les cent pas. Apercevant l'employé, il remonta sa manchette d'un geste impatient et baissa les yeux sur sa montre.

À présent, il n'était plus le cheikh royal en tunique de riche étoffe ivoire rehaussée de broderies d'or. Ni l'homme sans nom qui l'avait séduite dans le désert. Elle se trouvait face à une nouvelle incarnation, encore plus intimidante que les précédentes.

En somptueux costume trois-pièces gris anthracite et chemise blanche, l'amant fougueux de la veille aurait dû avoir l'air plus civilisé. Plus urbain. Mais il n'en était rien. Au contraire. Liyah le trouvait encore plus athlétique. Plus sauvage et plus dangereux.

Brusquement, les murs de protection dont elle s'était entourée lui parurent terriblement fragiles, comme si ce qu'elle avait vécu la nuit passée en avait irrémédiablement sapé les fondations.

Le soleil descendait à l'horizon, baignant les pierres d'une lumière dorée. C'était à peu près à la même heure que, la veille, elle avait quitté le palais pour aller galoper dans le désert.

Un jeune homme, sans doute l'un des assistants de son mari, se dirigea rapidement vers celui-ci pour lui dire quelques mots.

— Trouvez-la, répliqua-t-il d'un ton tranchant.

Liyah redressa les épaules et s'avança.

— Je suis là. Nous pouvons partir.

Sharif se retourna au son de la voix féminine.

Seigneur...

Il avait chargé une assistante de faire parvenir à son épouse une garde-robe appropriée à son nouveau statut, mais la jeune femme ne s'était manifestement pas renseignée sur les goûts et le style de la princesse Aaliyah.

Pas plus que lui-même n'avait cherché à se renseigner sur l'aînée des filles du roi après avoir appris qu'elle prendrait la place de sa cadette. Il avait accepté ce changement de dernière minute sans se poser de questions. Il lui fallait une épouse, point final.

Le rose pastel ne lui allait vraiment pas. Cette femme devait porter des teintes vives, vibrantes. De la soie et du satin dignes de ses courbes ravissantes. Des bijoux somptueux qui mettraient en valeur sa gorge et ses oreilles, ses poignets fins, ses bras minces.

Cependant, rien ne pouvait atténuer sa beauté lumineuse. Pas même cette banale queue-de-cheval ou cet ensemble bien trop *girly* pour une amazone aimant galoper dans le désert.

— Nous devons partir, déclara-t-il sèchement, agacé par ses propres réactions. Mon pilote nous attend.

Elle redressa le menton, comme pour lui montrer que son ton autoritaire ne l'impressionnait pas. Un éclair fusa dans les beaux yeux verts, le faisant tressaillir. De désir pur.

Ignorant le chauffeur qui se tenait à côté de la jeep, il ouvrit lui-même la portière.

— Après vous.

Jamais il n'avait été aussi poli, aussi prévenant que durant ces dernières vingt-quatre heures !

Aaliyah s'avança, les escarpins à talons aiguilles gris tourterelle faisant paraître ses jambes encore plus longues, ses mollets plus galbés. Il se rappela la force des cuisses lui enserrant les hanches tandis qu'elle le chevauchait hardiment…

Les mâchoires crispées, Sharif s'efforça d'ignorer le parfum naturellement fleuri qui lui caressait les narines alors qu'elle montait en voiture. L'étoffe glissa, révélant sa cuisse à la peau lisse. Il referma la portière, contourna le véhicule et s'installa à l'avant, à côté du chauffeur. Bientôt il retrouverait son univers et là, il serait mieux à même de reprendre le contrôle de la situation – et de sa libido. Mais en attendant, mieux valait garder ses distances.

Liyah fut réveillée par des coups frappés à la porte.

— Madame Marchetti ?

Madame Marchetti... ?

On toqua de nouveau, plus vigoureusement.

Tout lui revint à la mémoire d'un coup. Elle se trouvait à bord du jet privé de son mari. Sharif Marchetti.

— Madame Marchetti ? Nous atterrissons dans une demi-heure.

— Merci. Je suis réveillée, dit-elle en se redressant.

— Voulez-vous que je vous apporte un petit déjeuner ?

Elle tourna la tête vers le hublot, de fines traînées rose orangé s'effilochaient dans le ciel.

— Je prendrais volontiers une tasse de café, merci.

D'ici peu, elle débarquerait dans un monde nouveau, pour y commencer une vie nouvelle. Avec l'homme rencontré dans le désert. Sauf qu'il n'avait plus rien de commun avec le merveilleux amant de l'oasis.

En se levant, Liyah s'aperçut que l'on avait déposé ses bagages dans la chambre. Après avoir pris une douche rapide dans la salle de bains attenante, elle enfila un pantalon noir et un haut en cachemire bleu nuit à manches longues. Simple et élégant. Et mille fois plus seyant que la robe rose pastel.

Dieu merci, il y avait une paire de sandales plates dans le second sac de voyage. Parée de la tête aux pieds, elle redressa les épaules et rejoignit la cabine principale.

Sharif travaillait, concentré sur l'écran de son ordinateur portable. Lorsqu'elle arriva à sa hauteur et s'installa dans le fauteuil situé de l'autre côté de l'allée centrale, il tourna brièvement les yeux vers elle. Au même instant, Liyah se rendit compte qu'elle avait gardé le chignon fait à la va-vite sur le dessus de son crâne avant de se doucher.

Comme le steward lui apportait une tasse de café à l'arôme puissant, elle le remercia d'un sourire. Le jeune homme la gratifia d'un petit hochement de tête respectueux.

Pourvu qu'elle n'ait pas l'air d'une folle avec ses mèches bouclant autour de son visage...

Liyah but une gorgée de café, puis risqua un regard du côté de son mari. Il avait ôté sa veste mais pas le gilet, le gris anthracite contrastant avec le blanc immaculé de la chemise dont il avait roulé les manches sur ses avant-bras musclés.

— Tu as travaillé toute la nuit ?

Il accepta la tasse de café que le steward lui proposait avant de se tourner vers elle.

— T'inquiéterais-tu pour ma santé, Aaliyah ? demanda-t-il en haussant un sourcil noir.

La voix grave et profonde la fit frémir. Liyah se sentait démunie, privée de toutes ses défenses. À la merci de cet homme impérieux et charismatique. Il était dangereux et en savait beaucoup trop sur elle.

— Appelle-moi plutôt Liyah, s'il te plaît.

— Comme tu voudras, acquiesça-t-il en la dévisageant de la tête aux pieds. Les teintes pastel ne te vont pas mais les foncées ne valent pas mieux. Nous remédierons à cela. Je suis convié à de nombreux événements mondains où ta présence sera requise.

Il l'évaluait comme s'il avait affaire à un mannequin de bois. Une poupée, songea Liyah, en rougissant d'indignation.

— Ce n'est pas moi qui ai choisi ces vêtements, rétorqua-t-elle. Ils m'ont été apportés sans que j'aie eu mon mot à dire.

— Tu n'avais pas fait part de tes préférences vestimentaires, répliqua-t-il tranquillement.

Mieux valait ne pas insister. De toute façon, elle s'intéressait peu à la mode et n'était pas sûre de savoir quel type de vêtements lui allait.

— Mon père m'a dit que tu dirigeais un... groupe puissant ?

Il plissa les yeux. Elle ne portait aucun maquillage et se demanda tout à coup si elle ne devrait pas changer ses habitudes. Un peu de maquillage lui servirait peut-être de protection... D'armure...

— Oui, je dirige le Marchetti Group, avec mes deux demi-frères.

Ainsi, il avait de la famille.

— Tu ignorais vraiment qui j'étais, lorsque nous nous sommes rencontrés à l'oasis ? reprit-il en scrutant son regard.

— Oui. Je m'étais dit que j'aurais tout le temps d'apprendre à connaître mon mari après... Après l'avoir épousé pour le meilleur et pour le pire.

— Tu n'as pas prêté grande attention au contrat de mariage. Mes assistants m'ont dit que tu n'y avais jeté qu'un bref coup d'œil avant de le signer.

Liyah haussa les épaules.

— Disons que je faisais confiance au choix de mon père.

— Ton comportement m'intrigue. À ta place, toute autre femme aurait examiné le contrat dans les moindres détails avec une armée d'avocats avant de le signer.

— Les femmes que tu fréquentes ne doivent pas être très sympathiques.

Un petit muscle frémit, juste au coin des lèvres sensuelles.

— Tu as peut-être raison. Mais étant l'un des hommes les plus fortunés de la planète, j'ai tendance à attirer un certain type de femmes. Pourquoi es-tu différente ? Je sais que tu ne peux pas compter sur la fortune de ton père, puisque ta famille est quasiment au bord de la faillite – comme ton pays, d'ailleurs. D'où l'empressement du roi à marier sa fille aînée, avant de régler la situation des plus jeunes, je présume.

— Alors c'est vrai..., murmura Liyah. La rumeur concernant la dette de Taraq est fondée ?

Sharif hocha la tête.

— Ton père et ses ministres ont pris beaucoup trop de risques en voulant reconstruire le pays.

Elle avait lu des articles allant dans ce sens, en effet ; surtout lorsqu'elle vivait à l'étranger, mais sans savoir s'il s'agissait de faits avérés. Son père n'aurait jamais abordé le sujet avec elle, naturellement. Même si elle l'aidait à sortir le pays de sa dette en épousant Sharif.

— Je ne dépends pas financièrement de mon père, dit-elle. À ses yeux je ne fais plus partie de la famille.

— Pourquoi ?

— Parce qu'étant sa seule enfant, ma mère m'a laissé un héritage. Mon père ne pouvait y toucher et j'en ai bénéficié à mes dix-huit ans. Comparé à ta fortune, ce n'est sans doute pas grand-chose, mais cela me suffit pour me sentir en sécurité.

— C'est le seul point que tu as vérifié dans le contrat de mariage : tu t'es assurée qu'il ne m'accorde aucun droit sur l'argent que tu possèdes.

— Oui. De cette façon, je ne dépends pas non plus de toi.

Une expression, cynique ou peut-être incrédule, traversa fugacement les traits de Sharif.

— Je suis ravi de l'apprendre. Mais nous en reparlerons au moment où j'enclencherai le processus de divorce et que tu te seras habituée à vivre dans un confort et un luxe dont tu ne soupçonnes même pas l'étendue.

— Le divorce ?

Il parlait déjà de *divorce* alors qu'ils venaient à peine de se marier ?

— Tu aurais vraiment dû lire le contrat avec plus d'attention. Tout y est précisé. Au moment où tu l'as signé la veille de notre mariage – quelques heures avant de me rencontrer à l'oasis –, tu as accepté de divorcer au plus tôt dans six mois et au plus tard dans un an. Il s'agit d'un mariage purement formel.

Ah... Ces précisions auraient dû la rassurer, la soulager. Or ce que Liyah ressentait était plus ambigu...

— Pourquoi cette échéance ?

— Parce que j'ai besoin d'une épouse durant une période déterminée. Jusqu'à ce que j'aie atteint certains objectifs.

Le steward réapparut pour les informer qu'ils étaient sur le point d'atterrir et leur demanda de boucler leurs ceintures de sécurité.

Si Sharif disait vrai, elle aurait recouvré sa liberté dans un an maximum, songea Liyah en s'exécutant. Et à ce moment-là, Samara aurait épousé Javid. Aussi n'aurait-elle plus aucune raison de retourner dans le pays de sa famille. Elle serait vraiment indépendante.

Alors pourquoi n'éprouvait-elle aucune joie à cette perspective ?

— Elle n'est pas à ta taille ?

S'apercevant qu'elle faisait tourner l'alliance autour de son doigt, elle répondit à la hâte :

— Si, si. Elle me va parfaitement. Il faut que je m'y habitue, c'est tout.

À cet instant, les roues du jet se posèrent sur le tarmac et l'appareil roula vers le hangar situé au bout de la piste.

— Et dis-moi… Tu as toujours envisagé un mariage purement formel ?

— Toujours. Quant au contrat, tout y est, noir sur blanc.

— Mais nous…

Liyah s'interrompit, les joues en feu.

— Nous… ? fit-il en haussant un sourcil.

— Nous avons…

— Couché ensemble ?

Elle hocha la tête en silence.

— C'était une erreur, déclara son mari d'une voix dure. Et cela ne se reproduira plus. Ce mariage n'a rien à voir avec le sexe.

Pourquoi ? faillit-elle répliquer. Mais elle demeura silencieuse, se maudissant de n'avoir rien compris.

Cette nuit-là, à l'oasis, elle avait vécu une expérience fondamentale, tandis que Sharif avait *couché* avec elle, voilà tout. Elle n'avait été pour lui qu'une femme comme une autre. Interchangeable.

Alors que de son côté, Liyah s'était donnée tout entière à lui, corps et âme. Cet abandon ne lui ressemblait pas. Mais elle n'avait pas l'intention de le dire à Sharif. Elle ne se dévoilerait plus jamais devant lui.

La porte du jet s'ouvrit. Liyah rassembla ses affaires en évitant de croiser le regard de son mari, craignant qu'il devine sa déception.

4

« C'est la première fois que tu viens à New York ? », avait demandé Sharif au moment où l'hélicoptère quittait l'aéroport.

Sa femme s'était contentée de secouer la tête, le regard rivé aux gratte-ciel étincelant au-dessous d'eux.

Le pilote les avait déposés sur la piste aménagée sur le toit de l'immeuble et elle s'avançait maintenant dans le vaste espace ouvert de son appartement avec terrasse, l'air intimidé.

Machinalement, il contempla la décoration élégante et raffinée où dominaient les tons de gris, les meubles anciens se mêlant à d'autres résolument contemporains. Les tableaux d'artistes réputés aux teintes vives, les divers objets d'art parsemant l'espace, disposés judicieusement çà et là sur des tables et piédestaux en bois précieux ou en verre et acier.

En fait, il n'avait jamais ressenti aucun lien particulier entre lui et cet appartement luxueux. Il n'y était pas plus attaché qu'à une suite d'hôtel.

Liyah s'arrêta devant les baies vitrées ouvrant sur la terrasse qui offrait une vue plongeante sur Central Park. Les cheveux rassemblés en chignon flou sur le dessus du crâne mettaient en valeur la nuque et le cou gracieux. Dans ce pantalon noir et ce haut bleu foncé, elle paraissait encore plus svelte mais il savait que sous l'étoffe se dissimulaient des courbes ô combien féminines.

Le courant brûlant qui le traversa de part en part l'irrita. Depuis que, la veille, il avait découvert le visage de son épouse, son corps semblait réagir indépendamment de sa volonté. Mais quoi de plus normal ? Liyah était superbe, même dans ces vêtements ne rendant pas grâce à sa beauté. Et lui n'était qu'un homme, après tout, amateur de belles femmes.

Il veillerait à ce qu'une styliste s'occupe dorénavant de la garde-robe de sa femme et fasse disparaître vêtements et accessoires inappropriés.

Lorsque l'hélicoptère avait survolé Manhattan puis s'était posé sur le toit d'un gratte-ciel aux parois d'acier miroitant au soleil, puis que Sharif l'avait fait entrer dans l'immense appartement avec terrasse, Liyah avait eu l'impression d'accéder à une sphère inconnue. Un autre monde

Ainsi, son mari habitait... dans les nuages ? Mais cela n'avait rien d'étonnant, au fond. Il était un être à part, au-dessus du commun des mortels.

Sentant le regard sombre dardé sur son dos, elle se retourna et tressaillit. Sharif la dévisageait tranquillement, les mains dans les poches, sa haute silhouette en harmonie avec l'environnement raffiné. Liyah avait beau venir d'une famille royale, elle n'avait encore jamais connu un tel degré de luxe.

Après avoir ôté sa veste, Sharif s'assit sur l'un des sofas d'un mouvement fluide et gracieux. Il lui faisait l'effet d'un redoutable prédateur prêt à fondre sur sa proie.

— Mets-toi à l'aise, je t'en prie. Tu es ici chez toi.

Il indiqua d'un geste de la main les différents sièges disposés à proximité du sien, des fauteuils et divans recouverts de velours allant du gris clair, presque blanc, au gris souris. Tout était si propre, si impeccable...

Choisissant le sofa qui formait un angle droit avec celui sur lequel était installé son mari, elle s'y assit, le dos raide.

— Au fait..., reprit-il tout à coup. Pourquoi as-tu proposé de prendre la place de ta sœur ?

— Samara n'a que dix-neuf ans.

— Âge tout à fait normal pour se marier à Taraq, non ?

— Peut-être. Mais personnellement, j'estime que c'est trop tôt pour renoncer à son indépendance.

— Ai-je épousé une féministe ? fit Sharif en haussant un sourcil.

— Cela te dérange ?

La belle bouche virile frémit au coin, comme s'il réprimait un sourire.

— Non, pas le moins du monde. Je ne vois pas comment une femme pourrait se dire *non* féministe.

Liyah le dévisagea, décontenancée.

— Ma mère était une femme forte et si elle n'avait pas été là, je n'ose imaginer ce que m'aurait fait subir mon père durant les premières années de ma vie, expliqua-t-il.

— Quel âge avais-tu quand elle est morte ?

— Neuf ans, dit-il après un léger silence.

Ils avaient dû être très proches l'un de l'autre, comprit Liyah, le cœur serré. Elle-même se demandait souvent quelle aurait été sa propre vie si sa mère n'était pas décédée aussi jeune.

— Tu ne m'as toujours pas répondu, Liyah. Pourquoi as-tu pris la place de ta sœur ?

— Parce qu'elle aime un homme et désire l'épouser.

— Mais tu viens de dire qu'elle était trop jeune pour renoncer à son indépendance...

Quelle idiote ! Elle venait de se contredire en beauté...

— Je veux avant tout qu'elle soit heureuse... Mais je crains qu'elle n'aille au-devant d'une déception. Parce que l'amour n'existe pas. Ou, s'il existe, ses effets peuvent s'avérer destructeurs.

— Plutôt cynique, comme point de vue.

— Ah..., parce qu'il n'y a rien de cynique dans l'attitude d'un homme qui ne répugne pas à séduire une inconnue la veille de son mariage arrangé ? répliqua aussitôt Liyah.

Il acquiesça tandis que l'ombre d'un sourire jouait sur sa belle bouche.

Une sorte d'euphorie gagna Liyah. Ils étaient sur la même longueur d'onde. Avait-elle été attirée par lui à cause de cela ? Avait-elle reconnu en lui une âme sœur ? Cela expliquerait son abandon et son manque de méfiance le soir de leur rencontre, en tout cas.

— Qui t'a fait du mal ? demanda-t-il à brûle-pourpoint.

— Pardon ? rétorqua-t-elle, interloquée.

— Tu n'étais pas vierge, mais tu n'avais pas non plus d'expérience. J'en déduis que ton amant, quel qu'il soit, t'a cruellement blessée, d'où ton cynisme. En tout cas, cet homme ne s'est pas donné la peine de te faire découvrir les plaisirs charnels.

Si seulement elle avait pu disparaître sous un meuble...

— Tu crois lire en moi, répliqua-t-elle avec calme.

— J'en suis certain, déclara-t-il avec suffisance. C'est un don que je perfectionne depuis de nombreuses années.

Au moment où Liyah allait lui demander comment il en était venu à développer ce don, un homme d'une cinquantaine d'années apparut sur le seuil de l'espace ouvert.

— Je te présente Thomas Burke, dit Sharif en se levant. C'est lui qui dirige la maison.

Elle se leva à son tour et tendit la main au majordome.

— Soyez la bienvenue, madame Marchetti, dit-il en s'inclinant devant elle avec déférence.

Mais dans la voix bien timbrée, il y avait aussi de la bienveillance, constata Liyah.

Son mari baissa les yeux sur sa montre.

— Je dois sortir, j'ai plusieurs rendez-vous. Thomas va te faire visiter les lieux et s'enquerra de tes préférences alimentaires. Profite de mon absence pour t'installer, Liyah. Je serai de retour pour le dîner.

Sur ces paroles, il se détourna, récupéra sa veste et disparut.

Pour un peu, elle aurait poussé un soupir de soulagement... Au lieu de cela, Liyah suivit docilement le majordome qui lui fit faire le tour de l'appartement. Elle découvrit ainsi deux salles à manger – l'une formelle, l'autre plus cosy –, une cuisine gigantesque avec un coin repas aménagé avec goût, une salle de sport avec couloir de nage, une pièce réservée aux médias, équipée d'un écran géant et pouvant accueillir une bonne cinquantaine de personnes.

La visite se termina par les chambres situées de part et d'autre d'un long couloir. Thomas ne lui montra pas celle de Sharif – ce qui était aussi bien.

Liyah contempla la vaste chambre qui lui était attribuée, la décoration tout en nuances de bleus profonds et de gris rosés, le tapis épais et moelleux… Il se dégageait de la pièce une atmosphère de luxe et de… décadence.

Par ailleurs, elle disposait de sa propre terrasse et d'un dressing, ainsi que d'une salle de bains aussi grande que le hammam du palais de Taraq.

Se retournant, elle aperçut Thomas, immobile sur le seuil de la pièce.

— Comme l'a dit M. Marchetti, j'aimerais connaître vos préférences alimentaires afin d'en faire part au chef.

Parce que Sharif employait un chef cuisinier, bien sûr…

— Je… Je n'en ai pas. Je mange de tout.

L'expression qui envahit les traits du majordome était presque comique. Mais en bon serviteur zélé, il se ressaisit aussitôt et s'inclina légèrement.

— Très bien, madame. Le dîner sera servi à 19 heures, aussi M. Marchetti vous attendra-t-il dans le salon à 18 h 30 pour prendre l'apéritif. Si vous avez besoin de quoi que ce soit d'ici là, vous n'aurez qu'à sonner – c'est le petit bouton en cuivre qui se trouve juste à côté de votre lit.

Une fois Thomas parti, Liyah déambula dans l'espace qui lui était dévolu. Ses affaires se trouvaient déjà dans le dressing, constata-t-elle en contemplant les nombreux rayonnages et tiroirs répartis de chaque côté de la longue penderie.

Ensuite, elle explora la terrasse et admira le panorama grandiose. Les passants pressés sur les trottoirs ressemblaient à des fourmis. Le ciel était gris et il faisait froid.

Une vague de lassitude l'envahit, sans doute due au décalage horaire. Elle avait dormi à bord du jet, mais ses nerfs avaient été mis à rude épreuve.

En fait de nuit de noces…

Refusant de s'apitoyer sur son sort et de chercher à analyser la situation, Liyah regagna sa chambre, se déshabilla rapidement et se glissa sous les draps de satin rose perle avant de sombrer presque aussitôt dans le sommeil.

Sharif contemplait le ciel bas et gris. Il n'avait jamais pu s'habituer aux hivers de New York, mais il fallait bien les supporter, puisque c'est là qu'il avait choisi d'établir le siège du Marchetti Group après la mort de son père.

Déménager le quartier général de Rome à New York avait représenté le premier pas lui permettant de prendre ses distances avec le legs de son géniteur. Le dernier sonnerait le glas de l'entreprise familiale, effaçant à tout jamais le nom de Domenico Marchetti et réduisant son héritage en poussière.

Mais d'ici là, il restait beaucoup à faire. Or Sharif avait un mal fou à se concentrer. Il avait même dû lutter toute la journée contre les pensées qui le ramenaient constamment à sa femme. L'épouse et la mystérieuse amazone de l'oasis. La sirène qui l'avait attiré dans ses filets en se faisant passer pour une novice.

À présent, il savait à quoi s'en tenir sur sa prétendue innocence. Liyah n'avait rien d'une novice. Elle s'était trouvée là dans un but bien précis et lui, il s'était fait berner.

Comme un léger bruit se faisait entendre derrière lui, il se retourna. Sa femme se tenait à l'entrée du salon, vêtue d'une longue tunique traditionnelle de Taraq, couleur ivoire, d'un pantalon assorti, et chaussée de sandales à talons plats. Les traces des tatouages au henné étaient encore visibles sur ses pieds fins. Les cheveux bouclaient sur les épaules rondes, les yeux verts taillés en amande paraissaient encore plus grands. Les lèvres plus pulpeuses, plus sensuelles.

Il l'imagina adolescente, aux longues jambes graciles...

— Veux-tu boire quelque chose ? demanda-t-il poliment.

— Oui, merci, répondit-elle en s'avançant dans la pièce.

Seigneur, les seins étaient nus sous la tunique, devina-t-il en voyant les mamelons pointer sous la soie.

Le désir rugit en lui, mais il le réprima sans pitié.

— Je veux bien un verre de limonade.

De la limonade... Elle continuait de jouer les ingénues...

Il versa le liquide pétillant dans un verre et le lui tendit, puis se servit un whisky tandis qu'elle le dévisageait en silence. Cette fois, sa fausse timidité l'irrita franchement. Pourquoi ne s'était-il pas renseigné sur elle, bon sang ? Dire qu'il avait fait enquêter sur sa sœur et que, n'ayant rien découvert de fâcheux sur elle, il avait présumé que l'aînée serait tout aussi inoffensive !

— Assieds-toi, je t'en prie.

Elle s'assit sur un sofa, pendant que Sharif choisissait un fauteuil.

— Tu t'es bien reposée, cet après-midi ?

— Oui, merci, répondit-elle après avoir pris une gorgée de limonade.

— Tu n'as pas à me remercier de quoi que ce soit. Tu es ici chez toi et tu es libre d'aller et venir à ta guise. Mais je te préviens... je ne tolérerai *aucun* excès susceptible d'attirer l'attention des paparazzis.

Liyah faillit s'étrangler. Mais elle réussit à soutenir le regard de son mari.

Il avait vu les journaux et les photos des paparazzis.

— De quoi parles-tu, au juste ?

Heureusement, sa voix n'avait pas tremblé.

— Du charmant petit dossier rassemblé par mon assistant, retraçant tes exploits divers et variés qui ont fait la joie des paparazzis l'été dernier en Europe, principalement sur la côte d'Azur.

La douleur lui coupa le souffle.

— Ces photos n'étaient pas...

— Vas-tu me dire qu'elles étaient truquées ? Épargne-moi tes mensonges, Liyah. L'image véhiculée par ces photos est on ne peut plus claire : celle d'une princesse royale se livrant à des excès en tout genre. Je me fiche de ce que tu avais en tête et de ta propension à jouer la comédie de l'innocence et de la naïveté. En revanche, je tiens à ce que tu modères tes instincts durant le temps que durera notre mariage. Par chance, ces photos ne sont pas propagées sur les réseaux sociaux. Et nous veillerons à ce que ce ne soit pas le cas. Tant que tu seras mon épouse, tu n'entreras en contact avec aucun des dégénérés que tu as pu fréquenter en Europe.

Gagnée par la nausée, elle se repassa mentalement les photos montrant une femme allongée à moitié nue, une coupe de champagne à la main, sur le pont d'un yacht entouré par les eaux turquoise de la Méditerranée. Sortant de clubs branchés en titubant, soutenue par des individus aussi éméchés qu'elle. Faisant du shopping dans les boutiques de luxe ou flânant dans les rues de Madrid, de Rome, de Paris…

Sauf que la jeune femme des photos, ce n'était pas elle.

À quoi bon tenter de l'expliquer à Sharif ? Il la toisait d'un air hautain, dégoûté.

Elle ressentit de nouveau le besoin de se protéger. Cet homme ne méritait pas de connaître la vraie Liyah. Celle qui n'avait *rien* à voir avec ces photos. De toute façon, si elle lui disait la vérité, il ne la croirait pas. Parce qu'après leur rencontre de l'oasis, il la prenait pour une libertine prête à se donner au premier venu.

— Tu peux être tranquille, répliqua posément Liyah. Je ne te causerai aucun préjudice durant les quelques mois que durera notre mariage.

Sur ces entrefaites, Thomas apparut sur le seuil pour annoncer que le dîner était servi.

La tête haute, elle se leva et emboîta tranquillement le pas au majordome, suivie par Sharif. En réalité, elle avait envie de taper du pied et de lui dire qu'il se trompait complètement.

L'injustice lui était insupportable, mais désormais, elle ne montrerait plus jamais aucun signe de vulnérabilité devant lui.

Au grand soulagement de Liyah, son mari ne fit plus allusion aux photos parues dans la presse l'été précédent, si bien qu'elle parvint à se détendre un peu et à savourer les mets exquis servis par le chef lui-même.

Mais à la fin du repas, il s'appuya au dossier de sa chaise, son verre de vin à la main, et la toisa.

— Quelqu'un t'a fait du mal, n'est-ce pas ? Qui était-ce ?

Il s'interrompit quelques instants.

— À moins que ce ne soit l'inverse ? ajouta-t-il en haussant un sourcil.

Liyah s'interdit de réagir à la pique. De toute évidence, il croyait qu'elle jouait la comédie en permanence.

Une image surgit dans son esprit. Celle d'un jeune homme de son âge. Grand, beau, souriant. Elle était tombée sous son charme si facilement ! Il lui avait fait croire qu'il s'intéressait vraiment à elle. Ne doutant pas un instant de la sincérité de son admirateur, elle avait laissé tomber toutes ses défenses, lui avait ouvert son cœur, elle qui d'ordinaire se protégeait de tout le monde et ne se fiait à personne.

Quand elle était arrivée en Europe quelques années plus tôt, Liyah était avide de découvrir ce nouvel univers qui s'offrait à elle, de devenir une femme moderne et indépendante. Alors ce soir-là, elle avait franchi le pas.

Elle ne lui avait pas dit qu'elle était vierge. Par honte, mais aussi de crainte qu'il change d'avis en découvrant son manque d'expérience. Hélas, lorsqu'elle avait poussé un petit cri de douleur, il s'était retiré, l'air horrifié. Il ne s'attendait manifestement pas à ce qu'une camarade d'université soit encore vierge à vingt-deux ans.

Ensuite, il avait bondi du lit et lui avait lancé une volée d'insultes à la figure. Plus tard, elle avait découvert qu'il avait parié avec ses amis qu'il coucherait avec elle dès le premier rendez-vous.

Et ce pari, il l'avait gagné.

Après cette horrible expérience, Liyah avait banni toute féminité, choisissant résolument un style à la garçonne. En outre, elle ne quittait pas ses lunettes dont la monture lui donnait un air sévère. Elle s'efforçait en permanence de passer inaperçue, de ne pas attirer l'attention sur le campus.

Et pourtant, il avait suffi d'un regard de Sharif pour la faire renoncer à toute méfiance, toute prudence. Elle s'était donnée à lui tout entière.

Elle n'avait rien appris de son erreur passée. Alors plus question à présent de baisser la garde ! Il en allait de son salut.

— C'était un type quelconque, dit-elle d'un ton neutre. Je ne me souviens même pas de son prénom.

— Je suis presque désolé pour lui.

— Il n'a vraiment pas besoin de ta sympathie. Quoi qu'il en soit, étant donné qu'il ne s'agit entre nous que d'une union contractuelle, j'aimerais pouvoir compter sur ta discrétion.

Il la fixa si intensément qu'elle ne put s'empêcher de rougir.

— Faire la une des tabloïdes ne pourrait que nuire à mes objectifs. Et non seulement je ne t'ai pas épousée pour aller raconter ta vie aux paparazzis, mais j'ai des préoccupations bien plus importantes.

— Lesquelles ? Et pourquoi t'encombrer d'une épouse puisque le mariage ne t'intéresse pas ?

Sharif contempla les hautes pommettes roses, les grands yeux brillants. Pourquoi cet émoi ? Parce qu'il l'avait démasquée ? Qu'il précisait ses intentions ?

En tout cas, l'agitation évidente de Liyah produisait un effet dévastateur sur sa propre libido.

Il ferait mieux de se concentrer sur la question qu'elle venait de lui poser. Son premier réflexe fut de lui répondre par une platitude. Il n'avait encore jamais vécu ce genre de situations, avec une épouse qui allait faire partie de sa vie durant une durée indéterminée - mais n'excédant cependant pas douze mois -, alors que la plus longue de ses liaisons n'avait pas dépassé les quinze jours.

— Le Marchetti Group en est actuellement à une phase

cruciale de son développement, et le fait d'avoir le statut d'homme marié me permettra – nous permettra – de le faire passer à la suivante. C'est ce qui compte le plus pour moi. Cela oriente chacune de mes décisions.

Avait-elle tressailli ? Ses yeux paraissaient encore plus verts.

— J'ai organisé plusieurs rendez-vous pour toi demain.

Elle était si belle que le désir le lancina, presque douloureux.

— Des rendez-vous pour moi ?

— Oui. Une styliste, un coiffeur, une esthéticienne. Et quelques autres. Ils t'aideront à te préparer pour ta première apparition publique à mes côtés mercredi soir.

Elle pâlit.

— Autrement dit, après-demain...

— Exactement. Un communiqué de presse faisant part de notre mariage sera publié demain. Jusqu'à présent, nous avons réussi à échapper aux médias comme je le souhaitais. Mais tu dois être prête à affronter l'univers où j'évolue – et qui n'a rien à voir avec les clubs à la mode et les endroits kitsch que tu as pu fréquenter en Europe, ni avec le palais poussiéreux de Taraq.

Le beau visage s'empourpra de nouveau.

— Ce n'était pas moi, sur ces...

Elle s'interrompit brusquement.

— Ce n'était pas toi sur... ?

— Non, rien, murmura-t-elle.

Dans le mouvement, une mèche bouclée lui tomba sur un œil. Elle la repoussa du bout des doigts.

— Je crains hélas que même le coiffeur le plus doué ne puisse pas faire grand-chose pour mes cheveux... fit-elle avec un soupir. Sauf si tu souhaites que je les fasse couper.

Faire couper cette magnifique chevelure bouclée ? Jamais de la vie ! Il la voulait plus disciplinée, c'est tout, parce qu'elle lui rappelait beaucoup trop la belle amazone qui s'était donnée à lui avec fougue.

— Ce ne sera pas nécessaire. Le coiffeur qui s'occupera de toi est l'un des plus prisés de Manhattan. Il se contentera de veiller à ce que tu sois présentable.

— Merci, rétorqua-t-elle, sarcastique.

Sharif retint un sourire.

— Crois-moi, tu vas avoir besoin d'une véritable armure. Le moindre de tes gestes et de tes vêtements sera observé à la loupe. Mais tu es une princesse, après tout, alors tu devrais être à la hauteur du défi.

Les paroles de Sharif résonnaient dans l'esprit de Liyah tandis que, blottie sur l'un des sofas, elle buvait l'infusion apportée par Thomas.

« Tu es une princesse, après tout. »

Elle l'était en effet, pourtant elle avait toujours cru qu'en fuyant en Europe, en s'inscrivant à l'université, elle réussirait à échapper au sort qui l'attendait à Taraq. Jusqu'à ce que Samara l'appelle à l'aide.

Liyah se rappela le fol espoir qui l'avait habitée encore quelques mois plus tôt, de se construire une vie bien à elle, loin des siens.

À présent, elle pouvait dire adieu à ses rêves.

Cédant à une impulsion, elle alla chercher son ordinateur portable resté dans son sac de voyage, revint au salon et s'assit en tailleur sur le sofa. Alors, elle fit ce qu'elle aurait dû faire *avant* de se marier : une recherche sur son mari.

L'écran fut aussitôt envahi par des photos montrant Sharif en compagnie de femmes superbes plus glamour les unes que les autres. Des rousses, des blondes, des brunes… Toutes au teint clair, filiformes et d'une élégance inouïe.

Elle n'avait rien de commun avec ces créatures somptueuses à l'allure de mannequins. Par conséquent, le soir de leur rencontre à l'oasis, Sharif avait dérogé à ses goûts et à ses habitudes.

Poursuivant ses recherches, Liyah remarqua qu'il apparaissait rarement avec la même femme plus de deux fois. Puis soudain, elle tomba sur un site people où plusieurs de ses ex se plaignaient de la façon cavalière dont Sharif avait mis un terme à ses liaisons avec elles.

Elle imaginait très bien la chose... C'était comme se retrouver face à un iceberg après avoir connu le soleil du désert...

De son côté, elle pouvait se réjouir d'être sortie indemne de leur nuit irréelle.

Indemne ? Alors qu'il avait allumé en elle un feu secret qui ne semblait pas près de s'éteindre ?

Se traitant d'imbécile, Liyah cliqua sur un lien renvoyant au Marchetti Group. Là, elle consulta l'historique de la société et lut la partie évoquant son fondateur, Domenico Marchetti, le père de Sharif. Réputé pour son ambition sans limites, il avait démarré son entreprise en rachetant quelques boutiques à Rome. Les photos montraient un homme athlétique, sombre, très viril. Et fort séduisant. Mais il émanait de lui quelque chose de terriblement dur. De cruel.

Sur Internet, elle découvrit ensuite que sans les immenses fortunes de ses trois épouses, Domenico Marchetti n'aurait jamais réussi. Soudain, une photo attira son attention : la mère de Sharif, la princesse Noor, était d'une beauté stupéfiante. Il avait hérité ses yeux magnifiques, ses hautes pommettes aristocratiques, son nez légèrement busqué.

Elle apprit par ailleurs que Sharif avait remis la holding à flot après la mort de Domenico, lequel avait été impliqué dans divers scandales. On parlait même de corruption. Sans la détermination et le charisme de Sharif, l'entreprise familiale aurait sans doute coulé à pic.

Dans la suite de l'article, le journaliste évoquait ses demi-frères, Nikos et Maks. Tous deux nés de mères différentes. Tous deux somptueux. Nikos avait épousé récemment la mère d'un petit garçon dont il s'était révélé être le géniteur. Une photo le montrait en compagnie de sa femme – enceinte de leur deuxième enfant –, et du petit garçon en question, d'environ un an. Apparemment, Nikos n'avait appris l'existence de son fils qu'après la naissance de celui-ci.

Maks paraissait plus distant, plus réservé. Liyah trouva une photo de son récent mariage avec une ravissante brune de petite taille, aux cheveux blond doré. Ils se regardaient en souriant, l'air très épris l'un de l'autre. Mais leur bonheur apparent relevait sans doute de l'illusion. Ils posaient pour les photographes, voilà tout.

Sans doute les frères de Sharif s'étaient-ils mariés pour les mêmes raisons que leur aîné : faire avancer le Marchetti Group et rassurer les actionnaires.

Comment auraient-ils pu croire à l'amour alors qu'ils étaient tous le fruit de mariages dysfonctionnels ?

Liyah referma le capot de l'ordinateur d'un geste brutal. Elle n'avait pas besoin de se renseigner sur la famille de Sharif. Elle devait tenir jusqu'au terme de ce mariage arrangé, point final. Ensuite, elle serait enfin libre de faire ce qu'il lui plairait. De vivre *sa* vie.

Pourquoi, au lieu de ressentir de la joie et de l'excitation à cette perspective, elle n'éprouvait que... de l'ennui ?

Sa réaction était probablement due à la fatigue. En dépit des quelques heures de sommeil à bord du jet et de la sieste de l'après-midi, elle se sentait vidée, tout à coup.

Et puis, beaucoup de choses s'étaient passées, ces derniers jours...

5

S'ils formaient un couple normal, ils seraient actuellement en lune de miel...

Sharif s'interdit de penser à ce tête-à-tête manqué avec Liyah. À quoi bon ? Car justement, il n'était *pas* normal. En fait, il avait cessé de l'être le jour où son père était venu l'enlever dans le but de faire de lui un héritier digne de ce nom.

Il glissa le doigt sous son nœud papillon pour tâcher de le desserrer un peu. Une tension inhabituelle entravait sa respiration, son pouls lui martelait les tempes, comme avant de prendre de vitesse un rival en affaires ou d'acquérir une marque de luxe particulièrement convoitée.

Un bruissement d'étoffe l'arracha à ses pensées. Il se tourna pour découvrir Liyah, qui venait d'apparaître sur le seuil du grand salon où il l'attendait.

Elle était superbe.

Lentement, Sharif promena son regard sur les fines bretelles, les épaules rondes, le bustier moulant les seins dont le galbe parfait se devinait sous la soie vert olive. Il contempla la taille de guêpe, les hanches généreuses, si féminines. L'étoffe légèrement moirée caressait les longues jambes, en une ondulation fluide et élégante.

La teinte de la robe rehaussait celle de sa peau. La coupe n'aurait pu être plus sobre. Sharif avait reconnu la signature de la célèbre maison de haute couture au premier coup d'œil.

On aurait pu croire que cette robe avait été créée pour

Liyah, sur mesure. Ce qui aurait été le cas s'ils avaient disposé de plus de temps.

Un frisson brûlant le traversa. Retenue sur les tempes par des pinces invisibles, la belle chevelure tombait en une rivière de boucles noires sur le dos mince aux muscles déliés. Des pendants d'oreille oscillaient et brillaient de mille feux au moindre mouvement.

Il se trouvait face à une version plus sophistiquée de l'amazone intrépide rencontrée à l'oasis, mais son apparente métamorphose n'atténuait en rien le désir qui le ravageait.

Hormis les boucles d'oreilles, elle ne portait qu'un bracelet de diamants. Et elle tenait à la main un petit sac de soirée assorti à la robe.

— Je... Je suis... présentable ? balbutia-t-elle.

D'ordinaire, les femmes qu'il fréquentait étaient toujours en quête de compliments et il leur en servait sans réfléchir, et sans vraiment penser ce qu'il disait. Mais cette fois, il resta un instant sans voix.

— Tu es... parfaite, Liyah.

Elle détourna les yeux et resserra les doigts sur le petit sac.

— Qu'y a-t-il ? demanda Sharif, inquiet malgré lui. Quelque chose ne va pas ?

— Je n'ai pas l'habitude de m'exposer ainsi, murmura-t-elle.

Tandis qu'il repensait aux photos du dossier, ses craintes s'évanouirent. Comment osait-elle mentir ainsi ?

— Allons-y, dit-il d'un ton brusque en reposant son verre. Mon chauffeur nous attend.

Sur ces mots, il rejoignit Liyah. Son parfum lui monta à la tête. Un nouveau parfum, aux notes sauvages et entêtantes. Comme celle des fleurs sauvages qui poussent dans les endroits les plus improbables. Au cœur du désert.

Dans les oasis.

— Mon alliance ! J'ai oublié de la mettre...

Elle devait porter des hauts talons, car lorsqu'elle leva les yeux vers lui, sa bouche pulpeuse fut assez proche pour qu'il distingue la nuance beige naturel de son rouge à lèvres. Il remarqua par ailleurs que le vert de la soie faisait ressortir celui de ses yeux, et que le khôl et l'ombre à paupières foncée leur conféraient un éclat irisé, presque mordoré. L'esthéticienne avait fait du bon travail, le maquillage subtil mettant en valeur la beauté naturelle de Liyah.

Sharif se secoua mentalement.

L'alliance...

— Elle ne te plaît pas ?

— Ce n'est pas cela... Excuse-moi, elle est magnifique, mais j'ai peur de la perdre.

Comme elle se détournait pour aller chercher son alliance, elle lui offrit une vision de son dos. Seigneur... Il fallait qu'il reprenne le contrôle de ses sens...

— Attends. J'ai quelque chose pour toi.

Décidément, il perdait la tête. Il avait oublié qu'il avait commandé une autre alliance après avoir constaté que la première ne lui allait pas.

Il sortit le petit écrin de la poche intérieure de sa veste et en souleva le couvercle. Liyah laissa échapper un petit halètement...

— Essayons-la.

Sharif saisit le bijou disposé sur le coussinet de satin tout en se demandant pourquoi il tenait à glisser l'alliance au doigt de Liyah. Sa peau était fraîche et douce. Lorsqu'elle leva la main, les petits diamants étincelèrent sur l'anneau d'or.

— Tu n'aurais pas dû te donner la peine d'en commander une autre. La première était très bien.

— Celle-ci te va mieux, répliqua-t-il d'un ton neutre en posant l'écrin sur le guéridon en acajou. Et maintenant, allons-y, je n'aime pas faire attendre mon chauffeur.

Installée confortablement à l'arrière du long véhicule noir, Liyah regardait Sharif à la dérobée. À son grand soulagement, une bonne cinquantaine de centimètres les séparait, mais les effluves épicés de son eau de toilette racée lui caressaient les narines.

Dans ce smoking noir à la coupe classique, il paraissait encore plus athlétique, grand et imposant. Son mari était un homme du monde sophistiqué et élégant, pourtant, sous le vernis mondain, une force indomptable couvait, celle d'un prédateur toujours aux aguets. Doublée d'une sensualité farouche, indomptable, et d'une douceur surprenante.

Depuis leur arrivée à Manhattan, deux jours plus tôt, Sharif était resté invisible et le simple fait de le revoir avait profondément ébranlé Liyah. À tel point qu'elle avait eu du mal à dissimuler son trouble.

Elle baissa les yeux sur sa nouvelle alliance. Il avait remarqué que la première ne lui allait pas... Celle-ci lui convenait beaucoup mieux et était très belle. Plus discrète que la première, tout en étant plus originale. En fait, c'était le genre de bijoux que Liyah aurait pu s'acheter. Mais Sharif ne l'avait pas choisie lui-même, naturellement. Il avait demandé à un assistant de s'en charger.

Pendant deux jours, elle avait vu défiler une véritable armée de gens travaillant pour lui. Elle avait été massée, bichonnée... L'assistante de la styliste l'avait mesurée sous toutes les coutures, lui avait posé une multitude de questions sur ses goûts en matière d'étoffes, de couleurs... Une autre lui avait ensuite fait essayer quantité de robes, d'ensembles- pantalons, de tailleurs, vêtements décontractés, maillots de bain, manteaux, chaussures...

Un jeune créateur était venu l'interroger sur ses parfums préférés, avant de lui faire livrer, moins de vingt-quatre heures plus tard, un parfum conçu spécialement pour elle, présenté dans un ravissant flacon en cristal portant son prénom gravé à la feuille d'or.

Quant aux sous-vêtements... Liyah possédait maintenant des parures si fines, si délicates qu'elle rougissait rien qu'à les regarder.

La nuit passée, elle avait rêvé de Sharif, de ses grandes mains glissant sous la dentelle de soie. Elle s'était réveillée tremblante et brûlante, en proie à un manque dont l'intensité l'avait effrayée.

Elle continua de l'observer à la dérobée, alors qu'il avait le visage tourné vers la vitre. Depuis qu'ils étaient montés en voiture, il paraissait de nouveau distant, froid. Par moments, Liyah peinait à croire que cet homme austère était le même que celui qui l'avait invitée à partager son repas, puis son lit. L'amant merveilleux qui lui avait démontré qu'elle n'était pas anormale, lui faisant découvrir des plaisirs inconnus et...

— Le communiqué de presse a suscité un certain intérêt, dit-il soudain en tournant la tête vers elle. Prépare-toi à affronter les journalistes. Ne réponds à aucune question. Contente-toi de rester collée à moi.

Liyah tressaillit. Le visage en partie dissimulé dans la pénombre, Sharif avaient les yeux brillants.

Après avoir vu les photos des paparazzis, il la croyait habituée à ce genre d'accueil.

— Entendu, acquiesça-t-elle docilement.

Le véhicule ralentit. Une imposante bâtisse se dressait en arrière-plan. Des hommes en smoking et des femmes en toilettes chatoyantes s'avançaient sur un tapis rouge, sous les éclairs nourris des flashs...

— Où sommes-nous ?

— Au Metropolitan Museum.

Elle contempla le célèbre musée, le souffle court.

— En quoi consiste la soirée, exactement ?

— Il s'agit d'un gala de bienfaisance annuel dont les bénéfices sont reversés à diverses fondations caritatives.

Lorsque le chauffeur s'arrêta, elle eut envie de se tapir entre les sièges pour échapper aux meutes de paparazzis alignés de chaque côté du tapis rouge. Jamais elle n'avait participé à un événement mondain d'une telle envergure. Comparées à cela, les soirées données au palais de Taraq ressemblaient à des fêtes campagnardes...

Mais impossible de se dérober. Sharif descendait déjà de

voiture. L'instant d'après, la portière s'ouvrait de son côté et il lui tendit la main.

Une image resurgit dans l'esprit de Liyah. Celle de l'inconnu de l'oasis lui tendant la main. C'était le même geste, mais pas le même homme.

Refoulant les souvenirs de cette nuit magique, elle prit une inspiration profonde, puis se laissa guider par son époux. Dès que Liyah eut posé le pied sur le tapis rouge, tous se tournèrent d'un même mouvement vers Sharif et elle – invités, paparazzis, employés et hôtesses.

Confusément, Liyah sentit les doigts de son mari se resserrer autour des siens.

— Reste à côté de moi, et tout ira bien.

À mesure qu'ils avançaient, la foule s'écartait pour les laisser passer. Un silence presque surnaturel plana quelques instants, avant de céder brusquement la place à un tapage infernal.

— *Sharif ! Sharif ! Présentez-nous votre épouse !*

— *Regardez par ici, princesse Aaliyah ! Un sourire, s'il vous plaît !*

— *S'il vous plaît, princesse, de ce côté !*

— *Dites-nous, Marchetti, maintenant que vous êtes casés tous les trois, allez-vous quitter le navire et confier la barre à d'autres ?*

Sharif s'immobilisa si soudainement que Liyah trébucha. Il se tourna vers la droite d'où était partie la dernière question et scruta le bataillon de journalistes.

— Détrompez-vous, déclara-t-il d'une voix tranchante. Le Marchetti Group est plus puissant que jamais et vous pouvez compter sur nous pour lui faire poursuivre son ascension spectaculaire !

Les questions fusèrent de plus belle, mais il parut ne pas les entendre tandis qu'ils gravissaient tous deux les dernières marches conduisant à l'entrée du musée.

Le vaste hall ruisselait de lumière dorée. D'énormes bouquets de fleurs exotiques diffusaient leurs parfums capiteux dans tout l'espace. Une jeune femme en tailleur noir débarrassa Liyah de son manteau.

Lorsque Sharif lui offrit son bras, elle le regarda un instant en silence. Rêvait-elle, ou une lueur possessive brillait-elle dans les yeux sombres ?

S'avançant d'un pas, elle glissa le bras sous celui de son époux et sentit aussitôt la force et la chaleur viriles se diffuser en elle. Liyah s'efforça de s'immuniser contre leur effet dévastateur, mais ne parvint qu'à résister au désir de s'y abandonner.

Quelques instants plus tard, ils pénétraient dans une immense salle éclairée par d'énormes lustres en cristal. Des tables rondes étaient disposées dans l'espace, un arrangement floral trônant sur chacune d'elle. Un orchestre de jazz jouait à l'extrémité de la salle.

Quelqu'un arrêta Sharif. Et ensuite, ce fut un véritable défilé. Il la présenta à tous ceux qui venaient échanger quelques mots avec lui, si bien que Liyah eut bientôt mal aux joues à force de sourire. Elle renonça à mémoriser les noms. De toute façon, personne ne faisait vraiment attention à elle. Seul Sharif les intéressait.

Quand ils atteignirent enfin leur table, elle s'assit avec soulagement.

— Ça va ? fit Sharif en prenant place à côté d'elle.

Sans doute avait-elle esquissé une grimace ou laissé échapper un soupir…

— Je n'ai pas l'habitude des talons hauts.

— Ah ? fit-il en fronçant les sourcils.

Évidemment, cela ne collait pas avec l'image qu'il se faisait d'elle.

À cet instant, l'orchestre s'arrêta de jouer, puis plusieurs discours s'ensuivirent, tandis que les serveurs stylés déposaient sur la table des mets qui ressemblaient à des œuvres d'art.

Liyah buvait une gorgée de champagne lorsque le maître de cérémonie se tourna vers leur table.

— Année après année, les dons les plus généreux ont été ceux du Marchetti Group… Je vous remercie d'applaudir Sharif Marchetti, qui nous fait l'honneur d'être parmi nous ce soir.

Un tonnerre d'applaudissements salua ces paroles. Sharif

se leva, reboutonna sa veste et gravit les marches permettant d'accéder à la scène.

Son discours fut bref et succinct – mais passionné. Pour une fois, aucun accent cynique ne colora sa voix. Il s'exprimait avec sincérité, le sourire aux lèvres. Enfin, après avoir remercié les invités de leur attention, il quitta la scène sous les acclamations pour rejoindre la table où Liyah l'attendait.

— Prête ? dit-il quand il l'eut rejointe.

Autour d'eux, les invités se levaient les uns après les autres.

— Prête ? répéta-t-elle, incrédule.

Prête à quoi ?

— Nous partons.

Elle s'était préparée à endurer une longue soirée ennuyeuse mais Sharif estimait apparemment qu'ayant prononcé son discours, il pouvait s'éclipser. Et qu'elle se devait de le suivre, en bonne épouse docile.

— D'accord, dit-elle en se levant.

Une lueur traversa les yeux sombres, puis il lui prit la main et l'entraîna à travers la foule. Au passage, Liyah aperçut une salle adjacente où les convives commençaient à danser. Elle adorait danser. Elle s'était découvert cette passion à l'époque où elle vivait en Europe et fréquentait les clubs. Elle aimait la musique et surtout, le sentiment de se fondre dans la foule, incognito.

— Je ne danse pas, Liyah.

Elle ouvrit les lèvres pour répliquer, mais déjà, il la conduisait vers la sortie.

Au moment où ils arrivaient devant la large double porte, un inconnu apparut soudain devant eux, un sourire narquois aux lèvres.

— Bonsoir, Callaghan, dit Sharif.

L'homme inclina la tête.

— Bonsoir, Marchetti. Je devrais vous féliciter, pourtant je ne peux m'empêcher de penser que vous avez bigrement bien choisi votre moment pour vous afficher avec une épouse. D'abord, vos frères, puis vous, maintenant… Le conseil d'administration doit mieux respirer, pas vrai ? Je ne sais pas ce que vous mijotez, Marchetti, mais je vais le découvrir, croyez-moi...

— Avec une imagination pareille, vous devriez écrire des romans... Vous gâchez votre talent, Callaghan. Et vous semblez considérer ma femme comme un simple pion, mais la connaissez-vous ?

Sharif s'exprimait d'un ton décontracté, presque jovial, cependant une tension palpable émanait de tout son corps.

Le dénommé Callaghan eut le bon goût de prendre un air penaud avant de s'incliner devant Liyah.

— Enchantée, fit-elle en lui tendant la main. Je suis Liyah, la femme de Sharif.

L'homme lui serra la main en marmonnant des paroles inintelligibles, puis s'éloigna rapidement.

Sharif poussa un juron étouffé tandis qu'ils traversaient le vaste hall d'entrée.

— Qui était-ce ? demanda Liyah d'un ton détaché.

— Callaghan ? Oh ! un journaliste économique et financier indépendant.

— À quoi faisait-il allusion en disant que tu avais bien choisi ton moment pour t'afficher avec une épouse ?

— Il est en panne d'inspiration et cherche un sujet racoleur, voilà.

Il mentait, c'était évident.

Comme une employée du vestiaire apparaissait avec son manteau, Sharif aida Liyah à l'enfiler. Quand elle souleva ses cheveux, les longs doigts lui effleurèrent le cou, la faisant frissonner malgré elle.

— Nous serons bientôt de retour à l'appartement.

Son mari s'était trompé sur la nature de sa réaction. Il croyait qu'elle avait froid. Tant mieux. Parce qu'il ne devait surtout pas s'apercevoir du trouble qu'elle ressentait dès qu'il s'approchait d'elle ou la touchait.

Sharif desserra son nœud papillon dans l'espoir de se détendre un peu. Il brûlait de se rapprocher de Liyah, de glisser les mains dans les épais cheveux bouclés et de l'attirer contre lui avant de prendre sa bouche avec passion. Il aurait voulu la punir de faire naître en lui ce désir incontrôlable qui le tenaillait sans répit.

Il tourna les yeux vers elle, intrigué malgré lui par l'expression énigmatique empreignant ses traits.

— Aurais-tu voulu rester plus longtemps pour danser ? L'atmosphère des clubs que tu fréquentais en Europe te manquerait-elle ?

— J'aime danser, c'est vrai. Ce n'est pas un crime, que je sache ?

— À condition de ne pas sortir de ces clubs dans un tel état d'ébriété que tu as besoin de soutien pour marcher.

— Et toi ? répliqua-t-elle, les lèvres pincées. Tu t'éclipses toujours aussi rapidement de ce genre de soirées, ou c'était exceptionnel ?

Depuis quand lui demandait-on de justifier son comportement ?

Sharif n'avait jamais partagé ses pensées intimes qu'avec sa mère. Elle était la seule en qui il avait eu confiance. Ses rapports avec les femmes se limitaient au sexe. Il n'entretenait que des relations superficielles et brèves, ce que ses conquêtes n'appréciaient guère. D'où les confidences parues récemment dans la presse : sa dernière maîtresse en date s'était épanchée sans pudeur, le faisant passer pour un monstre.

Cependant, Liyah n'avait rien de commun avec ces créatures. Et elle était *sa femme*. Par conséquent, il avait un certain nombre d'obligations envers elle.

— Je n'aime pas particulièrement ces événements mondains. Et je ne vois pas l'intérêt de m'y attarder après avoir fait ce que j'avais à y faire.

Elle s'adossa à la portière, comme pour mieux le cerner. Sharif tressaillit. Il se sentait… exposé.

— Je me trompe, ou tu as un petit côté loup solitaire ?

« Tu n'as besoin de personne, Sharif ! »

Sa mère le lui avait répété maintes et maintes fois, lui enjoignant de ne se fier qu'à lui-même.

« Tu es ton meilleur ami, Sharif. Tu sauras toujours mieux que quiconque ce que tu dois faire. »

Après avoir été trahie par son mari, elle savait de quoi elle parlait. Le beau Domenico l'avait dépouillée de son héritage et lui avait brisé le cœur.

Alors, oui, Sharif était un loup solitaire. Il avait choisi la solitude pour survivre. Dans ce cas, pourquoi la remarque de Liyah lui faisait-elle l'effet d'une gifle ?

— Je ne me fie qu'à moi-même et, à moins d'y être contraint, je ne demande ni l'opinion ni l'aide de personne.

— Et tes frères ?

Un poids terrible lui oppressait la poitrine.

— Étant donné que nous avons grandi loin les uns des autres, nous ne sommes pas proches. Mais ils me font confiance.

La sensation d'oppression s'accrut. C'était la vérité. Nikos et Maks avaient eu confiance en lui dès le moment où, après la mort de Domenico, il les avait fait venir pour les convaincre de diriger le Marchetti Group avec lui.

Ils ne l'admettraient sans doute jamais, et ils avaient chacun leurs raisons de vouloir travailler pour l'entreprise fondée par leur père, mais il y avait toujours eu une affinité profonde entre eux. Parce qu'ils avaient souffert tous les trois à cause de leur géniteur.

— Mais toi, tu n'as pas confiance en eux ?

Sharif fronça les sourcils.

— J'ai confiance en eux autant que tu as confiance en ta famille.

— Tu ne me connais pas suffisamment pour savoir si j'ai confiance en eux, répondit Liyah sur la défensive.

— Et ta sœur ? Tu n'as pas confiance en elle ? Tu t'es sacrifiée pour elle, pourtant.

— J'ai confiance en Samara, c'est vrai.

Lorsque le véhicule s'arrêta au bas de l'immeuble, Sharif

regretta presque d'être déjà arrivé. Il aimait parler avec Liyah, comprit-il soudain, sans doute parce qu'il ne savait jamais ce qu'elle allait dire. Elle le surprenait sans cesse.

Le chauffeur lui ouvrant sa portière, il descendit de voiture pour aller ouvrir celle de Liyah. Elle glissa la main dans la sienne, l'alliance étincelant à son doigt.

Une sensation étrange lui traversa la poitrine. Il n'aurait jamais imaginé passer un jour la bague au doigt d'une femme. La nouvelle alliance lui allait bien, mieux que la première, qui faisait partie des quelques bijoux ayant appartenu à sa grand-mère maternelle.

Liyah à son bras, Sharif demeura immobile quelques instants, se délectant de son parfum. Elle sentait la chaleur du désert et les fleurs sauvages.

Brusquement, elle leva les yeux, et des flocons de neige se posèrent sur son visage.

— Il neige ! lança-t-elle, l'air émerveillé.

Il se surprit à sourire à son tour.

— Cela n'a rien d'extraordinaire, en cette saison.

Le visage toujours tourné vers le ciel, elle ne parut pas l'entendre. Elle ferma les yeux et rit doucement tandis que les flocons tombaient sur ses joues, son front, son menton.

— C'est la première fois que tu vois de la neige ?

Elle hocha la tête, faisant ruisseler ses cheveux sur son dos. Quand elle rouvrit les yeux, ils brillaient comme de l'émeraude.

— Oui ! Je n'ai jamais eu cette chance durant mes deux années passées en Europe. C'est si doux… Comme des baisers.

Le regard de Sharif descendit sur la bouche de Liyah. Il s'imagina glissant la main sous le manteau, avant de l'attirer contre lui et de…

Que lui arrivait-il ? Allait-il de nouveau se laisser leurrer comme un imbécile ?

Parce qu'elle avait déjà vu de la neige, bien sûr ! Elle essayait de l'aguicher…

Ils se trouvaient en pleine rue, réalisa-t-il tout à coup. Des gens passaient sur le trottoir. Et des paparazzis faisaient à coup sûr le guet. Ce fut uniquement pour cette raison qu'il décida de jouer le jeu. Il l'enlaça puis l'embrassa.

Sharif recueillit le petit halètement de surprise sur ses lèvres. Il se délecta de sentir Liyah s'abandonner contre lui, la tête renversée en arrière.

Ivre du goût de sa bouche, il en suivit le contour du bout de la langue avant d'approfondir le baiser, oubliant la raison pour laquelle il avait décidé de l'embrasser.

Brusquement, elle se raidit contre lui, glissa les mains entre leurs deux corps et le repoussa.

Il redressa la tête. La neige tombait plus dru, à présent. De gros flocons se posaient sur le visage de Liyah, dans ses cheveux.

— Pourquoi m'as-tu embrassée ? demanda-t-elle en battant des cils.

Parce que je n'ai pas pu m'en empêcher.

— À cause des paparazzis. Nous leur avons offert de quoi alimenter leurs ragots.

Au même instant, un flash troua l'obscurité de l'autre côté de la rue, à l'entrée d'une impasse séparant deux immeubles.

Liyah fit un pas de côté et son talon dérapa sur le sol gelé. Sans réfléchir, Sharif la souleva dans ses bras puis s'engouffra dans l'immeuble, dont les portes leur furent ouvertes par deux agents de sécurité. Ensuite, il se dirigea droit vers l'ascenseur privé qui conduisait à son appartement.

Il la portait sans difficulté, comme si elle était un poids plume...

Des sensations incroyables parcouraient Liyah. Des pensées contradictoires se bousculaient dans son esprit.

Les paparazzis. Elle n'avait rien remarqué, car auprès de Sharif, elle perdait toutes ses facultés. Les effluves musqués l'enivraient, l'empêchant de réfléchir.

Elle reprit néanmoins ses esprits et tressaillit, mortifiée. Elle ne lui avait opposé aucune résistance, parce qu'elle avait attendu ce baiser toute la soirée.

— Tu peux me reposer, maintenant, dit-elle, crispée.

Heureusement que son épais manteau les séparait. La pensée que Sharif la porte dans ses bras alors qu'elle était vêtue d'une robe aussi légère ravivait des souvenirs encore trop vivaces.

Les jambes tremblantes, Liyah entra dans la cabine de l'ascenseur. Sharif la suivit, sa haute silhouette remplissant aussitôt l'espace.

Lorsque les portes s'ouvrirent sur le salon immense, elle se débarrassa de son manteau, que Thomas s'empressa de lui prendre des mains. Dès que le zélé majordome eut disparu, elle se tourna vers Sharif.

— Ne fais plus ce genre de choses sans me prévenir, s'il te plaît. Tu me considères probablement comme une employée, mais tu ne peux pas… te servir de moi lorsque cela t'arrange.

Le terme était mal choisi, reconnut Liyah en son for intérieur. Elle n'avait pas eu l'impression qu'il se servait d'elle, pas du tout. Au moment où la bouche de Sharif avait pris possession de la sienne, elle s'était embrasée tout entière.

À sa grande stupeur, il… *sourit* !

— Me servir de toi ?

La mortification de Liyah se mua en colère.

— Exactement, acquiesça-t-elle en croisant les bras. Tu as posé les mains sur moi, tu m'as embrassée, sans me demander mon avis. Comment qualifierais-tu cela ?

Elle n'avait pas résisté, certes, mais peu importait. Il l'avait embrassée parce qu'il savait que des paparazzis se tenaient à l'affût. C'était de la manipulation, point final.

— Je te prie d'accepter mes excuses, dit-il, sans plus sourire. À l'avenir, je te demanderai d'abord la permission.

Sharif Marchetti, alias cheikh Sharif Bin Noor al-Nazar, était plutôt habitué à donner des ordres, que ses employés exécutaient. Tous se montraient dociles avec lui, et elle n'avait pas fait exception.

— Je suis fatiguée, dit-elle avec lassitude. Je vais me coucher.

— Bonne nuit, Liyah.

Sur ces mots, elle quitta la pièce le plus dignement possible, persuadée que Sharif la suivait du regard, un sourire moqueur aux lèvres.

C'était plus fort que lui. Sharif était fasciné par l'ensorcelant balancement des hanches encore accentué par les hauts talons. Il contempla les épaules et les bras nus, la rivière de boucles brunes ondulant sur le dos de sa femme.

Liyah avait été parfaite dans son nouveau rôle. À ce rythme, elle deviendrait rapidement l'épouse modèle dont il avait besoin.

Sauf qu'il la désirait comme un fou et l'avait embrassée en pleine rue comme un adolescent en émoi.

Quoi qu'il en soit, il ferait mieux de garder les pieds sur terre : une fêtarde mondaine ne pouvait se métamorphoser en épouse modèle d'un simple claquement de doigts.

Nikos avait changé, lui...

Après avoir été l'un des play-boys les plus célèbres du monde, son cadet avait rencontré une femme, Maggie, avant de découvrir un an plus tard qu'il avait un fils. Il s'était rangé, mais pour combien de temps ? Comme Sharif aimait à le rappeler à Nikos à la moindre occasion, sa belle histoire d'amour ne durerait pas toujours. Et son frère retournerait tôt ou tard à ses anciennes habitudes.

Tel père, tels fils, après tout... Domenico Marchetti s'était marié à trois reprises uniquement par intérêt. Il avait dépouillé ses épouses successives dans le seul but de nourrir son ambition et s'était laissé griser par le succès, l'argent et le pouvoir. Il était mort dans les bras de sa dernière maîtresse, corrompu jusqu'à l'os, la réputation en miettes.

C'était à ce moment-là que Sharif s'était rendu compte de l'ampleur de la trahison de son père. Après avoir mis la main sur la fortune de sa première épouse, il l'avait fait souffrir inutilement. En fait, il ne l'avait épousée que pour assouvir son avidité sans bornes et prouver par là qu'on avait eu tort de le déshériter. En effet, Domenico Marchetti ne s'était jamais remis d'avoir été oublié dans le testament de son propre père, lequel avait tout légué au plus jeune de ses fils. Avec son arrogance coutumière, Domenico avait été certain d'être l'héritier, alors qu'il n'avait jamais investi ni temps ni efforts dans la modeste entreprise familiale. Il s'était trompé : son père avait tout laissé à son benjamin.

Poussé par sa soif de vengeance, Domenico avait tout mis en œuvre pour faire couler l'entreprise. Sharif se souvenait d'avoir vu un jour son oncle supplier Domenico de lui venir en aide. Il avait imploré sa pitié, mais l'aîné l'avait giflé et jeté dehors.

Sharif refoula ce souvenir. Ce n'était pas le moment de penser à cela. Ce soir, Liyah avait été parfaite, mais sa docilité apparente était sans doute destinée à le rassurer, avant de lui montrer à nouveau sa véritable nature.

Il ne le permettrait pas. Tant qu'elle serait son épouse, elle ne ferait aucun faux pas.

6

— Vous pouvez répéter ?

Le téléphone collé à l'oreille, Sharif fit signe à son directeur financier de sortir quelques instants, puis se dirigea vers l'immense baie vitrée.

— Elle est à Central Park, monsieur. Elle... joue dans la neige.

— Avec qui ?

— Euh... Des enfants, monsieur.

Sharif poussa un juron étouffé. Liyah lui avait envoyé un SMS depuis le smartphone qu'il lui avait donné un peu plus tôt, pour demander s'ils avaient quelque chose de prévu pour la soirée. Après qu'il lui eut répondu qu'en effet, ils étaient invités à un dîner, elle lui avait dit qu'elle aimerait sortir faire un tour dans l'après-midi. Il avait aussitôt acquiescé, ajoutant qu'il n'était pas son geôlier.

Il s'était attendu à ce qu'elle demande au chauffeur de la conduire dans les quartiers chics. Sur la Cinquième Avenue, par exemple, là où se trouvaient les enseignes les plus luxueuses.

Au lieu de cela, elle avait préféré marcher et se rendre à Central Park. Pour jouer dans la neige.

— Envoyez-moi une photo, dit-il au chef de la sécurité avant de mettre un terme à la conversation.

Il rappela son directeur financier, mais son smartphone vibrant dans sa poche, il le ressortit et contempla avec stupeur la photo s'affichant sur l'écran.

Emmitouflée jusqu'aux oreilles, les mèches échappées du

bonnet en laine bouclant sur son front, elle souriait à une bonne demi-douzaine de jeunes enfants qui se précipitaient vers elle. Sur la photo suivante, elle était allongée sur le dos dans la neige, les mêmes enfants grimpant sur elle, la neige volant de toutes parts autour d'eux.

Sharif n'en croyait pas ses yeux. Que ressentait-il, exactement ? De l'envie ? Certainement pas. Pourquoi aurait-il envié...

— Monsieur... ?

Il redressa la tête. Son directeur financier le regardait d'un air inquiet.

— Excusez-moi d'insister, monsieur, mais nous devons absolument boucler ce dossier aujourd'hui.

Ces paroles lui firent l'effet d'une décharge électrique. Qu'est-ce qui lui prenait ? Il ne laissait jamais rien ni personne le détourner du but qu'il s'était fixé. Encore moins une femme.

Les mâchoires crispées, il envoya un SMS à Liyah :

Sois prête à 18 heures. Dîner formel, donc robe de soirée. Styliste et assistante t'attendront à ton retour.

Puis il enfonça son smartphone dans sa poche, avec l'impression absurde d'être un affreux rabat-joie.

Maquillée et coiffée, mais encore vêtue d'un pantalon souple et d'un T-shirt, Liyah attendait Sharif dans le salon.

— Pourquoi n'es-tu pas allée faire du shopping cet après-midi ?

Il venait de faire irruption dans la pièce.

— J'aurais dû aller dans les boutiques ? demanda-t-elle, perplexe. Alors que j'ai une garde-robe...

— Pourquoi es-tu allée au parc ? coupa-t-il d'un ton brusque.

— Pourquoi pas ? Je voulais voir la neige.

— Et ces gosses ?

Ah, il s'agissait d'un interrogatoire... Non seulement elle aurait dû se précipiter dans les boutiques de luxe pour utiliser la carte de crédit qu'il lui avait donnée quelques jours plus tôt, mais elle avait commis un crime de lèse-majesté en se rendant à Central Park à pied et en jouant avec des *enfants*...

Gagnée par la colère, Liyah le foudroya du regard.

Si seulement il avait pu être moins beau, moins sexy...

— Ils se sont moqués de moi quand je leur ai dit que c'était la première fois que je voyais de la neige. Et ensuite, ils m'ont bombardée de boules de neige – et je me suis défendue, tout simplement.

— D'accord, fit-il après un silence.

— D'accord ? répéta-t-elle, furieuse. J'ai ta permission de sortir et d'aller jouer dans la neige, c'est ça ?

Il plissa les yeux.

— Ne me provoque pas, Liyah. Et n'oublie pas qu'il y a de grandes chances que tu sois suivie en permanence par les paparazzis. Nous partons dans une demi-heure.

— Très bien, répliqua-t-elle sur le même ton. Je suis prête, il ne me reste plus qu'à enfiler ma robe.

La tête haute, elle quitta la pièce pour regagner sa chambre. Il neigeait de nouveau, constata-t-elle en tournant les yeux vers l'une des larges fenêtres. Quand elle était rentrée après son escapade à Central Park, elle s'était laissée aller à songer à Sharif, se demandant ce qu'il faisait, repensant à son attitude de la veille au soir. Au milieu de la foule d'invités glamour, il avait eu l'air si seul. Si tendu.

Il se révélait tellement différent de l'homme rencontré dans le désert !

Quand elle eut passé sa robe, Liyah se regarda dans le haut miroir. Le vêtement était d'une rare élégance, en soie discrètement pailletée couleur bronze sur fond de tulle ivoire. Le bustier ajusté lui dénudait les épaules, tandis que la jupe légèrement bouffante s'arrêtait à mi-mollet, révélant des escarpins assortis.

Les cheveux de Liyah avaient été rassemblés en chignon bas. Le khôl faisait paraître ses yeux immenses, les créoles en or se balançaient à ses oreilles au moindre mouvement.

D'un côté, elle avait l'impression d'être déguisée, de ne pas être elle-même. De l'autre, cette nouvelle version d'elle-même ne lui déplaisait pas totalement. En fait, Liyah se trouvait… jolie. Presque belle.

Elle baissa les yeux sur son alliance. Depuis l'instant où Sharif la lui avait glissée au doigt, elle ne l'avait pas ôtée une seule fois. Un frisson la parcourut comme la haute silhouette apparaissait à côté d'elle dans le miroir. Son cœur se mit à battre la chamade.

Heureusement qu'elle lui tournait le dos…

— Tu as terminé ?

Liyah carra les épaules et se retourna.

— Oui. Nous pouvons y aller.

Lentement, elle s'avança vers lui, consciente du regard appréciateur dardé sur elle. Son mari lui présenta un long manteau en poil de chameau et l'aida à l'enfiler. La coupe en était classique, avec une large ceinture lui entourant la taille.

Une fois installée à l'arrière de la voiture, Liyah dit d'un ton détaché :

— J'ai effectué une recherche sur toi. En ligne.

Il haussa un sourcil.

— Je veux dire sur le Marchetti Group, se reprit-elle à la hâte en rougissant. Ainsi, vous possédez les plus grandes marques de luxe du monde ? Et pas seulement dans le domaine de la mode, si j'ai bien compris ?

— En effet. Nous gérons entre autres les plus grandes marques de champagne, de whisky…

— Vous possédez une distillerie en Irlande ?

Il hocha la tête.

— C'est ce que tu as toujours voulu faire ? Tu as choisi de suivre les traces de ton père ?

Sharif secoua la tête.

— Je n'ai rien choisi du tout ! répondit-il dans un rire forcé. Si je n'avais pas pris la relève, tout ce qu'il avait construit aurait été réduit en poussière.

— Vous n'étiez pas proches, lui et toi ?

Cette fois, Liyah crut qu'il ne répondrait pas…

— Sais-tu à quel âge j'ai vu de la neige pour la première fois ? demanda-t-il tout à coup.

Elle secoua la tête.

— À huit ans, en Écosse, dans un pensionnat coupé du monde. Il fallait prendre le bateau pour y accéder. C'est là que mon père bien-aimé m'avait exilé après être venu m'enlever à Al-Murja, chez ma mère.

— Enlevé ? répéta-t-elle, atterrée. Pourquoi t'aurait-il enlevé ?

— Parce que ma mère ne comptait pas me confier à lui. Elle savait quel genre d'hommes il était. Il l'avait séduite et épousée uniquement pour mettre la main sur sa dot. Il l'a humiliée et lui a brisé le cœur. Elle savait très bien qu'il voulait me récupérer dans le seul but de me façonner à sa guise.

La belle voix grave avait pris un accent dur et froid. Liyah ne put s'empêcher d'imaginer un jeune garçon aux cheveux noirs frissonnant dans un paysage hostile et glacé. Le choc culturel avait dû représenter un véritable traumatisme. Entre une île du nord de l'Écosse et le désert d'Arabie, il y avait un gouffre.

— De quoi ta mère est-elle morte ?

— Il l'a tuée. Enfin, c'est tout comme. Elle est tombée malade et avait besoin d'une cure qui ne se pratiquait qu'en Europe, or sa famille n'avait pas les moyens de la faire transporter là-bas. Quand il a enfin accepté de la faire transférer à Paris pour qu'elle y soit opérée, il était trop tard. Elle était morte.

— Quel âge avais-tu ?

— Je venais d'avoir neuf ans. Je ne l'avais pas vue depuis un an.

Liyah refoula l'émotion qui lui nouait la gorge.

— Ça a dû être très dur.

Il haussa les épaules.

— J'ai fait avec, je n'avais pas le choix. Et c'est très loin, désormais.

Peut-être, mais il n'avait pas oublié ces instants tragiques.

Le chauffeur s'arrêta devant un restaurant. Sharif sortit du véhicule et vint lui ouvrir sa portière. Quand il lui tendit la main, Liyah frissonna en glissant sa main dans la sienne.

Dès qu'ils furent entrés dans l'établissement, elle déposa son manteau au vestiaire, puis suivit son mari dans la vaste salle à la décoration raffinée. Liyah aperçut les couverts en or alignés sur la longue table, les arrangements floraux disposés au centre, mélange de vert, doré et rouge vermillon. Des centaines de bougies formaient une haie entre les deux rangées de couverts, leurs flammes dansantes projetant des reflets dorés sur les verres en cristal.

Ensuite, elle eut droit aux inévitables présentations, aux sourires artificiels, les convives se pressant autour de Sharif comme s'il était un dieu fait homme. Elle reconnut plusieurs stars de cinéma, un peintre célèbre, un écrivain à succès…

À son grand soulagement, elle n'avait pas été placée à côté de Sharif, qui trônait à l'extrémité de la table. Liyah en profita pour l'observer tandis qu'il discutait avec l'homme d'affaires assis à sa gauche. Soudain, il glissa un regard dans sa direction et elle détourna aussitôt les yeux en rougissant, puis engagea la conversation avec sa voisine de table pour se donner une contenance – avant de s'intéresser sincèrement à la jeune femme qui ne manquait ni de charme ni d'intelligence. Et comme elle était styliste, Liyah put lui poser toutes sortes de questions sur l'industrie de la mode.

Après un discours concis de Sharif, et le repas s'achevant, les invités se levèrent les uns après les autres pour se diriger vers une autre salle d'où provenait de la musique disco. La fête continuait… Mais déjà, Sharif revenait vers elle avec son manteau.

— Tu n'aimes vraiment pas t'attarder… fit-elle remarquer, pince-sans-rire.

— Je ne viens pas à ces soirées pour m'amuser. Je travaille.

Une fois qu'ils furent remontés en voiture, elle ne put s'empêcher de lui demander :

— Quand tu as un rendez-vous galant, qu'est-ce que tu fais avec ta partenaire, si tu ne danses pas ?

Durant une bonne partie du repas, Sharif avait senti le regard vert dardé sur lui, jusqu'à ce que Liyah se mette à bavarder avec sa voisine de table. De son côté, il se trouvait trop sensible à la proximité de sa femme. Il avait dû faire un effort surhumain pour ne pas la dévorer des yeux.

Sa beauté naturelle, rehaussée par la teinte bronze de la robe, le maquillage subtil et les créoles en or, éclipsait celle de toutes les autres femmes.

— Tu te sens lésée parce que je ne t'ai pas fait la cour ?

Elle eut un petit mouvement de recul. Comme s'il l'avait giflée.

— Je sais que notre mariage n'a rien de conventionnel. Je ne m'attendais pas à... autre chose.

— Autre chose ? répéta-t-il d'un ton moqueur. Tu veux dire une idylle romantique ? Je ne fais pas dans le romantisme, Liyah – comme tu l'as sans doute compris en lisant les ragots que tu as dû trouver en ligne. Entre les femmes et moi, il s'agit toujours plutôt d'une simple transaction.

— De sexe.

— Si tu préfères, acquiesça-t-il avec un haussement d'épaules. Nouer des relations durables ne m'intéresse pas. D'où notre arrangement...

— Pourquoi t'es-tu consacré à l'entreprise familiale si tu haïssais autant ton père ? demanda Liyah après un silence.

Par soif de vengeance. En guise de représailles. Pour obtenir la rédemption.

Décidément, sa femme était beaucoup trop perspicace. Et lui, pourquoi ressentait-il le besoin de s'épancher ainsi ? Il ne parlait jamais de ce que son père lui avait fait subir. À personne. Il n'évoquait jamais l'instant où sa vie avait basculé.

Ce jour-là, il s'était rendu dans le désert, décidé à y passer la nuit seul. Âgé de huit ans à peine, il voulait prouver à sa mère qu'il était grand et digne de confiance. Seulement voilà, au moment où il allait descendre de cheval pour dresser sa tente, il avait vu une jeep se diriger vers lui. D'abord, il avait cru qu'il s'agissait de ses cousins, ou de son oncle, mais il s'était vite retrouvé face à des étrangers, dont les visages étaient dissimulés par des écharpes. Des mercenaires impitoyables et trop costauds pour qu'un jeune garçon puisse leur opposer la moindre résistance.

Ils l'avaient empoigné, soulevé de la selle et jeté brutalement dans le sable. Sharif se maudissait encore de ne pas s'être enfui au galop à temps. Car ensuite, ils l'avaient fourré dans la jeep qui les avait conduits à un hélicoptère. Plus tard, ils l'avaient fait monter à bord d'un avion. Direction Rome, où son père lui avait fait part de ce qu'il attendait de lui. Quelques heures après, Sharif découvrait la monstruosité gothique tenant lieu de pensionnat où il allait se retrouver enfermé loin de tout.

Loin de son pays et de sa mère.

Depuis, il avait toujours refusé de remettre les pieds en Écosse.

Or aujourd'hui, son épouse l'obligeait à se retourner sur son passé, à repenser à l'époque honnie qu'il n'évoquait jamais.

Cette femme lui faisait perdre la raison, à cause du désir qu'elle lui inspirait. Cela faisait trop longtemps qu'il le bridait. Il aurait pu embrasser Liyah, là, maintenant, céder à la faim qui le dévorait depuis trop longtemps.

Mais ç'aurait été faire montre d'une faiblesse impardonnable, et dont les conséquences pourraient s'avérer funestes.

— J'ai haï mon père, déclara-t-il, péremptoire. Mais en affaires, je ne laisse jamais les émotions influencer mon jugement.

En affaires... *Et dans ses relations avec les femmes*, ajouta Liyah en son for intérieur tandis que la voiture roulait vers Manhattan.

Une absurde sensation de vide se répandit en elle. Si Sharif avait verrouillé son cœur autrefois et à tout jamais, en quoi cela la concernait-il ?

Lorsqu'il rentra à l'appartement tard le lendemain soir, Sharif se sentit traversé par une sensation de malaise. Il trouva Liyah en train de lire, assise en tailleur dans un fauteuil, en pantalon d'intérieur et haut moulant, les cheveux rassemblés sur le dessus de la tête.

— J'ignorais que tu portais des lunettes, dit-il en s'appuyant au chambranle de la porte.

Elle leva les yeux et tressaillit. Sans doute ne l'avait-elle pas entendu arriver. Ses joues s'empourprèrent, ce qui eut pour effet de décupler le désir qui l'avait tenaillé toute la journée.

Les lunettes allaient bien à Liyah. Elles lui donnaient un petit air sérieux et… follement sexy. Hélas, elle les ôta d'un geste vif et referma son livre.

— Je ne savais pas trop à quelle heure tu rentrerais, dit-elle en décroisant ses jambes. Ni si tu aurais dîné. Je ne connais pas encore tes… habitudes.

Sharif s'avança dans le vaste espace dont l'éclairage sophistiqué nimbait sa femme d'une douce lumière dorée.

Ordonnant tant bien que mal à sa libido de se calmer, il desserra sa cravate et déboutonna son gilet, sous le regard affûté de Liyah. Puis il s'assit dans le fauteuil faisant face au sien et saisit le livre qu'elle avait posé sur la table basse. Un volume épais sur l'histoire de New York.

— J'avais envie d'en savoir davantage sur cette ville, dit-elle, sur la défensive.

Il reposa le livre.

— Très bonne initiative.

Il faudrait qu'il demande à son assistant de peaufiner ses recherches et de se renseigner plus en détail sur ce qu'elle faisait en Europe, songea Sharif, de nouveau soupçonneux. Il devait absolument comprendre les raisons de ce changement radical de comportement.

— Et toi ? Tu as dîné ? demanda-t-il.

— Oui, Paul m'avait préparé un délicieux ragoût de bœuf. Il en reste une bonne portion, si tu as faim.

— Non, merci. Mon assistant m'a fait livrer un repas au bureau.

— Ce n'est pas très sain de manger en travaillant, dit-elle en roulant des yeux d'un air comique.

— Merci de veiller sur mon bien-être, Liyah. Mais comme je te l'ai déjà dit, je n'ai pas besoin d'une véritable épouse.

Les yeux verts étincelèrent de colère.

— Ne t'en fais pas, je ne me considère pas comme telle.

Pourquoi l'avait-il provoquée ainsi, bon sang ?

— Tu devrais aller te coucher, il est tard, fit-il en se levant. Et nous prenons l'avion pour Paris demain soir.

Liyah s'efforça de calmer les battements désordonnés de son cœur. Lorsqu'elle avait aperçu son mari sur le seuil, si somptueux, si sexy avec sa barbe de deux jours, son imbécile de cœur s'était emballé... Elle se leva, puis se dirigea vers la baie vitrée en se maudissant de réagir ainsi à sa proximité. Comme si elle n'était plus capable de maîtriser ses émotions.

— Je n'ai rien contre un voyage à Paris, mais j'apprécierais que tu me préviennes un peu à l'avance.

Silence. Puis il dit, la voix radoucie :

— Je demanderai désormais à mon assistant de te communiquer mon emploi du temps, de façon à ce que tu saches à quoi t'attendre.

Liyah se retourna lentement.

— Merci.

— Je t'en prie. J'aurais dû y penser plus tôt.

— Qu'y a-t-il de prévu, à Paris ?

— Quelques rendez-vous avec mon frère Nikos et notre équipe parisienne, et un événement mondain.

— Quel genre d'événements ?

— Un bal de charité.

Il baissa les yeux sur sa montre.

— J'ai encore du travail. La styliste viendra demain pour vérifier que tu as tout ce qu'il te faut pour le voyage.

Sur ces mots, il quitta la pièce tandis que Liyah ne pouvait s'empêcher d'admirer la fluidité de sa démarche. Il émanait de lui une énergie farouche et indomptable. Un charisme viril et sensuel...

Elle réprima un gémissement, écœurée par ses propres réactions. Puis réalisa qu'elle devait avoir une allure épouvantable dans ce pantalon décontracté. Sans parler de cette espèce de chignon fait à la va-vite...

Pas étonnant que Sharif ne la désire plus.

Aucun problème. C'était très bien ainsi.

Parfait, même.

Paris

— Tu aimes bien les hauteurs, j'ai l'impression ? lança Liyah, amusée.

L'appartement parisien de Sharif était situé au dernier étage d'un magnifique immeuble du XIXe siècle, et son immense terrasse donnait sur la tour Eiffel.

— J'aime avoir de l'espace, et une belle vue.

— Oui, mais as-tu vraiment le temps d'en profiter ?

— Personne ne t'a jamais dit que tu posais beaucoup de questions ?

La voix d'une gouvernante résonna dans son esprit.

« Tu nous assommes, Aaliyah. Aucun homme ne voudra d'une princesse qui le harcèle avec ses questions ! »

Alors âgée de six ans environ, Liyah avait décidé que si être princesse voulait dire que l'on ne pouvait pas poser de questions, eh bien, elle n'en serait pas une. Et elle ne se marierait avec personne.

— Qu'y a-t-il ? demanda Sharif en fronçant les sourcils.

— Rien. Juste un souvenir d'enfance qui m'est revenu tout à coup.

Il consulta sa montre.

— Je dois filer au bureau, mais je te retrouverai tout à l'heure - je t'emmène déjeuner. En attendant, tu devrais te reposer.

Durant le vol, Liyah avait dormi quelques heures, mais pas

lui. Il avait travaillé tout le temps, sur son ordinateur ou au téléphone. Et pourtant, il avait l'air en pleine forme...

— Je vais plutôt aller marcher un peu... J'ai besoin de me dégourdir les jambes.

— Comme tu voudras. Un garde du corps t'accompagnera. Et je t'enverrai un SMS pour te donner rendez-vous.

Elle entrouvrit les lèvres pour protester, cependant l'expression de son mari l'en dissuada. Et il avait raison. En tant qu'épouse d'un riche homme d'affaires et cheikh puissant, elle représentait une cible de choix pour des individus mal intentionnés.

Sharif la repéra aussitôt. Assise sur un muret, face à la tour Eiffel, elle portait un jean et un pull à col roulé vert, sous une veste d'aviateur en cuir doublée de mouton, et des bottines à talons. Elle avait les cheveux rassemblés en chignon haut, des petites mèches bouclant autour de son visage, et arborait des lunettes de soleil.

Même immobile, elle attirait les regards. Sa beauté naturelle irradiait. Mais elle ne paraissait pas s'en rendre compte.

D'ordinaire, Sharif se serait aussitôt raccroché à son cynisme, convaincu qu'au contraire, Liyah était parfaitement consciente de l'effet qu'elle produisait sur autrui. Pourtant subitement, il n'était plus sûr de rien.

Il avait bien fait de demander à son assistant d'approfondir ses recherches. Il allait peut-être enfin savoir *qui* était vraiment sa femme.

7

— La vue est époustouflante ! s'exclama Liyah.

Où que l'on pose les yeux, Paris s'étalait de tous côtés derrière les parois de verre du célèbre restaurant situé au deuxième étage de la tour Eiffel.

Quant à Sharif, il était splendide lui aussi. Vêtu de l'un de ses costumes trois-pièces, il semblait aussi frais et dispos que s'il venait de se réveiller après une longue nuit de sommeil réparateur.

Un sourire aux lèvres, le serveur prit leurs commandes, puis revint bientôt avec une bouteille de vin blanc.

— Santé, fit Sharif quand ils furent seuls.

— Santé, répliqua Liyah en entrechoquant son verre avec le sien.

Les hors-d'œuvre furent bientôt servis – des asperges fondantes à souhait –, sans que son mari ne prononce un mot. Heureusement, après avoir attaqué le plat principal, du poulet accompagné d'une sauce au goût exquis et de légumes frais, ils évoquèrent tous les deux leurs goûts respectifs en matière de cinéma, de littérature, d'art.

Apparemment, Sharif était comme elle féru de romans policiers et, plus surprenant, grand amateur de bandes dessinées.

— Il y en avait des tonnes, au pensionnat. J'en prenais des piles entières et j'allais me cacher dans l'une des cabanes du jardinier pour les lire. J'y restais des heures. Cela me valait des punitions terribles mais je m'en moquais. Les surveillants croyaient que je m'étais enfui.

— Ils te punissaient ? demanda-t-elle, choquée.

— Ce n'était pas vraiment le paradis, là-bas.

Il reposa son verre et se pencha en avant.

— Quand comptais-tu me dire que ce n'est pas toi, sur ces photos ?

Un frisson glacé la parcourut.

— Pardon ?

— Tu as très bien entendu. Ce n'était pas toi, la jeune femme des photos prises par les paparazzis l'été dernier en Europe.

— Comment le sais-tu ?

— Parce que je les ai regardées avec plus d'attention, après avoir constaté que tu ne te comportais pas vraiment comme une fêtarde mondaine.

Liyah eut du mal à maîtriser le tremblement qui s'emparait de tout son corps.

— Ce que j'aimerais savoir, reprit Sharif en s'appuyant à son dossier, c'est pourquoi tu ne m'as pas dit la vérité quand je t'en ai parlé. Pourquoi feindre d'être une femme que tu n'es pas ?

Elle déglutit avec difficulté.

— Parce que ce jour-là..., cela m'a paru plus facile de te laisser croire ce que tu voulais. Je te connaissais à peine. Tout s'était enchaîné si vite.

Incapable de soutenir son regard, elle baissa les yeux sur son assiette.

— Je n'ai rien dit pour me protéger. Je n'étais pas prête à me dévoiler telle que je suis vraiment, et de ton côté, tu ne paraissais pas très désireux de le savoir.

Elle marqua une pause avant de poursuivre :

— Tu étais trop occupé à me dire que je n'étais rien d'autre qu'une épouse commode, dont la fonction principale était de paraître à tes côtés.

À ces mots, Sharif eut l'air un tantinet embarrassé.

— J'avais encore du mal à me faire à l'idée que la femme mystérieuse de l'oasis et la princesse que je venais d'épouser étaient une seule et même personne. Reconnais que ton comportement ce soir-là – *notre* comportement –, ne m'incitait pas à te considérer comme une épouse idéale...

— C'est également pour cette raison que je n'ai rien dit. J'ai pensé que tu ne me croirais pas.

— Alors, puisque tu ne passais pas tes journées à te prélasser à moitié nue sur le pont de yachts appartenant à des milliardaires, ni tes soirées dans des clubs à la mode, à danser et à t'enivrer, à quoi consacrais-tu ton temps ?

Le regard sombre fouillait le sien, direct, inflexible.

— J'aime danser, je te l'ai dit. Et je fréquentais des clubs, même si ce n'étaient pas les mêmes.

— Qui est la femme des photos ?

— Un mannequin originaire du Moyen-Orient. L'une de mes sœurs avait remarqué qu'elle me ressemblait. Mêmes cheveux, même taille...

— Elle n'a rien de commun avec toi. Elle est filiforme et n'a pas de seins.

Quand il baissa les yeux sur son buste, Liyah se sentit devenir écarlate. Pour ne rien arranger, ses mamelons durcirent traîtreusement...

— Je pense moi aussi que nous sommes complètement différentes, acquiesça-t-elle, la voix rauque. Mais mon père a profité de notre ressemblance superficielle et l'a soudoyée pour qu'elle s'exhibe dans les endroits où j'étais susceptible d'aller, puis il a... il s'est arrangé pour que la presse dise que c'était moi.

Sharif la fixa de nouveau, l'air choqué.

— Pourquoi aurait-il fait une chose pareille ?

— Parce qu'il préférait faire croire à tout le monde que je faisais la fête et me livrais à toutes sortes d'excès en Europe, plutôt que d'avouer que j'avais quitté Taraq dans l'espoir de vivre ma vie, d'être indépendante, comme je l'avais toujours désiré.

— Que faisais-tu ?

— J'ai réussi à entrer à Oxford, répondit Liyah, le cœur

battant à tout rompre. J'y ai obtenu un double master en économie et histoire sociale, en deux ans.

— Un master ? Tu avais déjà une licence de premier cycle ?

— Non, je m'étais préparée au baccalauréat avec un professeur particulier à Taraq, et j'ai passé un examen d'entrée à l'université. J'ai été admise.

Elle esquissa une petite grimace.

— Je suis certaine qu'ils ont fermé les yeux sur mes lacunes, parce qu'ils ont compris que j'étais très motivée.

— Ils sont plus exigeants que cela, à Oxford, répliqua Sharif en secouant la tête. Combien de langues parles-tu ?

— L'arabe, bien sûr, l'anglais, le français, et je me débrouille en italien et en espagnol.

— Et pendant les vacances, à quoi occupais-tu tes journées ?

— J'ai fait les vendanges en France, et j'ai travaillé à la bibliothèque de l'université, à Oxford.

— Et ta famille t'en voulait de te consacrer à ce genre d'activités ?

— Mon père est conservateur et désapprouve mon désir d'indépendance. Pour être franche, je pensais que ma famille ne se rendrait même pas compte de mon absence.

Liyah soutint le regard de Sharif sans ciller. S'il lui manifestait la moindre pitié, elle ne le supporterait pas.

— Mon père m'a tourné le dos il y a longtemps – après la mort de ma mère. Il s'est remarié depuis, et se consacre à ses autres épouses et ses autres enfants.

— C'est pour cela que je n'ai pas l'intention de fonder une famille, déclara alors Sharif d'une voix dure. Mon père était un être destructeur. Je ne voudrais pour rien au monde faire subir à un enfant ce qu'il m'a fait subir autrefois.

— Nous n'avons pas à reproduire les actes de nos pères, ne put s'empêcher de répliquer Liyah.

— Tu souhaites avoir des enfants ?

— Je veux vivre libre et indépendante, et je ne vois pas bien comment je pourrais intégrer des enfants à ce mode de vie. C'est égoïste, comme projet – je le sais.

— Non, ce n'est pas égoïste de désirer être libre et indépendant. Tu jouiras de toute la liberté que tu voudras pendant les mois que durera notre mariage. Tu auras les moyens de faire ce que tu voudras. Et tu seras libre d'aller et venir à ta guise.

Une fois encore, au lieu d'être soulagée par ces paroles, Liyah ressentit l'étrange sensation de vide. De manque.

Le smartphone posé devant lui vibrant soudain, Sharif le souleva tandis qu'elle détournait les yeux. Tout le monde était parti sauf eux...

— OK, on se retrouve là-bas, dit-il à son interlocuteur.

Il reposa le smartphone sur la table.

— C'était Nikos. Lui et sa femme viendront eux aussi au bal. Tu pourras faire leur connaissance.

— Ils vivent à Paris ?

Sharif se tourna vers le serveur pour demander l'addition avant de lui répondre.

— En partie. Ils ont également une maison en Irlande où ils passent la majeure partie de leur temps. Maggie est écossaise mais elle a grandi en Irlande. Ils ont un fils d'environ huit mois, Daniel, et attendent leur deuxième enfant – une fille, apparemment.

— Ainsi, tu as déjà un neveu et tu vas avoir une nièce...

— J'en aurai même bientôt un autre – ou une autre, l'interrompit Sharif en se levant. Maks, le plus jeune de nous trois, vient d'annoncer que sa femme était enceinte elle aussi.

Il s'interrompit un bref instant avant de poursuivre :

— Je suis obligé de retourner au bureau, mais mon chauffeur va te reconduire à l'appartement – je prendrai un taxi. Sois prête à 19 heures.

Lorsqu'ils se retrouvèrent sur le parvis, Sharif renfila son pardessus et chaussa ses lunettes noires. Les femmes se retournèrent sur lui, les hommes aussi.

— Je vais rentrer à pied, dit Liyah. J'ai envie de marcher.

— Comme tu voudras. Une styliste t'apportera plusieurs robes de soirées.

Il la dévisagea un instant, le regard dissimulé derrière les lunettes de soleil.

— Dis-leur de ne pas toucher à tes cheveux. Ils sont très bien comme cela.

Le cœur de Liyah fit un petit bond.

— Tu crois ? Ils sont tellement...

— N'y touche pas.

Sur ces mots, il s'éloigna à grands pas, avant de disparaître bientôt parmi les touristes.

Elle demeura immobile un long moment, le cœur battant la chamade. Il voulait qu'elle soit... elle-même. Ce qu'elle lui avait révélé sur la vraie Liyah ne l'avait pas dégoûté...

Et alors ? Agacée par ses propres réactions, elle partit dans la direction opposée. Elle était stupide. L'attitude de Sharif ne signifiait absolument rien. Il ne s'intéressait pas à elle, et c'était très bien ainsi.

Ce soir-là, alors qu'ils venaient d'arriver dans le palace où avait lieu le bal, Sharif – encore plus somptueux en smoking blanc et nœud papillon noir –, lui tendit son smartphone. Un communiqué de presse s'affichait sur l'écran, portant le logo du Marchetti Group en en-tête.

> Nous acceptons les excuses de *Celebrity !* lequel avait publié l'an dernier des photos d'une femme en déclarant qu'il s'agissait de la princesse Aaliyah Binte Rashad Mansour.
>
> Or la femme en question était en réalité Ameera Sayam, mannequin de profession.
>
> *Celebrity !* s'est engagé à verser une somme, dont le montant restera confidentiel, à la fondation caritative choisie par le Marchetti Group, et présente ses excuses à Mme Aaliyah Marchetti pour les dommages que cette regrettable erreur a pu lui causer.

Les mots se brouillant devant ses yeux, Liyah battit

rapidement des paupières. Jusqu'à cet instant, elle ne s'était pas rendu compte de la profondeur de la blessure causée par la trahison de son père. Après qu'elle eut dit la vérité à Sharif, celui-ci s'était mis en quatre pour réparer cette injustice et laver son honneur.

— Merci, murmura-t-elle en lui rendant son smartphone. Je te suis infiniment reconnaissante d'avoir...

— Ne me remercie pas, l'interrompit-il d'un ton neutre. Je l'ai fait par pur intérêt – ta réputation est désormais indissociable de la mienne et de celle du Marchetti Group. Nous nous occuperons bien sûr de tous les autres journaux et magazines concernés.

Liyah tressaillit. Il avait agi pour des raisons purement pratiques. Pas pour elle.

— Je comprends.

Comme un serveur s'approchait d'eux, Sharif prit deux coupes de champagne et lui en tendit une. Sans le regarder, elle la porta à ses lèvres et en but une gorgée.

Qu'avait cet homme pour susciter des émotions aussi vives en elle ? Des émotions et des désirs aussi intenses que malvenus.

— Les voilà ! Sharif !

La voix grave et virile la fit presque sursauter. Sharif et elle se tournèrent vers un homme de haute taille, qui fendait la foule dans leur direction. Il était aussi imposant et athlétique que Sharif, et avait d'épais cheveux bouclés, coupés très courts. Nikos était fidèle aux clichés qu'elle avait vus de lui sur Internet : il ressemblait à un dieu grec, avec ses traits nobles à la beauté classique.

Sa femme s'avançait à ses côtés, aussi grande, voire plus grande, que Liyah. Elle avait un teint de porcelaine, des cheveux auburn rassemblés en un volumineux chignon haut, et d'immenses yeux bleus.

— Vous êtes Aaliyah, je suppose ? s'exclama-t-elle en lui tendant la main. Enchantée de faire votre connaissance, je suis Maggie.

Liyah se détendit aussitôt et serra la main tendue en souriant.

— Appelez-moi Liyah. Seul mon père utilise désormais mon vrai prénom et en général, ce n'est pas pour me faire des compliments !

La femme de Nikos se pencha et lui chuchota à l'oreille :

— N'en dites pas plus. Les rapports fille-père sont parfois difficiles, je sais de quoi je parle. Quant à ces deux-là...

Maggie fit un petit signe de tête en direction de Sharif et Nikos qui les regardaient.

Ce dernier roula des yeux mais un petit sourire jouait sur ses lèvres tandis qu'il passait le bras autour de la taille de sa femme.

Liyah baissa les yeux sur le ventre de Maggie. Sa grossesse se remarquait à peine grâce à la coupe astucieuse de l'élégante robe en soie noire.

— Félicitations, dit-elle à sa belle-sœur.

— Merci, répliqua celle-ci en posant la main sur son ventre. Ce ne sera pas facile d'avoir deux enfants en bas âge, mais je suis contente qu'il n'y ait pas beaucoup d'écart entre Daniel et sa petite sœur. Je suis moi-même fille unique et j'ai toujours voulu avoir une fratrie.

— Liyah, intervint soudain Sharif, je te présente Nikos.

Un peu intimidée, Liyah serra la main de Nikos, qui lui sourit. Il débordait de charme, mais elle percevait en lui la détermination farouche caractéristique des fils Marchetti.

Quant à Sharif, il était tendu quand il s'adressait à son frère, remarqua-t-elle. Pourtant, il ne pouvait s'empêcher de lui sourire en l'écoutant, comme s'il avait envie de se laisser aller mais se l'interdisait.

Tout en bavardant, ils s'étaient rapprochés de l'immense salle de bal où l'orchestre entamait une valse. Maggie se tourna vers son mari.

— Tu devrais inviter Liyah à danser – nous n'avons pas eu la chance d'assister à leur mariage...

Liyah regarda Sharif, qui se contenta de hausser un sourcil. Et déjà, Nikos s'inclinait devant elle.

— Me ferez-vous l'honneur de m'accorder cette danse, Liyah ?

Que savaient-ils au juste de son union avec Sharif, lui et Maggie ? se demanda-t-elle fugacement. Quoi qu'il en soit, la tentation était trop forte... Chassant ses doutes, elle glissa la main dans celle de son beau-frère et se laissa entraîner vers la piste de danse.

Nikos était un excellent danseur, constata bientôt Liyah.

— Pas facile, n'est-ce pas ?

— Pardon ? fit-elle en levant les yeux vers son cavalier.

— J'ai entendu votre soupir de soulagement lorsque vous vous êtes décidée à vous éloigner un moment de Sharif – autrement dit, à vous accorder un peu de répit, ajouta-t-il avec un clin d'œil. Je sais ce que c'est que de passer du temps avec lui, et je ne vous envie pas.

— Ce n'est pas si difficile..., protesta-t-elle spontanément.

Nikos la dévisageait, l'air dubitatif.

— Vous... Vous savez que...

Elle s'interrompit, les joues en feu.

— Que notre mariage n'est pas...

— Tout ce que je sais, c'est que vous lui faites du bien, répondit-il, diplomate. Il travaille trop et il est trop sérieux. S'acclimater à la présence d'une... compagne ne peut que lui être bénéfique.

— Il m'a dit que vous n'aviez pas grandi ensemble ?

Nikos fit la grimace.

— Non, notre cher père préférait ne pas prendre le risque que ses trois fils se rapprochent et se liguent contre lui. Il a misé sur notre esprit de compétition, sachant que nous mettrions les bouchées doubles pour faire fonctionner le Marchetti Group. Mais depuis sa mort, nous travaillons ensemble dans la bonne entente et je crois pouvoir dire que nous en sommes contents tous les trois.

Il secoua la tête.

— Après ce qui est arrivé à Sharif et à sa mère, je me demande toutefois comment mon frère n'a pas cherché à détruire l'héritage de notre père à la première occasion.

— Cela ne vous aurait pas dérangé ?

— Je m'en fichais, jusqu'à ce que je retrouve Maggie et apprenne que j'avais un fils. À présent, tout a changé.

— Elle est charmante, acquiesça Liyah en souriant. Et très sympathique.

— Oui, très..., fit-il avec un sourire qui illumina ses traits.

Le sourire disparut aussitôt, remplacé par un froncement de sourcils.

— Attention... Il arrive... Je vous préviens : mon frère est un danseur épouvantable.

Sur ces paroles, Nikos s'écarta d'elle avant de se faufiler entre les couples de danseurs. Sharif apparut alors devant Liyah, les yeux étincelants. Il lui prit la main et voulut l'entraîner hors de la piste, mais elle résista, refusant de le suivre.

— La valse n'est même pas terminée...

Il se tourna vers elle.

— Je te l'ai dit : je ne danse pas.

Gagnée par une audace inconnue, Liyah se rapprocha de lui et leva la main pour lui effleurer la joue... Il avait un tel air de petit garçon renfrogné qu'elle faillit éclater de rire. Mais soudain, il murmura quelque chose d'inaudible et la prit dans ses bras.

La merveilleuse chaleur se répandit partout en elle. Son corps se mit à frémir, vibrer, réclamer... Sharif ne possédait pas la grâce de son frère, mais il se mouvait néanmoins avec aisance et fluidité.

— Pourquoi cette répugnance vis-à-vis de la danse ? demanda-t-elle en levant les yeux vers lui. Tu n'es pas...

Le regard ombrageux de Sharif la fit taire.

— Nikos s'est encore répandu en commérages ? Le mariage et la paternité ne lui réussissent décidément pas...

— Il ne m'a rien dit de particulier, répliqua doucement Liyah. À quoi fais-tu allusion ?

— Mon père m'a forcé à aller au bal des Débutantes, ici, à Paris, répondit Sharif avec un soupir.

— J'ai entendu parler de ce bal. Mes sœurs y sont allées, mais pas moi.

Elle refoula les souvenirs amers. Son père ne l'avait pas jugée digne de participer au célèbre événement caritatif destiné à présenter des jeunes hommes et des jeunes filles de la bonne société internationale.

— Tu as eu de la chance. Mon père et moi étions invités tous les deux, mais il m'a laissé tomber à la dernière minute. Je n'avais pas suivi le cours de valse précédant l'événement et j'étais le seul à ne pas savoir la danser. Inutile de te dire que la soirée s'est mal terminée.

— Tu veux dire qu'il y a eu une bagarre ? demanda Liyah avec curiosité.

Sharif leva la main tenant la sienne et désigna une fine cicatrice, sur sa mâchoire. Alors sur une impulsion, Liyah caressa le léger relief à peine visible.

Un courant brûlant traversa Sharif. Il s'immobilisa au beau milieu de la piste, indifférent aux couples de danseurs qui continuaient de tourner autour d'eux.

Les yeux immenses de Liyah semblaient lire en lui.

Comme elle était belle, avec ses boucles brunes cascadant sur ses épaules rondes et nues ! La robe de soie ambrée mettait en valeur sa beauté singulière, le maquillage discret et subtil se contentant de rehausser la noblesse de ses traits.

Une fois de plus, elle tranchait avec les autres femmes par son naturel, sa grâce. Sa sensualité.

Pourquoi lui avait-il demandé de ne pas toucher à ses cheveux, bon sang ?

Parce qu'il voulait retrouver la superbe amazone de l'oasis. Nue. Abandonnée.

Sharif chassa les souvenirs torrides qui défilaient dans son esprit, mais la bataille était perdue. Il avait suffi d'une légère caresse des doigts effilés pour l'embraser.

Or la présence de Nikos et Maggie n'arrangeait rien. Voir ses frères, et maintenant leurs épouses, le mettait toujours à cran, ravivant en lui des émotions complexes. Instinct protecteur, regret, affection... Sans oublier cette réticence farouche à leur faire confiance, assortie de l'inséparable culpabilité de ne pas les avoir mis au courant de son projet.

Le simple fait de voir Liyah danser avec Nikos et lui sourire avait fait remonter la noirceur qui l'habitait. Alors qu'il savait que son frère n'avait d'yeux que pour Maggie.

Nikos et sa femme vivaient dans un univers qui lui demeurait inaccessible.

Sharif serra les mâchoires. Liyah continuait de l'observer de ses grands yeux verts, comme si elle devinait les ténèbres qui le hantaient.

Sa proximité le troublait beaucoup trop. Elle réveillait les voix qu'il refusait d'entendre. Les pensées enfouies au plus profond de lui-même.

Il ne connaissait qu'un seul moyen de faire taire ces voix : cesser de nier l'évidence, renoncer à lutter contre son propre désir et celui de Liyah.

La prenant par la main, il se fraya un passage parmi les danseurs. Au moment où ils arrivaient à proximité de l'entrée principale, elle dégagea sa main et se tourna vers lui.

— Je sais que tu n'aimes pas t'attarder dans ce genre de soirées, mais nous venons à peine d'arriver.

Le désir lui montait à la tête. Son pouls lui martelait les tempes. La lumière dorée faisait luire la peau mate de Liyah. Le renflement des beaux seins au-dessus du décolleté l'attirait irrésistiblement et il n'avait plus l'intention de résister.

Comment avait-il bien pu penser que le mieux était de ne pas coucher avec sa femme ?

— Ça ne fonctionne pas, fit-il.

— De quoi parles-tu ? demanda-t-elle en plissant le front.

Sans répondre, Sharif lui reprit fermement la main et traversa le hall de l'hôtel.

— Nous n'avons même pas dit au revoir à Nikos et Maggie ! protesta Liyah. Et puis, tu n'avais pas des partenaires à voir ?

— Nikos s'en chargera. Je lui enverrai un SMS.

Ils s'avancèrent bientôt sur le trottoir tandis qu'un voiturier se hâtait de faire venir voiture et chauffeur.

Un sentiment de désespoir gagna Sharif. De manque abyssal. Il contrôlait toujours ses émotions, déterminé à prouver au monde qu'il n'avait rien de commun avec son père et ses excès. Ni avec son play-boy de frère. Mais Nikos le play-boy n'existait plus. Sharif se retrouvait seul face à lui-même, avec ses émotions contradictoires, sa soif de rébellion. De vengeance

Et il s'en fichait royalement.

Seule sa femme comptait. Ainsi que le désir qui les consumait tous les deux.

8

La voiture s'arrêta en douceur devant eux. L'instant d'après, Liyah prenait place au côté de Sharif sur la banquette en cuir gris clair. Malgré le confort de l'habitacle, elle n'arrivait pas à se détendre, tant son mari arborait une attitude glaciale. Silencieux, il semblait… fâché.

Le véhicule s'engagea sur une large avenue bordée de platanes aux branches nues. Liyah attendit que Sharif s'explique, mais il gardait les mâchoires crispées et les épaules raides.

N'y tenant plus, elle se décida à rompre le silence.

— Ce que tu as dit tout à l'heure, à propos de quelque chose qui ne fonctionnait pas… À quoi faisais-tu allusion ?

Il se tourna vers elle, les yeux brillant d'un éclat sauvage. Jamais elle ne l'avait vu ainsi. Son regard l'intimidait… autant qu'il l'excitait.

— Notre arrangement ne fonctionne pas.

Les mots lui firent l'effet d'une gifle. Elle lui avait posé trop de questions. Elle n'avait pas de place dans son univers. Elle était trop différente des femmes sophistiquées auxquelles il était habitué. Danser avec elle lui répugnait.

— Tu as raison, dit Liyah d'une voix posée. Cet arrangement ne nous convient manifestement pas et je…

— Ce n'est pas ce que je voulais dire.

Sharif poussa un juron. Au même instant, elle se rendit compte qu'ils étaient arrivés.

Il vint lui ouvrir sa portière et, lui prenant la main, l'entraîna vers l'entrée de l'immeuble. Dans l'ascenseur, il ne desserra pas son étreinte.

Un courant brûlant palpitait entre eux. Incapable de qualifier ce qui se passait, elle ne pouvait toutefois ignorer le désir qui la dévorait.

Et si elle se trompait ? Si de son côté, son mari…

Les portes coulissèrent, il s'avança dans le vaste espace ouvert et quand il lui lâcha soudain la main, Liyah vacilla légèrement sur ses hauts talons.

— J'ai beaucoup apprécié Nikos et Maggie, dit-elle pour se donner une contenance. Ils sont réellement amoureux l'un de l'autre, j'ai l'impression…

Il la contempla comme s'il la découvrait pour la première fois, l'air farouche et ténébreux.

— Je ne connais pas grand-chose à l'amour, répliqua-t-il tout à coup, mais ça, je connais.

— *Ça* ? murmura Liyah, le cœur battant à tout rompre.

Lorsqu'il lui referma les mains sur la taille et l'attira contre lui, elle cessa de respirer.

Le regard fouillant le sien n'avait plus rien de mystérieux. Le désir y étincelait, ardent et impérieux. Son époux s'était transformé en prédateur. Le mâle réclamait sa femelle.

— Tu es sûr que c'est une bonne idée ? murmura Liyah.

— J'ai besoin de ma femme. Dans mon lit.

Elle savoura ses paroles. Ces quelques mots lui procuraient un formidable sentiment d'exultation. Ils exprimaient son désir le plus secret.

Un frisson glacé la parcourut.

Quelle idiote ! Il avait besoin d'elle pour calmer ses ardeurs, voilà tout. Pourquoi aurait-il fait appel aux services d'une maîtresse occasionnelle, puisqu'il avait sa femme à sa disposition ?

Elle recula d'un pas, l'obligeant ainsi à lui lâcher la taille.

— Je ne vois pas l'utilité de revoir les conditions de notre arrangement au prétexte que tu as besoin d'une femme pour réchauffer ton lit. Tu n'as qu'à jeter un coup d'œil à ta liste de conquêtes, je suis certaine que tu n'auras que l'embarras du choix ! Tu te trouveras à coup sûr une partenaire qui sera ravie de satisfaire tes... besoins !

Qu'est-ce qui lui prenait ? Voulait-elle vraiment le pousser dans les bras d'une autre ?

— Je te l'ai dit, Liyah : je préfère ne pas attirer l'attention des médias en ce moment.

— Ah..., rétorqua-t-elle en redressant le menton. Parce qu'en plus d'être une femme trophée, je suis censée satisfaire les caprices de ta libido ?

Il se rapprocha d'elle. Les effluves épicés l'enveloppèrent. Boisés et orientaux. Sensuels. Mâles. Liyah eut envie de fermer les yeux, de s'enivrer de son odeur jusqu'à en avoir le vertige.

— Je t'assure qu'aucune de mes maîtresses ne m'a jamais fait ressentir ce que je ressens pour toi.

Il avait laissé échapper un rire dur, qui inquiéta aussitôt Liyah.

— Je me fiche que tu ailles voir une autre femme, répliqua-t-elle, paniquée. Cela m'est complètement égal !

Il se trouvait à présent à un souffle d'elle.

— Le problème, c'est que la seule que je désire, c'est toi.

Une véritable ivresse s'empara d'elle, annihilant toutes ses défenses.

— Cela te serait vraiment égal, que je couche avec une autre ? fit-il, provocateur.

Le désir se déploya en elle, tandis que les souvenirs de leur rencontre dans l'oasis affluaient.

Cet homme superbe était à elle. Rien qu'à elle.

— Non, répondit Liyah en soutenant le regard étincelant de son mari.

Il l'attira vers lui sans qu'elle n'oppose de résistance.

— Cela ne change rien, Liyah. Nous allons assouvir le désir qui nous dévore tous les deux, mais ne te fais pas d'illusions : notre mariage restera ce qu'il est.

Un arrangement pratique. Une banale transaction.

— Je sais. Et c'est très bien ainsi.

Elle ne *souhaitait* rien d'autre. Son seul but était d'accéder à la liberté. L'indépendance. Ce qui se passait entre elle et lui ne relevait pas d'une quelconque émotion. Il s'agissait de désir purement physique. Et ça, Liyah pouvait le gérer.

De toute façon, il était trop tard pour revenir en arrière. Déjà, Sharif prenait possession de sa bouche.

Un torrent sauvage coula dans ses veines, se répandit dans les endroits les plus intimes, les plus sensibles de son corps. S'accrochant aux bras musclés, elle céda à la faim qui la consumait et se pressa contre lui.

Mais trop de tissu les séparait encore. D'une main tremblante, elle déboutonna le gilet, en écarta les pans, avant de s'occuper du nœud papillon et de la chemise.

Lorsque Sharif fut torse nu, Liyah posa les mains sur la poitrine chaude. La toison brune lui chatouillait les paumes. Le cœur battait puissamment. Liyah avait l'impression d'être ivre. Ivre de ce mâle sensuel et magnifique.

— À toi... Je veux te voir, Liyah.

Lui tournant le dos, elle remonta ses cheveux. Il fit descendre la fermeture Éclair et s'arrêta au creux des reins. La robe glissa, lui dénudant les seins. Sharif se rapprocha, le contact de sa poitrine nue contre son dos la faisant frissonner. Il referma les mains sur ses seins, arrachant une plainte à Liyah, qui laissa sa tête reposer contre la puissante épaule.

Alors, Sharif reprit sa bouche avec passion en même temps qu'il faisait rouler un mamelon durci entre ses doigts. Le plaisir montait en elle, de plus en plus intense. Liyah se retourna entre les bras musclés et lorsqu'elle eut trouvé la boucle de la ceinture en cuir, elle fit descendre pantalon et caleçon sur les hanches étroites.

Tout en répondant avec fièvre aux caresses de la langue experte, elle prit le membre chaud et ferme entre ses doigts. Avec un râle, Sharif repoussa sa main.

— Pas de préliminaires, dit-il d'une voix rauque. Je te veux *maintenant*.

Il la poussa en arrière jusqu'à ce que Liyah soit adossée à la porte. Quand il pressa son corps contre le sien, la merveilleuse chaleur l'enveloppa tout entière. Elle referma les mains sur la nuque puissante et sentit la bouche gourmande glisser sur son cou, le creux de son épaule, sa gorge. Soudain, il aspira un mamelon gonflé et dur entre ses lèvres, et Liyah ne put retenir un cri de pure volupté.

— Enroule tes jambes autour de moi, ordonna Sharif en lui prenant les hanches.

Elle se débarrassa de ses escarpins et obéit. Son sexe se retrouva contre le sien. Seule une fine couche de dentelle les séparait.

Comme s'il avait lu dans ses pensées, Sharif glissa la main entre leurs deux corps et déchira la minuscule culotte en soie. Et lorsqu'il guida la puissante érection en elle, Liyah ferma les yeux en laissant échapper un nouveau cri.

Subitement, elle eut l'impression que tout son être attendait ce moment depuis leur première rencontre, à l'oasis.

Au même instant, il donna un vigoureux coup de reins. Puis il se retira, s'enfonça, instaurant un va-et-vient grisant et faisant haleter Liyah sans retenue. Elle était si excitée qu'elle ne tarda pas à basculer dans l'extase. Sharif y céda à son tour, le corps agité d'un long tremblement qui résonna profondément en elle.

Ils restèrent immobiles tous les deux, étroitement enlacés et silencieux. Petit à petit, Liyah reprit ses esprits et savoura la sensation du bras musclé lui entourant la taille. Sharif avait le visage enfoui dans son cou, le souffle court. Leurs deux cœurs battaient à un rythme sauvage. À l'unisson.

Avec une douceur inattendue, il lui repoussa une boucle derrière l'oreille.

— Ça va ? demanda-t-il, presque… tendrement.

Une émotion inconnue lui noua la gorge.

— Oui.

Lorsqu'il la reposa délicatement sur ses pieds, elle tressaillit. Sa chaleur lui manquait déjà.

Liyah remonta le bustier sur ses seins, fit glisser l'étoffe sur ses hanches, ses cuisses. La culotte déchirée gisait sur le tapis, à côté de son petit sac de soirée. Un peu plus loin se trouvaient les affaires de Sharif, gilet, chemise...

Au moment où, tenant le bustier contre son buste, elle se baissait pour ramasser sa culotte et ses escarpins, Sharif lui prit la main.

— Laisse.

Il avait rajusté son pantalon, mais pas refermé la ceinture. Les cheveux ébouriffés, torse nu, il était follement sexy... Irrésistible. Le désir rejaillit en elle, encore plus vivace.

La tenant toujours par la main, il s'avança vers le couloir.

— Où allons-nous ? murmura-t-elle.

— Dans un endroit où nous serons plus à l'aise pour poursuivre cette renégociation.

Immobile à côté du lit, Sharif resta un long moment à contempler le corps alangui de sa femme. Elle était allongée sur le ventre, la main abandonnée à côté de son beau visage endormi. Il contempla le sein épanoui en partie visible, les fesses fermes et rebondies. Les jambes interminables qui l'avaient enserré comme un étau tandis qu'il s'enfonçait en elle, au plus profond.

Son pouls lui battait les tempes. Le désir continuait de pulser en lui. Jamais il n'avait ressenti cela après une étreinte.

Si. Une seule fois. Avec cette même femme.

Pour lui, le sexe représentait un apaisement temporaire des sens. Une dépense salutaire d'énergie. Ce qu'il venait de partager avec Liyah était différent, certes, mais de là à y voir une signification particulière...

Il s'agissait d'une alchimie extraordinaire, rien de plus.

Et puisqu'il avait la chance de désirer celle qu'il avait épousée pour des raisons purement pratiques, pourquoi ne pas en profiter ?

Ce n'était néanmoins pas une raison pour rester planté là à se repaître de la vue de la belle endormie. En fait, il aurait dû partir une demi-heure plus tôt pour se rendre à un rendez-vous important.

S'arrachant à sa contemplation, Sharif se dirigea vers la salle de bains, résolu à ne pas laisser le désir l'emporter sur la raison. Mais sans pouvoir éradiquer pour autant la sensation de manque qui l'étreignait déjà.

Lorsqu'elle se réveilla, Liyah eut l'impression de flotter dans un océan de soie. Une merveilleuse langueur l'enveloppait. Elle se sentait apaisée et… affamée.

Les souvenirs de la nuit passée l'assaillirent. Sharif l'avait amenée dans sa chambre, puis déshabillée avant de se débarrasser du peu de vêtements qui le couvraient encore. L'allongeant sur le lit immense, il lui avait écarté les cuisses pour poser les lèvres sur son sexe offert…

Les paupières closes, elle laissa échapper un gémissement. Elle s'était complètement lâchée… suppliant Sharif de continuer, de ne jamais s'arrêter… Il lui avait fait l'amour encore et encore, jusqu'à ce qu'ils s'écroulent de fatigue tous les deux à l'aube.

Liyah rouvrit les yeux. Le soleil hivernal inondait maintenant la pièce. Ce n'était pas dans ses habitudes de faire la grasse matinée… De son côté, Sharif était sans doute parti très tôt, et elle se sentait presque coupable d'avoir paressé.

Elle quitta le lit, prête à embrasser cette nouvelle journée à Paris. Elle avait prévu d'aller se balader dans le Quartier latin, avant de retrouver Sharif qui devait l'emmener dans l'une des plus grandes maisons de haute couture parisiennes. Le soir, il était prévu qu'ils se rendent à l'inauguration d'un tout nouveau club.

Jamais elle ne s'était sentie aussi exposée. Elle avait l'impression d'être complètement nue.

Cet après-midi-là, alors que Liyah félicitait la styliste dont elle venait d'essayer les toutes dernières créations, plus superbes l'une que l'autre, le directeur artistique de la maison, un homme élégant d'une cinquantaine d'années, avait soudain fait irruption dans le vaste atelier et s'était arrêté devant elle.

— Qui est cette créature ravissante ? avait-il demandé à Sharif.

Son mari l'avait dévisagé en silence, comme s'il évaluait un rival potentiel, puis avait répondu d'un ton neutre :

— Liyah, ma femme.

Le célèbre couturier s'était alors mis à tourner autour d'elle et à l'examiner de la tête aux pieds d'un air appréciateur.

— Vous êtes... parfaite.

Au souvenir de l'expression de Sharif, Liyah sourit malgré elle. Il avait semblé prêt à le dévorer tout cru.

Interrompant son manège, le directeur artistique s'était incliné profondément devant elle, s'était présenté, puis lui avait pris la main et l'avait portée à ses lèvres.

Il aurait dû faire du théâtre, songea de nouveau Liyah.

— Je cherchais la femme idéale pour porter l'une de mes créations préférées du moment, avait repris le personnage haut en couleur. Et je l'ai trouvée.

Se tournant vers Sharif, qui ne paraissait guère apprécier le spectacle, il s'était de nouveau incliné profondément.

— Puis-je vous emprunter votre épouse pendant dix minutes, monsieur Marchetti ?

Au lieu de refuser comme elle s'y attendait, Sharif avait hoché brièvement la tête.

— Naturellement.

Il s'était tourné vers Liyah.

— Si tu es d'accord, bien entendu ?

Après une légère hésitation, elle avait haussé l'épaule et souri au couturier.

— Mais oui. Si vous pensez que votre création pourrait m'aller...

Les yeux brillants, il l'avait prise par la main et entraînée vers une porte dérobée.

— Oh ! elle vous ira à merveille, j'en suis certain. Il ne nous restera plus qu'à convaincre votre époux de vous laisser la porter en public.

Lorsque, dans son atelier, le couturier lui avait présenté le combi-pantalon, la première pensée de Liyah avait été qu'elle n'accepterait jamais de s'exhiber dans une telle tenue.

Ensuite, elle l'avait essayé et était restée sans voix devant le miroir en pied, tandis que le créateur ne tarissait pas d'éloges – sur son art et la beauté de celle qui le sublimait à la perfection.

Quand il avait invité Sharif à venir les rejoindre, Liyah était persuadée que ce dernier allait déclarer tout net qu'il était hors de question que sa femme porte une tenue aussi provocante. Or il avait descendu un regard brûlant sur sa silhouette, suivant chaque courbe, chaque relief, avant de remonter lentement jusqu'à son visage.

Durant quelques instants, ils s'étaient dévisagés en silence, le désir pulsant entre eux, presque palpable, lorsque le couturier avait brisé le silence.

— N'avez-vous jamais rien vu d'aussi parfait ? avait-il chuchoté.

Un éclair avait traversé les yeux de Sharif.

— De quoi s'agit-il, exactement ?

— D'un combi-pantalon pailleté, impression zèbre.

Le smartphone vibrant soudain dans sa poche, Sharif s'était excusé avant de quitter rapidement l'atelier. Il était revenu quelques minutes plus tard et, abasourdie, Liyah l'avait entendu déclarer d'un ton détaché qu'ils prenaient le combi-pantalon.

Or maintenant qu'elle se trouvait exposée à tous les regards, elle ne rêvait que d'une chose : tourner les talons et s'enfuir en courant.

Le tissu épousait son corps comme une seconde peau, l'aspect faussement transparent renforçant son impression d'être nue au milieu de gens habillés. Elle et Sharif venaient de descendre de voiture et les célébrités s'avançaient sur le tapis rouge. Liyah reconnut un chanteur en vogue et sa quatrième, voire cinquième épouse, une jeune compositrice prometteuse, des acteurs et actrices...

Les néons colorés du tout nouveau club se détachaient sur le ciel nocturne, des accents de batterie et de basse s'en échappant de temps en temps.

Jusqu'à présent, Liyah avait participé avec Sharif à des événements sophistiqués et élégants. Ce soir, l'avant-garde était à l'honneur. Le public était plus jeune, plus branché.

Elle s'efforça de puiser de la force dans celle de son compagnon. Contrairement à elle, Sharif semblait parfaitement à l'aise dans ce cadre. Il portait un costume cintré noir et une chemise noire elle aussi, déboutonnée à l'encolure. Sans cravate ni nœud-papillon.

Une jeune femme qui avançait sur le tapis rouge attira soudain l'attention de Liyah. Vêtue en tout et pour tout de ce qui ressemblait à deux panneaux de tissu en lamé argenté reliés sur les côtés par de grosses épingles à nourrice en strass, elle ne passait pas inaperçue. Grâce à elle, Liyah ne se sentait soudain plus aussi nue, et lorsque Sharif lui demanda si tout allait bien, elle hocha la tête.

Au fond, Liyah se réjouissait de la hardiesse dont elle faisait preuve. Durant ces dernières semaines, une véritable métamorphose s'était opérée en elle. Auprès de Sharif, elle découvrait un aspect de sa personnalité encore jamais exploré. En revanche, elle savait très bien qu'elle demeurait la jeune universitaire solitaire aimant la nature et les voyages, avide de découvrir le monde.

Et puis, elle ne pouvait nier l'importance de la place qu'avait prise le sexe dans leur relation. Son époux et elle partageaient le même désir, la même passion. À chaque nouvelle étreinte, l'érotisme se faisait plus torride et plus raffiné.

L'avalanche de flashs et de cris qui déferla soudain sur eux ramena brutalement Liyah au présent. Elle frissonna, plus consciente que jamais de l'audace – pour ne pas dire *l'indécence* - de sa tenue.

Deux heures plus tard, blottie contre son mari à l'arrière de la limousine, Liyah souriait en repensant à la soirée passée au club. Pour une fois, Sharif n'avait pas souhaité s'éclipser tout de suite. Et, surprise, il l'avait invitée à danser !

Le smartphone collé à l'oreille, il s'entretenait maintenant avec quelqu'un mais elle ne prêtait pas vraiment attention à ses paroles, lorsque tout à coup, elle tendit l'oreille.

— Ça a très bien fonctionné, dit-il à son interlocuteur. La réaction de Felipe à elle seule valait la peine de se déplacer ! Ah ? Déjà ? Envoyez-les-moi.

Sur ces mots, il mit fin à la conversation et contempla son téléphone. Comme elle baissait les yeux sur l'écran, Liyah aperçut la photo d'un couple s'avançant sur le tapis rouge.

— C'est nous ? Tout à l'heure ?

Il orienta l'écran vers elle et fit défiler les photos, dont plusieurs gros plans d'elle dans son combi moulant pailleté à rayures façon zèbre. Il y en avait d'autres, floues, prises à l'intérieur du club. Liyah se vit étroitement enlacée à son mari, l'air enamouré…

— Ces photos sont déjà devenues virales. Je crois pouvoir dire que l'ouverture du nouveau club de Felipe Sanchez passera complètement inaperçue, comparée aux photos de toi en tenue… sexy.

— Qui est Felipe Sanchez ?

— Un individu à surveiller. Il ne représente pas encore une menace, mais pourrait en devenir une si nous manquons de vigilance.

Liyah sentit un goût amer lui monter aux lèvres. Elle comprenait pourquoi Sharif l'avait laissée s'exhiber publiquement dans une tenue aussi provocante, maintenant.

— C'est un adversaire potentiel, si je comprends bien ?

— En quelque sorte.

— Et ce soir, ton but était de détourner l'attention en me donnant en pâture aux journalistes, *en quelque sorte*.

Une douleur aiguë lui étreignait la poitrine. Elle s'était laissé aveugler par un leurre. Non, pire, elle avait été victime d'une trahison – une fois de plus. Dire qu'elle avait cru que cette soirée était différente… Que Sharif et elle sortaient *en amoureux*… Quelle idiote !

— Je ne me fais aucune illusion sur la nature de notre relation, poursuivit Liyah. Mais la prochaine fois que tu projetteras de te servir de moi comme d'un pion pour avancer dans ta quête de pouvoir, préviens-moi, s'il te plaît.

Sharif tressaillit. De toute évidence, Liyah était blessée. Étrangement, il se sentit coupable, lui qui ne s'embarrassait jamais de scrupules en affaires.

— Ton image circule déjà abondamment sur la Toile, fit-il remarquer.

— Oui, mais pas en *catsuit* pailleté façon zèbre !

Elle s'était réfugiée à l'extrémité de la banquette, comme pour se protéger de lui. La distance qui les séparait était insupportable à Sharif. Il aurait voulu lui tendre les bras mais pressentit que son geste serait mal reçu.

— Tu es magnifique. C'est pour cela que tu as autant de succès.

— Je n'ai peut-être pas envie d'en avoir.

De toute évidence, elle n'était pas consciente de sa beauté.

— Parle-moi de ce petit ami avec qui…

— Il ne vaut pas la peine qu'on parle de lui.

— Il t'a donné l'impression d'être insignifiante ?

Elle soupira.

— C'était un camarade d'université. Venant de Taraq, j'étais moins… libérée que les filles de mon âge. Il m'a repérée, m'a donné le sentiment d'être spéciale. Il disait que j'étais différente des autres, ce genre de choses…

— Que s'est-il passé ? demanda Sharif, crispé.

Liyah gardait les yeux baissés.

— Il a fait le pari avec ses amis qu'il coucherait avec moi dès le premier rendez-vous. Je… J'étais pressée de m'émanciper.

Je voulais me débarrasser de ma virginité, devenir adulte, indépendante…

Elle leva un regard éperdu.

— Il a gagné son pari.

Un juron échappa à Sharif. Il tendit les bras vers elle, incapable de résister plus longtemps au désir de la serrer contre lui. Elle était tendue, mais glissa sur la banquette pour se rapprocher de lui.

— Ce type était un crétin. Il ne méritait pas que tu lui offres un tel cadeau.

Le cœur de Liyah battait la chamade. Il émanait soudain une telle chaleur de son mari, une telle *douceur.*

— Ne te laisse plus jamais rabaisser, Liyah. Par personne. Tu es une femme merveilleuse et tu détiens un pouvoir dont tu n'es pas consciente, je crois. Tu es extraordinaire, unique.

Elle aurait pu s'abandonner à sa voix mélodieuse, aux mots ensorcelants, mais elle se ressaisit. Cet homme était expert dans l'art des compliments. Il disait la même chose à toutes ses maîtresses.

— Je suis sincère, reprit-il, comme s'il avait deviné ses pensées. Et si ces photos t'indisposent à ce point, je les ferai supprimer, ne t'inquiète pas.

— C'est vrai ? Tu ferais cela ? murmura Liyah.

— Peut-être en laisserons-nous quelques-unes, mais désormais mes assistants les contrôleront – ils ont l'habitude.

— Ces photos… Elles ont un effet positif sur tes affaires ?

Sharif hésita un instant avant de répondre.

— Oui. Plus que tu ne peux l'imaginer.

— Alors laisse-les.

— Tu es sûre ? Si nous voulons intervenir, il faut agir maintenant. Demain matin, il sera trop tard.

— C'est bon. Je sais que tu n'es pas habitué à rendre des comptes à quiconque, mais la prochaine fois… Tu m'en parles avant, d'accord ?

— D'accord, acquiesça-t-il avec un sourire en coin. En attendant, je peux me faire pardonner ?

— De quelle façon ?

Pour toute réponse, il appuya sur la touche permettant d'opacifier la vitre qui séparait l'espace privé du chauffeur. Puis, d'un geste adroit, il fit descendre la fermeture Éclair sur le dos de Liyah. L'étoffe glissa sur ses épaules, sa gorge, ses bras, dénudant ses seins, son ventre...

— Sharif..., murmura-t-elle.

— Oui ?

— Nous ne pouvons pas... Pas ici...

Alors, il prit un mamelon entre ses lèvres et le lécha du bout de la langue.

Le plaisir se répandit dans tout son corps, en ondes délicieuses.

— Tu veux que j'arrête ? demanda-t-il, la voix rauque.

— Non. Continue...

— À vos ordres, madame Marchetti.

9

Londres

— J'ai vu les photos publiées sur Internet, dit Maggie. Vous êtes vraiment sensationnelle dans ce combi pailleté !

Elle baissa les yeux sur son ventre en soupirant.

— En ce qui me concerne, je crois que je peux renoncer à tout jamais à porter ce genre de vêtements... Mais vous, vous êtes absolument divine !

Liyah rougit. Au même instant, Sharif lui passa le bras autour de la taille.

— Je ne vous le fais pas dire, Maggie.

Par la suite, alors qu'ils bavardaient avec Nikos et Maggie, Liyah remarqua que son mari paraissait plus détendu que la première fois qu'ils s'étaient trouvés ensemble tous les quatre.

Soudain, un homme s'avança vers eux, accompagné d'une femme nettement plus petite que lui, au charme fou et aux cheveux blond doré lui arrivant aux épaules. Maks et son épouse Zoe ; Liyah les reconnut aussitôt pour les avoir vus en photo lors de ses recherches sur Sharif.

— Je vois que tu prends enfin un peu de bon temps, dit-il à Sharif.

Il se tourna vers Liyah en souriant.

— Et vous devez être la cause de ce prodige... Grâce à vous, mon cher frère s'est enfin décoincé et a...

— Maks ! l'interrompit sa femme, l'air faussement sévère.

Elle tendit la main à Liyah.

— Bonsoir, je suis Zoe. Et je me réjouis de faire enfin votre connaissance.

— Ne faites pas attention à moi, reprit Maks en adressant un clin d'œil à Liyah. Je ne peux pas m'empêcher de charrier Sharif à la moindre occasion. C'est plus fort que moi.

Après avoir serré la main de Zoe – enceinte elle aussi –, Liyah prit celle que lui tendait Maks, fascinée par ses yeux gris. Non, il ne ressemblait ni à Nikos ni à Sharif, mais était aussi grand, aussi imposant et charismatique qu'eux.

Ne manquaient plus que les héros de la soirée, Sasha, la sœur de Maks, et Dante Danieli, photographe et cinéaste talentueux, dont on fêtait les fiançailles dans l'un des hôtels les plus sélects de Londres, situé à deux pas de Hyde Park.

N'étant pas la fille de Domenico Marchetti, Sasha était en fait la demi-sœur de Maks et n'avait donc aucun lien de parenté avec Nikos et Sharif.

Liyah regarda la jeune femme qui parlait maintenant avec son frère et Zoe. Grande, blonde, elle était très belle et ressemblait beaucoup à Maks. Sa robe bustier rose poudré mettait en valeur son corps mince, des diamants étincelant sur sa gorge et à ses poignets. Quant à celui qui ornait son doigt, il était… énorme.

Un homme la rejoignit. Grand et costaud, vêtu d'un élégant smoking, et dégageant une aura de virilité et d'énergie impressionnante. Il attira Sasha contre lui et lui murmura quelque chose à l'oreille, la faisant glousser et rougir. Elle paraissait au comble du bonheur.

De leur côté, Nikos et Maks adoraient leurs femmes, cela crevait les yeux.

Liyah se sentit tout à coup si envieuse, si frustrée, qu'elle s'éloigna de Sharif, craignant qu'il ne s'aperçoive de son émoi.

Ou, pire encore, qu'il ne devine qu'elle était tombée amoureuse de lui.

Parce qu'elle ne pouvait plus se le cacher. Elle aimait son

mari. C'était arrivé sans même qu'elle s'en rende compte, petit à petit. À moins qu'elle ne l'ait aimé dès leur première rencontre, à l'oasis...

Depuis leur merveilleuse nuit du désert, l'attirance que Liyah éprouvait pour Sharif n'avait cessé de croître. Elle ressentait une affinité profonde avec lui. Tous deux étaient des âmes sœurs, deux êtres solitaires voués à se rencontrer, afin de former un tout harmonieux.

Pour la première fois de sa vie, Liyah ne se sentait plus seule. Mais sa position était très périlleuse, car Sharif était résolu à exclure toute émotion de leur relation. Ses défenses étaient bien plus solides que les siennes.

Il avait construit sa vie autour d'un seul but : venger sa mère. Il ne l'avait pas exprimé ainsi mais Liyah l'avait compris à demi-mot. Elle-même ne représentait pour lui qu'un divertissement temporaire et un atout supplémentaire lui permettant d'atteindre son objectif.

Quel était son plan ? Que se passerait-il une fois qu'il l'aurait mené à bien ? Trouverait-il enfin la paix ? Ou se concentrerait-il sur un nouveau projet qui l'absorberait tout entier ?

Elle franchit la double porte grande ouverte et s'avança sur la terrasse. Dehors, il faisait froid, mais un parfum de printemps flottait dans l'air. De renouveau...

— Je peux savoir à quoi tu penses ?

Liyah tressaillit et se retourna lentement.

— Oh ! à toutes sortes de choses... Aux différences entre la ville... et le désert. Je crois que c'est l'endroit où je me sens le plus chez moi, bien qu'il se montre parfois hostile envers ceux qui s'y aventurent.

— Ton cheval et ton faucon te manquent ? demanda Sharif en posant les mains sur la rambarde.

Elle acquiesça.

— Je me sens libre, là-bas. En paix.

— Lorsque mon père a envoyé ces mercenaires pour m'enlever, j'en ai voulu au désert pendant très longtemps. Comme s'il m'avait trahi en ne me protégeant pas.

Il se tourna vers elle avant d'ajouter :

— Il n'en était rien, bien sûr, mais à mes yeux, le désert est un organisme vivant.

La belle bouche tressaillit au coin.

— Je lui ai pardonné, depuis.

Ils se dévisagèrent un instant en silence. Puis Liyah rassembla son courage et se lança.

— Je me souviens de ce que tu m'as dit, à propos de l'entreprise familiale et de tes frères, mais j'imagine que cela n'a pas dû être facile de prendre la relève d'un père que tu haïssais.

— Effectivement, cela n'a pas été simple, surtout au début. Je méprisais le Marchetti Group parce que je méprisais son créateur et tout ce qui lui était lié. Je pensais que l'entreprise qu'il avait créée était un univers sans âme et sans valeur, rempli de vaniteux. Jusqu'à ce que j'aie accès à la comptabilité et que je voie les chiffres. Au départ, il ne s'agissait pour moi que d'un défi à relever : redresser la holding. Ensuite, au fur et à mesure que je l'ai mieux connue, j'en suis venu à apprécier le monde industriel. Je crois qu'il y a une place pour les marques durables, ainsi que pour la mode et l'art. Nous pouvons améliorer les choses, en termes d'environnement, d'intégration, de diversité. L'art et la créativité sont des vecteurs de civilisation. S'ils disparaissent, ou s'érodent, nous perdrons quelque chose d'essentiel.

Liyah attendait qu'il poursuive, lorsque des applaudissements retentirent soudain à l'intérieur.

— Nous ferions bien d'aller rejoindre les autres...

— Je préfère rester ici, répliqua Sharif en ôtant sa veste.

Il la lui posa sur les épaules avant de l'attirer contre lui. Enveloppée dans les effluves épicés et la merveilleuse chaleur virile, Liyah oublia toutes ses inquiétudes et s'abandonna à l'intensité du moment.

Un jour seul lui resterait le souvenir de ces instants merveilleux.

Beaucoup plus tard ce soir-là, alors qu'ils reposaient enlacés sur le grand lit après avoir fait l'amour avec un degré d'érotisme encore jamais atteint, Liyah repensa à sa rencontre désagréable avec un journaliste.

— Au fait, j'ai oublié de te raconter que j'avais vu Callaghan, tout à l'heure... Je regardais la...

— Comment cela, tu as vu Callaghan ? Où ? Il n'était pas invité à la soirée, que je sache !

— Il m'a abordée dans le hall d'entrée – j'y étais retournée pour admirer de plus près l'incroyable peinture contemporaine qui y est exposée. Mais ne t'inquiète pas, un agent de sécurité s'est immédiatement dirigé vers lui pour lui demander son invitation, et comme il n'en avait pas, il a été prié de quitter les lieux.

— Que voulait-il, ce sale fouineur ? Que t'a-t-il dit, avant d'être fichu dehors ? demanda Sharif d'une voix dure.

— Oh ! pas grand-chose. Il m'a d'abord demandé si je me souvenais de lui, puis a sorti une carte de visite de sa poche et me l'a tendue en me disant que si jamais j'avais envie de lui faire part de mes impressions, maintenant que j'étais la femme de l'un des plus...

— Et tu l'as conservée, cette carte ? l'interrompit de nouveau Sharif.

— Non, je l'ai jetée dans la première poubelle venue en regagnant la salle de réception.

— En fait, Callaghan n'a pas complètement tort de s'intéresser à moi, reprit-il. J'ai bel et bien un secret : j'ai l'intention de liquider le Marchetti Group.

Abasourdie, Liyah se redressa.

— Qu'est-ce que tu as dit ?

— Je vais réduire la holding en poussière. J'y travaille depuis longtemps. J'ai consacré tous mes efforts à sa renaissance, puis à son expansion, elle a maintenant un niveau de prospérité que mon père n'aurait jamais pu imaginer. Et je l'ai fait dans un seul but : la vendre, morceau par morceau, jusqu'à ce qu'il ne reste plus rien de l'héritage de Domenico Marchetti. Tout ce qu'il a bâti en dépouillant ses épouses disparaîtra dans le néant.

Dans l'éclairage tamisé, le beau visage viril paraissait encore plus sombre. Une expression implacable empreignait ses traits.

— Mais... Tout ce que tu viens de me dire...

— Ce que je projette n'affectera pas l'industrie en profondeur. Cela causera quelques remous, mais les marques continueront d'exister. Elles seront chapeautées par un autre nom, c'est tout.

Liyah repensa à la styliste rencontrée à Paris, aux petites mains de l'atelier avec qui elle avait bavardé.

— Comment peux-tu être certain qu'une fois privées de votre soutien, toutes les marques survivront ?

— Une partie de ma tâche consiste à m'assurer que nous sommes en position de force. Toutes nos marques ayant le vent en poupe, elles susciteront la convoitise de nombreux investisseurs.

— Et tes frères ? Ils ne sont pas au courant, n'est-ce pas ?

Sharif repoussa le drap et se leva d'un mouvement fluide, puis il alla enfiler un pantalon de jogging. Le torse nu, il se dirigea vers la baie vitrée qui donnait sur la terrasse de son luxueux appartement londonien.

Liyah s'assit dans le lit et remonta les genoux contre son buste. Elle avait si froid, soudain...

— Non, ils ne sont pas au courant, dit-il enfin.

— Tu ne leur en as pas parlé parce que tu n'as pas confiance en eux ?

— Non, en effet, répondit-il en faisant volte-face. Nous avons trouvé une harmonie, je le reconnais, mais je ne suis pas certain d'arriver à les convaincre du bien-fondé de mon projet – et je ne peux me permettre de prendre le moindre risque. Je suis trop proche de mon but.

Il marqua une pause avant de poursuivre.

— Mes frères haïssaient Domenico autant que moi. La mère de Nikos s'est suicidée à cause de lui. Lorsque la mère de Maks et Sasha a pris des amants puis obtenu le divorce, il a rendu la vie infernale à ses deux enfants. En dépit de cela, je ne peux pas être sûr que mes frères approuvent ma décision. En tout cas, ils ne se retrouveront pas démunis. Ils resteront milliardaires, quoi qu'il arrive.

— Tu pourrais leur parler. Peut-être pas tout leur dire, mais les sonder... Ils le méritent, non ?

Il se raidit de la tête aux pieds.

— Ils comprendraient en un rien de temps. Ils ne sont pas stupides.

— Je crois que tu as tort de douter d'eux, Sharif. Ne sont-ils pas venus te rejoindre lorsque tu les as appelés, après la mort de ton père ? Ils t'ont aidé à reconstruire la holding.

« Ils t'ont aidé à reconstruire la holding. »

Sharif était tendu à l'extrême. Les paroles de Liyah l'atteignaient en pleine poitrine. Pourquoi lui avait-il parlé de tout cela ? En fait, les mots lui avaient échappé.

Liyah avait raison, hélas ! Pourtant, il avait lutté si longtemps, seul avec son projet, qu'il ne pouvait concevoir d'échouer maintenant.

— Tu prendrais le risque de provoquer une rupture entre tes frères et toi ? demanda doucement Liyah.

— Oui, déclara-t-il avec force.

Mais sa voix lui parut creuse.

Il avait toujours considéré qu'une telle rupture était inévitable, mais au cours des dernières années, il s'était rapproché de ses frères. Leurs rapports étaient devenus plus faciles, plus simples. Sharif éprouvait... de l'affection pour Nikos et Maks. Et la perspective de...

Ce n'était vraiment pas le moment de verser dans la sentimentalité, bon sang ! Pour réussir, il devait miser sur la surprise. *Personne* ne devait être au courant.

Liyah descendit du lit, nue, s'empara de la chemise qu'il avait laissée tomber sur le tapis et l'enfila. Elle lui arrivait à mi-cuisse. Ses cheveux bouclaient dans tous les sens.

— Je vais prendre une douche et me coucher. Bonne nuit, Sharif.

Déjà, elle quittait la chambre. Un goût âcre lui monta aux lèvres. Cela faisait si longtemps qu'il était sûr d'avoir raison. Qu'il s'acharnait coûte que coûte à mener à bien ce projet qui lui permettrait de venger sa mère. Il ne trouverait la paix qu'après y être parvenu.

« Tu as tort de douter d'eux. »

Lorsque Liyah avait prononcé ces mots, ses grands yeux verts l'avaient couvé d'une lueur de reproche.

Sharif poussa un juron. Liyah l'empêchait de se concentrer. Au lieu d'être l'épouse docile dont il avait besoin, elle partageait son lit, et maintenant ses pensées. *Il l'avait dans la peau*.

Et, pire encore, elle avait réussi à semer le doute en lui !

Manhattan.

Installé à l'arrière de la voiture, Sharif sortit son smartphone de sa poche et envoya un SMS à Liyah pour la prévenir qu'il serait de retour à l'appartement dans une vingtaine de minutes.

Depuis la nuit où il lui avait confié son projet, presque trois semaines plus tôt, ils n'en avaient plus jamais reparlé. Lorsque, après avoir dit qu'elle allait se coucher, Liyah était revenue et l'avait rejoint sous la douche, il avait été submergé par un tel mélange d'émotions qu'il avait failli lui demander de le laisser seul.

Mais il avait suffi qu'elle pose les mains sur lui pour que Sharif perde toute envie de la voir partir.

Le lendemain matin, il s'était réveillé en proie à un sentiment de paix totalement inconnu.

Ensuite, le séjour à Paris s'était déroulé dans une sorte de compagnonnage… harmonieux. Depuis leur retour à Manhattan, Liyah n'avait plus jamais dormi dans sa propre chambre. Elle partageait la sienne. Aucune femme n'avait eu ce privilège avant elle. En vérité, il aimait trouver ses affaires un peu partout. Ses produits de beauté dans la salle de bains. Son parfum flottant dans l'air…

Et maintenant, il rentrait de bonne heure – enfin, de bonne heure *pour lui* –, parce qu'il n'avait pu s'empêcher de penser à elle toute la journée, obsédé par l'image de son beau visage encore à moitié endormi, de son corps magnifique étendu nu sur le lit, les cheveux bouclés répandus sur l'oreiller.

Bon sang ! Il se laissait aller, mais cela ne durerait plus longtemps. Le moment de liquider le Marchetti Group se rapprochait. Et il était tout à fait conscient de se servir de Liyah pour éviter de penser à ses frères.

Quand il entra dans l'appartement, des arômes familiers lui caressèrent les narines, évocateurs d'Al-Murja. Du désert.

Les effluves le conduisirent à la cuisine. Mais au lieu de Paul, son chef, il y trouva Liyah qui, en jean et T-shirt, pieds nus, les cheveux rassemblés sur le dessus du crâne, écoutait du jazz et chantonnait doucement.

Les arômes se précisèrent, cela sentait bon les épices et le citron. Le poulet ? L'agneau ?

Il aurait dû rester indifférent au charmant tableau qui s'offrait à ses yeux, image trompeuse du bonheur domestique parfait. Mais bon, ce mariage ne durerait pas. En outre, la vision était plus attirante qu'il ne voulait bien l'admettre…

Sentant la présence de Sharif derrière elle, Liyah se retourna, le cœur battant la chamade. La cravate dénouée, la chemise déboutonnée à l'encolure, avec sa barbe de deux jours, il était trop sexy, trop attirant…

— Bonsoir.

— Tu prépares le dîner.

— Avec un tel sens de l'observation, je comprends que tu sois devenu P-DG, répliqua-t-elle, amusée.

Il roula des yeux, puis s'avança dans la cuisine.

— Qu'est-ce que tu nous as mijoté ?

— Alors, voici le menu : taboulé, salade de tomates aux herbes aromatiques, agneau grillé et petits pâtés aux pistaches, poulet rôti à la harissa, houmous, pitas... Tu veux goûter ?

Elle lui tendit un morceau de petit pain garni.

— Hum, délicieux ! Où as-tu appris à cuisiner ?

— J'ai appris seule quand j'étais étudiante. J'avais la nostalgie de Taraq et j'ai découvert qu'en me préparant des plats de là-bas, je supportais mieux d'être si loin.

— Je vais prendre une douche rapide et je te rejoins.

— Ah ? Qui t'a dit que tu étais invité ?

Sharif contourna le plan de travail et la prit dans ses bras avant de l'embrasser avec passion.

Au bout d'un long moment, Liyah écarta le visage du sien et le repoussa doucement.

— C'est bon, tu as réussi le test, dit-elle en souriant. Tu auras le droit de goûter à *tous* les plats !

10

Lorsqu'elle sortit des brumes du sommeil, Liyah s'étira voluptueusement. Puis elle tendit la main vers son smartphone posé sur la table de nuit.

Presque midi...

Elle devenait de plus en plus paresseuse. Sans doute parce que Sharif et elle avaient fait l'amour toute la nuit, avant de s'écrouler de fatigue à l'aube...

— Tu es réveillée.

Stupéfaite, elle découvrit son mari debout devant la baie vitrée, en costume trois-pièces.

Quelque chose n'allait pas. Il partait toujours de bonne heure.

— Bonjour... Tu n'es pas au bureau ?

Il s'avança vers le lit, le visage de marbre.

— Dis-moi... Il a dû jubiler, Callaghan, quand tu as pris contact avec lui... Il le détient enfin, son scoop !

Qu'est-ce qu'il racontait ? Cela n'avait pas de sens...

— De quoi parles-tu ? fit Liyah en serrant le drap contre son buste.

— Viens, suis-moi.

Déjà, il traversait la chambre à grands pas, le dos raide. Liyah s'empara du peignoir abandonné dans un fauteuil et l'enfila à la hâte pour lui emboîter le pas.

Elle le rejoignit dans le salon, où la télévision était allumée, sur une chaîne d'informations. Atterrée, Liyah fixa l'écran au bas duquel une bande passait en boucle :

Sharif Marchetti liquide la holding familiale… Ses frères et associés, Nikos et Maks Marchetti, ignoraient tout de son projet… Une réunion exceptionnelle du conseil d'administration doit avoir lieu…

Sa vue se brouilla, tandis que le présentateur prenait la parole :

« La même question est sur toutes les lèvres : pourquoi Sharif Marchetti pourrait-il bien vouloir faire disparaître la holding à laquelle il a consacré toute son énergie, voire toute sa vie ? »

Sharif éteignit la télévision, puis se tourna vers elle.

— Alors ? fit-il simplement.

Liyah était en état de choc.

— Comment… Comment l'ont-ils appris ? demanda-t-elle avec effort.

— Ah… Parce que tu oses prétendre que tu n'es pas responsable de la fuite ? Alors que c'est Callaghan qui est à l'origine du scoop ? Tu m'as dit toi-même que tu l'avais rencontré, le soir des fiançailles de la sœur de Maks.

— Ne sois pas ridicule, Sharif. Je ne lui ai rien dit, évidemment ! Je n'ai même pas conservé sa carte. Et pourquoi aurais-je fait une chose pareille ?

— Parce que tu désapprouvais mon projet ? Que tu me trouvais injuste envers mes frères ? À moins que tu n'aies voulu te servir de mes confidences pour négocier prématurément la fin de notre mariage, pressée d'accéder à ta précieuse indépendance.

Ses jambes tremblaient si fort que Liyah dut s'asseoir.

— C'est vraiment tordu, comme raisonnement… Je n'ai rien dit à personne, Sharif. Je te le jure ! Quoi que je pense de ta décision ou de tes motivations, cette affaire ne concerne que tes frères et toi.

— Assez ! Cette histoire concerne maintenant mes frères et le monde entier. Nos actions ont dégringolé.

— Mais… Cela ne serait-il pas arrivé de toute façon, lorsque tu aurais annoncé que…

— Non, le processus aurait été contrôlé, l'interrompit-il

d'une voix dure. Et j'aurais prévenu Nikos et Maks avant de passer à l'action.

Il jeta un œil à sa montre.

— Je dois partir, je donne une conférence de presse cet après-midi et après je m'envole pour Paris. J'ignore quand je serai de retour.

— Tu crois vraiment que c'est moi ? lança Liyah tandis qu'il se dirigeait vers la porte.

Sharif s'arrêta net.

— Tu es la seule à avoir été au courant. Je n'en ai parlé à personne d'autre. Les documents sont enfermés dans un coffre-fort, dans mon bureau.

Si elle n'avait pas été assise, Liyah se serait sans doute effondrée sur place. Sans qu'elle puisse se défendre, son mari quitta la pièce, la laissant paralysée par la douleur.

Deux heures plus tard, douchée et habillée, Liyah s'installa au salon pour regarder Sharif donner sa conférence de presse. Il n'y avait plus qu'à espérer qu'il puisse limiter les dégâts. Thomas lui proposa une collation, mais elle n'avait aucun appétit.

En milieu d'après-midi, elle sortit marcher pendant plus d'une heure, suivie par son garde du corps habituel.

Une seule pensée tournait en boucle dans son esprit : Sharif n'avait même pas demandé à ses assistants d'enquêter. Il avait préféré la croire coupable.

Ce soir-là, elle dormit dans sa chambre pour la première fois depuis leur retour à Manhattan.

Quand elle se réveilla à l'aube, son premier geste fut de consulter son smartphone.

Aucun appel. Aucun message.

Les jours suivants s'écoulèrent dans une sorte de brouillard. Liyah suivit les journaux télévisés et apprit que le conseil d'administration du Marchetti Group enchaînait les réunions de crise. Le cœur serré, elle vit des photos de Nikos et Maks sortant des bureaux de Paris, la mine affreusement sombre. Jamais ils ne pardonneraient à Sharif son manque de confiance. Les dommages seraient irréversibles.

Alors qu'elle ruminait des pensées noires, sa sœur l'appela pour lui demander son aide, exactement comme elle l'avait fait quelques mois plus tôt.

Liyah n'hésita pas un instant et vola aussitôt à son secours. De toute façon, rien ne la retenait plus à New York.

Lorsqu'il rentra à Manhattan, Sharif ne fut pas surpris de trouver l'appartement silencieux. Il savait que Liyah était partie à Taraq pour assister au mariage de sa sœur. Il avait reçu une invitation mais l'avait déclinée.

Après avoir ôté sa veste et desserré son nœud de cravate, il se dirigea droit vers le bar, tout en sachant que l'alcool ne lui serait pas de grand secours, ainsi qu'il l'avait constaté depuis son départ, quinze jours plus tôt. Au moment où il allait soulever la bouteille de whisky, son smartphone vibra. Le sortant de sa poche, il vit le nom affiché sur l'écran et se retint de balancer l'appareil par la fenêtre.

— Vous n'avez pas fait assez de dégâts comme ça, Callaghan ? Dites voir, aviez-vous pressenti dès le départ que ma femme me trahirait ? C'est elle qui a pris contact avec vous, ou c'est vous qui l'avez relancée ? Non, ne me répondez pas. Je ne veux pas le savoir. Je m'en fiche.

Il laissa tomber le smartphone sur le bar. Une seconde plus tard, celui-ci vibra de nouveau mais Sharif l'ignora et se versa un whisky. Puis, son verre à la main, il traversa l'appartement et poussa la porte de la chambre de Liyah. Un léger parfum de fleurs sauvages flottait encore dans la pièce. Il entra dans le dressing et vit les vêtements achetés pour elle suspendus ou rangés avec soin sur les rayonnages, les chaussures alignées en dessous. Les bijoux posés sur la coiffeuse.

Soudain, il aperçut l'alliance. La seconde. Après qu'il la lui eut glissée au doigt, Liyah l'avait portée en permanence. Mais elle l'avait ôtée avant de partir.

Certes, la fin de leur mariage était proche, pourtant il prit ce geste pour un pied de nez.

Furieux, il sortit de la chambre. Il avait échoué lamentablement, sur tous les plans. Son père devait bien se marrer, dans sa tombe ! Quant à sa mère... Le cœur de Sharif se serra.

Il avait failli à son devoir envers elle.

Et tout cela parce qu'il s'était laissé ensorceler par une superbe amazone aux yeux verts. À cause de Liyah, il avait oublié la leçon apprise dès son plus jeune âge : Ne jamais se fier qu'à soi-même.

— Tu es si belle..., dit Liyah en tournant lentement autour de sa sœur. Tout va bien se passer, fais-moi confiance.

— Père a dit qu'il le tuerait..., murmura Samara, au bord des larmes.

— Notre père n'est pas un tendre et il a de nombreux défauts, mais ce n'est pas un assassin, Sammy.

Sa sœur étant tombée enceinte de Javid, la date du mariage avait été avancée. Impossible d'afficher publiquement la preuve que les deux fiancés avaient couché ensemble avant leur union officielle...

— Et puis, tu épouses l'homme que tu aimes, c'est le plus important. Une fois que vous serez mariés, père ne pourra plus rien dire.

Samara hocha la tête et saisit un mouchoir avant de s'essuyer délicatement les yeux.

Apercevant son propre reflet dans la psyché, Liyah tressaillit. Elle portait la tenue traditionnelle de Taraq, quasiment semblable à celle qu'elle avait portée le jour de son mariage. Elle bloqua aussitôt le flot de souvenirs qui déferlaient dans son esprit, refusant de penser à celui qui lui avait fait tant de mal.

La blessure demeurait trop vivace.

Lorsque son père avait appris que Sharif n'assisterait pas au mariage, il avait répliqué qu'un mari se *devait* d'être aux côtés de son épouse, avant d'ajouter d'un ton sévère :

— Qu'as-tu fait pour lui déplaire, Liyah ?

En fait, elle avait reçu un e-mail de Sharif le matin même mais ne l'avait pas encore ouvert. Ayant jeté le smartphone qu'il lui avait donné, elle ignorait s'il avait tenté de la joindre par ce biais.

Elle serait bien forcée de prendre contact avec lui à un moment ou un autre, pour parler du divorce, mais dans l'immédiat, Liyah préférait garder ses distances. Elle évitait délibérément de regarder le journal télévisé et de lire les journaux, ne voulant plus entendre parler de la chute du Marchetti Group, ni revoir les visages sombres de Nikos et Maks. Sharif leur avait-il dit qu'il la tenait pour responsable de la fuite ?

Chassant ses idées noires, elle se concentra sur le ballet de ses sœurs, qui s'empressaient autour de la mariée en chuchotant et gloussant.

— Liyah ? fit Samara en lui tendant la main.

— Je suis là, ne t'en fais pas, la rassura-t-elle en serrant doucement sa main fine dans la sienne.

Tard ce soir-là, après la fin des festivités du premier jour, Liyah ouvrit son ordinateur portable et fut tentée de supprimer l'e-mail de Sharif sans l'avoir lu. Mais elle n'en eut pas le courage.

Le message n'avait pas d'objet. Elle inspira profondément et l'ouvrit.

> Bonjour Liyah. J'ai essayé de te joindre à plusieurs reprises. Appelle-moi s'il te plaît. Nous devons parler. Sharif.

Parler du divorce, évidemment.

> Demande à tes avocats de m'envoyer directement les papiers. Je les signerai avec plaisir.

Elle appuya sur « Envoyer » et referma son ordinateur.

Le lendemain et les jours suivants, Sharif tenta de la joindre en passant par les assistants de son père mais Liyah refusa de répondre à ses appels. Il reprit contact par e-mail, mais elle n'ouvrit pas ses messages. Puis un matin, un agent de sécurité du palais vint lui annoncer que Sharif était dans la cour et demandait à la voir.

Là, ce fut la panique. Elle ne se sentait pas prête à l'affronter et à essuyer de nouvelles accusations. Surtout chez son père, toujours si prompt à la juger.

Rassemblant tout son courage, Liyah demanda à l'agent de dire à Sharif qu'elle allait le rejoindre dans la cour. Ensuite, elle prit un châle dont elle se couvrit les épaules et la tête avant de quitter sa chambre.

Lorsqu'elle arriva dans la galerie entourant la cour principale et aperçut Sharif, debout à côté d'un 4x4 gris métallisé, en polo anthracite et jean noir, elle s'immobilisa, le cœur battant à tout rompre.

Trop tard. Il l'avait reconnue en dépit du châle dissimulant en partie son visage.

La rejoignant en quelques enjambées, il s'arrêta devant elle et plongea son regard aux pépites dorées dans le sien.

— Je savais que c'était toi, murmura-t-il en repoussant le châle.

Ses cheveux se répandirent sur ses épaules. Le cœur de Liyah s'arrêta de battre, avant de repartir à un rythme infernal.

— À quoi joues-tu ? Pourquoi m'évites-tu ?

— Je n'ai pas envie de m'entendre à nouveau accuser d'espionnage et de trahison. Je t'ai dit de passer par tes avocats si tu voulais me joindre.

Sharif marmonna un juron.

— Laisse-moi tranquille, Sharif, reprit-elle en reculant d'un pas.

Des frissons délicieux la parcouraient, en dépit de ses efforts pour dominer les réactions stupides de son corps.

— Je sais que tu n'y es pour rien, déclara Sharif avec calme. Je suis désolé. J'ai été… J'aimerais te parler – dans un endroit un peu plus privé, si tu veux bien…

Liyah resta figée sur place.

« Je sais que tu n'y es pour rien... »

Peut-être, mais ces paroles n'atténuaient en rien sa souffrance. Or elle ne voulait pas qu'il voie combien elle était affectée.

Comme elle se détournait de lui, il poussa un nouveau juron. L'instant d'après, Sharif la soulevait dans ses bras et la portait sur une épaule.

La stupeur et l'indignation lui coupèrent le souffle. Il ouvrit la portière arrière du 4x4, avant de la déposer sans cérémonie sur la banquette.

— Qu'est-ce qui te prend ? s'exclama-t-elle en se redressant le plus gracieusement possible.

— Nous devons parler, décréta-t-il, les mâchoires crispées.

Sur ces mots, il referma la portière et contourna le véhicule pour s'installer au volant. Liyah se précipita sur la poignée mais elle était verrouillée. Celle de l'autre côté aussi. Bientôt, le véhicule franchit les grilles du palais.

Durant un long moment, elle fulmina sur la banquette arrière. Sharif demeurait silencieux, concentré sur la conduite. Ils sortirent rapidement de la ville et Liyah reconnut la piste traversant le désert. Ils passèrent à proximité de l'oasis, s'enfoncèrent plus avant dans l'immense étendue de sable. En direction d'Al-Murja.

Incapable de garder le silence plus longtemps, Liyah se pencha en avant et demanda d'un ton sec :

— Je peux savoir où tu m'emmènes ?

— Installe-toi confortablement. Nous avons encore une demi-heure de route. Nous parlerons une fois arrivés.

Elle réprima la réplique cinglante qui lui montait aux lèvres et croisa les bras. S'il savait qu'elle n'était pas à l'origine de la fuite, de quoi voulait-il parler ?

Une demi-heure plus tard environ, une bâtisse apparut soudain à l'horizon. Intriguée, Liyah découvrit petit à petit une forteresse de taille modeste agrémentée de tourelles. Sans doute avait-elle été construite sur l'emplacement d'une oasis, à en juger par la végétation.

Au loin se profilait la capitale d'Al-Murja. Ce qui signifiait qu'ils se trouvaient à la frontière entre Taraq et Al-Murja.

Comme par magie, les portes en bois s'ouvrirent pour laisser passer le véhicule. Une fois les murs épais franchis, Liyah découvrit avec surprise une luxuriante oasis. Des fleurs grimpaient sur les pierres, de la vigne courait autour des colonnes du péristyle. Il y avait des fontaines, des palmiers.

Les différents corps de bâtiments comportaient un seul étage. Liyah entrevit les corridors conduisant à d'autres cours, autour desquelles se trouvaient les chambres et les pièces communes. Elle le savait pour être déjà venue dans ce genre d'endroits.

En revanche, pas question de demander à Sharif le nom de cet endroit. Elle ne lui donnerait pas cette satisfaction.

Quand, après avoir coupé le moteur, il descendit du véhicule et lui ouvrit sa portière, elle descendit à son tour. Incapable de dissimuler son émerveillement, elle inspira profondément l'air vivifiant. Jamais elle n'avait vu autant de fleurs exotiques, de couleurs vibrantes... C'était comme se retrouver à l'intérieur d'une serre.

Derrière eux, les portes se refermèrent. Un homme en longue tunique blanche apparut alors et Sharif lui confia les clés du 4x4, avant de s'avancer vers le bâtiment principal.

Elle fut bien forcée de lui emboîter le pas.

Sharif savait que Liyah le suivait. Il sentait sa proximité dans toutes les fibres de son corps.

Il ne lui en voulait pas d'être furieuse. Il l'avait *trahie*, de la pire façon qui soit.

Après avoir longé le couloir traversant le rez-de-chaussée, il s'avança dans la petite cour ombragée où une table avait été dressée, et sur laquelle étaient disposés des fruits, des pâtisseries et des rafraîchissements.

— Sers-toi, je t'en prie.

Liyah croisa les bras sur la poitrine.

— Je n'ai besoin de rien. J'aimerais seulement que tu me

fasses part de ce qui ne pouvait m'être communiqué par l'intermédiaire de tes avocats.

— Je sais que ce n'est pas toi qui as...

— Je te l'avais dit il y a un mois, l'interrompit-elle. Et à ce moment-là, tu as préféré ne pas me croire. À présent, il est trop tard, Sharif.

Quand elle se détourna, il lui prit la main.

— Tu veux bien me laisser t'expliquer, Liyah... ?

Liyah dégagea sa main et poussa un soupir las, alors qu'un véritable chaos régnait en elle.

— Très bien, je t'écoute, dit-elle en s'asseyant sur l'une des deux chaises.

Visiblement nerveux, Sharif se passa la main dans les cheveux. Ils avaient poussé, depuis son départ...

— Dès que j'ai été au courant de la fuite, j'ai voulu croire que tu en étais à l'origine. J'ai rejeté toute autre éventualité parce que je t'avais confié des informations que personne ne connaissait hormis toi et moi. Même pas mes frères.

— Comment as-tu découvert la vérité ?

— À vrai dire, j'ai toujours su au fond de mon cœur que tu n'avais pas pu me faire cela. Mais c'est grâce à Callaghan que j'ai su qui était le coupable. Il s'agissait de l'un de mes assistants. Il a piraté mon coffre-fort et copié les documents avant de les remettre à leur place. Quand il en a compris la portée, il est allé trouver Callaghan, mes frères, le conseil d'administration, espérant ainsi empêcher la chute du groupe et sauver son propre emploi – et se voir accorder les bonnes grâces de mes frères en retour de ses bons services.

— Comment ont réagi Nikos et Maks ?

— À ton avis ? fit Sharif avec un rire bref et sarcastique. Ils ont reçu un choc terrible – exactement comme tu l'avais prédit. Mais surtout, ils ont été profondément blessés. J'avais trahi leur confiance. Mais nous avons fini par nous mettre d'accord et, je l'espère, trouvé une solution. Nous n'allons pas démanteler le Marchetti Group. Il changera de nom et s'appellera désormais The House of Noor – en hommage à ma mère qui portait ce prénom. En me concentrant sur mon projet de vengeance, en voulant détruire l'héritage de mon père, je n'avais pas vraiment songé à celui que *nous*, mes frères et moi, avions construit. Mais grâce à toi, j'ai commencé à voir les choses différemment. Je me suis rendu compte que Nikos et Maks tenaient une place importante dans ma vie – ce que je n'avais jamais voulu admettre. Je vais également prendre officiellement le nom de ma mère. Maks se fiche de garder celui de notre père. Mais je sais que Nikos envisage lui aussi de changer le sien.

Liyah l'écoutait en silence, la gorge nouée par l'émotion. Elle avait du mal à se l'avouer, mais elle était heureuse que Sharif ait réussi à se réconcilier avec ses frères, tout en trouvant un moyen de rendre hommage à sa mère.

— Pourquoi m'avoir accusée puisque tu avais un doute ? demanda-t-elle en rivant son regard au sien.

— Eh bien, je me suis aperçu que je m'étais trop rapproché de toi. Je t'avais confié mon projet, moi qui ne faisais confiance à personne, un mois seulement après notre rencontre !

Il se mit à faire les cent pas dans la cour. Puis il revint vers elle.

— Tu as chamboulé mon univers, Liyah. Dès la première nuit, à l'oasis. Après, rien n'a plus jamais été pareil.

Une lueur d'espoir naquit dans son cœur, mais elle l'étouffa. Si Sharif disait vrai, comment pouvait-il l'avoir crue capable de le trahir ?

— C'est pour me dire cela que tu m'as amenée ici ? demanda-t-elle d'un ton neutre. Je pensais que c'était pour discuter de notre divorce.

Il la dévisagea un instant en silence.

— Notre divorce ?

— Oui. Notre mariage est terminé, non ?

— Ce n'est pas pour cela que je t'ai amenée ici, Liyah.

— Pourquoi... alors ?

— Viens, je voudrais te montrer quelque chose.

Lui reprenant la main, il l'entraîna vers le corps de bâtiment formant l'arrière de la forteresse.

— Qu'en penses-tu ? demanda Sharif.

Elle contempla la végétation luxuriante et la ravissante fontaine trônant au milieu d'une nouvelle petite cour.

— C'est très beau...

Comme ils se dirigeaient vers les écuries, Liyah s'immobilisa soudain en entendant un hennissement familier.

— Ça ne peut pas être..., murmura-t-elle.

Lâchant la main de Sharif, elle entra dans les écuries, longea les boxes, jusqu'à voir apparaître la tête de son étalon. Stupéfaite, elle leva la main vers lui. Aussitôt, le cheval appuya les naseaux contre sa paume, y cherchant la pomme qu'elle lui apportait toujours.

Elle l'avait monté à peine deux jours plus tôt, à Taraq...

— Comment Aztec est-il arrivé ici ? demanda-t-elle en se retournant vers Sharif.

Il l'observait en silence, à quelques mètres d'elle.

— Je l'ai fait transporter hier.

— Mais... Pourquoi ?

Pour toute réponse, il désigna l'autre côté de la cour.

— Sheba est là aussi.

Elle le dévisagea en silence, trop abasourdie pour dire quoi que ce soit.

— Pourquoi les as-tu fait venir... ? chuchota-t-elle enfin.

— Parce que tout ceci t'appartient, Liyah. J'ai acheté cette forteresse pour toi, afin que tu aies ta maison dans le désert.

Un vertige la gagna. Son cœur battait trop fort, trop vite...

— Je ne peux pas accepter. C'est...

— Elle t'appartient légalement, l'interrompit-il d'une voix ferme. Tu en feras ce que tu voudras. Tu pourras y venir quand il te plaira. Ici, tu seras libre, indépendante. Tu n'auras de comptes à rendre à personne.

Des émotions d'une intensité inouïe se bousculaient en elle, presque insoutenables.

— Ce n'était pas la peine de m'acheter un château au milieu

du désert pour soulager ta conscience, Sharif, dit-elle en se détournant. Un endroit où je pourrais...

— Où tu pourrais... ? répéta-t-il en s'approchant d'elle.

Une barrière céda en elle. Son ultime défense. Liyah ne pouvait plus dissimuler ce qu'elle ressentait.

— Où je pourrais être seule, Sharif. J'ai été seule toute ma vie – jusqu'au jour où je t'ai rencontré. Tu m'as donné envie de vivre autrement, d'oser rêver à une existence heureuse. Mes envies ont évolué : ce que je désire plus que tout aujourd'hui, c'est construire une relation durable, fonder une famille. Je suis tombée amoureuse de toi et ça, je ne me le pardonnerai jamais. Car je t'ai donné le pouvoir de m'atteindre, de me faire souffrir. Et tu l'as fait.

Ils restèrent face à face un long moment. Le désespoir commençait à l'envahir, lorsque Sharif rompit soudain le silence.

— Me croiras-tu, Liyah, si je te dis que toutes ces choses que tu viens d'évoquer... je les désire autant que toi ? Mieux encore, je voudrais les partager avec toi... En t'accusant à tort de trahison, j'ai commis une terrible erreur. En te rejetant, je nous ai blessés tous les deux.

Le visage torturé, il marqua une pause avant de poursuivre :

— Je t'aime, Liyah. Je suis tombé amoureux de toi dès le premier instant où je t'ai aperçue, à l'oasis. Et jusqu'à la fin de mes jours, je remercierai le hasard incroyable qui a fait de toi ma mystérieuse amante puis ma merveilleuse épouse.

L'amour se lisait sur les traits altiers de Sharif, dans son regard. Liyah fit un pas vers lui, tandis qu'une joie immense se déployait en elle.

— Tu m'aimes, Sharif ?

Il leva une main tremblante avant de la laisser retomber.

— Plus que tu ne pourras jamais l'imaginer. Et maintenant, je sais pourquoi j'ai refusé de regarder la vérité en face durant aussi longtemps. Aimer, c'est terrifiant.

Doucement, Liyah lui prit la main et enlaça ses doigts aux siens.

— Je t'aime, Sharif. Et j'aime cet endroit. Mais je ne l'accepterai en cadeau qu'à une condition.

— Laquelle ?

— Que tu le partages avec moi.

Il lui effleura les cheveux avec douceur.

— J'en serai ravi, ma chérie.

— J'ai une question.

— Laquelle ? fit-il de nouveau en souriant.

— Si tu ne t'appelles plus Sharif Marchetti, qu'est-ce que je deviens, moi ?

— Si tu consens à rester ma femme, tu reprendras ton nom et seras cheikha Aaliyah Binte Rashad Mansour.

— Bien sûr que j'y consens. Mais je crois que je préférerais prendre le nom de ma mère et le tien : Aaliyah Binte Yasmeena al-Nazar.

— C'est un très beau nom, murmura son mari, les yeux brillants.

— J'ai encore une question...

— Laquelle ? demanda-t-il pour la troisième fois.

— Où sont les chambres ?

— Il y en a une douzaine...

— Je propose d'essayer la première... pour commencer.

Sur ces mots, Sharif l'embrassa, avec un tel mélange de tendresse et de passion que Liyah fondit tout entière.

Épilogue

Sept ans plus tard, à la forteresse de Sharif et Liyah.

— Daniel, tu ne fais pas les oreilles de lapin à Luna, cette fois-ci, d'accord ?

Zoe effectua les derniers réglages de l'appareil-photo posé sur son trépied et se redressa.

— Dix secondes, c'est parti ! Ne bougez plus et souriez !

Elle contourna l'appareil à la hâte et revint prendre sa place auprès de Maks qui la serra contre lui, à côté de Maggie et Nikos qui se trouvaient eux-mêmes à côté de Sharif et Liyah.

Nikos tenait dans ses bras Tessy, la dernière-née de la famille, âgée de trois ans, et devant lui se trouvaient Daniel et sa cousine Luna, toujours prêts à faire les cent coups tous les deux. Ensuite venait Olympia, la sœur cadette de Daniel, qui tenait d'un côté la main de son cousin Ben, et de l'autre celle de Scella, la fille de Sharif et Liyah, âgée de quatre ans.

Le silence régna durant sept secondes environ, jusqu'à ce que le déclic se fasse entendre. Aussitôt les enfants partirent en courant, criant et se bousculant à qui mieux mieux.

Zoe retourna vers l'appareil, se pencha avant de se redresser en levant les yeux au ciel, mais sans pouvoir s'empêcher de sourire.

— Cette fois, j'abandonne ! Vous êtes vraiment impossibles, les enfants !

Lorsque Sharif et Liyah regardèrent plus tard la photo, ils éclatèrent de rire. Tous les enfants faisaient des grimaces et Daniel faisait de nouveau les oreilles de lapin – à sa sœur Olympia, cette fois.

Maks regardait tendrement Zoe, la seule à sourire à l'objectif. Nikos embrassait Maggie. Sharif tenait Liyah par la taille et avait la main posée sur son ventre, tandis qu'elle lui souriait d'un air complice.

Dans sept mois, le clan Marchetti-al-Nazar-Spiros accueillerait deux nouveaux petits membres.

Avoir des enfants n'avait pas été simple pour eux. Il avait fallu deux ans pour que Liyah tombe enceinte de Scella. Et maintenant, elle attendait des jumeaux…

Ils avaient annoncé la nouvelle à tout le monde un peu plus tôt, au moment du dessert.

— Des jumeaux ? s'était exclamée Zoe d'un air faussement horrifié. Quand ils seront là, ne comptez plus sur moi pour prendre les photos de famille !

Mais ni Sharif, ni Liyah, ni les autres, n'avaient été dupes. Zoe adorait son rôle de photographe officiel de la famille et n'y renoncerait pas de sitôt.

Après avoir mis Scella au lit, Sharif trouva sa femme sur la terrasse qui entourait leur chambre – celle qu'ils avaient pris beaucoup de temps et de plaisir à choisir, et donnait sur le désert qui s'étalait à perte de vue. Un croissant de lune brillait dans le ciel nocturne, entouré d'étoiles scintillant comme des joyaux.

Il s'arrêta derrière Liyah et l'entoura de ses bras, le menton enfoui dans les boucles parfumées et soyeuses.

— À quoi penses-tu ?

Elle se retourna dans ses bras et referma les siens autour du cou de Sharif. Il la serra contre lui, se délectant des courbes épanouies dont il ne se lassait pas. En outre, cette courte chemise de nuit en soie était particulièrement sexy…

— Je pensais que je vous aime, toi et Scella, et tous les autres… Je suis si heureuse que j'ai l'impression de vivre un rêve. Et parfois, j'ai peur de me réveiller…

— Je sais, dit Sharif, la voix rauque.

— Je les aime déjà, nos jumeaux, poursuivit Liyah en posant la main sur son ventre. Mais en même temps, je suis terrifiée à la pensée qu'il puisse leur arriver malheur.

Il prit sa main pour la porter à ses lèvres.

— Il ne leur arrivera rien de mauvais parce que nous serons là pour les aimer et les protéger. Jusqu'à ce qu'ils soient capables de voler de leurs propres ailes et choisissent de vivre comme ils l'entendent. Ensuite, ils reviendront, j'en suis sûr... avec leurs propres familles.

— Je t'aime tellement, mon chéri, murmura sa femme, les larmes aux yeux.

— Pas autant que je t'aime, répliqua doucement Sharif. Tu m'as sauvé, Liyah.

— Nous nous sommes sauvés l'un l'autre..., chuchota-t-elle en se pressant contre lui. On va se coucher ?

Fou de bonheur, Sharif la souleva tendrement dans ses bras.

— Tout de suite, mon cœur.

RESTEZ CONNECTÉ AVEC HARLEQUIN

Harlequin vous offre un large choix de littérature sentimentale !

Sélectionnez votre style parmi toutes les idées de lecture proposées !

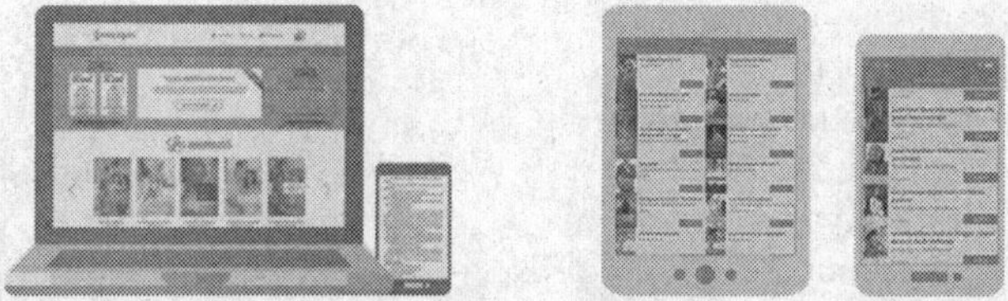

www.harlequin.fr

- **Découvrez** toutes nos actualités, exclusivités, promotions, parutions à venir…
- **Partagez** vos avis sur vos dernières lectures…
- **Lisez** gratuitement en ligne
- **Retrouvez** vos abonnements, vos romans dédicacés, vos livres et vos ebooks en précommande…

L'application Harlequin

- Des **ebooks gratuits** inclus dans l'application
- **+ de 50 nouveautés tous les mois !**
- Des **petits prix** toute l'année
- Une **facilité de lecture** en un clic hors connexion
- Et plein d'autres avantages…

Téléchargez notre application gratuitement

Télécharger dans l'App Store

DISPONIBLE SUR Google Play

SUIVEZ-NOUS ! facebook.com/HarlequinFrance

VOTRE COLLECTION PRÉFÉRÉE DIRECTEMENT CHEZ VOUS

0€*

Vos 2 premiers livres découverte

+ 1 cadeau surprise

L'amour vous transporte, on vous l'apporte!

*+4,95 € de frais de traitement.

Collections au choix	1ers Envois	Envois suivants
AZUR	2 livres 0 €* + 1 cadeau	6 livres par mois 32,70 €
BLACK ROSE	2 livres 0 €* + 1 cadeau	2 livres par mois 20,80 €
BLANCHE	2 livres 0 €* + 1 cadeau	2 livres par mois 18,80 €
VICTORIA	2 livres 0 €* + 1 cadeau	3 livres tous les 2 mois 29,75 €

REDER SAS au capital de 1 500 000 € - RCS Paris B 410 714 885.
Renseignements au 0 892 680 181 (0,40 €/min + prix appel).

OFFRE DÉCOUVERTE

À compléter et à retourner sans affranchir :

LIRIADE-HARLEQUIN - Libre-réponse 40181 - 27039 ÉVREUX CEDEX

☐ **OUI**, je profite de votre **Offre Découverte Harlequin** gratuitement (+ 4,95 € de frais de traitement).

e choisis de recevoir la collection :

☐ AZUR — Club 3A02E /Clé E3788
☐ BLACK ROSE — Club 3R01J /Clé E3789
☐ BLANCHE — Club 3B01E /Clé E3790
☐ VICTORIA — Club 3V01G /Clé E3791

i-joint mon règlement pour les frais de raitement de 4,95 € par :

☐ **Chèque** à l'ordre de **HARLEQUIN**

☐ **Carte bancaire** (Carte Bleue, Visa, Eurocard Mastercard)

I°:

ate de validité :

ryptogramme au dos de ma carte : (indispensable)

ate limite : 31 décembre 2025. Envoyez-moi sans bligation selon la lettre jointe à mon envoi les colis uivants de la collection que j'ai choisie. Mon premier olis de 4,95€ me sera livré sous 6 jours environ elon les délais postaux. Si je ne suis pas satisfaite, me suffira de le retourner sous 30 jours dans son mballage d'origine. Je serai alors remboursée.

Mme/M. :

Prénom :

Adresse :

Code postal :

Ville :

Indispensable pour le suivi de votre commande :

Téléphone :

E-mail :

Signature obligatoire ▼ Date : J J M M A A

re valable pour la France métropolitaine et Monaco. Conformément à la loi informatique et libertés du 06.01.1978 (Art. 27) et au Règlement européen du 27 avril 2016, vous disposez n droit d'accès et de rectification aux données personnelles vous concernant. Notre politique de traitement des données personnelles est nsultable sur demande. Les prix sont garantis dans la limite des stocks disponibles, offres valables jusqu'au 31 décembre 2025. En cas puisement, seul le remboursement de la somme versée, majorée des intérêts légaux, peut être exigé. Par notre intermédiaire, vous pouvez e amené à recevoir des propositions de nos partenaires, si vous ne le souhaitez pas, il suffit de cocher ici ☐ ou de nous contacter en nous iquant vos nom, prénom et adresse. Offre réservée aux personnes majeures. Ce délai est valable uniquement pour les articles disponibles. ur les commandes passées par courrier, il convient d'ajouter le délai d'acheminement et de traitement de votre bon de commande.

PAPIER — BAC DE TRI

REDER SAS au capital de 1 500 000 € - RCS Paris B 410 714 885.